KB251844

실재의 언어

지은이

이도연(李道淵, Lee Do-Yeon)_ 1971년 서울에서 출생하여 고려대 국어국문학과와 동 대학원을
졸업했다. 2007년 「정직과 관대 혹은 욕망의 자기 윤리학—김애란론」으로 문학동네신인상 평론
부문을 수상하였다. 저서로『채만식 문학의 인식론적 지형도와 구성원리』(2011),『현대문학비평
의 계보와 서사의 지형학』(2011),『경험과 초월』(2007) 등이 있다. 현재 한국체육대학교 교양과정
부 부교수로 재직하며 언어와 문학을 가르치고 있다. 최근 한국근대비평사 연구와 서술에 주력하
고 있다.

실재의 언어 이도연 비평집

초판 인쇄 2016년 12월 15일 **초판 발행** 2016년 12월 20일
지은이 이도연 **펴낸이** 공홍 **펴낸곳** 케포이북스 **출판등록** 제22-3210호
주소 서울시 서초구 반포대로14길 71, 302호
전화 02-521-7840 **팩스** 02-6442-7840 **전자우편** kephoibooks@naver.com

값 22,000원 ⓒ 이도연, 2016
ISBN 978-89-94519-96-8 03810

실재의 언어

이 도 연　비 평 집

케포이북스
KEPHOI BOOKS

시에 부쳐(An die Poesie)

등단 9년 만에 첫 평론집을 묶는다. 개인적으로 적지 않은 세월이었고 많은 일들이 있었다. 등단소식을 들은 지 보름 만에 가까웠던 친구를 떠나보내야만 했었고 사는 것이 치욕스러웠다. 등단 즈음의 기억은 그렇게 복잡하며 다감했던 것이다. 소설을 전공하였으나, 시 평론으로 등단하려고 마음먹었었고, 결과적으로는 소설 평론으로 등단하게 되었다. 그 후로도 평론가와 연구자로서의 정체성 사이에서 갈피를 잡기 어려웠다. 속된 대로 대학의 교수가 되었으며 연구자로서도 대개의 방향을 잡았지만, 스스로 생각하기에 평단에 크게 기여한 바가 없었다. 이대로 평론활동을 접어야겠다는 찰나에 우연한 기회로 시 평론을 쓰게 되었고, 최근까지는 원하던 대로 시에 대한 이야기를 풀어놓게 되었다. 3년 남짓 시 평론을 쓰면서는 참, 즐겁고 행복한 마음이었다. 시와 시인들의 속살과 밑뿌리들을 만지작거리는 일은 내 자신의 은밀한 구석과 바닥까지를 훑는 일과도 크게 다르지 않았다. 때로 불편한 기억들의 환기로 얼굴이 붉어지기도 했지만 어디까지나 그것은 깊이 비어 있어서 충만한 적멸(寂滅)의 경험을 안겨주었다. 나는 시를 읽으면서 스스로 깊어지고 넓어지는 경이로운 내면의 확장을 우두커니 지켜보곤 했다. 그것이 내게는 '실재의 언어(the language of the Real)'로서 시와 만나는 일이었다.

정신분석이 제시하는 '실재(the Real)'의 개념은 인간이 가닿을 수 없는 것으로, 인간의 무의식의 기원 같은 것으로도 이해된다. 그런 의미에서 존재자의 존재를 탐색하는 시적 작업과도 맞먹는 일이라 생각한다. 그리고 그것들의 끝에서 마침내 발견하는 것은 궁극적 무(無)이다. 바로 그곳에서 우리는 삶 깊숙이 내재된 겸손과 사랑이라는 뜻밖의 선물을 받아든다. 궁극적 무(無)로서 실재와 마주하는 것은 고통을 수반하는 체험이지만 누구라도 실재와 대면함 없이는 진실을 들여다볼 수 없다. 나는 시의 언어가 실존적인 것이든 역사적인 것이든 은폐된 진실에 다가서려는 시도라고 생각하며, 그런 뜻에서 실재의 언어라고 생각한다. 그리고 그러한 시가 우리의 삶과 깊이 얽혀있는 한, 시 읽기의 과정은 마찬가지의 월경(越境)의 경험으로 독자를 이끌 것이다. 하여 그것은 존재의 은밀한 속삭임에 귀 기울이는 일이다.

제1부에서 제4부까지는 비교적 최근 썼던 시 비평을 그러모은 것이고, 제5부는 등단 이후 썼던 소설 비평 중에서 선별한 것이다. 나의 첫 평론집은 사실상 시 비평집으로 묶인 셈이다. 제1부는 시 장르의 문제나 시 의식 등의 원론에 가까운 글들을 한데 모았다. 제2부는 시에서 리얼리티의 문제를 주로 서정시와의 관계 속에서 다룬 글들이다. 제3부는 삼간(三間, 人間·時間·空間)으로 지칭되는 관계의 동역학이 시작(詩作)에서 구현되는 방식에 초점을 맞춘 것들이다. 제4부는 2010

년대 전후로 등단한 젊은 시인들의 신작시들에 대한 현장비평 성격의 글들로 이루어졌다. 제5부는 소설 비평들만 따로 모은 것으로, 등단작인 김애란론과 2000년대 이후 희극적 소설의 계보와 미학적 원리를 구명하는 글 등이 중심을 이루고 있다.

수지가 맞지 않음에도 출간을 허락해주신 케포이북스 관계자 여러분께 깊이 감사드린다. 편집과 교정을 맡아주신 편집부 여러 선생님들께도 고마운 마음을 전한다. 이제 내가 잘 알고 있는 벗들에게, 그리고 더 많은 익명의 벗들에게 이 작은 책을 전한다. 무엇보다 쓸모없는 문학과 시의 힘을 여전히 믿고 있는 어린 벗들에게 바친다.

2016년 10월 18일
짙어가는 가을 오륜동 연구실에서
이도연

차례

제1부

시의식과 존재사유

시와 장르

1

    인간의 본원적 감정으로서 슬픔은 항상 특정한 대상으로서 '무엇'
에 대한 정서적 반응이다. 그리고 이는 원초적이고 즉각적인 감정 상
태의 표출을 넘어 어떤 특별한 윤리적 감각들을 포함하기도 한다. 자
기 연민이나 체념적 동정이 지니는 자족적 성격을 제외한다면 슬픔이
라는 감정은 지속적이고 일관된 정서적 반응으로서, 그 본질상 윤리
적 책임의식을 필연적으로 동반하는 것이다. 그리고 그 윤리란 다름
아닌 타자의 윤리다. 문학에서 윤리와 정치의 문제는 근본적으로 타
자의 문제로 귀속될 수밖에 없는 것이며, 이를 유달리 새로운 영역의
발견이라 언명할 수는 없다. 전혀 새로운 것이 아님에도 2000년대 이
후 한국시가 이에 가장 민감하게 반응했던 이유는 무엇인가. 이와 관
련한 해명은 여전히 논쟁적인 것으로, 단언하기는 어려우며 매우 섬

세한 사유의 과정을 요하는 것이지만, 여기에서는 약간의 우회적인 통로를 경유하여 문제에 접근하고자 한다. 그 해명을 위한 첫 절차로서, 먼저 시를 둘러싸고 있는 언어의 물질성, 결부된 문화적 환경으로서 토대의 변화를 꼽는 것이 온당할 듯하다. 냉정하게 말해 현재 한국에서 시와 시집을 읽는 사람은 이미 시인인 자와 앞으로 시인이 되려는 자뿐이다. 아무도 서점에서 시집을 사서 읽지는 않는다. 이는 상당히 오랫동안 누적돼온 문화적 관행으로서 부인할 수 없는 목전의 현실이 되었다. 소설이 대중문화의 확산을 따라 영상매체와의 효과적 결합을 통해 상품체계 속으로 스스럼없이 진입하며 거의 속절없이 타락해간 반면, 시와 시집은 상품체계 바깥으로 거의 완전히 빠져나왔다고 할 수 있다. 그렇다고 시적 발화가 예전에 지녔던 문화적 지배소로서의 기능과 강력한 대중적 영향력 역시 거의 상실한 상태이다. 이는 가장 예민한 문화적 향수층인 대학생들이 시집을 거의 읽지 않는 현상에서 확연히 드러난다. 그나마 대학생들의 눈길을 끌고 있는 것은, 하상욱의 『서울 시』와 같은 현저하게 파편적이며 단속적인 시집들뿐이다. 누구나 시를 읽었던 시대가 있었으나, 지금 아무도 시를 읽지 않는다. 역설적으로 시가 뜻밖에 획득한 지위와 시인들의 새삼스런 깨달음은 '시는 돈이 되지 않는다'는 평범한 속설이다. 시가 돈이 되던 시대가 있었던 것은 물론 아니지만, 이러한 시의 급속한 탈물신화, 상품에 내재된 속성으로서 교환가치의 전면적 상실이 눈에 띄게 심화된 것은 비교적 근래의 일이다. 시가 시인에게 돈이 되지 않는 것처럼, 젊은 이들도 자신들에게 돈이 되지 않는, 쓸모없는 시를 읽지 않는다. 이에 따른 부수적 결과는 매우 치명적이면서도 양가적인데, 즉 시의 독자의 유실과 소진이라는 사태는 그것 자체로서는 불행한 일이지만, 그것의 의미가 시인들 자신에게는 이중적이라는 것이다. 다시 말해 시인들은 명민한 소설가들과는 달리, 상품 소비자로서 독자의 눈치를 더 이상 보지 않는다. 즉 어차피 시의 독자들이 소수로 한정되는 만큼, 불특정 다수의 일반 대중 독자의 취향과 기호를 거의 고려하지 않아도 된다는 점이다. 시와 시인은 이제, 더는 대중의 문화적 트렌드를 복사하지 않아도 된다는 사실에 안도한다. 그리고 궁핍한 시대를 노래하는 가난한 마음으로 자신의 예술가적 신념과 자부심을 유감없이 발휘한다. 시인은 드디어 예술가로, 참된 시인으로 다시금 태어나는 것이다. 이처럼 시의 예술로서의 위상의 온전한 획득과 재천명은 상품으로서의 지위의 전면적 박탈과 동시적인 사건이다.

칸트는『판단력비판』에서 미적 취미판단의 전제로서, 현실적 이해관계를 초월해 있어야 함을 강조한 바 있으며, 이로부터 근대 예술은 미적 자율성의 단초를 마련할 수 있었다. 한국사회에서 대략 1990년대 후반 이후, 상품 질서로의 단일적 획일화 경향은 예술적 표현에 있어 어떤 면에서는 상대적 자율성을 초과하는, 마치 절대적 수준에 육박하는 미적 자율성의 동기를 부여함으로써, 시와 시인은 예술(가)로서 자신의 합목적적 목적성을 거침없이 달성할 수 있는 기회를 얻게 되었다. 가령 외부와의 소통가능성을 크게 의식하지 않는 최근시의 두드러진 난해성과 고도의 내적 편향성의 일단은 이로부터 그 일부가 설명될 수 있을 것이다. 소설 장르에서 진정성의 테제가 사라진 지 오래임에도, 장르로서 시에서만 유독 윤리와 정치, 타자의 문제가 새롭게 환기되고 재차 호명되는 것은 아마도 이상의 문학적 상황과 무관하지 않은 듯하다. 다시 말해 소설이 거리낌 없는 세속화의 길로 항진(亢進)해 나가며 점점 감각적 쾌락에 봉사하는 유희적 오락물과 같은 것이 되어 갔던 것에 반해, 시는 비록 자의에 의한 것은 아니었지만 불가피한 탈속화의 단계와 조우하면서 문학적 자기 정화를 통한 내적 고양의 계기를 마련할 수 있었던 것이다. 이와 같은 문화사적 전환이 문학 장르의 차원에서 서정의 자기 갱신, 서정시의 안온한 자기 동일성의 파괴 속에서 함께 진행된 것은 주지하는 대로 2000년대 한국시가 갖는 특별한 의의다. 시적 주체의 자기 동일성의 완고한 구조 내에서 액면 그대로의 타자, 타자의 투명한 얼굴은 발견될 수 없다. 시적 동일성의 급진적 해체와 동시적으로 무수한 타자의 흔적들이 시의 내부로 기입되면서 주체의 자리바꿈은 비로소 가시화된다. 그리고 맨얼굴의 타자와의 마주침은 필연적으로 시 장르에 윤리와 정치의 문제를 끌어들인다. 그렇다면 타자의 출현이 가능해졌던 자기 동일성의 위기와 붕괴는 무엇으로부터 유래된 것인지가 해명되어야 할 것이다. 주체의 자기 동일성은 무엇보다 자기의식의 일관성과 통일성을 토대로 한 주체의 통합적 세계 구성능력에서 비롯된다. 한편 상품체계로의 가치의 일원화는 즉각적으로 가치의 부재와 공백 상태를 초래한다. 잘 알려진 것처럼 '가치(value)'에서 '취향(taste)'으로의 무게중심의 이동과 급격한 쏠림 현상은, 1990년대 후반 이후 한국사회의 문화사적 전환을 특징짓는 전형적 징후에 속한다. 실용주의의 일의적 득세와 함께 시와 시인은 점차 고려할 만한 가치가 없는 것으로 치부되며, 전혀 쓸 모없는 존재라는 사회적 낙인이 선명하게 찍힌다. 상품으로서 시의 교환가치의 전면적 상실과 탈사물화 경향에 덧붙여, 뚜렷한 대중적 영향력과 파급력을 지닌 문화적 기호로서의 시의 위의(威儀) 역시 대부분 탈각된다. 때문에 가치 지향적 활동으로서 시작(詩作)에 자신의 모든 것을 걸고 작업하는 시인의 자기의식은 심각한 정체성의 위기에 봉착하지 않을 수 없다. 유무형의 노동에 토대한 고유한 자기활동이 특별한 가치를 지닌 의미 있는 것으로 인식되지 않는 한, 자기의식의 일관성과 통일성, 주체의 견고한 자기 동일성은 확립될 수 없다. 마침내 가치 생산을 담당하는 확고한 세계의 중심으로서 시적 주체의 자리는 위태로워지고, 예술가로서 시인의 자기의식은 결국 봉합 불가능한 분열 상태에 놓여진다. 특히 1997년 구제금융 사태로 촉발된 절박한 생존의 욕구, 살아남는 것 자체가 지상 최대의 과제가 되어버린 이후의 정치·경제적 상황에서, "간헐적 계약직 문장 노동자"(금은돌 외, 「젊은 시인들의 방담」, 『시인동네』, 2014년 봄호)로 전락한 시인의 현실적 위상과 척박한 시작(詩作)의 노동환경은, 자연인으로서 최소한의 자기동일성조차 유지하기 어려울 만큼, 시의식의 균열과 분열을 가속화시켰을 것으로 짐작된다. 이러한 일련의 사태들이 인류라는 유적 존재에게 묵시적으로 강요하는 역사적 상황은 인간의 동물화(animalization)로 규정될 수 있다. 인간과 동물 상태를 구별 짓는 최소규준이 의식이라는 점을 감안할 때, 이는 인간의 자기의식의 위기와 별반 다르지 않은 것이다. 한편으로 상품체계로의 진입을 완전히 포기한 채 자신의 존재론적 위상을 재정립하면서, 시는 문학의 근본적인 주제들을 재조정함과 동시에 그 본래적 사명과 역할에 알맞게 자신의 몸을 바꾸어나갔던 것으로 미뤄볼 수 있을 것이다. 이제 자신의 언어에만 온전히 집중할 수 있게 된 시는 이로써, 자본주의 최후의 보루이자 마지막 게토가 되었다. 따라서 시인은 숙명적으로 다시금 언어의 본질주의자, 사유의 근본주의자가 되지 않을 수 없다. 결과적으로 시적 동일성의 해체에서 유발된 타자의 발견이, 문학적 소명의 불가피한 재인식에 도달한 시적 주체들의 자기의식의 전화와 맞물리면서, 시는 윤리와 정치라는 오랜 영역을 새롭게 발견한다. 그러나 장르로서의 시가 재발견한 타자의 영역, 윤리와 정치의 지평은 더 이상 집합적 주체의 공동발화가 아니라 시인 개개인의 개별적 발화 속에서, 일상적 사건들의 사소한 부침을 동반하는 주체 내부의 미시적 움직임으로서만 포착된다. 이상의 다소 복잡한 맥락을 염두에 두고 2014년 봄 발표된 시들을 종합적으로 검토하기로 한다.

2

1

저 여자를 보면 막 눈물이 난다 아까 방금 전철에서 만난 여자였는데, 내가 울어야 할 아무 이유가 없는데, 그냥 저 여자가 반월당 가려면 어디로 가야 하는지 물은 것뿐인데 갑자기 반월성이 무너지고 겁에 질린 사람들 비명 지르며 몰려나오고 그 가운데 저 여자가 나를 돌아보며 겁에 질려 부들부들 떨 때, 내 몸 똬리 풀리며 가엾은 여자를 덮치려 할 때, 나도 몰래 눈물 흘리며 내가 왜 이러는지 모를 때!

2

지금 내 앞에서 목도 머리도 없이 절룩이며 걸어오는 저 사내는 내가 靈界에서 올라올 때 앞을 가로막기에 무심코 베어버린 녀석, 그런 식으로 내가 잠 깰 때마다 얼마나 많은 살생을 저질렀던가 또한 오늘 내가 먹은 음식들, 돼지 삼겹살과 닭갈비는 지금 내가 이 삶에서 몸부림치며 깨어나기 위해 피눈물도 없이 행하는 屠戮, 그러니 그 불쌍한 것들을 쳐 죽이며 예끼 成佛하거라! 하는 농담은 하지 말자, 아 부끄럽지 않은가, 부끄럽지 않은가, 이 삶이란 것!

— 이성복, 「내가 왜 이러는지 모를 때」 전문(『문학과사회』, 2014년 봄호)

이제까지 이성복의 시적 주제는 그 자신의 표현대로, '생(生)-사(死)-성(性)-식(食)'이라는 일관된 흐름을 이어왔다. 위 제시된 시편 역시 여기에서 크게 벗어나지는 않는 듯하다. 두 단락의 산문시가 환기하는 것은 윤리적 감각의 차원으로 수렴되는데, 첫 번째 단락은 현존재의 존재구성틀로서 '타자'에 대한 존재 사유를 구체적으로 열어 밝히고 있다. 폭력의 기원으로서 타자는 주체의 의지대로 조작 가능하지 않으며, 그 물리적 현존성은 주체의 신체 내부에 감각적 실체로서 선명한 흔적을 새겨 넣는다. 전철에서 조우한 "여자"의 질문에 답한 것이 인연의 전부임에도 그녀를 엄습한 불행한 사태에 무한한 부채감을 느끼는 자신이, "나"는 당혹스럽다. 그 곤혹감은 마치 나란히 길을 걷다 넘어진 친구의 불운에 함께 울음이 터져버린 나머지 아이의 심정과도 같은 것이다. 마침내 무연(無緣)의 "나"와 "여자"가 아무 뜻 없이 깊이 얽혀 있다는 사실, 그 도저한 실존적 연루감의 불가피한 확인 속에서, "똬리 풀리"는 "내 몸"은 단단히 걸어뒀던 마음의 빗장을 문득 풀어버리고 만다. 우리는 이 지점에서, 시의 정의로서 관계의 동사적 사건이라는 명명을 재확인한다. 이어지는 다음 단락은 생멸하는 모든 물물과 존재자 간의 근원적 이질성과 배타적 공존관계, 그리고 이와 관련한 현존재로서의 원죄의식을 보다 직접적으로 진술한다. 화자의 죄의식은 하나의 삶은 다른 뭇 생명의 죽음을 바탕으로 한 카르마의 심연(深淵)에 다를 바 없다는 비관적 인식에서 비롯되는데, 여기에서 그것은 모든 물상을 포함하는 우주적 질서와 생사를 넘나드는 범신론적 차원으로 확대되고 있다. 따라서 앞선 단락의 실존적 부채감은 사실 두 번째 단락의 원죄의식에 그 뿌리를 두고 있는 것이며, 이는 곧 타자의 윤리학이라는 존재론적 지평에 그 보편적 정당성을 부여하고 있다.

신내동에서 퇴계원 사거리 가는 갈매동 길 좌우로 참 길게, 악착같이 현수막들이 붙어 있다. 내용이야 시인보다 모르는 이 있으랴만, 적힌 대로라면 'LH공사'란 데는 날강도에 개새끼들이고 갈매 주민들은 제 땅에서 쫓겨난 낭떠러지 목숨들이다. 나는 보다 말다 하며 묵묵히 버스에 얹혀 다녔다. 워낙에 이 나라에선 많이 들어 온 일이고 워낙에 내 코가 석 자여서이다.

나도 남양주 진접 사람들도 피곤에 절어 자다 깨다 흔들리며 지나가지만, 문제는 어느 날 코가 넉 자가 되리라는 것. 절대 안 될 것 같고 안 되었으면 싶지만 석 자인 코가 넉 자가 되는 건 시간문제라는 것. 사실은 절대 될 것 같고, 안 될 수가 없다는 걸 절대 받아들이고 있다는 것. 너무 깊이 받아들이고 있다는 것. 넉 자가 되지 못할 석 자가 있을까.

어렸을 때, 팔거나 잡기 위해 닭장에 손을 넣어 한 마릴 비틀어 쥐면 잠깐 술렁거렸다가 닭들은 그냥 묵묵하였다. 돼지들도 그랬다. 제 형제를 발로 차서 몰아내어 트럭에 싣거나 냇가로 끌고 가도 꿀꿀이죽을 주려나보다, 안 주는가보다, 잠깐 꿀꿀거리다가가는 그만 묵묵하였다.

고향 집엔 닭도 돼지도 없고 닭장도 돼지우리도 사라졌지만. 집도 마을도 흙더미가 되어가지만.

— 이영광, 「묵묵하였다」 전문(『포지션』, 2014년 봄호)

선명한 구도 속에서 포착한 화자의 일상적 경험을 냉연한 무관심으로 처리하고 있는 위 작품이 고발하고 있는 것은 이곳에 만연한 죄의 불감증이다. 죄의 무상(無償)한 무관심성에 주목하고 있는 이 시의 화자는 시적 거리의 확보를 통해 이성복 시의 입장에 근사한 일반적 진술을 전도시킴으로써, 독자적인 시적 진실을 주조한다. 여기에서 화자의 자리와 시선은 이중적인데, 일상에의 매몰과 자기 사업에의 몰두는 타자에의 무관심을 촉발함과 동시에 그것이 내재한 초월적 무관심성은 화자 자신을 포함한 공동의 자아의 발견과 공통감의 회복과 관련한 성찰적 사유를 가능하게 하는 현실적 조건이 되고 있다는 점이다. 달리 말해 이는 욕망을 통해 실현되고 정립되는 자기윤리학의 전개과정에 진배없다. 이에 따라 시에 내장된 보편적 개별성을 뒷받침하는 그 시적 인식의 핵심은, "내 코가 석 자"라는 이기적 통념의 통렬한 파괴, 욕망의 자기고착화라는 속류주의에 맞서는 결연한 반대에 있다. 그것은 또한 시인의 입장에서, '써야만 하는 말'을 외면하면, '쓰고 싶은 말'도 결국에는 쓸 수 없게 되는 상황에 처해지리라는 것, 그리고 심중에 가득한 열망으로 넘쳐나는 무수한 말들 역시 피어나지 못한 채 곧바로 최후를 맞이하게 될 것이라는 시작(詩作)의 숙명, 여지없는 그 말의 운명과 정면으로 마주하는 것과도 다르지 않다. 시인은 결국 스스로를 위해, 써야만 하는 말을, 남을 위해 대신 하는 사람이다. 그렇지 않다면 시인의 코 역시 넉 자가 되는 불가항력의 파국에 직면하게 될 것이다. 환언하자면 이 작품의 내부로부터 서서히 번져나가는 둔중한 종소리는 다름 아닌 시의 화자와 독자를 포함한 바로 우리들 자신을 향해, 마침내 울려 퍼지는 것이다. 그것은 타인과의 경계의 확정을 경계하려는 경고의 종소리, 배타적 실존에 대한 엄숙한 경종이다. 누구나 경험하는 것처럼, 죽음 등 타자의 삶과 결부된 간접적 고통의 경험은 직접적으로 내 자신의 생(生)을 감소시킬 수 있다. 이는 또한 시의 후반부가 분명히 경고하고 있는 것처럼, 가속화하는 인간의 동물화 경향과도 직결되는 것이다. 따라서 이 작품에서의 시적 발화는, 타자의 고통에 찬 신음소리에 "묵묵"하고 있는 비겁하고 은밀한 침묵의 연대와 소문 없이 타락해간 암묵적 현실에 대한 화자의 정당한 비난이다. 퇴락한 기억 속 "닭"과 "돼지"가 그러하였듯이, "묵묵"하는 현재의 시간을 방치한 대로 이내 흘려버린다면, 언젠가는 말의 가혹한 운명처럼, 시인을 비롯한 인간 역시 마찬가지로, 존재의 고유한 언어 또한 잃어버리게 될 것이다. 이런 뜻에서 개인의 윤리적 정초는 먼 것으로부터 오는 것이 아니라, 타인의 삶의 경험을 공유하고 이해할 수 있는 내면적 힘, 다시 말해 공감의 능력에서 나온다 할 것이다. 그것은 자동적으로 지각되고 획득되는 것이 아니라 개인을 둘러싸고 있는, 타자로 이루어진 세계에 대한 능동적 관심과 지속적 이해로부터 사후적으로 성취된다는 점에서, 분명 구성적 역능의 차원에 속하는 사랑의 능력인 것이다.

> 가벼운 무릎 위에 올려져 있는
> 종이 한 장의 처세가
> 웅숭깊다
>
> 승객들 무릎과 무릎 사이를 옮겨 다니는
> 종이 한 장의 표정을
> 더듬더듬 읽는다

공복에 기댄 탓인가, 공손한 글자들이 자꾸
시선 바깥으로 떨어져 나간다

종이의 말씀을 새겨들을 줄 알아야
좋은 시인이라고
어머니 살아생전에 목구멍에 칡이 돋도록
말씀하셨는데

더듬더듬, 띄엄띄엄 읽어나가는 동안에도
종이의 공손함은 변함이 없다

손가락 없는 손이, 고개 숙인 노파의 손이
죄 많은 무릎에 닿을 무렵
자세를 고쳐 앉아
무릎과 무릎이 벌어지지 않게
종이를 떠받들고
나는

웅숭깊은 나무를 품은
연필 한 자루를 공손히 받아들었다

―고영, 「종이의 말씀」 전문(『시인수첩』, 2014년 봄호)

한편, 위 시는 대중교통의 승객들에게 도움을 호소하는 종잇말을 받아들고 모른 체 심상했던, 나날의 삶과 그 사소한 순간들을 하나하나 공들여 점묘한다. 누구나 경험하는 이런 흔한 상황에서 대개는 묵묵하였던 기억이 있다. 이 작품 역시 앞선 시의 여러 맥락들을 거의 빠짐없이 호명하면서 이를 확장, 심화하는 가운데, 타자의 윤리학이라는 난제를 친숙한 일상의 언어로 갱신하는 데 성공한다. 모든 언어는 명령어다. 그것은 주체의 실존적 결단과 구체적 행동을 강력히 촉구하는 타자의 절박한 요청이다. 그것이 단순한 '말'을 넘어 두 손으로 공손히 받들어야 할 '말씀'인 것은 거기에 이유가 있다. 이 작품에서 그것이 지닌 도덕적 정당성과 윤리적 보편타당성, 그 말씀의 권위는 그것의 오랜 전통성으로부터 유래한다. 즉 그 말씀은 선대로부터 연면히 계승되는 슬기로운 경구, 어머니의 직접적인 음성으로 기억되고 전해지는 참말이기 때문이다. 한편으로 그 오랜 시간성과 깊은 역사성은, "웅숭깊은 나무를 품은 연필 한 자루"라는 구절에서 여실히 드러나고 있다. 결국 그것은 한마디로 '남의 말에 귀 기울이라'는 당부의 말씀, 경청의 지혜에 대한 조언이다. 또한 그것은 평범한 속인을 지나, "좋은 시인"이 되는 단 하나의 유일한 길이기도 하다. "살아생전에 목구멍에 칡이 돋도록 말씀"하신 어머니의 깊은 속은 바로 여기에 있다. 어머니의 자애로운 표정은 "고개 숙인 노파의 손"과 자연스레 오버랩된다. 하지만 세류에 탁해진 나의 몸뚱이와 마음결은 그 진언을 올곧게 받들지 못하고 그저, "더듬더듬", "띄엄띄엄", 그 진의를 살피느라 분주할 따름이다. 그럼에도, 자식의 때늦은 귀가를 탓하지 않고 한참을 기다려주는 어머니의 한결같은 너그러움처럼, "종이의 공손함은 변함이 없다". 이에 대한 화자의 마지막 심정은 "죄 많은 무릎"에서 드러나듯이, 어머니의 당부, 타인의 말씀에 귀 기울이지 않는 사람으로서 갖는 죄의식과 자책감이다. 이제라도 무릎을 오므려 자세를 고쳐 앉고, 그 말씀을 받들지 않을 수 없다. 타인의 간곡한 요청을 내 안으로 깊숙이 받아들이지 않으면 안 되는 것이다. 그것이 최소한의 인간에 대한 예의, 한줌의 도덕으로서 최후의 자기윤리이다. 이 작품은 그런 의미에서 돌아온 탕자의 참회록이다.

모르는 여자의 이름을 불러보는 밤엔 누워 있는데도 복숭아뼈를 다친 발목이 문지방을 넘는다

과일이 신체에 들어 있는 건, 신체로 들어와서 뼈가 되어서 걸을 때마다 사방으로 향기의 얼룩을 흘린다는 건 무슨 뜻일까 모르는 여자는 모르는 여자로 자신의 숲을 걸어야는데 이름만 부르는데도 내 품에서 다치는 이유가 무얼까

꿈꾸다가 막 깨어났을 때 그 여자가 전생과 이생의 절취선을 자르고 있는 것이다 뼈를 다칠 때마다 수레바퀴가 곡선만 들고 통증을 넘어 오는 것이다 나 대신 꿈을 꾸는 모르는 여자,

잠든, 네 복숭아뼈를 만지면 그곳이 내 슬픔의 기원 같다 어떤 슬픔

은 과일에서 맴돌다가 혀끝에서 녹는다

　모르는 여자는 모르고 싶은 여자, 복숭아뼈를 만진다 불면이 잠시
멎는다 네가 다녀갔다

—박진성, 「과일의 세계」 전문(『시인동네』, 2014년 봄호)

　타자의 문제는 종국적으로는 자기윤리의 정립이라는 궁극적 지향
점을 갖는다. 따라서 반드시 눈에 띄는 현상적 실체로서 타자만이 관
건이 되는 것은 아니다. 위 시는 꿈결에 만난, 혹은 환상 속에 조우한
"모르는 여자", 내 안의 타자를 불러들이고 있다. 이 작품에서 의미의
중핵에 해당하는 낱말은 "복숭아뼈"이다. 이 시를 '과일의 세계'로 제
(題)한 이유가 금세 드러난다. 여기에서 의미론적 중심을 차지하고 있
는 문장은 바로, "잠든 네 복숭아뼈를 만지면 그곳이 내 슬픔의 기원
같다"는 단 하나의 진술이다. 인간에게 감정의 실체나 내용도 물론 중
요하지만, 감정의 시원이 되는 내면의 분화구가 어디쯤인지 가늠하고
따져보는 일도 마찬가지로 소중할 법하다. 감정의 시발점은 일차적으
로는 자기 자신일 수밖에 없지만, 그 촉발의 지점은 항상 어떤 대상과
결부되기 마련이다. 즉 감정은 언제나 '무엇'에 대한 감정이다. 따라서
내 감정의 기원은 자족적 내부보다는 외부에 존재하는 경우가 보다 허
다하고, 확률적으로도 가능성이 더 커 보인다. 따라서 위 진술은 감정
의 원천적 매개자이자 유일한 촉발점으로서 타자(the other)의 실체를
직접 지목하고 있는 것이다. "이름만 부르는데도 내 품에서 다치는 이

유”나 “곡선만 들고 통증을 넘어 오는 것”, 혹 “어떤 슬픔은 과일에서 맴돌다가 혀끝에서 녹는” 감정 흐름의 전치 등은 모두, 기실 내 안의 욕망이 타자의 욕망이듯, 내 감정의 기원이 필시 타자 안에 있기 때문이다. 그래서, “모르는 여자는 모르고 싶은 여자”라는 마지막 진술은, 주체의 내부적 속성으로서 타자가 지니는 근원적 타자성(otherness), 그 명징한 불투명성과 궁극적 불확실성을 지시하는 것으로 이해될 수 있을 것이다. 그리하여, 타자는 주체에게 메울 수 없는 영원한 공백으로 남겨진다.

3

　미래의 시는 알 수 없으므로 현재의 시에 대해서만 말하기로 한다. 단지 2014년 여름, 지금까지의 한국시의 몸체를 이루고 있는 살의 형태와 뼈의 구조, 혈액의 흐름을 통해 도래하려는 시의 행방과 윤곽을 어렴풋하게 짐작해볼 따름이다. 2000년대 이후 현대시에서 이룩된 서정의 자기 갱신과 더불어 한국시는 타자의 문제를 다시금 호출함으로써 윤리의 지평과 정치의 영역으로 제 몸을 남김없이 투신했다. 이와 관련한 문학적 환경의 변화에 따른 시 장르의 문제는 서두에서 개략적인 그 대개의 윤곽을 희미하게나마 그려보았다. 물론 이는 추정된 상상의 지형도로서 엄밀하고 객관적인 논증을 통과했다고 말하기는 어렵다. 그러나 장르로서의 시가 새롭게 맞이한 내부적 전화의 계기와 그 변곡점에 대한 문화사적 규정은 크게 사실에서 벗어나지는 않은 듯하다. 이는 물론 자본주의 체계의 바깥과 외부를 상상하고 구성하기가 쉽지 않아진 정치, 경제 부문의 역사적 변화와 시간적 분절에 기인하는 바가 적지 않다. 내가 보기에, 현재 자본주의 질서를 넘어서는 문화적 상상력과 문학적 응전의 가능성은 대단히 축소되어 있는 형국이며, 그 일말의 희망과 여분의 가능성은 소설보다는 비교적 시 장르에서 발견될 수 있으리라고 생각한다. 그것은 앞서 말한 바와 같이 장르로서의 시가 상품체계의 바깥으로 거의 완전히 빠져나왔다는 나름의 판단 때문이다. 완전히 쓸모없어진 스스로를 발견함으로써, 시는 자신의 '쓸모없음의 쓸모'를 온전히 다른 방식으로 구성하고 사유할 수 있는 기회를 마련했다. 그러한 미적 자율성을 토대로 시는 문학의 오래된 미래이자 고유한 주제로서, 타자와 윤리의 문제, 현실정치의 문제 등에 적극적으로 발언하고 다시금 구체적으로 개입할 수 있게 되었다는 것이, 이 글에서 내가 밝히려고 했던 큰 논지이자 비평가로서 한국시에 대한 나의 개인적 해명으로 간주해도 좋을 것이다. 그리고 위에서 분석한 시편들에서 보는 것처럼, 그 실제적 발화의 양상들은 매우 소소한 개인적 일상을 토대로 하는 미시적 층위의 윤리적 차원으로 수렴되며 확산되고 있는 경향이 지배적이며, 정치적 차원의 발화 역시 시적 주체의 미세한 심리적 진동과 파장을 따라 무의식적인 차원의 내면적 반향이자 시의 내부적 움직임으로서 감지되는 경우가 우세하였다. 2010년대 한국시가 이상의 주제들을 보다 넓히고 심화시킬 것인지, 아니면 새로운 시적 논제를 창출하여 전혀 다른 영역으로 빠르게 옮겨갈 것인지는 예측하기 어렵다. 다만 장르로서의 시와 예술가로서의 시인이 이제 자기 자신 외에 고려할 것은 아무것도 더 이상 없다는 사실에는 크게 다름이 없을 것 같다. 나는 이제 이 자리에 한가롭게 고요히 가라앉아, 도래하는 내일의 시를 다시 기다리기로 한다.

시의 방법론

1. 시 짓는 일과 죄 짓는 일

젊은 시인의 상상력으로부터 영감을 얻는 것이 좋겠다. 시는 어떻게 도래하는가. 청춘의 패기가 채 가시지 않아 다소 위태로운 감도 없진 않지만, 아래 시는 시인의 숙명으로서 진실과 대면하려는 자의 정직한 욕망과 그 아름다운 패배의 과정을 특별한 덧댐 없이 보여준다. 그것은 '좌절한 자의 순수성과 아름다움'[1]이다. 무엇이든 특정의 궁극적 목적을 달성하기 위해서는 먼저 구체적인 목표가 설정되어야 하며, 실천의 전략과 함께 세부적 지침으로서 구체적인 전술들이 마련되지 않으면 안 된다. 여기에는 목적-목표-전략-전술의 각 단계에 따른 개

---

[1] 1938년 6월 12일, 게르숌 숄렘에게 보낸 편지에서, 발터 벤야민은 카프카의 형상을 가리켜, "좌절한 자의 순수성과 아름다움(it is the purity and beauty of a failure)"이라고 명명한 바 있다. *The Correspondence of Walter Benjamin and Gershom Scholem, 1932~1940*, edited by Gershom Scholem & translated by Gary Smith and Andre Lefevere, Harvard University Press, 1992.

별적 특수성의 견고한 포지(抱持)와 동시에 유기적 전체의 구성을 위한 주체의 통합적 인식이 필수적인 것이다. 또한 목적과 목표는 가치 물음이 불가피하게 동반되는 최후의 텔로스에, 전략과 전술은 텔로스의 실현을 위한 실천의 도구이자 방법론에 해당한다 할 것이다. 주체는 내부의 정언명령에 따라 문제해결을 위해 동원하는 자신의 고유한 방법론 속에서 스스로의 역능을 표현한다. 이와 동일한 문제틀(the problematic)로서 시의 방법론은 시적 인식과 실제적 대상의 구성 문제, 그리고 구체적인 실천의 관계들을 시작(詩作)의 집합적 배치 속으로 직접 호명한다.

아무도 말을 하지 않았지만

동기들은 누군가에게 맞추려고 시를 지었다. 카페에서 오늘의 커피를 주문하며, 골방에서 치킨을 주문하며, 주문된 대로 시를 지었다.

누구나 잘 맞추는 시를 짓지는 못한다며, 시집이 한 삼백 권쯤 있는 지방 놈이 말을 꺼냈다. 너는 그거 죄짓는 거라고. 시는 그런 게 아니라고. 주장하던 몇몇은 얼마 버티지 못하고 생각을 시작했다. 아무도 말을 하지 못했지만

우리는 지방 놈을 늘 부러워했다.

생각을 그칠 줄 아는, 지방 놈이 부러웠다.

여기서 누구보다 시를 잘 짓는 시인은, 늘 가능성이 넘치는 최종심

이었는데, 그의 지론에 따르면 시를 짓는 데에는 의식주의 법칙이 필요했다.

옷을 지어 입히는 것 같은 마음으로 맞춤 제작을
밥을 지어 내오는 마음으로 물의 수위를
집을 지어 바치는 시간만큼 술을 마시라고. 건배!

최종심은 자꾸 최종까지 죄를 짓고 시를 지었다. 발에 잘 맞지 않는 구두를 구겨 신으며, 또 죄를 지을 궁리로 마음을 맞췄다.

너는 왜 필명을 짓지 않았니? 이름을 짓는 일이 시를 짓기보다 어려웠다고! 훌륭한 동기들은 생각이 없어지려고 죄를 더 짓고 시를 지었다. 그래, 그것을 서정이라고 부르지.

말할 필요 없는 말을 더 시끄럽게 떠들 수 있는 지방 놈은 부모 중에 누가 더 많거나 아예 없었다. 부재와 넘치는 것 사이에서 모종의 결탁이 있었다. 모두 가난일 수 있다고, 야합이었다. 그런 것도 서정이었다. 등록금을 동결하는 모임에 나가고. 세상에서 가장 억울한 얼굴로 담배를 피웠다.

그해 겨울 최종심은 또 최종심까지 죄를 지었고, 몇몇 서울 놈들도 최종까지 죄를 보탰다.

군대에 간 동기들은 시를 멈췄고, 시를 짓기 위해 학교에 남은 동기들은 해결되지 않는 자신들을 시에 맞췄다. 그러나 좀체 시는 누구도 맞출 수 없는 곳으로, 생각을 멈췄다.

때때로 공무원 준비를 시작한 동기들은 미래를 보았다. 미래의 자식에게 옷을 지어 입히는 마음으로, 밥을 지어 먹이는 마음으로, 집을 지어 살게 하는 마음으로, 미래를 보았다. 노량진에서. 그만큼 시와 미래는 참으로 멀리, 가까이 있었다.

어떤 식으로든 죄를 짓는 일이 많아진 서울 놈들 중
한 명이 자살을 선택했다. 최종심이 슬퍼하는 방법에 가장 능했고,
역시 최종심은 진정 지방 놈이었다.

우리는 조금씩 더
시를 짓는 일보다 약을 지어 먹을 일들이 많아져 갔다.
맞춤식으로

이렇게 거짓말을 짓는 일들이 슬퍼져 갔다.
더 이상 아프게 살 용기가 없었다.

—박성준, 「가령의 시인들」 전문(『시작』, 2013년 가을호)

시인의 유일한 궁극의 목적은 단 하나, 좋은 시를 쓰는 것이다. 그

러기 위해 그는 먼저 시인이 되어야 한다. 새로운 시인의 탄생을 위해서는 등단이라는 예비 절차를 반드시 거쳐야만 한다. 「가령의 시인들」은 등단이라는 첫 번째 숙제를 풀기 위해 정답을 찾아 나선, 가난한 시혼(詩魂)들의 사투를 발랄하게 때론 진지하게 그려내고 있다. 그 시적 진술들에는 영업 비밀에 속할 만한 시작(詩作)의 비결과 등단의 노하우가 일부 노골적으로 포함되어 있다. 통과의례로서 시인의 탄생과정은 한편으로 돌이킬 수 없는 타락의 지점을 향해 가는, 순수한 몰락의 시간이다. 실재적인 의미에서 '성숙'이란 실제로는 존재하지 않는 것처럼, 물리적 나이 듦이 곧바로 자연스런 시의식의 숙성을 가리키지는 않는다. '새해가 되어 나이를 더 먹음'을 뜻하는 옛 말투인, '가령(加齡)'이 의미하는 바가 또한 그러하다. 시의 첫머리는 규범적 기술로 타락한 시작의 실상을 적실한 비유로 꼬집고 있다. 그것은 바로 주문대로 '제작되는 시'다. 심사자의 구미를 당길 만한 소위 신춘문예용 맞춤 시를 찍어내는 것이다. 시의 전면에 부각된, 작시술에 능통한 어느 최종심 업자의 세련된 충고는 나름대로 이 작품의 백미를 이룬다. "옷을 지어 입히는 것 같은 마음으로 맞춤 제작을 / 밥을 지어 내오는 마음으로 물의 수위를 / 집을 지어 바치는 시간만큼 술을 마시라"는 그의 작시요결은 직접적인 습작의 경험을 바탕으로 한 것이기도 해서, 단지 허튼 소리만으로 치부해버리기도 어렵다. 의식주로 비유된 그의 장인적 성실성과 제작의 지혜는 적중률 높은 시작의 교과서로서 손색이 없으며 그 실용적 가치가 충분해 보인다. 그는 이를테면 시의 텃밭을 요령 있게 다룰 줄 아는 모범 경작생이다. 그게 죄 짓는 일인 줄은 누구나 알고 있지만, 눈앞의 목표를 위해서는 절차의 정당성과 과정의 순수성이 조금은 훼손되어도 좋다. 흔히 그러하듯이 여기에서도 목적과 수단이 서로 자리를 뒤바꾸는 것이다. 또한 누구라도 그러하듯이 첫 순간의 치욕만 견뎌내면 그 다음부터는 감각이 무디어지기 마련이다. '죄의 불감증'이 시작되는 것이다. 스스로를 칭하는 고유명사로서 필명을 짓는 것은, 어떤 면에서 자신의 전부를 거는 일이기에(자신의 이름을 걸고 시를 쓰고 발표한다는 것의 일차적 의미는, 자신의 글과 언어에 스스로가 책임진다는 뜻이므로, 그리고 자신이 지은 시가 그 이름값에 부끄럽지 않은 것이어야 하기에) 무엇보다 신중해야 하지만, 가령의 시인들은 어차피 본명이 아닌 가명이기에 무엇이든 크게 개의치 않는다. 창작 교본에 따라 무책임하게 아름다운 서정시를 너나없이 짓는다. 몸으로 아파보지 않고 과장된 포즈로 서정의 가면을 쓴다. 시가 미래가 될 수 없음을 간파한 일부는 재빨리 미래의 보험을 계약하기 시작하고, 이제 시를 짓는 일이 바로 죄를 짓는 일이 되어 간다. 몸과 마음이 점점 병들어 간다. "더 이상 아프게 살 용기가 없"어진 시인에게 마지막으로 남은 것은, 타락한 영혼을 따라 죄와 완전히 한 통속이 되어버리거나 더러워진 몸을 정성스레 닦고 더 이상은 죄를 짓지 않는 속죄의 길, 두 가지가 있을 것이다. 길은 사방으로 열려 있으되, 그 선택의 몫은 온전히 '가령의 시인들' 것이 아닐 수 없다. 이 시는 '시를 짓는 일=죄를 짓는 일'이라는 인식을 바탕으로 시로 쓴 반성문이자 참회록이다. 이상의 논리적 중핵과 시 의식은 멀리는 윤동주를, 가까이는 기형도(「대학 시절」)를 떠올리게도 한다. 1942년 윤동주는 그러한 죄의식을 간명한 하나의 문장으로 표현한 바 있는데, "인생은 살기 어렵다는데 시가 이렇게 쉽게 씌어지는 것은 부끄러운 일이다"(「쉽게 씌어진 시」)라는, 인용조차 새삼스런 시구에 담긴 냉혹한 자기 인식이 그것이다. 부끄러운 줄 모르고 "말할 필요 없는 말을 더 시끄럽게" 떠들어대는 시가 많은 요즘, 이 젊은 시인의 참된 고해성사는 뼈아픈 것이 아닐 수 없으며, 그 아름다운 패배의 기록 역시 오랫동안 기억되어야 할 것이다. 나는 의식주에 공들이는 참회의 심정으로 지은 박성준의 좋은 시들에서, 속죄를 넘어 면죄의 시간을 만날 수 있기를 기다리는 중이다.

2. 마당 쓰는 일과 시 쓰는 일

장마라는 말만 아니었으면
때는 장마라는 이유를 모르겠다
밤낮없이 비가 온다고 장마인가
잠시 그친 빗속에 성당의 마당 쓰는 노인을 바라보며
어제 텔레비전에서 우연히 만난
리비아 어느 협곡의 모래알 구르는 소리를 생각했다
죄 많은 이의 등짝이 그러할진대
세월의 파편이 물줄기처럼 흘러내리는 사막
한쪽으로 내달린 풍화의 잔등에 새겨진 이야기는

모두 어떤 인연의 끈일 것이다

바람에 시달린 바위들 길을 내주고

오늘도 나는 또 하나의 죄를 짓는구나

마당 쓰는 노인이 빗물을 몰아내다

다시 비가 오기 시작하자 허리 굽혀 안으로 든다

돌아와 결코 후회 없는 저 눈빛 속에 그어진 풍화

조금 멀리 있어 보이진 않으나

빗줄기 피해 한 곳을 바라보며 말 없는 두 사람이

오늘도 멀리 가고 있다

아주 멀리 떠나 돌아올 수 없는 곳까지 가고 싶은

두 사람이

갈 수 없고 돌아올 수 없는 곳을 바라보며

그렇게 빗속으로 쉬지 않고 달려가고

젖은 매를 맞을 때 고요히 스며드는 성당의 옛 종소리

밤낮없이 그립다고 다 사랑은 아닐진대

마를 날 없이 젖는다고 다 눈물은 아닐 것을 오늘은

시를 짓는 일이 죄를 짓는 일과 다르지 않고

마당을 쓰는 일이 시 쓰는 일과 다르지 않구나

─박철, 「두 사람」 전문(『시인세계』, 2013년 가을호)

　　내가 이 계절에 말하고 싶었던, 단 한 편의 시는 박철의 「두 사람」
이었다. 표면적으로 이 시에 나타난 시인의 자기 인식, 또는 시 의식은 박성준의 그것과 크게 다르지 않아 보인다. 두말할 것도 없이, 그것은 '시를 짓는 일=죄를 짓는 일'이라는 시인의 냉정한 자의식이다. 여름날 장마의 풍경에서 시상을 얻고 있는 이 작품은, 내리는 빗물을 쓸어내고 있는 성당 노인의 부지런한 손길을 포착하고 있다. 삶과 일에 정성을 다하고 공들이는 노인의 태도에서 화자는 어느 이국, "협곡의 모래알 구르는 소리"를 떠올린다. 시인의 시야는 좁은 시공간을 벗어나 우주에 존재하는 모든 삼라만상이 깊이 연루되고 있음을 깨닫는다. 그 각성의 순간에는 "오늘도 나는 또 하나의 죄를 짓는구나"라는 깊은 자기 성찰이 담겨 있다. 흔한 서정시에서 시인의 성찰적 지식은, 그것 역시 너무 흔하게, 설익은 체념과 섣부른 달관의 포즈로 귀결되는 경우가 허다하다. 삶의 만사에 통달한 견자와 현인의 태도로, 그런 시들은 저 아득한 정상에서 세상을 물끄러미 굽어본다. 또한 그것은 내면적 갈등이 제거된 견고하고 완만한 심리적 평화 상태를 동반하면서, 나이 듦과 내적 성숙의 진가를 발휘하고 있는 것처럼 보인다. 그러나 그처럼 허공에 걸려 있는 아름다운 시들은 대개 거침없는 자기기만이거나 위악의 포즈로 가장하고 있는 경우가 너무나도 많다.[2] 우리가 그

---

2 떡 본 김에 제사지내는 격으로, 내가 생각하는 나쁜 시 혹은 내가 좋아하지 않는 시의 목록을(물론 이는 전혀 개인적 취향의 문제일 수도 있는 것이다), 정영문 풍으로 읊어보기로 한다. …… 정상에서 조감하며 내려다보는 시, 달관과 체념의 포즈로 위장하고 있는 시, 인생의 궁극적 진리와 참된 지혜를 혼자만 얻은 냥 고압적인 태도로 압박하는 시, 무책임한 자연의 비유로 일관하는 시, 안일한 태도로 일상의 평화를 노래하는 시, 가슴과 몸으로 쓰지 않고 머리로 치밀하게 계산되어 제작되는 시, 시상의 자연스런 흐름을 따른, 내부에서 서서히 울려 퍼지는 호흡과 맥박이 아니라, 기계적이고 형식적인 운율을 고정적으로 배치하여 시의 부실한 내부를 기워 넣는 시(물론 여기에는 선명한 반복을 통해 창조적 리듬을 획득한 경우를 제외해야 할 것이다), 자족적이고 나르시시즘적인 언어유희에 사로잡혀 있는 시, 모든 면에서 절제되지 않은 시, 부끄러운 줄 모르고 심장 밑에 고이 간직해두어야 할 최후의 말 한 마디를 불쑥 내뱉어버리는 시, 타락한 세

나마 진정한 의미의 성장과 어떤 내적 성숙을 지칭하고자 할 경우 그것은, 스스로가 한없이 미약하고 보잘것없는 자연의 일부로서 미물에 불과하다는 소극적 인식이거나 세계의 원죄를 짊어진 현존재로서 속죄자의 심정 같은 것이어야 한다고, 나는 생각한다. 그것이 정직한 인간이 취할 수 있는 유일한 태도이기 때문이다. 어느 비평가의 진언처럼, 노자를 읽었다고 해서 노자 행세를 할 것이 아니라, 노자를 읽고도 노자가 되지 못하는 우리 자신의 졸렬한 이기심을 반성하는 것이 올바른 삶의 도리이고 시 짓는 사람의 참된 마음이라 할 것이다.[3] 그것은 빗속에서 "젖은 매를" 맞는 자의 심정이기도 하다. 일상의 의식주에 정성을 다하고 공을 들이는 사람은, "돌아와 결코 후회"될 일이 그나마 적다. 한편으로 시 속 화자의 시선은 감정의 무절제와 자의식의 과잉이 스스로를 속이고 남을 속이는 기만이자 위선에 지나지 않는다는

상을 조롱하고 비난함으로써 자신의 예술가적 자부심이 드높아진다고 착각하는 시, 열 번 찍어도 안 넘어가는 시(가령, ① 무심결에 읽는다. ② 소리 내어 읽어본다. ③ 단어 하나하나에 집중하며 읽어본다. ④ 이미지와 상황을 떠올리며 읽어본다. ⑤ 호흡과 리듬에 주의하며 읽어본다. ⑥ 의미와 구조에 유의하며 읽어본다. ⑦ 마지막 행에서, 첫 행으로 거꾸로 읽어본다. ⑧ 떼굴떼굴 굴러가며 읽어본다. ⑨ 소음이 많은 혼잡한 거리에서 읽어본다. ⑩ 공책에 필사하며 읽어본다. ⑪ 이만하면 됐겠다 싶을 때, 다시 한 번 큰 소리로 읽어본다 등등 ······) 들을, 나는 그다지 좋아하지 않는다. 아마도 이와 같은 목록은 무한히 작성될 수도 있을 것이다.

3 같은 지면에 발표된 시인의 다른 시편은, 이 같은 인식을 여실히 드러내고 있는 경우라고 나는 생각한다. "화엄을 읽었다 // 한 시절 매달린 경經의 끝이 / 잊으라, 였을 때 / 억울해 너에게 편지를 쓴다 / 쓰다 만 편지를 지우고 돌아누워 잊었던 사춘기의 / 수음을 되살려 죽음처럼 잠시 영혼을 달랜다 / 3년간 벗이었던 화정공원의 물푸레나무 / 그마저 옹두리 만들며 스스로 물러서니 / 구청 직원은 곧 이사를 시키겠다 말했다 / 잊으라는 것이다 / 산 위에 오르면 장엄한 세계도 / 골목길에 들어서 쉽게 잊혀지고 / 그게 모두 내 허물인 듯 / 내일은 일없이 이종사촌이나 찾아가 봐야겠다 // 사랑도 나무도 읽지 말고 담아야 할 것을 / 한 시절 바라보다 화엄을 잃었다"(박철, 「너의 화엄」 전문, 『시인세계』, 2013년 가을호). 이 작품에서 알 수 있는 것처럼, 시인은 쉬 '망각'하는 자(망각은 정치가들에게나 어울리는 것이다)가 아니라, 눈에 담아 또렷이 '기억'하는 자이다.

엄연한 사실을 시간 속에서 몸으로 체득한 자의 것이다. 즉 그것은 사랑하는 사람에 대한 자신의 감정을, '당신을 사랑합니다'라는 간명한 언어로 표현할 줄 알게 된 자의 지혜를 표현하고 있다. 누구나 경험하는 바대로 들끓는 청춘의 언어란, '사랑합니다'라는 말 앞에, '정말', '진심으로', '죽도록', '영원히'와 같은 화려한 수사를 붙이지 않고는 못 배기는, 성마른 조급증과 넘치는 정념으로 주체하지 못하는, 과잉의 수사학을 그 본질로 한다. 이상의 맥락에서 "밤낮없이 비가 온다고 장마인가", "밤낮없이 그립다고 다 사랑은 아닐진대", "마를 날 없이 젖는다고 다 눈물은 아닐 것을"과 같은 진술들은, 과장된 감정의 토로와 무절제한 자기표현 등에 대한 경계를 통해 삶에 대한 깊은 통찰과 뚜렷한 반성적 사유를 드러내고 있는 것이다. 일상적 삶의 실천과 예술가의 표현의지를 하나로 통합하려는 투철한 시 의식은 시인으로 하여금, "오늘은 / 시를 짓는 일이 죄를 짓는 일과 다르지 않고 / 마당을 쓰는 일이 시 쓰는 일과 다르지 않구나"라는 감동적인 결구 속에서 통렬한 자기반성을 수행하게 하고 있다.

3. 둘 사이, 너무나도 깊은 관계처럼 얽혀 있어

간밤

야음을 타고 내린

하늘
특공대,
하얗게 지상을 점령해 있다

그 어깨를 밟고 지나가는
새벽
수레바퀴들,
일사분란하게 고요를 흔들고 있다

하얗다 못해
푸르디푸른
제복을 입고 도열해 있는 하늘의 장정들
입김은 단호하고 또한 위엄 있게
차디차다

쉿,
아무 말도 뱉을 수 없는 이 땅의 침묵 피어오르는
시간,
당신과 나 사이는
너무나도 깊은 관계처럼 얽혀 있어

―이수익, 「깊은 관계」 전문(『시인동네』, 2013년 가을호)

이 작품은 앞의 시들과 "너무나도 깊은 관계처럼 얽혀 있"다. 언뜻 대수로울 것도 없어 보이는 이 시는, 겉으로 강설(降雪)의 순간을 포착하고 있는 것 같아 보인다. 실제로 1연은 자연스런 기상 현상을 그대로 제시하고 있다. 밤새 하얀 눈이 내렸다. 2연은 신설(新雪)의 적막을 깨뜨리고 첫 새벽을 여는 부지런한 사람들의 움직임, 이를테면 일용직 노동자들이나 청소부들의 부산한 활력을 "수레바퀴"의 역동성에 빗대고 있다. 3연은 다시, 하늘에 흩뿌려지고 휘날리는 하얀 눈발들이다. 그것은 "하얗다 못해 / 푸르디푸른" 빛을 띠고 있다. 앞서, 내리는 눈발을 "특공대"에 비유하고 있어, 제복을 갖춰 입고 사열대에 꼿꼿이 서 있는 군인들("장정들")로 시상을 전개하고 있는 것은 무리가 없다 할 것이다. 그들의 결연한 표정이 뿜어내는 "입김"은 "단호하고 또한 위엄 있게 차디차다". 여기까지는 어느 평범한 시편들과 크게 다를 것이 없을 것이다. 이 시의 핵심적 의미구조는 온전히 마지막 4연에 집중되고 있다. 물론 앞의 1~3연은, 4연에서의 의미의 집중을 위해 사용된 필연적 전제이자 긴장적 상황을 연출하기 위한 조성(造聲)의 언어들에 속한다 하겠다. 긴박한 분위기 속에 "침묵"이 "피어오르는" 절대적인 적요(寂寥)의 순간, "너무나도 깊은 관계처럼 얽혀 있"는, 설핏 무연(無緣)한 듯 보이는, "당신과 나 사이"가 일순간에 폭로되는 것이다. 그렇다면 이 시의 참된 전언은 무엇인가. 시인은 세계 내에 존재하는 모든 물상(物像)이 자신과 무관하지 않다고 믿는 사람이다. 물론 이는 협소한 인간의 범위를 넘어 자연물과 우주적 차원으로까지 확장되는 범신론적인 것이 아닐 수 없다. 관계론적 사고는 시인이 추구하는 궁극의 가치이자 그가 의지할 수 있는 유일한 신념이다. 이수익 시인은 오랜 창작의 경험을 바탕으로, 다시 한 번 시인이라는 존재에 대해, 그리고 시를 쓴다는 행위가 무엇인지, 시작이란 어떤 의미를 갖는 것인지 우리에게 묻는다. 그것은 나를 둘러싸고 있는 모든 존재자들과의 관계의 필연성, 사이의 불가항력성, 관계맺음과 함께 있음의 불가피성을 확고히 인식하고 이를 창작을 통해 직접 실천하는 일을 뜻한다. 따라서 그것은 단순한 인식 차원을 넘어 있는, 시작의 진정한 방법론이기도 하다. 시인은 모든 존재자들에게 자신의 몸을 기꺼이 내어주는 만신(滿身)이며 무당이다.[4] 내 몸을 헐어내, 남의 고통을 내 고통으로 앓고, 남의 상처를 제 것인 양 핥으며 덧난 곳을 헝겊으로 감싸매는, '사랑하는 싸움'의 영원한 주인공이 시인인 것이다. 일상적 개인이자 현실적 존재로서 시인의 삶을 가혹한 운명이라 일컫는 것은 바로 이 때문일 것이다. 여기에 무슨 화려한 허장성세나 영광의 월계관이 어울릴 법하다고 지레 짐작하는 것은 오류를 넘어 죄악이 아닐 수 없다. 시인은 자신의 몸을 통째로 내어주는 고통스러운 신체 변환과 시작의 과정을 통해서 자신의 언어를 다만 참된 것으로 확인한다. 이 시에서 "당신과 나"는 구체적으로, 앞서 「두 사람」에서처럼, 새벽길을

---

4 이번 계절에 발표된 다음의 시편 역시 나에게는 이런 맥락에서, 시의 유력한 방법론으로 읽힌다. 시인의 몸은 이해관계를 따지고 '빌려주는' 것이 아니라, 아무 타산 없이 무작정 '내어주는' 것이다. 그것은 "구름 같은 공짜"이지 않으면 안 되는 것이다. "나는 네게 돈을 빌려 줬지 / 식사와 피와 음악을 / 잠자리, 잠자리의 슬픔을 / 빌려 줬지 // 약속도 깨진 약속도 / 빌려 줄 수 있어요 / 간도 쓸개도, / 그리움도 그리움의 치매도 / 빌려 줄 수 있어요 // 나? 나는 안 되죠 / 나는 구름 같은 공짜입니다 / 그냥 드릴 순 있어도 / 빌려 줄 순 없어요"(이영광, 「구름 같은 공짜입니다」 전문, 『시작』, 2013년 가을호).

여는 '청소부'와 이를 바라보고 있는 화자, '나'라고 보아도 무방할 듯하다. 새벽길을 '쓰는' 청소부의 공손한 손길이 시를 '쓰는' 시인의 정성스런 손길과 마주한다. 그 마주침의 찰나는 "아무 말도 뱉을 수 없는 이 땅의 침묵 피어오르는 / 시간", 바로 시가 탄생하는 순간이다. 이제 하늘에서 눈이 내리듯, 천상에서 지상으로, 시가 시인에게 드디어 도래한다.

4. 천상의 별자리와 지상의 혈액

지구의 중력이 인간의 피를 끌어당기기 때문에 피는 심장으로 돌아오지 못한다. 빛이 폭발하면 별을 볼 수 있다.

천체망원경을 들여다보면 마음이 고요해진다. 이곳에 잔뜩 힘주고 서 있는 것이 어둠으로 떠나가는 길이었나. 렌즈 안으로 푸른 숲이 번진다.

수은이 빛나는 의자에서 우리는 노래를 부른다. 가사랑 상관없이 노래를 불러도 되지? 우리는 사랑한다고 말하면서 헤어지는 노래에 사랑을 담아 부른다. 뜨끈하고 이상하고 끈끈해.

새벽에 걸어 들어온 수목림 내가 걷는 숲에는 돌아오지 못하는 피
가 물들어 있다.

망원경에 입김이 피어오른다. 온통 물큰하게 젖은 잎들이 흔들린
다. 자꾸만 안쪽으로 들어가고 싶은 것은 지구에서 흐르는 따뜻하고
아름다운 너의 혈액 때문이었나.

붉게 물든 발이 점점 더 커지지 때문인가.

크고 우아한 벌레. 발에서 자꾸 빠져 나가는 것. 털이 흐르는 것. 폭
발한 잔해가 뒹구는 것. 죽었다 생각하면 다시 나타나는 노래.

별자리는 매일매일 사라지고 돌아온다. 혈액이 흘러가듯이.

—이영주, 「관측」 전문(『포지션』, 2013년 가을호)

눈에 띄는 수사가 있는 것도 아닌데, 이영주의 시가 나를 계속 아프
게 했다. 그 아픔의 이유가 무엇인지 지금부터 그 통증의 흔적을 따라
가 보기로 한다. 금방 눈치 채는 것이지만, 이 작품은 먼저, 윤동주의
「별 헤는 밤」(1941) 같은 작품을 떠올리게 하는 구석이 있다. 그런데
다르다. 아주 다르지는 않지만 아주 미세하게 다르다. 시심(詩心)을 별
을 노래하는 마음에다 비유하는 것은 이미 진부한 견해일 것이다. 하
지만 제목에서 드러나는 것처럼, 이 시가 천문관측을 일차적인 소재

로 하고 있기 때문에, 별을 헨다는 것의 의미를 먼저 따져보지 않을 수 없다. 별은 지상이 아니라 천상에 걸려 있는 존재이다. 그래서 인간이 추구하는 궁극적 가치나, 꿈, 이상 등을 표상하는 것으로 이해돼 왔다. 시인 역시 별을 노래한다. 화자는 "천체망원경을 들여다보면 마음이 고요해진다"고 말한다. 그리고 자연스레 렌즈 안으로 밤하늘의 별자리가 펼쳐져야 할 것이지만, 화자가 보는 것은 우주의 빛나는 지문이 아니라 "푸른 숲"이다(물론 별자리를 푸른 숲에 비유하고 있는 것으로 볼 수도 있다). 다음에 "수은이 빛나는 의자에서 우리는 노래를 부른다"고 하였으므로, 이는 화자의 시선이 푸른 숲으로 옮겨갔으며, 그리고 거기에서 있었던 어느 깊고 푸른 밤의 추억과 일화를 소개하고 있는 것으로 보는 것이 타당할 것 같다. 보다 구체적으로 "수은이 빛나는 의자"란 밤하늘의 별빛이 맑고 투명하게 지상에 비추는 시간을 암시하는 것으로 볼 수 있기 때문이다(또는 현란하게 반짝이는 도시의 네온사인이나 거리의 인위적 조명 같은 것을 떠올릴 수도 있을 것이다). 아마도 친구들과의 술자리, 혹은 도시의 노래방이었을 공간에서, 그들은, 그리고 우리들은, "가사랑 상관없이 노래를" 부르고, "사랑한다고 말하면서 헤어지는 노래에 사랑을 담아 부른다". 화자는 이를 두고, "뜨끈하고 이상하고 끈끈해"라고 표현한다. 그것은 실체와 상관없는 이미지, 현실과 충돌하는 어떤 모순적 상황 등을 지시한다고 볼 수 있다. 별을 노래하는 마음이 곧 시이므로, 여기에서 노래를 시라고 유추하는 것이 가능할 법하다. 즉 시(노래)가 현실과 맞지 않는다는 뜻이 될 것이다. 화자의 거부 반응은 아마도 여기에서 비롯된 것 같다. 또 아름다운 숲이 '푸른' 색이 아니라, '붉은' 피로 물들어 있다. "망원경에 입김이 피어오른다"는 진술은 화자가 주시하고 있던 시야(視野/詩野)가 결국, 밤하늘이 별자리가 아니라 지상의 푸른 숲이었다는 사실을 확인해주고 있다. 다음의 "온통 물큰하게 젖은 잎늘이 흔들린다"는 표현이 그 구체적인 증거라 할 것이다. 이 시에는 사실 첫 행과 마지막 행에 단 두 번, "별"이라는 단어가 등장한다. 그리고 나머지 연의 전개에서 분명히 드러나고 있는 것처럼, 별을 노래하는 마음으로 화자는 밤하늘을 바라보고 있지만, 그 어두운 장막을 스치고 지나가는 것들은 모두 자신이 발 딛고 있는 지상의 것들이다("이곳에 잔뜩 힘주고 서 있는 것이 어둠으로 떠나가는 길이었나"라는 진술은 이를 뒷받침한다). 마치 윤동주가 "별 하나에 아름다운 말 한마디씩 불러" 보는 것처럼……. 따라서 밤하늘의 별자리는 지상의 살아 있는 것들의 운행을 점치는 것이며, 캄캄한 밤하늘의 장막은 화자의 내면의 영상을 펼쳐 보이는 자아의 스크린이 아닐 수 없다. "크고 우아한 벌레. 발에서 자꾸 빠져 나가는 것. 털이 흐르는 것. 폭발한 잔해가 뒹구는 것. 죽었다 생각하면 다시 나타나는 노래" 들은 바로 내면의 영사기가 되비추고 있는 것이라 할 수 있다. 끝으로 이 시의 의미의 중핵을 이루고 있는 구절들로, "지구의 중력이 인간의 피를 끌어당기기 때문에 피는 심장으로 돌아오지 못한다"와 "자꾸만 안쪽으로 들어가고 싶은 것은 지구에서 흐르는 따뜻하고 아름다운 너의 혈액 때문이었나"를 꼽을 수 있을 것이다. 여기 화자의 가슴시린 전언처럼, 시인의 순결한 시혼은 맑은 밤하늘의 별빛에 가닿고 싶어도, 지구의 중력이 별빛을 지상으로 끌어당기고 있으며, 시인은 너의 "따뜻하고 아

름다운" "혈액"이 흐르는 지구라는 "푸른 숲"을 결코 떠나지 못할 것이
기 때문이다. 시인은 이처럼 자신의 숙명으로서 '시인의 운명'을 받아
들이고자 한다. 고통스러울지라도 천상의 별자리를 노래하는 것이 아
니라 지상의 혈액과 고독하게 마주하는 것, 그것이 시의 유일한 방법
론이며 바로 시인의 가혹한 운명인 것이다. 그리하여 시인은, 한없이
낮은 곳으로 임하는 자, 지상 최후의 마지막 낯선 자이다.

반복의 문제

1. 반복의 형이상학 —이것은 반복이 (아니)다

슬퍼하는 자는 복이 있나니

슬퍼하는 자는 복이 있나니

슬퍼하는 자는 복이 있나니

슬퍼하는 자는 복이 있나니

슬퍼하는 자는 복이 있나니

슬퍼하는 자는 복이 있나니

슬퍼하는 자는 복이 있나니

슬퍼하는 자는 복이 있나니

저희가 영원히 슬플 것이오.

—윤동주, 「팔복(八福) —마태복음 5장 3~12」 전문(1940.12)

시의 모든 차원에 관여하는 핵심 원리로서 반복의 문제를 거론할 때, 그 첫머리에 선연히 떠오르는 작품은 윤동주의 시, 「팔복(八福)」이다. 이 작품에는 '마태복음 5장 3∼12'라는 부제가 달려 있어, 성경을 모티프로 한 것임을 쉽게 알 수 있다.[1] 이 작품은 첫 연에서 완전히 동일한 어구("슬퍼하는 자는 복이 있나니")를 정확히 여덟 번 반복하고 나서, 두 번째 연을 "저희가 영원히 슬플 것이오"라는 단 하나의 문장으로 마무리 짓고 있다. 표면적으로 볼 때, 고정적 패턴의 기계적 반복이 아닐 수 없다. 그러나 이는 결코 동일한 반복이 아니다(보다 본질적인 의미에서도 시에서 '반복'이란 존재하지 않는다). 먼저 이를 해명하기로 한다.[2] 일차

---

1 「마태복음」, 제5장, 3∼12절에 기록된 예수의 가르침은 다음과 같다. "심령이 가난한 자는 복이 있나니 천국이 저희 것임이요 / 애통하는 자는 복이 있나니 저희가 위로를 받을 것임이요 / 온유한 자는 복이 있나니 저희가 땅을 기업으로 받을 것임이요 / 의에 주리고 목마른 자는 복이 있나니 저희가 배부를 것임이요 / 긍휼히 여기는 자는 복이 있나니 저희가 긍휼히 여김을 받을 것임이요 / 마음이 청결한 자는 복이 있나니 저희가 하나님을 볼 것임이요 / 화평케 하는 자는 복이 있나니 저희가 하나님의 아들이라 일컬음을 받을 것임이요 / 의를 위하여 핍박을 받은 자는 복이 있나니 천국이 저희 것임이라 / 나를 인하여 너희를 욕하고 핍박하고 거짓으로 너희를 거스려 모든 악한 말을 할 때에는 너희에게 복이 있나니 / 기뻐하고 즐거워하라 하늘에서 너희의 상이 큼이라 너희 전에 있던 선지자들을 이같이 핍박하였느니라"(『성경전서』, 대한성서공회, 1997). 여기 시적 '차이'와 '반복'에 육박하게 구성된 매절의 문장의 의미구조에서 분명히 드러나듯이, 이는 일종의 인과론적 보상을 암시하고 있는 것이다. 다시 말해 계율과 복음의 실천의 대가가 행위의 직접적 결과로 제시되고 있어서, 아이러니컬하게도 이와 같은 관점은 대단히 속물적인 것이라 하지 않을 수 없다. 현세의 구복과 내세의 기약이 신앙의 내면적 동기로 작용할 때 모든 종교는 타락한다. 윤동주는 「팔복」에서, 껍데기에 불과한 사치스런 논공행상을 성경에서 모두 배제하고 '복'이라는 내적 추상가치만을 제시함으로써, 기독교적 사랑의 실천을 본래적 의미의 형이상학적 차원으로 고양시키고 있다. 또한 그가 2연에서 지시하고 있는, '복'의 감정적 실체는 다름 아닌, '슬픔'에 지나지 않는다. 어떻게 영원한 '슬픔'의 감정이 '복'이라는 가치로 호명될 수 있는 것인가. 여기에 윤동주 시의 참뜻이 있다 할 것이다. 미리 말해, 그것은 가혹한 시인의 운명이다. 타인의 슬픔과 고통을 제 것인 양, 몸으로 앓아야 하는 시인의 숙명인 것이다.

2 이와 관련하여 서우석은, "리듬의 구조가 의미의 구조를 변형시키고 의미를 전환시킨다는 생각을 윤동주가 가지고 있었다는 증거"로 「팔복」을 들고 있다. 그리고 "윤동주는 리듬을 분리된 것으로 인식한 최초의 시인인 것으로 보인다"고 평가하기도 한다. 보다 상세한 내용은 서우석, 「尹東柱—운율의 실험」, 『시와 리듬』, 문학과지성사, 1981, 71∼72쪽 참고.

적으로 이 시는 성경의 구절을 차용한 것으로 원(原) 텍스트로서 복음의 내용을 그대로 반복하지 않는다. 이는 차이를 통한 변용으로서 반복이다. 갈릴리 호숫가에서 행해진 예수의 설교(「마태복음」 5~7장까지 전체가 기록되어 있으며, 산상수훈(山上垂訓, Sermon on the Mount)으로 더 많이 알려진)에 근거한 '팔복', 즉 기독교인의 여덟 가지 참 행복은, '심령이 가난한 자', '애통하는 자', '온유한 자', '의에 주리고 목마른 자', '궁휼히 여기는 자', '마음이 청결한 자', '화평케 하는 자', '의를 위하여 핍박을 받은 자'에게 주어지는 신의 축복을 말한다. 윤동주는 이를 모두 "슬퍼하는 자"로 일원화하고 있는데, 그것은 '슬픔'이라는 감정을 다양한 사태를 구성하는 일의적 감정, 즉 그것의 기조적 정서로서 파악한 결과이다. 누구나 경험하듯 감정의 일부로서 '슬픔'은 어떤 대상에 대한 공감적 동일시에서 발생하는 것이며, 그 심리적 동기의 핵심은 이기심을 넘어선 이타성의 실현에 있는 것이다. 그것은 현실적 이해관계를 초월하는 주체의 무관심성으로부터 발원하는 타자에의 적극적 '염려(Sorge)'이다. 염려란 너머 염려함이다. 윤동주는 슬픔의 감정을 통하지 않고서는 이상의 종교적 신념들이 모두 부질없는 것이라 판단한 듯하다. 그래서 이러한 영적 태도의 내재적 가치이자 본원적 감정으로서 '슬픔'을 의도적으로 강조하기 위해 시의 전면에 내세운 것으로 보인다. 따라서 성경의 원 텍스트와 견주어 읽을 때, 「팔복」은 표면적으로 드러난 반복의 양상과는 다르게 심층적 의미의 차원에서는 분명한 차이를 내포한 것으로 간주할 수 있다. 이 작품은 원 텍스트와의 의미론적 긴장 속에서 가치의 해석적 차이를 낳는다. 결국 그것은 넘쳐나는 슬픔, 텍스트의 표면을 뚫고 통과하는 과잉의 슬픔, 으로서 외재적 차원의 종교적 계율들을 내적 파열 속에서 초과한다.

　한편으로 8번의 반복은 슬픔의 영속성과 지속성을 염두에 둔 표현으로 보인다. 그것은 반복의 형이상학이다. 단조로운 리듬의 반복이 환기하는 감각은 무엇보다 답답함과 함께 지루함이다. 감정의 일의적 순환 속에서 시적 건조함은 극에 달한다. 같은 맥락에서 공감의 능력으로서 슬픔은 일회성으로 휘발되어서는 안 되며 집요하고 끈질기게 추구되어야 하는 지속적 감정이다. 도덕적 정언명령으로서 슬픔이라는 소명은 단기적 효과나 결과와는 무관하게 내적 충실성의 부단한 실현을 통해서만 사후적으로 확인될 뿐이다. 또한 미래는 확신할 수 없으며, 어떤 대가나 보상이 주어지는 것도 아니다. 메마름을 견디는 강인한 정신과 일관성이 없다면 슬픔의 소명은 완수될 수 없다. 여러 겹을 통한 성취로 서원이 굳건해지듯이, 「팔복」의 이와 같은 단조로운 반복은 소명의 지속적 반복 수행과 단순성, 그 일상적 실천의 고단함과 지난함 등을 두루 암시한다. 반복을 통한 슬픔의 누적과 감정의 고양의 결과는 그러나, 뜻밖에도 '슬픔의 영원성'이다. 최종적인 시적 응결에서 기대되는 아무런 가시적 효과와 결과 없이, 화자는 '복'의 실체가 '슬픔'임을 무상한 어조로 말해버린다. 영원의 완성이 건조한 반복의 누계로서 지시되는 것이다. 무상성이 영원성으로 통하는 길이라는 시의 전언은 따라서, 궁극적 허무주의에 다름 아니다. 그것은 모든 것을 견디는 희망 없는 사랑의 힘으로서(써), 인간에게 확실한 미래는 죽음뿐이라는 사실을 겸허히 수락한다. 그것은 불확실성 속에서 현재

에 헌신하는 무명(無明)의 삶의 자세이자 결과를 계산하지 않는 과정
의 철학이다. 윤동주의 「팔복」은 이처럼 강력한 슬픔의 주문(呪文/注
文)이 아닐 수 없다. 여기에서 확인하는 것처럼, 시에서 반복은 반복이
아니며, 반복은 차이를 내포한 반복으로서만 시적 의의를 획득한다.
한편 반복의 문제는 시에서, 개념화된 실체로서 운율의 문제와 직결
되지 않을 수 없는데, 이 글의 목적은 엄밀한 율격론을 연찬하기 위함
은 아니다. 그보다는 반복을 통한 창조적 리듬의 획득이 어떻게 시의
의미 차원과 깊이 연루될 수 있는지 등의 문제와 관련하여, 동시대의
시 속에서 그 구체적 양상들을 해명하는 데 더 많은 관심을 갖는다.

2. 차이와 반복

저녁 13시.
신발을 벗고 현관문에 들어서자
난닝구 바람의 아버지가 획 돌아서며 무섭게 쳐다본다.
해마 같은 아버지. 오랜만에 오셨네요?
네가 술집 여자냐?
할 말을 잃게 만드는 물음표가 내 목을 꽉 조른다.
갈퀴 같은 손으로 내 목을 조르며 코너로 몰아세운다.
무슨 상관이에요?

내가 던진 물음표가 아버지의 손목을 낚아챈다.

어딜 갔었어? 누굴 만난 거야? 뭐하다 이제 왔어?

물음표…… 물음표…… 물음표가 물음표를 낳는 밤.

졸지에 딸을 술집 여자로 만드는 아버지의 물음표.

아빠, 아빠. 킥킥킥. 나는 좀 놀면 안 돼요?

이것이 어디서?

물음표가 난무하는 동안 나는 캔맥주처럼 찌그러져 운다.

울다 묻는다.

아빠는 왜? 아빠는 왜? 아빠는 왜?

물음표가 자꾸 입을 막는다.

갈퀴 같은 물음표. 꼬리가 긴 물음표.

나는 물음표를 들고 아빠의 얼굴을 빤히 쳐다본다.

아빠는 목을 길게 빼고 물음표의 갈퀴를 뽑는다.

이해할 수 없는 물음표와 이해받지 못하는 물음표.

이해받지 못하는 물음표와 이해할 수 없는 물음표.

네 개의 물음표가 두 개의 물음표를 매달고

각자의 방으로 블랙홀처럼 빨려 들어간다.

나는 이불을 뒤집어쓰고 누워 눈물콧물로 일기를 쓴다.

일기장 한 장을 물음표로 가득 채운다.

그날 밤 나는 꿈속에서 물음표에 목을 매달았다.

—황중하, 「해마와 물음표와 갈퀴」 전문(『시인동네』, 2013년 겨울호)

이번 발표된 당선작에서 여실히 드러나듯이, 황중하는 반복의 기법을 자신의 고유한 시적 방법론으로 적극 활용하고 있는 듯하다(이는 "부사와 의성어, 구와 문장을 자주 반복하면서 속도와 주제의 강도를 고조시"킨다는 심사평에서도 이미 적시되었다). 예단할 수 있는 단계가 아니나, 함께 발표된 작품들이 뚜렷한 시작술로서 반복기법을 수용하고 있어(「숏컷」, 「삼 분 동안의 감옥」, 「콜라병 속의 내가」가 그러하며, 그리고 「컴퍼스의 거리」 또한 원환적 동일성과 차이를 모티프로 삼고 있다), 향후의 시작들에서 그 변주의 양상을 기대하게 한다. 이 작품의 논리적 중핵은, "해마"="물음표"="갈퀴"라는 등식이다. 일단 이 셋은 형태적 유사성을 갖는다. 물론 여기에서 의미의 중심을 점유하고 있는 것은 "물음표"라는 의문 부호이다. 이는 '회의'와, '불안'과, '의심'과, '당혹감'과, '어긋남'과, 그리고 냉정한 '무표정' 들을 '의문'의 하위 의미소들로서 거느리고 있다. 세부적으로 "해마"는 잉여성과 마음의 여지 등의 불쾌한 감정과 관련된 '꼬리'를 갖는다. "갈퀴"의 날카로운 금속성은 낚아채는 물리적 속성 때문에 상대의 신체와 실존을 잡아채며 당황시킨다. 이 시의 내부의 자장은 대개 이상의 의미의 계열을 따라 진동하거나 승강한다. 먼저 "저녁 13시"라는 파격은 당일이 아직 완료되지 않았음을, 자정 이후의 사건들 또한 전일의 상황들 속에 귀속되고 있다는 점을 강하게 암시한다. 이후 진술되는 딸과 아버지의 대화는 서로를 할퀴고 낚아채고 마음의 멱살을 잡아채는 상처의 기록이다. 이후 하나의 시행에서 화자는 "물음표"를 네 번 반복함으로써, 시의 내부에 반복의 무한 궤도를 장착시킨다. 일상적 삶의 구성이 일차적으로 반복을 떠나 이

루어질 수 없듯이, 원초적 장면의 정신적 내상이 영원히 반복되듯이
(정신분석은 이를 "종결될 수 없는 분석"으로 규정한다), 나머지 가족들을 향
한 상처의 주고받음, 가시 돋친 증오의 설전(舌戰)은 끈질기게 반복된
다. "물음표"의 지난한 연속이다. 이 작품의 의미론적 중핵을 차지하
고 있는 "물음표"라는 어휘의 각 음절이 포함하고 있는 음소들, 즉 유
성음 계열의 유음(流音)인 'ㄹ'음이나 비음(鼻音)인 'ㅁ'음과, 'ㅍ'음 등
의 무성음 계열의 경/격음은 시의 기조적 톤을 지배하면서 적절히 균
형을 이루거나 격하게 충돌하기도 한다. 즉 'ㅍ'음 계열의 거칠고 격한
음감은 "갈퀴"의 거침없는 폭력성을 자연스레 연상케 하면서, 'ㄹ'과
'ㅁ'의 부드러운 울림소리와 대립하거나 그 반향적(反響的) 속성을 급
작스레 차단시킴으로써 분위기의 감돎을 경화시키는 것이다. "꽉",
"켁켁켁", "캔맥주처럼 찌그러져", "빤히", "빼고", "빨려", "눈물콧물"
등의 유사 계열 시어들이 그 증거이다. 물음표의 "이해할 수 없"음과
"이해받지 못"함이 서로 미끄러지고 어긋나면서, "딸"과 "아빠"의 무
한한 대립은 비로소 완결된다. 이제 "블랙홀" 같은 "각자의 방"에서 고
독한 공생을 영위할 따름이다. 단 하나의 행으로 이루어진 마지막, 둘
째 연은 시인의 창조적 직관이 빛나는 구절로서, "물음표"와 환유적
인접성을 갖는 "갈퀴"의 물리적 실체성으로부터 그 시적 진실을 주조
해낸 것이다. 이 작품은 촘촘하게 배열된 음소들이 유발하는 리듬의
유사성과 더불어, 환유적 인접성을 갖는 복합 이미지들을 다양하게
병치·활용함으로써 시의 반복의 차원을 심화시키고 있다. 주지하듯
시의 구성 원리로서 비유체계는 근접성과 유사성을 통한 차이의 획득

과정이며, 운율구조란 특정한 패턴의 반복을 통한 차이의 생성과 관련한 효과를 일컫는다. 전통적 시론의 입장에서, 비유와 운율은 모두 반복이라는 동일성을 그 내재적 속성으로 갖는다. 황중하의 시작(詩作)은 은유의 유사성보다는 환유의 인접성에 보다 착안하여 반복의 원리를 실현한다. 물론 이는 형태적 유사성에 보다 근거하는 것이지만 그 의미의 질감과 시적 형질들은 각각의 영역에 귀속되는 것이어서, 고유한 감각적 개별성을 획득한다. 우리는 황중하의 시를 통해 시적 반복은 일의적 동일성으로 회귀하지 않는, 잉여의 이질성으로서 결정적 차이를 내장하는 것임을 다시금 확인하게 된다.

3. 반복의 언어학적 지층

왜 그동안 신지 않았지 그런 신발이 꼭 하나 있다

누울 자리를 보고 다리를 뻗었는데 족쇄가 채워질 때를 이제 알만큼 알지

그러니 결국 울고 마는 날들 그러나 울어도 안 되는 날들 그럴수록 나는 좋아 끼리끼리가 끼리끼리 말도 좋고 끼리끼리 모이는 것도 좋아 끼리끼리 소리를 내며 안 신던 신발을 꺼내 신고 물집이 생겨도 뒤뚱거리며 끼리끼리 쪽으로 걷는다

끼리끼리는 곧 나쁜 꽃을 피울 것 같다고 너는 말했지만
곧 피어날 꽃에 대고 나쁘다고 말하는 네가 더 나쁘다고 나는 말한다

탁해지고 싶은 날이 있고 그런 날에 무엇과 섞였는지도 모른 채 혼
탁하기도 하지만 섞인 척이기기도 하지
기억한다는 것과 기억난다는 것이 다르다는 것을 너도 알고 있니?
끼리끼리 끼리는 털어놓을 수 있을 테니까 나빴던 것과 좋았던 것
에 대해서
나쁜 것과 좋은 것에 대해서도 마아말레이드 마아말레이드 숙성되
는 중인 것들이 있고
언제든 높은 곳에서는 나를 또 감식하겠지만
끼리끼리 앞에 서면 나는 대충대충,에도 조리개로 물을 주고 싶어
진다
마아말레이드 마멀레이드 마말레이드 입을 벌렸다 오므렸다 하면
서 나는 나처럼 마아말레이드 발음하는 끼리끼리 쪽으로 밀착하려고
걷는다 모르는 것은 몰라, 말하지 않기로 하고 큰 말보다 작음 침묵을
뱉으면서 남의 음식을 먹어보듯이 말들을 씹어 삼키면서 너와 나의 다
른 맛이 어떤 맛일까 궁금했지 알고 싶어져서

어떤 나이에는 책상과 책상, 의자와 의자, 사람과 사람의 배열을 넓
게 하는 게 좋았지만
옹기종기 간격을 좁히고 앉고 싶은 지금 끼리끼리의 중심으로 가

고 있는 나는 조금 더 외로운 게 분명하고

    마지막이라는 말을 뱉고 나면 마지막이 완성될 것 같아서

    치맛자락을 놓지 못하고 울기만 하는 아이처럼

    고개를 숙이고 동류同類의 감정을 더듬어가며 끼리끼리의 우리를

찾으며 가는 중이다

    끼리끼리 안에서 만난 너는 오늘 나의 손에 definitely 단어 하나를

쥐어주었으며

    확실히 나는 받았다 꼭 쥐고 있으라고 했다

    우리를 이룬 무리 안에서 혈맹血盟처럼

— 황혜경, 「끼리끼리」 전문(『현대시학』, 2013년 12월호)

황혜경은 언어의 민감한 운용에 깊은 관심을 갖고 있는 시인이다. 황혜경의 시적 작업은 언어의 구체적인 발화상황에 주목하는 화용론(話用論)의 입장과 유사한 측면이 있다. 화용론은 언어의 추상적 보편성에 동의하지 않으며, 동일한 언표가 지닌 다양한 기능의 확장 가능성을 섬세하게 고려한다. 언어학의 쓰레기 창고라는 오명에도 불구하고 언어의 실제적 쓰임새와 직접적 발화 효과가 보다 관건이 되는 경우, 화용론의 관점은 문학의 주요한 참조사항이 아닐 수 없다. 황혜경의 시는 언어의 지층(地層)을 탐사하기 위해 낮고 깊게 드리워진 예민한 촉수와도 같다. 우선 시에 자주 등장하는 'marmalade'(흥미롭게도 음소의 결합 형태에서 이미 '차이'와 '반복'의 요소는 발견된다 : ma+r / ma+l)는, 보통 오렌지나 레몬 등의 껍질과 과육 덩어리를 그대로 으깨 잼 형

태로 절인 저장식품을 말한다. 흡사 절임 유자차를 음미해본 사람은 쉽게 떠올리는 것처럼, 일반적인 잼보다는 조금 거칠고 걸쭉한 식감을 가지고 있다. 그것은 이물질을 완전히 제거하지 않은 채로의 복합적 다양물이며, 이질성을 보존하는 혼종적 동질성의 울퉁불퉁하고 다차원적인 평면을 지시하고 연상하게 한다. 다음으로 제목이자 대표적 반복어로 쓰인 "끼리끼리"의 사전적 뜻은, "여럿이 무리를 지어 제각기 따로"라는 의미이다. 즉 '개별적-집단성'이라는 이중적 의미를 갖고 있는 것이다. 이질적인 개별 집단끼리는 적대적 배타성을 서로에게 발산하며 끼리끼리는 동류적 친밀감을 공유한다. 매우 흥미롭고 재미있는 말이다. 분명히 드러나듯, 이는 동일성과 차이를 내재적 속성으로 갖는 시의 반복과 유사한 측면이 있다. 인간은 끼리끼리 먹고 마시고 느끼고 생각한다. 따라서 그것은 개별적 집단성이자 집단적 개별성이다. 인간은 그래서, 끼리끼리에 속하고 싶어 한다. 그리고 끼리끼리에서 탈락한 사람은 또래집단의 사회적 정체성을 형성할 수 없다. 낯익은 끼리끼리에서 이탈하면 낯선 두려움이 찾아오게 마련이다. 비슷한 맥락에서, "그동안 신지 않았지 그런 신발"이 환기하는 감각은 '두려운 낯설음(das Unheimliche)'이다. 그것은 오래되고 친숙한 것으로서 반복되는 것이지만 불현듯 주체의 실존에 직접 현상하게 될 때, 낯설고 두려운 것이 된다. 낯익은 것의 즉각적인 현존은 이물감과 함께 낯선 두려움을 유발시킨다(이에 해당하는 감각표상은 1연 후반부의, "안 신던 신발을 꺼내 신고 물집이 생겨도 뒤뚱거리며"라는 표현이다). 또한 "누울 자리를 보고 다리를 뻗었는데 족쇄가 채워질 때"의 당혹감이 이와 다르지 않을 것이다. 시의 화자는 첫 연의 3행부터 의도적인 ‘반복’을 수행하고 있는데, 곧 “그러니 결국 울고 마는 날들 그러나 울어도 안 되는 날들”에서 뚜렷이 감지되는 차이와 반복의 원리가 그것이다. 이는 이후 진행될 시적 모티프의 발아(發芽)에서 패턴의 지속적 반복을 일찌감치 예고하고 있는 것이다. “그러니~”와 “그러나~”의 모음변화는 미세한 어감 속에서 의미의 급전을 가져오고 있는데, 즉 감정의 속수무책으로부터 상황의 불가역성으로의 직하이다. 황혜경은 반복어 “그러니(나)”와 “날들” 사이에 정확히 6음절 어휘를 대응시킴으로써, 반복의 실천이 의식적인 것임을 분명히 한다. 이어지는 “끼리끼리”의 순차적 반복 속에서 “끼리끼리”는 부사로서의 일반적 의미를 탈각하고 하나의 고유명사로서의 특별한 지위를 얻고 있다. 동시에 의태어인 “끼리끼리”는 ‘낄낄거리다’는 동사와의 인접성(이는 발음상의 유사성만이 아니라, 의미 차원에서 소리죽여 웃는다는 은밀성까지 포함하는 것이다) 때문에 의성어로서의 음상효과까지 갖게 된다. 이상의 시적 상황과 효과를 바탕으로 전개되는 둘째 연의 반복의 변주는, “끼리끼리”에 대한 “너”의 은밀한 경고이다. 이에 대한 “나”의 반응은 물론 부정적인 것이지만, 이제까지의 정황을 고려할 때 이는 거짓일 가능성이 농후하다. “나”는 “끼리끼리”의 본질을 이미 눈치 채고 있다(1연 2행의 “이제 알만큼 알지”가 이를 뒷받침한다). 따라서 이는 화자의 불안감을 표출한 것으로 봐야 옳을 것이다. 전체의 구조적 측면에서 2연은 3, 4연에서의 단계적 고양에 앞서 휴지기의 기능을 담당한다.

상대적으로 길게 배열된 3연과 4연의 행보에서, 반복은 반복을 반복하면서, 의미의 중핵을 향해 치닫는다. 더불어 시적 긴장 역시 최고조에 달해 절정을 이룬다. 3연의 첫 행은 "끼리끼리"가 불러일으키는 소속의 현실적 욕망을 드러낸다. 시어의 각 음절이 절묘하게 변형되면서 욕망과 실제의 변함없는 간극과 어쩔 수 없는 괴리가 탁월하게 형상화된다. "기억난다"의 수동성은 비의지와 무의식적 욕망에 좀 더 근사하다는 점에서 "기억한다"보다 더 매력적인 말이라는 점을, 그리고 두 단어가 지시하는 기의의 차원이 기표의 인접성에 비해 매우 "다르다"는 점을, 우리는 알고 있다. 대개의 경우 "나빴던 것"은 주로 "기억나는" 편이고, "좋았던 것"은 주로 "기억하는" 편이라는 것이 경험적 사실이다. 그리고 그 무의식의 흐름을 결정하는 인자는 주로, '결여' 때문이란 점 또한 안다. 통상 '마멀레이드'로 표기되는 "마아말레이드"는 'mar-'를 장음으로 발음한 것으로, 그것의 숙성에 필요한 시간적 길이와 현재의 완만한 속도를 표시한다. "대충대충"이라는 말은 "끼리끼리"가 부여하는 긴장의 이완에서 오는 듯하다. "조리개로 물을 주"면 마멀레이드처럼 이 또한 숙성되고 자라날 것이다. "마아말레이드 마멀레이드 마말레이드"는 동일한 기표에 의도적인 발음의 차이를 덧대어 반복, 표현한 것이다. 기의의 내부는 전혀 달라지지 않지만, 화자는 기표의 발음의 유사성이라는 편파적 기준으로 자신만의 "끼리끼리"를 찾아 나선다. 언어학의 의미론의 입장에서는 그것은 전혀 무상한 일이지만, 시의 화자는 딱딱하고 차가운 추상적 실체로서 의미가 아니라 혀끝에 감기는 물리적 실체로서 말의 질감과 발성의 위태로운 뉘앙스를 믿는 것이다. 비트겐슈타인의 전언처럼 알 수 없는 것에 대해서는 침묵하기로 하고, "끼리끼리"에 속한 "너"와 "나"의 다른 "맛"
과 차이를 음미하기로 한다. 마지막 4연은 상투적 표현대로, "끼리끼
리"에서 느끼는 '군중 속의 고독'이 주요 모티프를 형성한다. 관계의
지나친 밀착이 피곤할 때도 있지만, "옹기종기 간격을 좁히고 앉고 싶
은 지금", "나"는, "끼리끼리의 중심"을 향해가고 있다. 잇따라 시의 내
부도 중심을 향해 다가선다. 마침내 "나는 조금 더 외로운 게 분명하"
다. 동질성을 근간으로 하는 "끼리끼리"의 내부에도 필연적 사태로서
개별적 차이가 항존하기 마련인 때문이다. 이어지는 두 행은 이러한
이질성을 간파한 화자의 절박한 심정을 대변한다. 위로의 말처럼 "나"
의 손에 쥐어진, "확실히"("definitely")라는 단어가 관계의 '확실성'을
확실히 하지 못함은 확실하다. 끝으로 "혈맹"이라는 마지막 말이 공허
한 메아리로 시의 내부에 울려 퍼진다. 이 작품은 "끼리끼리"의 동류
적(同類的) 반복이 근원적으로 내포하고 있는 동일성과 차이를 기반으
로, 반복의 언어학적 지층을 놀라운 지적 성실성과 비범한 진지함으
로 정밀하게 탐사함으로써, 시에서 반복의 원리가 얼마큼의 다양한
차원을 거느리고 있으며 얼마나 다채롭게 변주될 수 있는지를 낱낱이
실천해 보인다.[3] 또한 반복의 기법을 표현-형식의 차원에만 가두지

---

3   이와 관련하여 같은 계절에 발표된 오은의 신작시를 잠시 검토하기로 한다. "살아 돌아와서 가장
    놀랐던 것은 / 아침에 일어났을 때였다 // 빛이 들었다/빛들이었다 // 기억하던 것을/다시 마주
    할 때 / 잠시 어처구니가 없었다 // 낯익은데 이름이 생각나지 않았다 // 온몸에서 / 사건이 일어
    나고 있었다 // 내가 그 사건의 당사자였다 // 아침이라는 이름을 기억해내자 / 아침을 마주하고
    / 점심에 뭐 먹을지 고민할 수 있게 되었다 / 살아 돌아와서 할 수 있는 것들을 / 하나둘 떠올릴
    수 있게 되었다 // 나는 이제 '다시'라는 말에서 / 거품을 뺄 수 있게 되었다 / 무게를 실을 수 있
    게 되었다 // 다시 시를 쓸 수도 있다 / 맹목적으로 무의미한 일에 몰두할 수도 있다 / 무의미한
    일에서 적극적으로 의미를 찾을 수도 있다 // …… // 아침에 드는 빛에 물들 수도 있다 / 사건에

않고 내용-형식의 차원에 깊숙이 관여하게 함으로써 내적 완결성을 획득하고 있다. 이 작품의 독서에서 우리가 경험적 사실로 체험하고 인식하게 되는 것은, 경이로운 차이와 반복의 양상 들이다. 반복의 형상화와 관련하여 이 작품이, 한국 현대시의 희소한 사례로서 스스로를 기록하게 될 것임은 물론이다.

4. 반복과 리듬의 공명(共鳴)

내내 늙기만 한다 죽지는 않고 늙디늙는 몸인데

소리들이 빛의 꼬리를 달고 바람 빠지듯

새어 나온다 나와 뜰에 번진다 무리진 국화

적극적으로 개입할 수도 있다 / 마음을 열 수도 있다 // 바람이 감겨든다면 / 내일이 올 때까지 / 열어둘 수도 있다"(오은, 「살아 돌아와서 할 수 있는 일들」 부분, 『발견』, 2013년 겨울호). 이 작품에서 보는 것처럼 오은 역시 반복의 기법을 지속적으로 실험하고 있는데 황혜경의 그것과 견줄 때, 그의 시가 실현하고 있는 반복의 감각은 다소 빈약한 것으로 판단된다. 그것은 결정적으로는, 이 작품이 반복의 필수 요소로서 차이를 내장하고 있지 않기 때문이다. 내가 보기에 그것은 공허한 반복의 형식적 수사에 지나지 않는다. 미시적 욕망의 발현태를 모티프로 하고 있는 이 작품에서, 화자는 거의 모든 것을 '~할 수도 있다'고 규정하고 있다. 이처럼 모든 것을 할 수 있다는 발화 양태는 일의적 잠재성의 무한한 표상 능력을 반복적으로 지시할 뿐이어서, 대상관계에 있어 상상적 동일시의 자기애적 구조에 기반하게 되는 것이다. 마치 서정시의 자기동일성의 완고한 구조가 그러하듯이, 그것은 관계들 '사이'에서 표현되는 다양한 역능의 능동적 실현이 아니라, 대상을 향해 뻗어있는 주체의 정념만을 수동적으로 반영하고 재현하게 된다. 이는 세계의 확고한 중심을 점유하고 있는 주체의 자리를 재확인하는 일종의 나르시시즘의 변형으로서 정신적 수음행위에 방불하다 하겠다. 이 시에 드러난 반복의 표면적 변형 양상은, 앞선 윤동주 시의 반복의 심층적 변주 양상과도 확연히 대비되는 것이다.

한 잎 한 잎 다 그 소리로 벙그는 것처럼

소리로 밝다 뜰에 와 지저귀다 가는 새의 날갯짓도

몸에서 빠져나간 것은 소리뿐만은 아니어서

애인도 몸 한구석 파헤쳐 나와 영영 갔다 간지러운

애인이 몸 안에 있기나 했는지 늙은 몸 기억하지 못한다

해서 주름은 주름대로 밝다 밝아 살비듬

금가루처럼 털고 털며 닳은 농구의 날이나

반짝반짝 닦는다 얼마나 많은 흙과 돌부리와

벌레들과 물과 뿌리와 줄기와 이파리들과 애인들이

다쳤을까 다쳐서 빛났을까 다칠 때 농구의 날

조금씩 닳고 그 닳음은 어느 시간에 빛인가

부신 어둠인가 하여 누구였을까 날의 낱알들 그러모아

쟁그렁쟁그렁 내 늙기만 하는 몸에 쟁여 둔 이는

단 하나의 계절만을 살았다 단 하나의 음악만이

일생에 걸쳐 내 몸을 통과해 갔다고는 할 수 없겠지만

닳아지면서도 농구의 날처럼 챙, 빛과 소리가 하나인

그런 계절에 나는 늙는다 늙고 늙어도

늙음 바깥에까지 이 낡아 빠진 소리통의

전파 너머에까지 나는 아직 닿지 못한다 언제까지고

몸은 몸일 뿐이고 내 몸만 아니라 또 누군가의 몸이며 빛나는

혹은 빛바랜 지지직거리는 소리통일 것이니 해도

소음은 기어이 해독할 수 없는 우거진 잡초, 음악일 것이니

다행이다 다행이어서 가을은 가을이고 뜰은

속살거리는 빛 무더기 속이고 나는 느릿느릿 늙어만 간다

— 김근, 「변명, 라디오」 전문(『세계의 문학』, 2013년 겨울호), 강조는 인용자

최대의 리듬의 효과는 시에 고유한 분위기를 부여하여, 의미의 파동과 진폭에 필연적으로 관여하게 될 때, 그리고 그러한 리듬의 점진적 확산이 독자의 호흡과 맥박에 자연스럽게 일치하는 드문 경우에 발생하는 것으로 여겨진다. 총 27행의 완만한 장거리 문장으로 배열된 이 작품은 매우 보기 드물게 유장(悠長)한 가락과 함께 어떤 아주 특별한 리듬을 창조해내고 있는데, 이는 전적으로 반복의 기법에 기인한 것으로 보인다. 그것은 마치 판소리 창자와 고수의 주고받는 말처럼 자유자재로 넘나들고 앞뒤의 경계 없이 넘실댄다. 이 작품의 반복은 단어의 잇닿은 연쇄가 빚어내는 미세하고 작은 차이를 기반으로 이루어진다. 단적으로 말해, 그것은 마중말로서 '받아치는 말'의 효과이다.[4] 받아치는 말은 앞선 말을 마중하면서 되돌려준다. 여기에는 시어의 창조적 변용, 의미와 형태를 포괄하는 미묘한 뉘앙스의 의도적인 조작과 변형이 개입한다. 그리고 앞말과 뒷말이 발생하거나 유발시키는 리듬의 효과는 반드시 잇닿은 말의 연쇄 속에서, 말의 순차적 진행

---

4 이에 비해, 가령 아래와 같은 서술들은 이 시를 해명하는 논리로서는 너무나 부차적인 것이다. '1행의 "늙디늙는"은 "늙디늙은"의 변형어로서 노화의 현재진행, '늙음'의 반복을 암시하고 있다. 3행의 "새어 나온다 나와 뜰에 번진다"에서 동사의 반복은 순차적 진행 속에서 시간적 '차이'를 생성하고 있다. 4행의 "한 잎 한 잎"은 개화하는 국화의 낱장을 뜻하는데, 시간의 완만한 흐름을 따라 꽃잎의 반복적 개화는 각각의 사건적 개별성을 획득한다' 등등.

속에서 얻어진다. 인용 시에서 밑줄 친 부분은 이 작품에 등장하는 반복의 요소들을 모두 그러모은 것이다(이외에도 눈에 띄지 않는 반복적 요소들은 깊이 때론 얕게, 혹은 촘촘하거나 드문드문 산재해 있다). 만약 시에도 '깊이'라는 것이 있다면 바로 이 시가 해당할 것이다. 이는 내용의 깊이라기보다는 어떤 울림의 깊이, 내면적 반향(反響)의 깊이 같은 것이 될 것이다. 그리고 직접적으로 그것은 리듬의 깊이일 것이다. 이 시의 깊이의 리듬은 어디서 왔으며, 어떻게 가능한 것인지, 지대한 관심사가 아닐 수 없다. 가령 11행과 12행의 명사의 열거와 나열 역시 평범한 반복의 요소인데, 의외로 유사성과 인접성의 동일성을 유지하면서도 각각의 고유한 개별성과 차이를 획득하고 있다. 이는 시어를 감싸고 있는, 길게 늘어뜨리는 리듬의 배면(背面)으로부터 하나씩 텍스트의 표면으로 현상하는 것이다. 반복의 다른 대표적 사례로서 21행의 "늙음 바깥"과 "낡아 빠진"에서 확인되는 선명한 음상 대립과 의미의 대위법은, 이 시의 리듬의 효과가 매우 정교하게 고안되고 깊이 숙고된 것임을 깨닫게 하고 있다. 26행의 "가을은 가을이고" 역시 무의미하고 단순한 반복으로 보이지만, 마치 충청도 사투리의 "거시기해서 거시기 함께 거시기한 것이제"와 같은, 이상한 의미의 전환을 가져오고 있다. 굳이 말해보면, 앞의 "가을"은 사계절의 하나로서 일반명사의 의미를 갖고 뒤의 "가을"은 가을이 지니는 계절적 속성과 특징을 드러낸다고 할 수 있지만, 이렇게 의미를 단일화시켜버리면 이 언어들이 갖고 있는 우리말의 특수한 뉘앙스들은 모두 증발해버리거나 거의 소진돼버린다. 아마도 이 시는 외국어로 번역될 수 없을 것이다. 번역될 수 없는 시가 모두 좋다고 할 수는 없지만, 교환 불가능한 언어로서 이 작품의 독자성은 우리말의 고유한 언어적 질감과 특별한 음성자질로부터 유래한 것임은 말할 것도 없다. 마찬가지로 16행의, "쟁그렁쟁그렁 내 늙기만 하는 몸에 쟁여"에서의 반복으로 지시되는 음성적 유사성과, 이와 대비되는 의미의 이접적(離接的) 이행(移行) 또한 교환 불가능성의 차원을 구성하는 것이다. 이 작품에서 화자는 자신의 몸통을 모든 물상이 소리 없이 깃들었다 가뭇없이 사라지는, 오랜 라디오와 같은 "소리통"으로 인식하고 있다. 시인은 존재의 숨결과 침묵의 목소리에 귀 기울이는 자, 그 고요한 외침을 제 몸으로 받아 적어 생생히 기록하는 자이다. 자신을 하나의 악기로 생각하는 시인의 목소리와 발화가 하나의 음악, 그래서 하나의 리듬을 창조한 것은 따라서, 이 작품의 내재성의 필연적 결과이다. 시인이 창조한 유장한 가락, 리듬은 그 자체로 하나의 시적 의미를 획득하고 있다. 이 시의 형식 자체가 완결된 하나의 의미를 형성하는 것이다. 그 의미의 질감을 또다시 굳이 말하자면, 가령 '뉘엿뉘엿' 같은 말이 상기시키는 완만한 자연적 시간의 흐름과 그리고 그것과 일치하는 인간의 생(生)의 리듬과 속도이다. 시의 테마가 리듬으로 체현되었다는 말인 셈이다. "농구의 날"이 "조금씩 닳고" 닳듯이, 내 몸 또한 "느릿느릿 늙어만 간다". 그리하여 시가 그려내고 있는 마지막 이미지는, 뉘엿뉘엿 넘어가는 낙조가 붉고 낮게 드리워진 정한한 뜰 한 컷이다. 여기에 사람의 자취는 낙조를 배경으로 국화 옆에 뜰의 그림자로 묻혔다. 결국 이 시가 창조해낸 것은 "빛과 소리가 하나인" 세계이다. 시인이 창조한 이러한 유장한 리듬과 단일한 이미지는 독자에게 내면적 깊이에서 번져나가는 심리적 파문을 일으키며 오롯이 공명(共鳴)한다. 과거 김현이 '수정의 메아리'라고 일컬었던 것과 비슷한 공감의 지평이 시어들의 풍경처럼 펼쳐지는 것이다. 하여, 시와, 시인과, 시의 화자와, 시의 독자가 함께 이룩한 행복한 감각의 순간적 일치감 속에서, 경이로운 공동의 언어 마을을 일구도록 하는 것이다. 결국 이는 반복이 창조한 리듬의 공명이다. 물색없이 나는 아직까지 한국시의 다른 작품들에서, 이와 같이 '한 편의 시와 내가 공명한다'는 느낌의 리듬을 경험한 바가 없다. 이 작품을 소리 내어 읽다 보면, 실제로 호흡과 맥락이 차분히 가라앉으며 느려지는 것을 경험하게 되는데, 이러한 언어적 효과는 향후 보다 본격적인 작업을 통해 상세히 해명될 필요가 있다고 본다. 허나 지금만으로도 단언하건데, 이 시는 한국시가 도달한 최대, 최고의 리듬의 효과의 하나로 기억될 것이다.

여지껏 우리는 2013년 겨울의 신작시를 중심으로 한국 현대시에 나타난 반복의 양상들을 검토하였다. 물론 이는 매우 불충분한 것이지만, 반복이 시의 모든 차원에 관여하는 핵심 구성 원리임을 재확인하는 계기로서는 충분해 보인다. 지금-여기, 다시금 반복의 문제를 제기하는 것은, 2000년대 한국시의 전개에 있어 반복이 여전히 유의미한 기능소로 작용하기 때문이며, 직접적으로는 현재 한국인의 일상적 삶의 구성에 있어 하나의 뚜렷한 에피스테메로서, 그리고 불가항력적이고 무의식적인 기호의 폭력으로서 반복의 전체적 분위기가 수면으로 급속히 부상하고 있기 때문이다. 현저하게 확인하듯이, 정치의 퇴

행적 반복이 분리적 불쾌감 속에서 지속적인 분노와 슬픔을 유발함에
반해, 문학에서의 창조적 반복은 공감적 일치의 쾌감 속으로 우리를
일거에 고양시킨다.[5]

---

5   가령 최근의 영화 〈변호인〉에서 당대의 한국인들이 느껴야만 했던 모순된 미적 감정으로서 불쾌
    한 쾌감, '불편한 공감' 역시, 역사적 과거와 역사적 현재의 이상하고도 절묘한 데자뷰, '반복'에
    서 온 것이 아닐 수 없다.

나와 당신 '들'의 이야기

0. 나이면서 나가 아닌,

나는 누구인가. 시에서 나란 누구인가. 나는 '나'이면서 '나'가 아니다. 나는 언제나 나의 바깥에서 숨 쉬고, 먹고 마시며, 느끼고, 생각한다. 투명하고 순일한 주체로서 나는 존재하지 않는다. 나는 나의 잉여로서 타자의 흔적들로 이루어진 물질 덩어리이자 끈적거리는 물리적 벡터들의 실체로서 신체이다. 1인칭 주체의 양식적 기득권에 대한 동의 여부와는 상관없이, 2000년대 이후 시의 핵심적 의제를 구성하고 있는 것은 주지하듯, 주체를 둘러싸고 있는 '타자성'의 문제일 것이다. 문학과 시에서 주체와 타자성의 문제가 진정으로 새로운 것인지는 객관적인, 역사적 개념구성을 따라 숙고해 볼 문제이지만, 2000년대 이후 문학적 환경과의 역동적 긴장관계 속에서 시에 새로운 활력을 불어넣고 '시적인 것'의 가치의 갱신에 일조했다는 점에는 의심의 여지가 없다. 이 문제가 시에서 1인칭 주체의 새로운 혁신으로 나아갈지, 미지의 n개의 주체성의 발견으로 확장될지는 여전히 유동적이지만, 분명한 것은 그것이 끊임없이 구축되고 다시금 해체되는, 나와 당신 '들'의 관계적 사건 속에 귀속될 것이라는 점이다. 2013년 여름의 지면들에서, 나의 타자성 혹은 타자로서의 나, 라는 어떤 면에서 다소 진부해 보이는 명제가 우리 시의 표면 장력이자 비가시적 동력으로 작용하고 있음을 확인할 수 있다. 이 시들이 대개 경어체의 문장을 구사하고 있는 것은, 주체의 타자들에 대한 뚜렷한 (무)의식을 반증한다.

0-1. 비워내다—소멸의 심리학[1]

나의 모가지는 처음부터 패색 짙은 실루엣입니다 말없이 희미해지는 중이거나 조금씩 희미해지지 마입니다 빈 사과 상자입니다 그 위로

---

[1] 아래 시는 투명한 언어와 불확정성의 의미 사이에서 부유(浮游)한다. 혹은 의식과 무의식 사이에서 분열하고 분기(分岐)한다. 이 작품은 '실제로' 그 의미를 확정할 수 없다. 시는 자연스러운, '객관적인' 논리의 흐름을 차단하고 저지하거나 역행하고 있기 때문이다. 먼저 "희미해지지 마"라는 어구 속에서, '마'라는 어미를 띄어쓰기함으로써, 그러겠다는 주체의 수락 의지를 표현함과 동시에 행위의 금지와 명령의 뜻을 함께 파열시키고 있다. 또한 "빈 사과 상자"라는 텅 빈 공간을 설정하고 다른 무언가를 그 위에 다시 적재함으로써 '빈(vacant)' 것의 의미를 퇴락시키고 있다. 이어서 상자들로 이루어진 "계단"은 대상에 대한 지향성과 함께 연속적 개방성을 함축하고 있는데, 바로 다음 문장에서 견고하게 밀폐된 "서랍"의 이미지를 돌연 병치, 충돌, 이접(離接)시킴으로써 의미의 내적 인과성을 급격히 격절(隔絶)시키고 있다. 이후 이어지는 시적 진술들은 어떤 밀폐되고 응고된 내적 시, 공간을 발생시키고 있는데, 다시 "흐르겠습니다"가 발생시키는 액체의 유동적 이미지는, 앞서 진술된 이미지와 의미의 견고한 응축을 일거에 해제하고 이완시킨다. 다음으로 "아는 마음", "모르는 마음"이라는 표현들 역시 그 주어와 목적어 혹은 주체

쌓이는 또 다른 사과 상자입니다 상자로 만든 계단입니다 한 번도 열어본 적 없는 서랍에 넣어둔 마음이라서 서랍들은 끝까지 제자리를 지킬 것입니다 나 늙으면 코를 부벼오는 얼굴을 떠올릴 것입니다 그렇지만 지금은 당신에게 주었던 미래가 버려진 채 사방에 가득합니다 나는 그 세계에서 발을 씻고 토마토를 키우고 금요일이 되면 가장 잘 보이는 곳에 걸어둔 옷 속에서 잠들 것입니다 버려진 미래에 대하여 화분에 묻거나 금요일이 없는 미래를 생각할 것입니다 흐르겠습니다 내가 나로 돌아오려면 아는 마음도 모르는 마음도 빈 상자 속의 어둠과 동일한 깊이가 되어야 합니다. 갑자기 사라진 벽이 있던 자리에 모르는 마음 하나 조금 멀어지자던 말처럼 남아 있습니다

— 이승희, 「하염없이」 전문(『시인동네』, 2013년 여름호)

공(空)을 향해가는 시어가 있다. 그것은 무(無)를 향한 움직임이지만 그 적멸(寂滅)의 내부에는 주체의 파열과 분열의 흔적이 깃들게 된다. 신체의 일부로서 "모가지"는 '목'의 잉여어이다. 그것은 애초에 목

와 대상을 확정하기 어렵다. 시적 화자가 알고, 모르는, '자신'의 마음인지, 어떤 특정 대상의 인식과 관련하여 그 인지적 (불)가능성, (불)충분성을 지시하고 있는지 단정적으로 말하기 어렵다. 두 가지 의미 모두를 함축하고 있는 것으로 볼 수밖에 없을 것이다. 마지막으로 "멀어지자던"의 주체와 대상 혹은 그 발화지점('어디로부터' 멀어진다는, 의식의 발원점으로서)을 확정할 수 없다. 이 시는 의미 확정이 불가능한 언어이다. 시인의 투명한 언어 속으로 자신의 전(全) 의식을 최대한 집중시키면서, 비평가는 그 떠도는 말들을, 불확정성의 영역을, 안전한, 확정적 언어의 영역으로 옮겨놓고 싶어 한다. 그는 의미를 안착시키려는 사람이다. 그러나 그 시도는 언제나, 그리고 그 본질적 의미와 차원에서, 반드시, 실패하기 마련이다. 시와 시어들은 매끄러운 의미의 표면들을 부드럽게 미끄러져 내리거나, 때론 과격하게 돌파해 지나가 버리기 때문이다. 따라서 비평가의 최대의 임무는 그 불확정의 언어들을 불확정성의 영역 속에 그대로 보존한 채 고요히 분주(奔走)시키는 일일 것이다(이는 물론 비평가 개인의 지적 불성실성과 감각의 방기, 직능적 태만과 고유한 소명으로서 역사의식의 유기를 변호하지 않는다).

의 "실루엣"으로서 "처음부터 패색"이 짙다. 모가지가 환기하는 동물적 신체성은 투명한 의식의 주체로서 나의 외부이자 잔여물이라 할 수 있다. 한편 "실루엣"은 실체가 빚어낸 그림자로서 존재에 드리워진 그늘이다. 그것은 실체로부터는 떨어진 채, 사물을 감싸고 있는 분위기에 불과한 것이라 하겠지만, 그러나 그것은 그 밀도와 농도를 통해 사물에 고유한 질감을 부여하기도 한다. 다시 말해 그것은 사물(혹은 '나'의) 무의식이다. 희미하기 비할 데 없는 그것임에도, "말없이", "조금씩", "희미해지는 중"이다. 명멸하는 의식을 따라 엷어질 대로 엷어진 그것은 마침내, "빈 사과 상자"이다. "나"(의 모가지)는 시초부터 없는 존재로서 텅 빈 주체이다. 그 위로 "또 다른 사과 상자"가 쌓인다. 그것은 나의 타자성 혹은 타자로서의 나이다. 나는 수많은 나의 타자들로 이루어진 타인들의 집합체이자 공동(空洞)의 공동체이다. 하여, 나는 타자라는 돌들로 쌓아올린, "상자로 만든 계단"이다. 이 계단은 물론 나에게로 향해 있다. 나는 나를 들여다본다. "나"는 한편으로 의식의 표면에 분명하게 떠오르지 않는 무의식의 마음자리 같은 것이어서, 밀폐된 서랍 속에 봉인된 채 좀처럼 열리지 않는다. 언젠가 그 매듭을 풀기 위해 누군가 문을 두드리겠지만, 지금은 당신과의 약속이나 미래에의 기대 같은 바람들과 의식의 언어들이 버려진 채 폐허를 나뒹굴고 있다. 그 내밀한 세계에서 나는 내 육신을 씻고 나만의 붉은 열매를 가꾼다. 그리고 한 주의 끝이자 세상의 끝이기도 한 금요일, 내 몸에 꼭 맞는 옷 속에서 나는 고요히 잠들려 한다. 이는 스스로를 지우려는, 의식(意識)의 소멸을 위한 의식(儀式)이다. 이미 버려진 미래는 "화분에",

기억의 지층(地層) 속으로 묻고, 또 하나의 반복의 시작을 알리는 금요일이 없는 미래를, 나는 꿈꾼다. 이는 존재의 의식을 완전히 벗어버리고, 지워버리려는, 뚜렷한 소멸에의 의지이다. 앞서 "희미해지지 마"라는 표현 역시 이러한 주체의 소멸 의지가 담긴 것으로 파악될 수 있다. 나는 경계를 관통하여 넘실댈 것이다. 텅 빈 주체로서 참된 나가 되기 위해서는, 어떤 분별심도 없이 혹은 의식도 무의식도 모두, "빈 상자 속의 어둠과" 같이 텅 빈 충만으로 남아 있어야 한다. 그것은 나와 나 사이, 나와 너 사이에서 "갑자기 사라진 벽"처럼, 나로부터 조금씩 멀어지는 말이다. 끝끝내 그것은 알 수 없는 말, 주체의 시선이나 의식으로는 포착되지 않는 "모르는 마음"이다. 겉으로 드러난 소극적 태도와는 달리, 주체의 소멸 의지를 적극적으로 표현하고 있는 이 작품은 나 혹은 타자와의 만남을 위해서는 나를 지우려는 자아의 능동성이 요청된다는 점을 역설적으로 암시한다. 그것은 "하염없이" 소멸해가는 나를 수락하는 것이다. 주체의 사라짐을 목표로 삼고 있는 무의식의 움직임에 부쳐, '소멸의 심리학'이라는 명명은 제법 어울릴 듯하다.

0-2. 받아들이다—사랑의 수용미학

뱀이 남긴 것은 밀애의 흔적입니다 어디에 가도 꽃의 언저리를 감도는 붉은 숨결입니다 구불구불 이어지는 시냇물을 따라가다보면 나는

한마리 뱀으로 당신을 휘감습니다 가끔 반짝이는 웃음소리에 돌들이
물방울처럼 튀어오르고 나는 둥글게 부풀어오른 만조의 바다가 됩니다

　풀숲을 빠져나간 뱀이 허리띠로 감겨 있습니다 진달래 눈부신 해
안선을 들고 봄의 옆구리로 향하던 사랑이었습니다 머리 흰 사내였던
가요? 파도를 타고 내달리던 미명의 노래였던가요? 동해를 묶은 길고
눈부신 바닷길에서 풀려나오는 푸른 뱀의 무리를 봅니다 수만마리 불
멸의 젖은 영혼들입니다

　마침내 멀리 돌아온 길이 하늘로 향합니다 밤바다에서 타오르는
불길이 산과 바다를 지나 슬픔의 곡절 다하는 허공에 닿습니다 온몸이
붉은 몸부림으로 뜨겁습니다 공중으로 날아간 뱀들이 마른 나뭇가지
를 타고 분홍빛 봄비로 내려옵니다 눈 밝은 사행천이 장음의 맑은 곡
조로 흘러가는 연록의 들판입니다

—홍일표, 「사행천」 전문(『창작과비평』, 2013년 여름호)

　선명한 이미지들로 채색된 위 시는 나와, 시적 대상으로서의 당신
과 풍경이 경어체의 문장 속에 단아하고 균형 있게 어우러져 있다. 풍
경의 기호로 차용된 사행천(蛇行川)의 기능적 정의는 강의 굴곡의 빈도
를 높여 강폭과 수심을 최대화하는 수로장치로 알려져 있다. 결과적
으로 강의 용적 수량은 최대치로 늘어나게 된다. 사행천의 늘어난 용
적 수량은 이 시에 내장된 사랑의 심연(深淵)과 욕망의 부피를 지시하

고 있다. 먼저 꿈틀대는 사행천의 형상은 뱀의 꿈틀대는 욕망, 교미의 흔적과 결부된 역동적 이미지를 자연스럽게 파생시킨다. "꽃"(당신)의 언저리를 감도는 화사(花蛇)가 붉은 숨결을 토해낸다. '나'의 욕망 또한 뱀의 꿈틀거림을 따라 번져 나온다. 뱀을 닮은 나의 욕망은 "당신"의 몸을 순식간에 휘어 감는다. 당신을 향해 부풀어 오를 대로 오른 나의 욕망은 드디어 "만조의 바다"로 차오른다. 2연에서 화자는, 해안선을 따라 펼쳐져 있는 사행천에 자신의 욕망을 투영하고 풀어놓는다. 드넓은 바다의 공간으로 확장된 나의 욕망과 사랑은 사행천의 수로를 따라, 뱀의 꿈틀대는 흔적을 따라, 꿈결처럼 비단길로 펼쳐진다. 당신에게 바치는, 나의 "미명의 노래"는 이제 "불멸"을 꿈꾸며 향한다. "마침내" 그것은 하늘을 지나 허공에 닿는다. 시의 내부는 온몸의 열기로 뜨겁게 달아오른다. 감각의 절정에서, 허공에 닿았던 몸의 열기들을 봄비가 차분히 가라앉힌다. "장음의 맑은 곡조"처럼 강이, 사랑의 열망이 다시, 고요히 흐른다. 대상을 향한 욕망의 열기는 나의, 차가운 내면의 깊이에 의해서만 정확히 측정될 것이기 때문이다. 이제 뜨거웠던 욕망은 비로 승화되어 사랑으로 대지와 강을 적신다. 그 비는 다시 강물을 채울 것이고 그만큼 내 사랑도 더 넓어지고, 깊어질 것이다. 이 시의 비밀은 욕망의 크기만큼 늘어나는 사랑의 폭과 깊이에 있다. 이 작품에서 풍경은 단순히 서정적 주체의 내면적 확장형으로 기능하거나 1인칭 주체의 단수적 동일성으로 회귀하는 것이 아니라, 나와 당신이 함께 뿜어냈으며 뿜어내고 있는, 욕망의 열기에 대한 환유적 실체이자 사랑의 기호로 상승하고 있다. 사행천의 부드러우면서도 역동적인 행로 곁에서 표현된, 지상에서 천상으로 다시 지상으로 향하는 에로스의 파동을 따라, 이 작품은 욕망의 거칠고도 미세한 움직임들을 선명한 색감 속에 섬세하게 포착하고 있다. 사행천의 진로를 좇아 당신을 향한 내 마음은 더 너그러워지고 점점 깊어갈 것이다. 사랑의 힘은 대상으로 뻗어 있는 주체의 정념과 에너지 투사량에 따라 결정되는 것이 아니라, 주체가 내장하고 있는 대상 에너지의 수용량에 따라 결정된다고 시는 말하고 있다. 당신을 더 많이 사랑하기 위해서는, 내 몸을 움직여 나 스스로가 더 넓어지고 깊어져야만 한다. 욕망의 움직임에 따라 더 넓어지고 깊어지는 이 주체의 확장을 가리켜, '사랑의 수용미학'이라 부를 수 있을 것 같다.

0-3. 즐거워하다—기쁨의 정치학

점점 더워지고 있어요 잘 기뻐할 줄 아는 당신의 입안에서 나는 갈증이 나요 당신의 태양은 작고 작아져도 꺼지지 않고 마카롱처럼 혀로 살살 녹일 수 있지만, 아낄게요 작게 입을 벌린 당신에게 빗방울이 하나둘 떨어지기 시작하는 날,

주사위처럼 던져졌어요 어디가 하늘이고 어디가 바닥인지 알 수 없었어요 검은 개가 나를 빤히 쳐다보고 있었어요 어디가 눈이고 어디

가 코인지 알 수 없었어요 개처럼 짖었어요 검은 개가 긴 혀로 나를 핥
았어요 살살 녹았어요 나는 점점 작아지고

입술이 퉁퉁 불어서 간절해졌어요 당신의 이름과 나의 이름을 섞
어 부르면 내가 잘 기뻐할 수 있을까요? 당신의 입안에서 나는 과일 통
조림처럼 미끄러워졌어요 미끄러워서 잘 잡히지 않았어요 뺨으로 비
가 조금 새어 들어왔지만, 괜찮아요

나는 오렌지를 씹어요 당신의 입안에서 젖어 테두리가 흐물거리는
모습으로 걸어요 검은 개도 없이 혼자 헐거워졌지만, 나는 갈증이 나
고 당신의 입안에 오렌지를 던져요 수명이 점점 짧아지고 있는 당신의
태양들과 함께

— 김지녀, 「오렌지를 씹어요」 전문(『문학과사회』, 2013년 여름호)

이 시는 분명, 어떤 환각 상태를 표현하고 경험하고 있는 것으로 보
인다. 분석의 편의를 위해 이 시의 전제이자 결론을 먼저, "'나'='당
신'='오렌지'"라고 표기해두기로 하자. 그리고 이 시의 지배적인 감각
적 언어들이 만들어내고 있는 이미지들은 성적(性的)인 것이 분명하다
는 점도 말해두기로 하자. 이 시는 노골적으로 또는 전혀 노골적이지
않은 방식으로 특별한 섹슈얼리티를 창출해내고 있다. "점점 더워지
고" 있다. 더우면 먼저 옷을 벗어야 한다. 바람이 통하도록 밀착된 몸의
틈새들을 벌려야 한다. 그리고 "갈증"이 난다. 목이 마르면 뭔가 마시든

가 수분이 있는 뭔가를 씹어야 한다. '나'와 '당신'은 오렌지를 씹기로 한다. 오렌지를 씹기 위해서는 먼저 씹는 기관인 입을 벌려야 한다(입은 신체로서 빨거나 다른 무엇도 될 수 있지만 여기서는 저작 기능을 담당하는 기관이다). 당신은 드디어 입을 벌린다. 나는 당신 입속에 달달하고 시큼한 노란색 오렌지 하나를 집어 넣어준다. 당신 입 안에 황홀한 향기와 미각이 번진다. 맛있다. 더, 또, 넣어주었으면……. 이미 드러나고 있듯이 오렌지는 시각, 후각, 미각, 청각(오렌지의 껍질 벗기는 소리, 과육이 씹히고, 살점이 터지는 소리 등은 분명 청각적인 것이다) 모두에 관여한다. 당신의 "태양"은 에너지의 시원이자 존재의 중핵으로서 남녀의 성기와 유사한 이미지를 갖는다("작고 작아져도" 또는 (부풀어 올랐다가) "꺼지지 않고" 등의 이미지는 이를 돕고 있다. 또한 내 "혀로 살살 녹일 수 있"다는 진술은 분명히 성기를 떠올리게 한다). "주사위처럼 던져졌"다는 진술은 나와 당신의 (성적) 결합을 암시하는 것으로 추측해볼 수 있다(어차피 사랑은 운명을 건 모험이다). 섹스는 대상과의 합일을 통해 자아의 의식과 신체를 지우고 무너뜨리는 내적 체험이자 죽음의 경험이다. 나와 너의 경계가 사라지고 형체는 무디어진다. 의식과 판단이 희미해지고 분별과 차이가 감지되지 않는다. 2연에서 화자가 보이는 인식의 혼란은 바로 여기에서 기인한다. 이 장면이 섹스의 신(scene)을 분할하고 있는 것이라는 추측이 들어맞는다면 "검은 개"는 당신일 수도, 그리고 나일 수도 있다(이는 물론 주체 내부의 사도-마조히즘 경향을 지시하고 있는 것이다). 나의 교성이 "개처럼 짖"는다. 개의 혀가 나를 핥는다. 나는 "점점 작아지"다가 결국 사라질 것이다. 격렬한 성적 결합은 신체에 흔적을 남긴다. "입술이 퉁퉁

불"었지만 나는 당신을 더 한층 열망하게 된다. 더욱 "간절"해지는 것이다. "당신의 이름과 나의 이름"은 마침내 끈적거리는 침처럼 뒤엉키고 섞인다. "당신의 입안에서 나는" 달콤한 과일, 오렌지가 되기도 하고 당신이 되기도 하고, 다시 나가 되기도 한다(다음의 "미끄러워졌"다는 표현은 물론, 나와 당신의 성적 흥분과 발기와 연관된다고 볼 수 있다). 이제 나는 "당신의 입안에서 젖어" 오렌지를 씹는다. 이제 나와 오렌지와 당신은 더 이상 구분되지 않는다. "테두리가 흐물거리는 모습"이란 바로 존재의 경계가 헐거워지고 모호해진 주체의 내적 상태를 가리키고 있다. "수명이 점점 짧아"질 수도 있지만, 나는 여전히 "갈증이 나고 당신의 입안에 오렌지를" 던진다. 주체의 신체에 각인된 희열의 분화구에서처럼, "빗방울"이 하나둘씩 돋아난다. 나와 당신은 점점 축축해지고 점차 가라앉다가 결국……. 나와, 당신과, 오렌지와, 시는, 단 하나의 소실점을 향해, 순수한 몰락의 지점을 따라, 가고 있다. 본질적인 의미에서, 주체와 타자의 유일한 만남이라고 할 수 있는 섹스의 순간을 형상화하고 있는 이 시는 따라서, '기쁨의 정치학'이라 불러야 마땅할 것이다.

0-4. 불편하다—고통의 윤리학

이 매끄러운 표면에서 음악이 흘러나오는 것을 믿을 수 없습니다
인크레더블 스트링 밴드, 는 당신이 샀을 리 없는데?

그래요 내가 샀을 리 없지요

불편해서 끝까지 듣기도 어려운걸요

숲속의 사람들은 서로를 사랑하고

아름다운 딸들이 태어나서 달빛은 새로워지고

강물은 급하게 흘러간다는 내용이에요

상상이에요 신문을 펼쳤습니다만 사건은 모두 오래되었고

일상의 울퉁불퉁한 표면을 다듬는 것은 불가능합니다

뭉게구름이 당신을 위한 왕관이라고 생각할 수는 없어요

얼굴로는 나이를 알 수가 없죠 당신은 프로그레시브하죠

내일은 참을 수 없으니

오늘은 양의 목을 따서 뜨거운 피를 한 사발씩 마시기로 하지요

우리의 선택과 결정이 내일 어떤 숲을 불 지를지

펠리컨의 부리 속에 얼마나 많은 물고기들이 숨어 있는지

주린 배를 채우지 못한 새 새끼들이 둥지에서 떨어질 미래에

눈물이 무슨 색인지 점쳐봅니다

그래요 당신들의 연설을 듣고 있자면

귓속에 나무를 심는 것 같아요 무럭무럭 나무가 자랄 동안

나는 귀머거리 벙어리 눈먼 사람 정말 믿을 수 없습니다

너무 많은 사람들이 숲속으로 걸어들어갔으니까요

인크레더블 스트링 밴드

내가 사지는 않았지만 아름답고 불편한 음악이에요

그래요 그래서 듣고 있었어요

겨울이 지나고 낡은 봄이 왔으니까요

두려움에 빠지는 것은 어쩌면 당연한 것인지도

— 이근화, 「숲속의 사람들」 전문(『문학동네』, 2013년 여름호)

음악을 모티프로 하고 있는 위 시는 알레고리다. '나'와 '당신'이 등장하고 있다. 여기에서 이들의 정체 혹은 관계가 무엇인지 중요해 보인다. 경어체의 문장을 사용하고는 있지만, 이 시는 분명히, 연애시는 아니다. '나'와 '당신'은 오히려 긴장과 갈등관계, 의식적·무의식적 적대상태에 놓여 있는 것으로 보인다. '나'와 '당신'은 서로 믿지 못한다, 또는 믿지 않는다. 이는 시의 첫 부분에 확고히 적시되어 있다. 다음으로 그들이 문제 삼고 있는 음악의 내용을 살펴보기로 한다. 그 것은 "숲속의 사람들은 서로를 사랑하고 / 아름다운 딸들이 태어나서 달빛은 새로워지고 / 강물은 급하게 흘러간다는 내용"이다. 별로 특별할 것 없는, 평화롭고 행복한 삶(상상)의 풍경들이다. 마지막, 강물이 급하게 흘러갔다는 진술(물론 여기에서, 지난 정부에서의 4대강 사업을 떠올릴 수도 있겠지만 일단 이에 대한 언급은 잠시 접어두기로 하자)만이 약간의 의미의 긴장을 발생시키고 있기는 하다. 다음에 이어지고 있는, "상상이에요"라는 진술은 그것이 거짓일지도 모른다는, 기만에 지나지 않을 수도 있다는 긴박한 부인(否認)이다. 신문을 펼쳤는데 "사건은 모두 오래되었고"(마찬가지로 여기에서, 현 정부에서의 민주적 가치의 심각한 훼손과 역사적 과거로의 퇴행 경향을 떠올릴 수 있다), 일상은 울퉁불퉁하게, 다시 말해 일상적 가치들마저 심각하게 왜곡되었으며 또는 평등이라는 기초적 가치가 균열의 위기에 봉착했다는 등의 해석이 가능할 것이다(이는 '최소정의 민주주의(minimal definition of democracy)'의 결정적 후퇴이다). 그리고 이는 (회복) 불가능한 상태에 이르렀다. 덧없는 자연물인 뭉게구름의 영광스런 자취가 "당신을 위한 왕관"은 아니라는 표현에서, '당신'은 일(一)국가의 프레지던트, 최고 권력자라는 사실이 여지없이 폭로되고 있다. 당신은 겉으로는 순수를 머금고 있는, 동안의 얼굴을 하고 있고, 표면적으로 진보적인 척 한다. 현 상황은 내일까지 기다릴 수 없는 지경이고 미래를 장담할 수 없게 되었다. 죄악으로 가득한 현재와 질서를 정화하기 위해선, 양의 목을 따서 피를 마시는 순교와 희생의 제의가 필요하다. 또한 현재의 잘못된 결정이 미래에 어떤 치명적 결과를 가져올지, 인간과 생태계의 자연스러운 조화와 균형을 얼마나 쉽게 파괴할 것인지 전혀 예측할 수 없다. 권력자들의 연설과 주장을 듣고 있으면, 나는 의식의 마비와 혼란을 겪는다. "귀머거리", "벙어리", "눈먼 사람"이 된다. 현 정권이 민중에게 요구하고 있는 것이, 귀를 막고, 말을 막고, 눈을 멀게 하고 있는 것이라는 점은 변경될 수 없는 사실이다. 그러나 사람들은 그들의 달콤한 거짓말에 너무 쉽게 속는다. 그들의 말을 따라 "숲속으로 걸어들어" 간다. 그것은 믿을 수 없는 (불)협화음("인크레더블 스트링 밴드")이다. 그것은 사탕발린 말처럼 교묘하고 아름답지만, 그러나 불편하다. 겨울이 지나고 봄이 왔지만, 그러나 그 봄은 "낡은 봄"이다. 내가 과거의 망령들에 불안을 느끼고 "두려움에 빠지는 것은", 그래서, "어쩌면 당연한 것인지도" 모른다. 이 시는 경어체의 문장과 연애시의 형식을 빌려, '나와 당신 '들'의 이야기'를 협애하고 축자적인 개인과 실존의 공간에서 해방시켜 정치적, 사회적 차원의 거시적 영역으로 확장, 심화, 승화시키고 있다. '당신 '들''이란 타자를 의미하는 것이고 타자 속에는 본질적으로 개인적 발화의 집합적 배치로서 현실 정치가 포함되고 개입되는 것이 불가항력적인 현상이기 때문이다. 시에서 타자(성)에 대한 관심은 문학이 정치적일 수밖에 없다는 불가피한 사실을 환기시킨다. 문학과 시는 필연적으로 타자와 타자성에 대한 관심을 적극적으로 피력하는 양식이기 때문이다. 문학과 시는 근본적으로 타자들의 발화로서 정치적 힘들과 역동적 긴장관계에 놓일 수밖에 없으며, 또한 그것에 민감하게 반응할 수밖에 없다. 문학은 정치에서 자신의 타자성의 양식을 발견한다. 따라서 내가 그들의 음악을 듣고, "불편해서 끝까지 듣기도 어렵다"고 말하는 것은, 음악에 펼쳐진 상상지리지가 거짓 화해에 불과하다는 점을, 시인의 세계와의 불화와 내면의 불협화음을 상징하고 있다. 그것은 우리들의 것이 아닌, '당신들의 천국'이기 때문이다. 시가 고통스러운 현실과의 불협화음의 관계를 완강하게 고수할 때만이 시는 스스로를 진리의 형식으로 주장할 수 있다. 그것은 억압된 타자들의 은폐된 신음소리에 귀 기울이고, 타자의 고통을 자신의 내적 경험으로 기꺼이 수용하는 '고통의 윤리학'이 아닐 수 없다. 이러한 고통의 윤리학이 이 시에서 소박한 인간중심주의를 넘어서 자연물들의 안녕을 염려하는 심층생태학의 차원으로 확장되고 있는 것은, 정치의 위기를 생태계의 위기로까지 파악하는 시인의 첨예한 정치적 무의식이 세계 깊숙이 작동한 결과이다.

0'. 끌어안다 _—몸의 시학_

가시 많은 이 몸 벗을래요.

한국에 가면, 이백만 원 월급 받는 이가 청혼한댔어요.

나보다 스무 살 많은 아저씨, 이백만 원이면

승용차가 있고 기사도 둘 수 있겠지.

생각하고 베트남에서 왔어요, 제 이름은 프엉.

팔 년 됐어요. 일곱 살, 세 살, 오누이

손 잡고 구정엔 고향에 찾아가려 했는데

십팔 층 아파트에서 뛰어내려요.

나비처럼 팔랑,

우리 세 식구 저쪽으로 건너가 같이 살 거예요.

가시 많은 이 몸 여기서 벗을래요.

십오만 사천 볼트 전기가 흐른답니다.

삼십 미터 송전탑 거기 사람이 올라가 있습니다.

벌써 두 달째여요.

서커스를 하느냐구요?

억울해서, 억울하고 분해서 알리고 싶었어요. 사람의

꿈을 꾸고 싶은데

턱턱 걸리는 가시 울타리가 무서워요.

겨울 해는 걸음이 빠르지요. 귀신 같은

내가 무서워요

오래 참고 기다렸어요.

하지만 다시 또 기다려야 하는 당신,

더 이상 우리는 당신에게 질문할 게 없어서 미안해요.

우리가 할 수 있는 건, 우리가 당신을 도울 수 있는 건

아무것도 없습니다.

끌어안고 울어주는 것, 그것 말고는.

슬픔에 삭은 바람이 곧 혹한을 데려오겠지요.

쓰디쓴 희망은 식도를 넘어 우리들의 눈물이 될 뿐.

내일이나 모레 희망을 버릴 사람들.

오세요, 이리 오세요.

—강인한, 「광화문에서 프리허그를」, 전문(『시인수첩』, 2013년 여름호)

가시로 박히는 시가 있다. '0'에서 '1'이 되는 시가 있다. 텅 빈 주체는 비어 있는 채 그대로 남아 있기 위함이 아니다. 그것은 타자를 온몸으로 받아들이고 자신의 것으로 수용할 때만이 진정한 주체로 스스로를 일신하게 되는 것이다. 이 시의 표면에 돌출된 융기한 언어들을 따로 분석할 필요는 없을 것이다. 이는 내 몸에서 터져 나오는 말, 어쩔 수 없이 내뱉게 된 말이기 때문이다. 다만, 2000년대 이후 한국시가 주체의 내면의 확장이자 시적 대상으로서 타자를 점유하고 단지 대변하는 데에서 만족하는 것이 아니라, 자신의 몸을 타자의 것으로 바

꾸는 자발적이고 능동적이며 동시에 강제적이고 폭력적인 신체변환, 즉 '나의 너되기'라는 변신술을 통해 타자의 직접적 발화를 자신의 신체 언어로써 기록하고 날것으로 옮겨 적고 있는 중이라는 문학사적 사건에 대한 움직일 수 없는 증거들을 이 시에서 확인해두기로, 또한 그것이 젊은 시인들만의 특권이 아니라는 점만을 여기에서 분명히 언급해두기로 하자.[2] 이 시에는 적어도 3명의 인물이 등장하고 있다. 1연의 시적 (발화의) 주체는 한국 남성과 결혼한 베트남 이주여성으로서, 온몸에 박히는 가시를 더는 감당할 수가 없어 지금 십팔 층 아파트에서 뛰어내리고 있다. 2연에서 그것은 억울함을 호소하기 위해서는 송전탑 꼭대기에라도 오르지 않을 수 없었던 절박하고 힘없는 한 노동자이다. 3연에서의 시적 주체는 광화문광장에서 프리허그라는, 지극히 개인적이고 익명적인 수단을 통해 사적 친밀성을 공적 차원에서 수행함으로써, 정치적 연대의식을 공통감(共通感)으로 재현하고 있는 사람(들)이다. '프리허그'(공짜 포옹, 무료로 껴안아주기 등의 의미를 내포하고 있지만 이에 어울리는 적당한 우리말이 선뜻 떠오르지는 않는다. 그 사회학적 의미를 굳이 따져보자면 물론, 교환가치가 지배하는 자본주의에 대한 온몸의 역습이라

---

2 시적 주체의 발화와 그 내용과 관련하여, 이를 화자의 문제로 환원하는 것은, 다른 이유에서 나는 큰 의미가 없다고 생각한다. 그것을 '감응'과 '딕션'의 문제로 파악하든(신형철, 「2000년대 시의 유산과 그 상속자들」, 『창작과비평』, 2013년 봄호), 혹은 시적 주체를 발화 수행의 주체로 설정하고 "시학연구에서 화자분석으로는 얻어질 것이 별로 없다고 생각"하든(권혁웅, 『시론』, 문학동네, 2012, 8쪽), 시에서 화자의 문제는 시적 언술 혹은 발화 행위의 주체이자 물리적 실체로서, 시인 자신의 육성(肉聲)을 완전히 배제할 수 없기 때문이다(마치 무당의 신들린 언어가 무당의 신체와 입을 통해서만 누설되는 것처럼). 이는 소설에서 서술주체와 함께 인식주체로서, 인물의 '초점화(focalized)'된 시선을 동시에 고려하는 문제와 같은 맥락으로 볼 수 있을 것이다.

는 평가가 가능할지도 모르겠다)가 유발하는 효과의 핵심은, '누군가와 함께 무언가를 공유한다는 느낌'의 감각적 확신이다. 그것은 타인과 온몸으로 온몸을 함께 나누는 가장 친밀한 신체행위로서, 일시적으로 구축되고 감지되는 순간 가뭇없이 사라지는 느낌의 공동체이다. 그것은 손이나, 입이나 등의 특정 신체기관에 의지하지 않고 온 몸 전체가 타인과의 접촉과 교감을 위해 사용된다. 이때 몸은 각각에 고유하게 할당된 신체기관의 일부로서의 기능적, 수단적 역할을 중단하고 오직 타자와의 만남이라는 목적의 순수성에 온전히 봉사하게 된다. 위 시에서 내가, 우리가, 지금 안고 싶고, 안아야 할 그들은(불행하게도 "도울 수 있는 건 아무것도 없"고, 안타깝게도 "끌어안고 울어주는 것"이 전부지만), "턱턱 걸리는 가시 울타리"에서 박힌 "가시 많은 이 몸"들이다. 그 '가시'들을 빼줄 수 없다면 가시 박힌 그 몸들이라도 힘껏, 깊숙이 안아주어야 한다. 내 몸의 눈물로 당신 가슴 속 가시를 닦아주고, 지워주고, 싶다. 그것은 "식도를" 타고 넘어온 말이다. 나와 당신 '들'의 이야기는 여기에서 비로소, 몸의 언어를 얻는다. 나와 당신이 한 몸으로 부둥켜, 끌어안고, 우는, 하여, 당신과 나의, 마침내, "우리들의 눈물"이 되는 ……. 일신상(一身上)의 진리로서 몸의 언어는 희미하고 미약하여, 무참히 깨지고 언제고 부수어질 것이나, 우리는 오직 하염없이 무너지고 사라지는 몸의 무력한 언어만을 믿을 수 있다. 정신은 늘 우리를 배신하지만 몸은 단 한 순간도 우리를 배반하는 법이 없기 때문이다. 시는 다만 몸을 통해서만 탄생하고 있다.

시와 현실성

시와 현실의 문제를 제한된 지면에서 상론하는 것은 가급적 피하려 한다. 그것은 화자 또는 시적 주체의 발화 차원, 시적 대상과의 거리 문제, 그리고 무엇보다 '현실'의 외연과 내포를 어떻게 규정하며 설정하느냐 등의 인식과 감각의 영역을 두루 포괄하는, 결코 간단치 않은 범주·틀이기 때문이다. 이는 2000년대 이후 한국시의 위상과 사적 의의를 부여하는 일과도 직·간접적으로 관련되는 것이기도 하다. 또한 그것은 전래적 수준의 리얼리즘 논의를 일거에 초과하는 뚜렷한 잉여의 사태라고도 할 것이다. 하여, 다만 이 자리에서는 당대의 시인들이 직면하고 있으며, 각각의 시적 현실의 일부로서 파악하며 고려하고 있는 것으로는 무엇이 해당하는지, 몇 가지 단서를 추려보고 이에 대한 대강의 윤곽을 잡아보고자 한다. 2014년 겨울호에 발표된 시들을 중심으로 그 면면을 살피기 위한 단초로서 아래 시는 손색이 없을 듯하다.

꿈이 현실이 되려면 상상은 얼마나 아파야 하는가.

상상이 현실이 되려면 절망은 얼마나 깊어야 하는가.

참으로 이기지 못할 것은 생활이라는 생각이다.

그럭저럭 살아지고 그럭저럭 살아가면서

우리는 도피 중이고, 유배 중이고, 망명 중이다.

그럼에도 불구하고 더 뭘 해야 한다면

이런 질문,

한날한시에 한 친구가 결혼을 하고

다른 친구의 혈육이 돌아갔다면,

나는 슬픔의 손을 먼저 잡고 나중

사과의 말로 축하를 전하는 입이 될 것이다.

회복실의 얇은 잠 사이로 들이치는 통증처럼

그렇게 잠깐 현실이 보이고

거기서 기도까지 가려면 또

얼마나 깊이 절망해야 하는가.

고독이 수면유도제밖에 안되는 이 삶에서

정말 필요한 건 잠이겠지만

술도 안 마셨는데 해장국이 필요한 아침처럼 다들

그래서 버스에서 전철에서 방에서 의자에서 자고 있지만

참으로 모자란 것은 생활이다.

— 이현승, 「기도에 대하여」 전문(『창작과비평』, 2014년 겨울호)

    평이한 어조로 언뜻 대수롭지 않은 듯 서술된 이 시가 평범하지 않은 감동을 준다. 그것은 무엇보다 부침하는 실제의 표면과 거품 아래 깊숙이, 화자가 포진해 있기 때문일 것이다. 화자는 '꿈'이나 '상상'이 예기하는 섣부른 낙관이나 소박한 낭만성을 경계한다. 현실이 내재한 진통의 파장과 절망의 깊이를 함께 따져보거나 충실히 고려하지 않는 다면, 그것은 사상누각에 지나지 않는다는 것, 그것이 여기 화자의 냉연한 진단이며 확고한 전언이다.[1] 반복되고 있는, "참으로 이기지 못할 것은 생활이라는 생각"이나 "참으로 모자란 것은 생활"이라는 직접 진술은 이를 뒷받침한다. 작품의 화자에게 "현실"은 "회복실의 얇은 잠 사이로 들이치는 통증처럼", 간헐적으로 감지되며 불연속적으로 인지되고 있을 뿐이다. 대개 우리는 현실로부터 "도피"하거나, "유배"되며, "망명"하곤 하기 때문이다. 그런 삶과 현실 속에서 "고독"은 본연의 뜻과 실존적 의미를 상실하고 한낱 "수면유도제밖에" 불과한 것으로 타락하는 것이다. 이처럼 화자가 처한 사회적 곤궁과 실존의 난

---

1   특정한 이념형이 갖는 '현실성(actuality)'과 관련하여 우리는 다음과 같은 진술을 참고할 수 있다. "우리에게 공산주의는 조성되어야 할 하나의 **상태**(Zustand), 혹은 현실이 따라야 할 하나의 **이상**(Ideal)이 아니다. 우리는 오늘날의 상태를 지양하는 **현실적인** 운동을 공산주의라고 일컫는다. 이 운동의 조건들은 현존하는 전제들로부터 생겨난다"(칼 마르크스·프리드리히 엥겔스, 김대웅 역, 『독일 이데올로기』 I, 두레, 1989, 78쪽. 강조는 원저자의 것임).

경은, "술도 안 마셨는데 해장국이 필요한 아침"이라는, 범상한 듯 폐부를 찌르는 참말 속에서, 또한 여실히 피력되고 있는 것이다. 그것은 세계에 관여하는 견고한 사실의 힘으로서 추상적 원리에로 귀속될 수 없는 것이다. 이 작품의 엄중한 '생활의 발견'은, 결혼식 불참은 통상 용서되지만 상가 조문 결석은 된통 욕먹는다는, 뼈 있는 속설 속에서 그 진가를 발휘하고 있다. 그럼에도, 어떤 생활인의 구체성에서는 그러한 현실과 생활이, 부재하는 실제이자 구성 불가능한 실체로서, 인식될 수도 있다. 다음 시는 한 예이다.

당신은 눈물조차 흘리지 않는다. 버려진 콘돔과, 무감각한 당신의 마지막 자세가, 물끄러미 당신을 바라보고 있다. 어느덧 오전6시는 밝아오는가. 당신의 마지막 자세는 고개를 돌려, 남자가 빠져나간 자리의 텅 빈 허공을 감각한다. 바람이 불어오면 그곳에서, 휘파람은 오래전의 유적처럼 흐느끼고 있구나. 어느덧 오전6시는 다가오고, 거룩하고 성스럽게 아침은, 여전한 어둠을 웅성거린다. 당신의 절정은 언제나 절제되어 있으며, 당신의 어제는 금욕적인 휴일 오전을 예비하며 무감각한 절망에 침묵했을 뿐이다. 버려진 콘돔으로부터 당신의 마지막 자세는, 비릿한 절정의, 마지막 순간을 반추한다. 느리게 발기되는 성기처럼, 휴일 오전은 쉽게 도래하지 않는다. 정체된 고속도로마다 휴일 오전의 지리멸렬은 시작되고, 당신의 마지막 자세로부터, 열린 창문과 흔들리는 커튼은 이윽고 나른한 오전을 배회하고 싶어진다. 그것은 금욕적인 휴일 오전이고, 당신의 마지막 자세는 금욕적인 모든 관계와 피크닉을 상상한다. 휴일 오전마다의 피크닉은 찬란한 하늘과 금욕적인 해안선의 한 끼 식사를 마련할 것이다. 신파처럼 한 모금의 담배는 피어오르는가. 당신의 마지막 자세만이 침대 위에서 고요히 울음을 터뜨리고 있구나. 그것은 아침상의 생선구이처럼, 혹은 미역국처럼, 그리고 흰쌀밥처럼 홀로 그곳에 남겨진다. 지리멸렬처럼 놓인 수건을 마지막으로 금욕적인 휴일 오전은 비롯될 것이다. 당신의 마지막 자세는 아무렇게나 버려진 금욕적인 휴일 오전을 위해 바쳐지고, 그것은 비릿한 콘돔이거나 생선구이, 혹은 미역국, 그리고 흰쌀밥.

* 프랑스 사진작가 브라사이의 작품. Brassai, 〈A Monastic Brothel〉(1931).

—조동범, 「금욕적인 사창가」* 전문(『문학동네』, 2014년 겨울호)

모티프가 되고 있는 흑백사진은 어두운 실내에서 수작을 붙이고 있는 남녀를 조명하고 있다. 카메라에 포착된 여자는 매춘부다. 이 작품은 참혹하게 적나라한 이연주의 첫 시집 『매음녀가 있는 밤의 시장』(1991) 또한 떠올리게 한다. 한편으로 그것과는 확실히 다른 어조로 시적 대상을 조감하고 있다. 화자의 톤은 표면적으로 매우 메마르고 건조한 것으로 처리되어 있다. 일견 무심한 것 같은 화자의 태도는, 제목으로 차용된 "금욕적인"이라는 말과도 쉽게 조응하는 듯하다. 사창가는 자신의 인신(人身) 외에는 아무것도 상품으로 내팔 수 없다는 자본주의 경제 원리와 함께, 돈으로 타자를 지배할 수 있다는 인간의 폭력적인 욕망이 가장 첨예하고 노골적으로 발현되는 장소라 할 것이다. 여기 시에서 "비릿한 콘돔"이 "생선구이", "미역국", "흰쌀밥" 등의

등가물로 간주되고 있는 것은, 정확히 성노동과 식량을 교환한 결과
이다. 한편 이를 두고 '금욕적'이라 한 것은 인간적 자유의지의 가치
전도, 성노동자의 의사결정권의 박탈을 역설적으로 표현한 것에 다름
아니다. 성노동자는 자신의 성적 의사결정과는 무관하게 지속적인 삽
입과 사정행위를 일관되게 강요받는 자이다. 그는 자발적 욕망에 근
거한 성행위를 실현할 수 없으며, 따라서 실제적으로 성적 욕망이 거
세된 인간에 진배없다. 강요된 남성들과의 교합에서 어쩔 수 없는 몸
의 반응은 결코 자신의 것이 아니기에, 그녀들의 감정은 실제로 점점
'금욕적'이 될 수 있다. 결국 "당신은 눈물조차 흘리지 않"게 될 것이
다. 무참한 현실의 왜곡을 뒤따라 욕망과 감정의 기형적 뒤틀림이 신
체 곳곳에 각인된다. 한편으로 이 작품은 "당신"이라는 2인칭을 시적
주체로 호명함으로써, 화자의 변위(變位) 가능성을 확장한다. 가령 "신
파처럼 피어오르는" "한 모금의 담배"는 시적 주체의 내면으로부터 피
어오른 것이자, 시적 주체의 내부와 동화된 화자의 심연으로부터 길
어 올린 것이기도 하다. 이 작품은 자본주의 체계의 불모성의 한복판
에 서 있는 성노동자의 현실을 과감히 비틀어 보임으로써, 진정한 욕
망의 회복과 그 간절한 희구를 표명한 것이라 하겠다. 다음 시는 경험
적 현실의 일부로서 주체 내부의 심리적 역동성에 주목한 경우이다.

나는 슬퍼하고 있고 슬퍼지고 있고 슬프고 있고 그래서 슬프다. 사
이사이 다른 감정이 끼어든다. 영원히 지속될 것처럼 기쁨이 있고 환
희가 있고 절망이 있고 분노가 있고 비굴함이 있고 순식간이 있고 나

는 다 빠져나왔다. 다 빠져나와서 빠져 있다. 사이사이에 낀 찌꺼기를 빼내려는 노력도 빠져 있다. 한꺼번에 들어가 있고 조금씩 나오고 있고 구석구석 빠지고 있고 겁에 질리고 있다. 고녀에 차고 있고 소름 끼치고 있고 해롭고 있다. 그것은 불안인가? 불안하려고 있다. 불안하고자 있다. 비참하고자 있고 참담하고자 있고 담담하고자 있었다. 그것을 슬퍼하고자 있는 사람에게 슬퍼하려고 있다. 슬퍼하려는 공간에 있다. 가득하려는 공간에 있다. 그래서 슬픈가? 나는 다 빠져나왔다. 다 빠져나와서 비고 있다. 죽은 것이 죽고 있다.

— 김언, 「있다」 전문(『문학과사회』, 2014년 겨울호)

바로 확인하듯이 이 작품은 현재형 보조동사, '-있다'를 적극적으로 활용하는 반복기법이 두드러져 있다. 첫 문장은 시적 사유의 출발점이자 지배적 감정으로서 '슬픔'을 진술한다. "기쁨", "환희", "절망", "분노" 등은 슬픔 사이로 번갈아드는 감정의 다양한 양태들이다. 그리고 그 무수한 감정들로부터 "다 빠져나왔다"고 화자는 곧장 선언한다. 그러나 과연 그러할까. 누구나 경험하듯 어떤 감정이든 인간의 의지나 마음대로 통제할 수 있는 것이란 매우 드물다. 이는 감정의 진폭이나 파고가 의식보다는 무의식적 차원에 의해서 더 많이 지배받기 때문이다. 따라서 후반부의 진술에서 화자의 내면을 잠식해오는 "불안"은 이러한 지울 수 없는 감정의 흔적, 결코 통제되지 않는 리비도의 결과로밖에 보지 않을 수 없는 것이다. 끝부분에서 화자는 다시금 "다 빠져나왔다"고 확언하고 있는데, 이는 불안이 야기한 반복강박의 징후의 하나로 읽을 수 있을 것이다. 결국 "다 빠져나왔다"는 확신에도 불구하고, 화자는 불규칙적인 정동(情動)의 우발적 흐름 속에 내맡겨 있는 것이다. 마지막 두 문장에서, 텅 빈 주체로서 내면의 공백이 새로운 생성의 장소로 인식됨과 더불어, "죽은 것이 죽고 있다"는 이중부정으로 강조되고 있는 것은, 사물과 감정을 정지된 상태로 붙잡아두려는 그릇된 열망에 대한 경계와 불안이라는 양가감정을 동시에 표상하는 것으로 간주할 수 있을 듯하다. 부언하여, '있다'라는 서술어는 존재(being)의 현 사태에 대한 진술이다. 한편으로 존재는 언제든 다른 것으로의 변환 가능성 때문에, 됨(becoming)이라는 잠재적 사태 또한 포괄하고 있는 것이다. 이 작품은 '있음'과 '됨' 사이의 긴박한 긴장에 결부된 주체의 심리작용을 섬세하게 포착하고 있다. 그리고 그것은 현존재를 규정하는 현실의 일부로서 실제하고 있는, 심리적 사실들에 대한 불가피한 기술이라 하겠다. 마지막 인용 시는 나날의 노동의 터전이자 평범한 일상의 공간인 '사무실'을 담담한 필치로 묘사한다.

> 내 맞은편에 있는 사람은
> 서로가 사이에 두고 공유하는 칸막이 선반 위에
> 작은 선인장 화분 하나를 키운다.
> 좀처럼 말이 없고 자리에 앉는 시간이 어긋나
> 얼굴 마주할 일 별로 없지만 점심 이후
> 월요일마다 한 번씩 화분으로 와서 물을 주는 것이
> 그의 오랜 습관

속삭이듯 숨 쉬는 분무기 소리가 들리면
볕이 잘 들지 않는 이곳으로도
눈부신 햇빛 같은 물안개가 넘어와
내 이마와 눈썹에 닿고
부드럽게 밀려오는 식은 모래의 날들이 흩어져
시려지는 시야에도 희미한 눈매를 가늘게 뜬 채
나는 손차양을 만들어 그림자로 서 있는
일식의 시간을 올려다본다.

습기를 머금은 바람이 향기를 흩뿌리는 동안
눈 마주쳐 태양에 탄 듯 얼굴 붉힌 그가
잔물방울 얇게 스민 목소리로 미안하다 말하는 것이
하늘 등진 이번 한 주 우리의 첫인사이자 마지막 대화다.
입 막은 수줍은 모습처럼 웃음이 새지 않게
선인장 뒤를 한 손으로 가린 그의 표정 밖으로
돋아난 촘촘하고 새파란 가시들이 반짝일 때
거기에 땀방울로 맺힌
타향의 정서와 업무의 노곤한 곡선, 그리고
형광 무늬 신기루와
무지개

이제 뒤돌아선 그의 모습은

사구처럼 부풀었다 삭은 커튼으로 흩어지는데

다음 주에도 그 다음 주에도

변함없는 모래의 풍경을 걸어갈 멀고 외딴 실루엣에

잇닿은 일상들이 지워질까,

내가 고개 돌려 출생을 물어보지 못한 사이

서늘하고 투명한 물먼지와 빛가루가 기화되는 공중으로

오후의 부족한 햇살이 밀려왔다 떠나가고

선인장은 소주잔보다 조금 더 큰 화분에 담겨 살아가게 된다.

책상 앞

그늘에 펼쳐진 좁은 사막에서

낙타처럼 굽은 어깨를 웅크려

가질 수 없이 너무 많은 모래알을 헤아리다 문득

나도 목이 마르면 물을 마시고

그리운 게 있으면 창밖을 보며

이곳을 두려워한다.

— 채길우, 「사무실」 전문(『현대시』, 2014년 12월호)

전체적으로 평이한 진술들을 섬세한 언어의 가공 속에서 담백한 어조로 읊조리고 있는 이 시는, 사무실의 풍경을 배경으로 벌어진 소소한 사건 하나를 미세하게 포착하고 있다. 이는 작은 하나의 서사를 형성하고 있는데, 1~3연에 진술된 대로 칸막이를 마주하고 있는 동료가 키우는 사막의 식물, 선인장 화분에 관한 에피소드다. 직접적으로 그것은 분무기로 분사된 작은 물방울들에서 비롯된 것이다. 우연히 나의 이마와 살갗에 닿은 물안개와 미안해하는 그의 붉은 표정이 일몰의 순간 속에서 겹쳐진다. 한편 "그" 혹은 "나"가 느끼는 노동의 피로감은, "사구처럼 부풀었다 삭은 커튼으로 흩어지는데"라는 구절에서 그 적실한 표현을 얻고 있다. 또한 "나" 혹은 "그"가 처한 사회적 노동의 환경과 옹색한 처지는, "소주잔보다 조금 더 큰 화분에 담겨 살아가"는 "선인장"의 자리와 자연스레 오버랩 된다. 이 시를 천천히 음미하다 보면, 최근 인기를 끌었던 케이블 드라마 〈미생〉을 떠올리게도 한다. '완생'이 되지 못하는 저마다의 입장을 반추하며 대중은 크게 공감했던 것이다. 이 작품의 화자가 느끼는 감정의 핵심은 사소한 일상의 즐거움에도, "사무실"을 '사막'으로 인식하고 있다는 점이다. 반복되는 "모래", "사구", "낙타" 등의 어휘가 이를 반증한다. 시의 마지막 행 "이곳을 두려워한다"는 진술에서, 사무실 화자의 심정이 사막을 걷는 낙타의 그것과 흡사하다는 점은 더욱 확실해진다. 우리시대 평범한 회사원들이 반복적 일상에서 느끼는 감정 또한 이와 대차는 없을 것이다. 성과중심사회에서 노동의 현장은 과잉억압의 사막으로 변질된 지 오래이다. 문제는 그 사막을 통과하지 않고서는 한 모금의 물을 구할 수 있는 오아시스를 만날 수조차 없다는 사실이다. 삶의 터전인 사막은 엄연한 현실의 일부로서 떠날 수가 없는 것이다. 분명한 딜레마가 아닐 수 없지만 결국 현실의 왜곡이 아닌 유일한 방법은, 사막을 그럭저럭 견딜 만한 곳으로 바꾸어놓는 길이다. 이를 위해서는 메마름을 견디는 실존적 개인의 차원을 넘어 사회적 노동의 조건을 변형하려는 집단적 노력과 정치적 결사가 필연적으로 요청되는 것이다. 이러한 역동적 흐름과 집합적 힘까지를 포함해야 시적 현실은 본질적으로 구성될 수 있으며, 시와 현실성의 문제는 온전히 해명될 수 있을 것이라, 나는 믿는다.

　나는 현재 우리사회가 당면한 제 문제 및 위기가, 분명한 실체로서 존재하거나 잠재적으로 현존하고 있는 다양한 현실성을 충분히 고려하지 않은 때문이라고 생각한다. 최근 진보당에 대한 정당해산결정은 이에 대한 직접적이며 단적인 증거라 할 것이다. 2014년 12월 27일, 세월호 관련 작가들의 연대모임인 '304낭독회'에서 네 번째 표제어로, '없는 사람처럼'이라는 문구가 선택된 것은, 따라서 우연으로만 넘길 수 없을 듯하다. 이번 발표작을 통해 우리가 새삼 깨닫고 배운 것 또한 이와 크게 다르지 않을 것이다. 즉 임의로 부정하거나 존재하지 않는 것으로 우리가 아무리 치부해버리더라도, 엄연한 사태로서 현실은 은폐되거나 가려지지 않는다는 것이다. 그것은 억압된 것의 귀환이자 되돌려진 부메랑처럼 마침내 스스로의 심장을 겨누게 될 것이다. 환언하여 그것은 결코 부인되지 않는 완강한 사실의 힘이라 할 것이다. 사실의 완강함을 깊숙이 수용하여 지금-여기의 실제와 정면으로 마주할 때만이, 시적 현실은 비로소 실재의 영역과 만나게 될 것이다.

시의식과 존재사유

시인은 언어를 통해, 현존재의 비본래성에 은폐되어 있는 그 본래적 성격과 존재(Sein)를 드러내고자 한다. 그것은 무엇보다 현존재의 일상성이 본래성의 상실 또는 침윤된 비본래성으로 규정되기 때문이다. 평균적 일상성 속에서 존재의 드러남은 불가능하며, 언어를 통한 시적 현현의 순간만이 존재에 가닿을 수 있는 계기를 마련해줄 수 있다. 한편으로 그러한 가능성조차 언어가 갖는 근본적 한계와 근원적 불가능성 때문에 잠정적이며 유한한 것일 뿐이다. 그런 뜻에서 시인은 그 불가능성을 알면서도 불가능한 꿈을 꾸려는 몽상가이다. 2015년 봄의 발표작에서 이러한 존재의 비본래성이 확인되는 순간과 시적 상황, 이를 넘어서려는 발화의 개별적 양상들은 사뭇 이채로운데, 이 자리에서 하나하나 검토하여 그 편차들을 살피기로 한다. 그리고 그 세부적인 분화를 추적하는 과정에서 어떤 공통점이 발견될 수 있다면 그것의 의미 또한 함께 묻기로 한다. 먼저 다음 작품에서 논의의 실마리를 찾기로 하자.

내 방에 유령이 있다.

낡은 사진들과 도금이 벗겨진 벽시계 사이
미소 띤 젊은 날의 얼굴과 멈춘 시간이
비긋이 걸린 구석

상형문자처럼, 검은 실밥으로 뜬 저 표식은
형체를 드러내지 않고 존재의 느낌을 거느리는 것의 정체

유치하게 커튼을 흔든다거나
공연히 전등을 켰다 껐다 하는 시시한 자작극은 치워라
열려진 감옥인데 달아나지 못하는 기분일 뿐인

색 바랜 사진 속에
첫사랑처럼 하고 싶은 얼굴이 있다.
흔적이 묻는 발을 사진 밖으로 감추고
생각을 털어내듯 무늬처럼 웃는 젊음이
잠자는 시계를 바라보고 있다.

멈춰진 시간은 미소 끝에서 그가 출몰하는 시간
감정과 욕망과, 뻔한 것들로는
겨우 21그램의 무게*를 가진 그를 불러 낼 순 없지만

차갑고 푸르스름하게 또 한 해가 닫히는 밤, 문득
커다란 자루를 메고 세상 밖으로 나서는 수사修士를 본다.
오래 전 죽은 채로 나를 감시해 온 독재자

바늘이 돌고, 점점 빠르게
사진이 늙는다.
사몽似夢과 비몽非夢 사이
이상과 허영이 모처럼 내통하는 쭈글쭈글한 잠 속
여전히 슬근거리는 것이 있다.

거미인 줄 알았는데
시간이다.

— 김유석, 「거미의 행방」 전문(『현대시』, 2015년 2월호)

이 작품은 소위 "영혼의 무게"를 재려는 무망한 시도로서 읽힌다. 먼저 빈 방에 "유령"이 출몰한다. 그 유령의 정체가 무엇인지 묻지 않을 수 없을 것이다. 전체적인 맥락으로 보아 그것은 우선, 과거 사진 속 화자의 "얼굴"이거나 거기에 "멈춘 시간"일 수 있다. 그것은 마치 벽에 걸린 "상형문자"처럼, "형체를 드러내지 않고 존재의 느낌을 거느리는 것"이라 할 수 있다. 4연의 "커튼을 흔든다거나", "전등을 켰다 껐다” 하는 행위는 따라서, 모호하고 불투명한 그것의 실체를 확인하려는 화자의 부질없는 시도로 이해할 수 있을 듯하다. 또한 그것은 “열려진 감옥”처럼, 깊이 은폐되어 있지만 한편으로 그 은폐된 것 속에 이미 드러나 있는 것이기도 하다. 이어지는 5연에서 “흔적이 묻는 발”이란 곧, 드러난 것으로서 존재의 흔적을 일컫는 말이다. 6연은 작품의 주제를 비교적 명시적으로 밝히고 있는데, “겨우 21그램의 무게를 가진” 영혼의 중량, 다시 말해 존재의 개현의 시작을 알리는 것이라 하겠다. 그리고 그것은 “감정과 욕망과, 뻔한 것들” 따위의 상투적 일상성에서는 포착될 수 없는 것이다. 그렇다면 뒷부분의, “세상 밖으로 나서는 수사修士”, “오래 전 죽은 채로 나를 감시해 온 독재자”가 무엇인지가 마저 밝혀져야 할 것이다. 이는 물론 마지막 연에 그 실체가 분명히 적시되고 있지만, 바로 앞 연의 “바늘이 돌고, 점점 빠르게 / 사진이 늙는다”는 구절에서도 그 윤곽을 충분히 가늠해볼 만한 것이다. 즉 그것은 다름 아닌 “시간”이다. 이 작품은 ‘세계-내-존재’로서 현존재의 ‘존재’는 시간성을 통해서 드러난다는 것을, 존재는 시간의 지평 위에서 개현한다는 점을 또렷이 환기한다. 다음 작품에서 존재의 본래성에 대한 희구는 더욱 강렬해진다.

바람이 만들어지는 때
그 바람에 마른 문장이 서리와 서리처럼 비벼지는 때

불을 놓고 싶다

굽고 익히고 끓이고 덥힌 불로 하여금

긴히 다시 사는 법을 알고만 싶어서

새가 바람을 공부하지 않고 어찌 날기를 바랄 수 있단 말인가

저녁을 먹지 않으려는 저녁에

누군가 마중을 나온다는 말은 얼마나 고독을 꺼뜨리는 말인가

오직 불만이 불을 낳을 것이다

순결과 진실을 낳을 것이다

문득 숫자가 얼마나 광활한지를 생각하다가

억조경해시양구간정재극

시를 쓰겠다면서 간신히 불가능한 나는

만날 이 숫자들에 얼마나 관여하는지를 궁금해하다가

상표를 자르려다 가위를 잘못 놀리는 바람에 옷을 자르고 말았다

자르고 자르다가 내 전부를 잘랐다

실밥을 태워 없애려던 날에는 옷을 태우고 말았다

어깨에 불이 붙어 동백숲을 태웠다

아득히 불을 사용하고 싶다

불을 사용하여 이번 생에서는 체기만 내리는 것으로 한다

어떤 모르는 꽃이며 말들을 보관하느니
화덕 하나쯤 받쳐두는 저녁에 불을 담을 것이다

불속에다는 문장 대신 성냥을 모셔두겠다
영원을 대신하여 불만 남길 것이다

— 이병률, 「불화덕」 전문(『현대시학』, 2015년 2월호)

　화자는 "바람"이 불어오는 어느 밤, "불을 놓고 싶"어 한다. 바람은 불을 꺼뜨릴 수 있지만 불은 바람이 있어야만 더 큰 생명력을 얻는다. 이 작품에서 "불"은 원시적 에너지와 함께 존재의 본래성에 대한 열망을 함축한다. 즉 2연에서 "긴히 다시 사는 법을 알고만 싶"다는 소망이나, 4연에서 "불만이 불을 낳"고 "순결과 진실을 낳을 것"이라는 예견은 그 간절한 희구를 표현한 것이다. 하지만 화자는 영원한 것보다는 소멸하는 불의 이미지를 믿는다. 뒤를 잇고 있는 5연은, 영원을 헤아리는 것의 무모함과 불모성을 드러낸 것이다. 즉 "상표를 자르려다" "옷을 자르고"만 일이나, "실밥을 태워 없애려다" "옷을 태우고"만 일 등은 그 위험성을 경고하고 있다. 앞서 언급한 것처럼, 존재의 본래적 성격은 시간성 속에서만 현상하는 것이다. 한편 현존재가 비본래성에 의해 규정되고 있다는 것은, 가령 "이번 생"의 "체기"라는 구절에서 명백히 드러나고 있다. 그렇다고 화자가 시적 발화나 기타 인간의 문장들을 신뢰하는 편도 아니다. 화자는 언어를 포함한 일체의 인위적인 것들의 가능성과 영원한 구원의 표지들을 믿지 않는다. 이와 같은 인식은 "시를 쓰겠다면서 간신히 불가능한" 등의 구절 등에서 여실히 표현된다. 그리고 끝부분의 "어떤 모르는 꽃이나 말들을 보관하느니 / 화덕 하나쯤"이라거나, 이어지는 "문장 대신 성냥" 또는 "영원을 대신하여 불만" 등의 부분들에서 이는 보다 확고해진다. 또한 그것은 "마른 문장이 서리와 서리처럼 비벼지는 때"라는 첫 연의 불길한 이미지에서 미리 예고된 것이기도 하다. 이 작품은 불의 유한한 속성을 통해 존재의 본래성에 대한 열망과 그 영원한 희구를 절묘하게 포착하고 있다. 아래 작품 역시 존재의 (비)본래성을 근간으로 하고 있다.

그날 이후 누군가는 남은 전생애로 그 바다를 견디고 있다

그것은 깊은 일

오늘의 마지막 커피를 마시는 밤

아무래도 이번 생은 무책임해야겠다

오래 방치해두다 어느 날 더 이상 존재하지 않는 어떤 마음처럼

오래 끌려다니다 어느 날 더 이상 쓸모없어진 어떤 미움처럼

아무래도 이번 생은 나부터 죽고 봐야겠다

그리고도 남는 시간은 삶을 살아야겠다

아무래도 이번 생은 혼자 밥 먹는, 혼자 우는, 혼자 죽는 사람으로
살다가 죽어야겠다

찬성할 수도 반대할 수도 있지만 침묵해서는 안 되는

그것은 깊은 일

—안현미, 「깊은 일」 전문(『문학사상』, 2015년 2월호)

의도적 행갈이를 통해 연을 분리하고 있는 위 시는 어떤 면에서, 분
명 지난 4·16의 비극을 떠올리게 하고 있다. 그 첫 연의 문장에서 유
가족의 망연자실을 연상하는 것은 그래서, 자연스럽다. 말 그대로 "그
날 이후 누군가는 남은 전생애로 그 바다를 견디고 있"는 것이다. 그리
고 존재의 심부를 관통한 "그것은 깊은 일"이지 않을 수 없다. 화자는
한 잔의 커피를 들이켜고, "아무래도 이번 생은 무책임해야겠다"는 그
릇된 다짐을 한다. 스스로를 방치해두겠다는 것이다. 그것은 다짐 아
닌 다짐이지만, 한편으로는 매우 견고한 다짐이기도 하다. 여기 자신
에 대한 무한한 방기는 타인에 대한 무한한 책임으로부터 나오는 것이
기 때문이다. 5, 6연의 진술은 이처럼 타자로 향해 있는 감정의 전이
와 마음의 움직임을 가리키고 있다. 마침내 화자는 "나부터 죽고 봐야
겠다"는 단호한 결심에 이른다. 그 죽음에 이르는 길은 "혼자" 밥 먹고,

울고, 죽는, 사람으로 사는 치명적 삶이다. 이처럼 고립된 삶을 선택하는 화자의 결정은 역설적으로 개인적 삶이 고립된 것으로서 운위될 수 없음을 반증한다. 다시 말해 타인의 삶이 위태로워질 때 개별적 주체로서의 삶 또한 마찬가지로 곤경에 처할 수 있다는 것이다. 따라서 무수한 타자들과의 관계로 이루어진 '우리'라는 주체의 문제는 찬반이 있을지언정, "침묵해서는 안 되는 / 그것은 깊은 일"이라 말하지 않을 수 없다. 이 작품은 존재의 비본래성이 내부만이 아니라 외부로부터도 기인하는 것임을 분명하게 역설하고 있다. 또한 그 관계의 깊은 얽힘은 독립적 연의 의도적 배치를 통한 호흡의 여백에서 자연스럽게 창조되고 있는 것이다. 이제 마지막 작품을 살피기로 한다.

그냥 던져놓았다. 나를 초과하지 않게. 구둣발에 먼지가 흩어지지 않도록. 폭우가 쏟아지면 바닷속이 뒤집어진다. 재워둬야 할 것 그물코에 깨어나지 않도록.

내게 귀 기울일 때 들리지 않는 소리. 내가 들리지 않을 때 걸어 나와서 최대치로 나를 두들겨 패고 싶다.

모든 방향으로 흘러나가는 소리가 등 뒤에 있다. 가슴팍에서 졸졸거리는 소리를 줍는다. 케이지에서 들리지 않는 환호가 들리기 시작할 때 흐르는 것은 흐르고 있었구나.

멀지도 가깝지도 않게. 공간을 거둬들였다 펼쳐 놓는다. 소리가 소
리 속으로 뛰어들도록. 강물 위로 눈송이가 떨어지도록.

내 목소리가 네 목소리를 덮지 않고. 네 눈동자가 내 눈동자를 찌르
지 않고. 통과하고 새어나가는 불빛 아래 옆방이 있다.

—이해존, 「동거」 전문(『애지』, 2015년 봄호)

타자와의 적당한 거리를 측정해보고 있는 이 작품 또한, 현존재의
개체적 실존이 단자적 형식만으로는 유지될 수 없음을 고스란히 드러
낸다. 아울러 그 과정의 추이를 통해 존재의 (비)본래적 성격이 한층
고조되기도 한다. 누구나 경험하듯 어떤 형태의 주거형태든 이웃과의
'동거'는 불가피한 것이다. 가령 이 시에서 최근 논란이 되기도 하는
아파트 층간소음 문제 등을 쉽게 떠올릴 법도 하다. 간혹 이로 인해 살
벌한 일이 벌어지기도 하는 상황이니 이는 결코 간단치만은 않은 문제
인 듯하다. 첫 연은 귀가 후 신발을 벗어두는 장면으로 여겨진다. 옆방
의 이웃에게 방해가 되지 않도록 신경 쓰는 모습이 역력하다. 이웃집
사람이 행여나 인기척에 놀라는 일이 없도록 해야 한다. 하지만 문제
는 그 다음이다. 밖의 소리에 신경이 거슬려서인지 "나"의 내면에 귀
기울여야 할 때 정작 내 목소리는 잘 들리지 않는다. 화가 날 법도 하
다. "나"는 최대한 주의를 기울였는데도 이웃의 무관심한 태도가 원망
스럽다. 화자는 아마도 조금은 예민하고 소심한 사람인 것도 같다. 하
지만 남을 원망할 수는 없는 일. 대신 화자는 자신을 책망하고 나무란

다. 왜 스스로에게 집중하지 못하느냐고 말이다. 이제 그만 밖으로 나와 버린다. 그리고 모든 물상의 소리가 또렷이 들려온다. "케이지"에서는 들리지 않던 내 안에 흐르는 심중의 소리도 비로소 들린다. "흐르는 것은 흐르고 있었구나"라는 화자의 자명하고도 간결한 전언은, 의외로 깊은 울림을 준다. 그것이 액체든 소리 등의 기체의 흐름이든, 객관적 사실로서 유동적인 것들의 흐름에는 변함이 없다는 것이다. 그것을 인지하느냐 마느냐의 문제는 당연히도 인간의 의식 및 심리작용의 주관적 효과일 따름이다. 화자는 이제 "멀지도 가깝지도 않게" 타인과의 적절한 거리를 가늠해보려 한다. 그 사이와 간격도 재조정해놓는다. 마치 "강물 위로" "떨어지"는 눈송이처럼, 자연스레 서로 스며들도록 하는 것이다. 그것은 "통과하고 새어나가는 불빛"처럼, 분명히 존재하지만 서로에게 방해하는 법이 없는 공존의 기술이자 공생의 원리이다. 따라서 이는 화이부동(和而不同)의 화엄의 진경과도 크게 진배없을 것이다. 이상과 같이 이 작품은 현존재의 본래성이 궁극적으로는 고립적 실존이 아니라, 타자와의 교유(交遊)의 영역에서만 전개되며 회복될 수 있음을 비교적 간명한 언어들로 제시한다.

이제까지 현존재에 관한 존재 사유를 중심으로 이번 발표작을 검토하였다. 존재에 대한 사유와 시의식[1]은 어떤 면에서 불가분의 관계라 할 것이다. 시 장르 자체가 존재론적 양식이기 때문이다. 존재에 대

---

[1] 여기에서 '시의식'은 세 가지 정도로 규정될 수 있을 것이다. 첫째, 그것은 장르의식 등 여타 시 양식 자체에 대한 의식이라 할 것이다. 둘째, 시의식이란 '시적인 것'에 대한 개별적인 반응과 인식들을 일컫는다. 셋째, 그것은 이상의 것을 통해 정립되는 시인의 자기의식을 가리킨다. 그리고 시의식이란 이들 중, 무엇보다 둘째의 것과 긴밀히 연관된 것이라 하겠다.

한 탐구는 시 양식에 있어 본질적인 것이라 해도 과언이 아닐 것이다. 동시대의 시인들 역시 여전히 각각의 자리에서 치열한 존재론적 탐사를 수행함으로써, 개성적인 시의식의 존재론을 전개하고 있음을 이 자리에서 확인할 수 있다. 그 양상은 보편적이고 보다 일반적인 차원의 본질에 육박하는 경우도 있었고, 존재론의 영역에서 필연적으로 맞닥뜨리게 되는 타자의 현상학을 적극적으로 고려하는 사례들도 볼 수 있었다. 그리고 이를 통해 우리가 추론할 수 있는 것은, 동시대 시인들에게 존재 사유는 항구적인 보편 명제로서 변함없이 기능함과 동시에 무한한 역동적 개방성 또한 내포하고 있다는 사실이다. 그 시의식이 존재 사유의 불가피한 결과로서 점점 타자의 얼굴과 대면하고 있다는 점은 이에 대한 유력한 증거의 하나일 것이다.

제2부

시와 리얼리티

서정의 양감(量感)과 농도(濃度)

1

서정(抒情)의 구도를 관장하는 평균적 지평의 실체가 있다면, 그것은 주체 내부의 시선으로 초점화된 대상의 조감일 것이다. 주체의 조감된 시아에 의해 확보된 시적 대상은 여기에서 비로소 또렷한 윤곽과 형태를 얻는다. 그리고 이러한 시적 경향을 일컬어 우리는 보통, 서정시라고 부르곤 한다. 한편 어떤 시들에서는 그 윤곽과 형태가 희미해지거나 간혹 일그러지는 경우가 있다. 또 어떤 경우에서는 대상의 포착이, 서정적 진실이라는 관습적 경계를 뚫고 실재(the Real)의 투시에까지 진행되는 예 또한 드물게 있다. 그러한 독서 경험은 서정에 내재한 무한한 가능성과 궁극적 가치 등을 떠올리게 한다. 이 자리에서 함께 검토하려는 두 권의 신작 시집은, 이와 같은 서정의 자기갱신과 다기한 진화의 과정을 증거하는 유력한 사례의 하나로 꼽을 수 있을 것

같다. 여기 노춘기의 두 번째, 손택수의 네 번째, 시집이 나란히 놓여
있다.[1]

2

　노춘기의 첫 시집에 발문을 적은 동료 시인이 정확히 간파한 것처
럼, 그의 시작(詩作) 첫머리에 유독 선연한 낱말은 단연, '틈'과 '겹'이
다. 두 번째 시집에서 그 찬란한 이중주는 유감없이 변주되면서 다양
한 변곡점을 통과한다. 가령 노춘기의 시는 겨울 아침, 창문에 뿌옇게
서린 김을 오래 들여다보면서 그 너머를 응시하려는 사람의 시선을 닮
아 있다. 두터운 김의 '겹'을 오래 응시하다보면 그 넘어 문득, 사물들
의 텅 빈 자리 사이로 반짝이는 '틈'이 보일는지도 모를 일이다. 시인
자신의 표현을 빌리면 그것은 아마도, "위와 아래 모두를 향해 눈을 뜨
는 나무"(「나보다는 너를」)가 될 것이다. 그 직접적인 사례로서, "이 깨
진 틈"(「움푹 파인 구멍」), "두 겹의 진동"(「나보다는 너를」), "여러 겹의 시
간과 진동"(「깊은 우물」), "별빛에 찢긴 지상의 틈"(「별빛이 찌른다」), "여
럿의 너와 여러 겹의 그것들"(「동선(動線)」) 등의 구절들을 들 수 있을
것이다. 이번 시집에 실린 작품들의 대다수에서, 현재형 서술어의 사

1　노춘기, 『너는 레몬 나무처럼』, 실천문학사, 2014; 손택수, 『떠도는 먼지들이 빛난다』, 창비,
　2014.

용이 두드러지는 것을 확인할 수 있는데, 나는 그것이 사물들에 시간을 두고 오래 들여다보려는 시인의 시작 태도와 일관된 입장에서 비롯된 것으로 이해한다. 이와 같은 시인의 오랜 관심이 비교적 선명히 부각되어 있는 시는 「별빛이 찌른다」 등과 같은 작품들이다.

반지하 내려가는 계단에 서면
별빛이 이쪽 아래를 찌른다
찌르면서 날카롭게 흔들린다

어디가 찔렸는지 알 수 없어
가서 같은 것, 생각의 배경에서 빛나도록
헛되이 애써본다
현관을 젖히며 들어서는 사내를
당신은 기다릴 테지만

무엇인가 꽉 붙들려는 모양으로 멈춘
이 손가락들을 펼 수도 구부릴 수도 없다
생각이 닿지 않는 어떤 시간 속에서
누가 찔러 넣은 뾰족한 것이 마구 흔들리는데

아프다, 아팠던 것 같아서
손에 닿지 않는 몸의 어디에서

파들파들 떨리는 별빛이 뜨겁다

늙은 고양이처럼 몸을 웅크린

돌계단 속으로 그림자를 감추고 싶다

기억 속으로 온몸이 타들어간 노인처럼

제 몸속으로 생을 던져버린 노숙처럼

별빛에 찢긴 지상의 틈으로

크게 입 벌린 달이

백색의 기둥을 밀어 넣는다

―「별빛이 찌른다」 전문

이 작품이 구체적인 경험을 바탕으로 한 것인지는 중요한 점이 아니다. 이번 시집에서 유사한 모티프를 활용하고 있는 작품으로는, 바로 다음 장에 이어지고 있는 「갑자기 가난이」라는 작품을 예로 들 수 있을 듯하다. 이 작품의 주된 전언은, 경제적 어려움은 인간의 의지나 선택과는 무관하게 속수요, 무책으로, 엄습한다는 것이다. 그것은 주체의 판단에 앞서 "갑자기", "발견"되는 것이다. 인용 시로 되돌아와서, 이 작품에 두드러진 감각 특징은 서정적 동일성의 뚜렷한 파괴와 돌연한 변형에 있는 것으로 판단된다. 즉 주요 모티프로 활용되고 있는 '별빛'이나 '달' 등은, 더 이상 영롱한 서정의 등가물로 기능하고 있지 않다는 점이다. 서정시의 관습적 문법에서 아름다운 자연물은 하나의 분명한 형이상학적 실체로서 제시되며 궁극의 불변의 진리를 담지하고 있는 지고한 존재자로 표상된다. 흔하디흔한 서정시가 과연 그러하다. 그러나 여기 화자가 누설하고 있는 자연물의 이미지들은, 이상의 내용들과는 거의 무연(無緣)하거나 그 거리가 매우 현격한 것들뿐이다. "별빛"은 지상에 포근히 내려앉거나 따뜻하게 되비추지 않고, 허공을 "찌르면서 날카롭게 흔들"리고 있다. 그리고 "지상의 틈"을 찌르며 벌려 놓는다. "달" 역시 마찬가지로, 은은한 빛을 낮게 드리우는 것이 아니라, "크게 입을 벌린" 채 무턱대고 "백색의 기둥을 밀어 넣는다"고, 화자는 진술하고 있다. 이처럼 "가시 같은 것", 그리고 이러한 자연물의 이미지들은 서정의 클리셰를 크게 위반하는 것으로, 모두 물리적 폭력성을 상기시키며 이와 연동되고 있다. 별빛에 찔린 화자의 일차적 반응은, "아프다"는 것이다. '아프다'. 이는 주체 내부의 균열과 적잖은 분열을 암시하는 것이라 하겠다.[2] 주체에 강요된 긴장의 결과로서 속수무책의 무력감은, "이 손가락들을 펼 수도 구부릴 수도 없다"는 표현 속에 고스란히 드러나고 있다. 화자는 마침내 지상에서의 영원한 소멸을 *꿈꾼다*. 가령 "돌계단 속으로 그림자를 감추고 싶다"는 진술은 이러

---

2   이와 같은 주체의 분열과 심리적 긴장이 보다 전경화된 작품은 단연, 「15분」이라는 작품이다. 여기에서 긴박한 병원의 응급상황은 주체의 조난신호와 긴밀하게 조응하며 적절히 부감된다. 아울러 행갈이를 배제한 산문시 형태의 리듬, 현재형 동사의 빈번한 활용 등은, 화자가 처한 심리적 난경(難境)을 가중시키며, 독서의 호흡과 맥박 또한 빨라지게 하는 효과를 얻고 있다. 다음은 작품의 일부이다. "A는 손톱을 물어뜯었다 아이가 넘어진다 벽면 유리에 제 몸을 비춰보는 형광등 A는 눈을 깜박거린다 짠 땀이 손을 적신다 후두둑 떨어진다 A는 숨을 참는다 엎드린다 형광등 몇 개의 행렬이 좌측 상단에서 우측 상단으로 지나간다 흰 눈을 한 사람들 서넛이 딱딱한 소파에서 A의 일행을 쳐다본다 A는 물을 마신다 숨을 멈춘다 복도를 가로지르던 아이가 소리를 지른다 소리가 복도 끝에서 깨질 듯이 치솟는다 창밖에 느긋하게 쉬고 있는 앰뷸런스의 흰 등짝 위로 햇볕과 낙엽이 뒤엉켜 있다……"(「15분」 부분).

한 화자의 절박한 속내를 여과 없이 드러낸 것이라 하겠다. 마치 치매에 걸린 노인처럼, 혹은 너덜너덜한 육신조차 주체하기 버거워진 어느 노숙자처럼 ……. 이와 같은 세계의 근원적 어긋남에 대한 도저한 실존적 인식, 이와 연계된 서정적 관습의 뚜렷한 파괴와 창조적 변형은 「부러졌어 사라졌어」 등과 같은 작품들에서 보다 섬세하게 예각화되고 있다. 가령 "그만하자 우리, 우리라는 거"라거나 이어지는 "개미는 다리만 부러뜨리기가 쉽지 않아요"라는 진술, 그리고 마지막 연의 "부러진 다리로 너와 걸음을 맞출 수 있을까" 또는 "네 팔을 부러뜨리는 금이 되고 싶어" 등의 구절들은, 이상의 비극적 세계인식을 여실히 드러내거니와 궁극적 허무주의를 적극 피력한 것이라 하겠다. 기존의 질서에 재차 질문하며 상투적 문법을 천천히 되새김질하는 노춘기 시인은 그런 뜻에서, 사유의 근본주의자, 언어의 본질주의자라 하지 않을 수 없겠다. 그리하여, 이번 시집을 통해 그가 우리에게 실험해보인 것은, 서정시의 평면적 구도를 시나브로 전복해가는 다채로우며 풍부한, 서정의 입체적 양감(量感)이라 할 것이다.

　사족을 덧붙여, 틈들 사이로 겹을 오래 들여다보면 주변의 사물과 언어들에 기울였던 관심이 엷어지기 마련이다. 노춘기 시의 작품들에서 시어들이 간혹 촘촘한 유기적 관계를 벗어나거나 통일적 이미지를 형성하는 데 가끔 빗나가는 경우가 발생하는 것은 이 때문으로 판단된다. 나는 그가, 틈과 겹들 사이로 엄연히 포진해 있는, 여타 존재자들의 존재를 포착하는 데에도 소홀하지 않기를 희망한다. 보다 중요한 것은 여러 존재자들이 구성하는 관계들의 그물망, 다시 말해 인간과,

시간과, 공간으로 이룩되는 삼간(三間)의 구체적 짜임관계들이기 때문이다(물론 시인은 이번 시집을 위시하여, '나'와 '너'로 대변되는 관계의 형이상학에 대해 깊은 관심을 갖고 지속적으로 시작을 수행해온 것이 주지의 사실이다). 그런 맥락에서 모호하고 희미한 그 동선을 파악하려는 화자의 의지가 두드러지는 「동선(動線)」[3]이라는 시편은 향후의 시작을 위해 중요한 시사점을 주고 있는 작품이라고, 나는 생각한다.

3

　손택수 시의 가장 큰 미덕은, 이번 시집에서도 남김없이 드러나거니와, 말을 부리는 시어의 운용능력이 남다르다는 점일 것이다. 손택수의 시는 언어를 자유자재로 구사하며 능수능란하게 다루는 탁월한 재능을 발휘한다. 그리고 그것은 치밀하게 계산된 의도적인 시작(詩作)의 수행이기보다는, 무심결에 이루어지는 창조적 직관의 결과인 경우가 더 많은 듯하다. 언뜻 보아 그의 시들은 매우 단순한 구조와 평이한 진술들로 이룩된 범상한 작품인 듯싶다. 그러나 그 내포는 깊으며, 그것의 파장 또한 넓다. 우선 손택수 시가 즐겨 포착하는 것은 대개 일상의 무료하고

3　이와 관련하여 작품의 일부를 적어둔다. "안정과 변화 사이에서 불꽃처럼 번뜩이는 선택의 결과, / 속도와 순서는 변화한다 물풀처럼 흔들리는 수천의 길들 / 여럿의 너와 여러 겹의 그것들이 각각 기록 중인 / 느슨한 점들이여, 헛된 연대여"(「동선(動線)」 부분).

남루한 삶의 구체적 세목들이다. 동시에 나날의 삶에 깃든 무시할 수 없는 진실들을 하나하나 정성스레 길어 올리는 데 성공하는 것은, 완강한 현실에 더부살이하면서도 이를 넘어서려는 시인의 형상적 의지와 초월적 구상능력에 온전히 의존하는 것이다. 삶의 비애와 애잔함을 중심으로 월경(越境)의 상상력을 보여주는, 「녹슨 도끼의 시」, 「김밥 한줄 들고 월드컵공원 가는 길」, 「구두 속의 물고기」, 「김수영 식으로 방을 바꾸는 아내」, 「물속의 히말라야」, 「야구공 실밥은 왜 백팔개인가」 등이 대표적으로 그러하다. 이처럼 '사소한 것들의 사소하지 않음'이라는 이 시집의 중심 테마는, 제목으로 선택된 '떠도는 먼지들이 빛난다'라는 말로 집약될 수 있는 것이다. '먼지'의 상상력은 시집 속에서 일관되게 반복되는데, 다음과 같은 구절들은 그런 차원에서 한데 그러모아진 것이다. 가령 "대기 중에 떠돌다 어깨에 내려앉는 먼지 한점"(「유모차는 어떻게 정치적이 되었는가」), "세상의 먼지들이 모여 빛을 내는 우물마루"(「불국사 대웅전 마루에서」), "아마도 곤한 여정 끝에 흘린 땀이 풀썩이는 먼지들을 / 젖은 가죽 속으로 데리고 들어가 까맣게 뭉친 빛을 내겠지"(「한켤레의 대지」) 등의 시구들이 여기에 속한다 하겠다. 한편으로 이는 시인의 시작 태도와도 직결되는 것이기도 하다. 예를 들어 「술래의 노래―죽음의 형식 5」[4] 같은 작품은, 시인이 의지하는 거의 유일한 시작

---

4 이해를 돕기 위해 전문을 적어둔다. "사라진 아이들을 찾아 마당 구석구석을 쑤시고 있었다 / 혼자라는 게 영 마땅치 않았지만 / 술래가 된 게 마냥 싫지만도 않아서, / 평소에 거들떠도 보지 않던 장롱 속과 정지와 헛간을 / 찬찬히 뜯어보는 재미로 해가 지는 줄 몰랐다 / 마당귀에 핀 봉숭아와 꽃 속에 파묻힌 개미들, / 구름 속에 숨은 낮달까지 꼭꼭 숨어라 / 그런 어느 날 나는 보지 못할 것을 보고 말았다 / 병풍 뒤에 숨은 할아버지 / 관뚜껑 속을 들여다보고 말았다 // 아마도 그 이후부터인가 보다 / 내 놀이는 여전히 끝이 나질 않아서 / 감쪽같이 사라져버린 사람들 머리카

의 방법론이라 해도 과언이 아닐 것이다. 그것은 "찬찬히 뜯어보는 재미로 해가 지는 줄" 모를 일이며, 또한 "내 놀이는 여전히 끝이 나질 않아서"에서 확연히 드러나듯, 미완의 과업으로서 시인의 숙명을 받아들이는 것이기도 하다. 한마디로 그것은, 하찮은 것들의 언어에 귀 기울이며, 사소함에 공을 들이고 정성을 다하는, '먼지의 미학'이라 할 것이다. 이와 같은 사소성의 시학이 도달한 절정의 높이와 깊이는, 「벚꽃 개화예상도를 보며」와 「수묵의 사랑」,[5] 그리고 「이해인 수녀님의 동백가지 꺾는 소리」, 들에서 확인된다. 먼저 「수묵의 사랑」이 포착한 수묵의 번짐과 절제를 통한 미학을 간추리면, '화이부동(和而不同)'이라 할 것이다. 즉 분명히 하나이되 오롯이 하나이지는 않은 것, 그것이 바로 서서히 번져나가는 수묵의 완만한 속도이자 느림의 본질이다. 다음으로 「벚꽃 개화예상도를 보며」에서는, 벚꽃의 개화 속도가 죽음을 애도하는 환유적 형식으로서 차용되고 있다. 다시 말해 어머니가 기다리고 있는

락 / 끝이라도 보일까 / 무심히 지나치던 풀잎도 다시 보고 / 마냥 심드렁해진 길섶도 두근두근 / 되짚어보곤 하는 것이다"(「술래의 노래—죽음의 형식 5」, 전문).

5　처연하도록 아름다운, 두 작품을 이 자리에 적어두지 않으면 안 되겠다. "서귀포에 벚꽃이 피는 건 3월 17일, / 어머니 사시는 부산 이기대 바다는 / 23일이다 // 이기대 언덕에서 수목장을 한 아버지의 벚나무도 / 예상대로라면 그날 피어날 것이다 // 바다를 건너오는 데 무려 일주일이나 걸리다니, / 벚나무는 동력선이 아니라 옛날 방식대로 / 돛단배를 타고 오나보다 // 그 일주일 동안 어머니는 바다가 보이는 언덕 위에 올라 / 수평선을 바라보고 있겠지 / 이제나저제나 벚나무에 상륙할 꽃들을 / 기다리고 있겠지 // 세상에는 꽃의 속도로 잊어야 할 것들이 있어서, / 꽃의 속도가 아니면 잊을 수 없는 것들이 있어서"(「벚꽃 개화예상도를 보며」, 전문); "수묵은 번진다 / 너와 나를 이으며, / 누군들 수묵의 생을 살고 싶지 않을까만 / 번짐에는 망설임이 있다 / 주저함이 있다 / 네가 곧 내가 될 수는 / 없는 법이니 / 경계를 넘어가면서도 수묵은 / 숫저운 성격, 물과 몸을 섞던 / 첫마음 그대로 저를 풀어헤치긴 하였으나 / 이대로 굳어질 순 없지 / 설렘을 잃어버릴 순 없지 / 부끄러움을 잃지 않고 회부연히 가릴 줄 아는, / 그로부터 아득함이 생겼다면 어떨까 / 아주 와서도 여전히 오고 있는 빛깔, / 한 몸이 되어서도 까마득 / 먹향을 품은 그대로 술렁이고 있는 / 수묵은 번진다 더듬 / 더듬 몇백년째 네게로/가고 있는 중이다"(「수묵의 사랑」, 전문).

"이제나저제나 벚나무에 상륙할 꽃들"이란, 죽은 아버지의 상징적 대리물임이 명백한 것이다. 그것은 앞선 "수목장을 한 아버지의 벚나무"라는 구절 때문이다. 따라서 벚꽃의 개화는 어머니에게, 아버지의 부활과 재생을 뜻하는 것이지 않을 수 없다. 여기서 물론 그러한 아버지의 재림은 육신의 완전한 소멸, 레테의 강처럼 돌이킬 수 없는 망각을 분명 전제로 하는 것이다. 하여, "세상에는 꽃의 속도로 잊어야 할 것들이 있어서, / 꽃의 속도가 아니면 잊을 수 없는 것들이 있어서"라는 표현은, 망각이 필요로 하는 시간의 경과와 함께 상처의 회복에 걸리는 지난한 과정을 암시한 것이라 하겠다. 그것은 환원하면, "돛단배"가 동력으로 삼고 있는 바람의 자연스런 리듬에 진배없는 것이다. 다음은 「이해인 수녀님의 동백가지 꺾는 소리」라는 인상적인 작품이다.

어떤 꽃가지들은 부러질 때 속 시원하게 부러진다
가지를 꺾는 손이 미안하지 않게
미련을 두지 않고 한 번에 절명한다
꺾는 손이나 꺾이는 가지나
고통을 가능한 한 가장 적게 받도록
아니, 기왕에 작심을 하였으면
부러지는 소리가 개운한 음악소리를 닮을 수 있도록
아무도 모르는 급소를 내어준다
광안리 성베네딕도 수녀원
65년부터 여기에 있었다고

얼마 전 영정사진을 찍어놓았다고
암투병 중인 수녀님이 선물로 동백가지를 끊는다
뚝, 아무런 망설임 없이
마치 오랜 동안을 기다리고 있었다는 듯
단번에 가지 꺾이는 소리,
세상 뜰 때 내 마지막 한마디도 저와 같았으면
비록 두려움에 떨다가도 어느 순간
지는 것도 보람인 양
가장 크고 부드러운 손아귀 속에서 뚝,
꽃보다 진한 가지 향을 뿜어낼 수 있었으면

―「이해인 수녀님의 동백가지 꺾는 소리」 전문

이 작품 역시 앞선 「벚꽃 개화예상도를 보며」와 마찬가지로 죽음을 모티프로 하고 있다. 이처럼 시인이 유달리 죽음에 대해 천착하고 있다는 점은, 이번 시집에서 도드라진 연작시 형태로 수록된 '죽음의 형식 1~5' 등에서 확연히 드러나고 있기도 하다. 이 작품의 실제 모델이 누구인지는 여기서 별반 중요한 것이 못 된다. 금세 눈치 채는 것처럼, 이 시에 표현된 죽음에 대한 인식이 보다 핵심적인 사안일 것이다. 앞당겨진 경험적 사태로서 죽음의 순간을 "절명"이라는 극한의 상황 속에서 피력하고 있는 이 시편은, 비장미라는 미학적 태도로까지 이를 승화시키고 있다. 그것은 "개운한 음악소리를 닮을 수 있도록"이라는 염원이나 마지막의 "꽃보다 진한 가지 향을 뿜어낼 수 있었으면"

이라는 희구가, 단번에 꺾이며 가지가 내는 "뚝"이라는 결절적(結節的) 음성상징의 깊은 파문 속에서, 결정적으로 형상화되고 있기 때문이다. 또한 그 비장미는 "아무도 모르는 급소를 내어준다"라거나 "지는 것도 보람인 양"에서처럼, 죽음에 대한 순순한 수용을 지시하고 있기에, 더욱 심화되고 고양되지 않을 수 없는 것이다. 이 시는 동백나무라는 자연물을 단지 서정의 인위적 표상물로 삼지 않고, 보다 높은 자연의 원리로서 삶과 죽음이라는 불가항력의 순환을 그 절정에서 포착함으로써 관습적 서정의 경계를 훨씬 뛰어넘는다. 그것은 궁극의 서정이 도달할 수 있는 최상의 표현으로서, 실재(the Real)의 영역을 넘나들며 부유하고 있다. 이는 손택수의 시에 의해 이룩된 서정의 농도(濃度)라 분명히 일컬을 법한 것이다.

이하 췌언으로서, 몇몇 작품들에서 시상이 하나의 단일한 의미로 환원되는 것을 확인할 수 있는데, 이는 일차적으로 언어의 긴밀한 구성과 유기적인 시적 구조의 완성을 위해서는 바람직한 것이기도 하다. 허나 한편으로는 그것이, 의미를 지나치게 단순화하거나 독자의 상상력을 미리 제한해두는 것은 아닌지 의문이 들기도 한다. 단 하나의 문장을 위해, 나머지 시어들이 낭비되거나 뜻 없이 희생되고 있지는 않은 것인지 깊이 따져볼 필요가 있다고 본다. 가령 「지렁이 성자」[6]가 내

---

6 여기 전문을 적어두기로 한다. "문규현 신부님이 새만금에서 서울까지 삼보일배를 하던 때의 일 이랍니다 / 허리가 끊어지고 무르팍이 다 해져 한걸음도 더 옮겨 디딜 수 없을 것만 같은 시간이 곧 찾아왔습니다 / 신부님은 자벌레처럼 오체투지로 마지막 걸음을 옮겨 딛고 있었는데 / 땡볕에 녹아들어가는 아스팔트 바닥에 허리를 꺾는 순간 / 마침 녹슨 못처럼 바닥에 들러붙어 말라비틀어져가고 있는 지렁이가 눈에 들어왔습니다 / 생명이고 평화고 뭐고 중간에 그만두고 싶었던 순간이 어디 한두번이었을까요 / 저 지렁이처럼 나도 이 길 위에서 눈을 감을 수도 있겠구나 / 신

포한 교훈적 함의와 서사(敍事)의 이야기적 요소를 논외로 하면, 이 작품은 사실 "땀방울 하나가 뚝 떨어졌는데 / 죽은 듯 꼼짝 않던 지렁이가 글쎄 깜짝 살아 꿈틀거리더라"는 전언 하나로 요약될 수 있는 것이다. 「사바나의 원숭이」 역시 마찬가진데, 외환위기의 상황묘사를 제외한다면 시상의 집약은, "바람 속에서 부들부들 떨고 있는 원숭이 한마리 / 벌건 대낮에 태연히 자위를 하고 있었네"라는 하나의 구절로도 충분한 것이다. 여기에는 분명히 생략되거나 절제될 수 있는 문장들이 포함된 것으로, 내게는 여겨진다.

4

지금껏 우리는 2014년 겨울 발간된 대표 시집 두 권을 검토하였다. 이상의 진술만으로는 이 시집들을 모두 조망하는 데 턱없이 부족한 것

부님은 벼랑 아래로 떨어지듯 지렁이를 향해 털썩 무릎을 꿇고 이마를 숙였습니다 / 그 순간, 그의 숙인 이마에 범벅으로 흐르던 땀방울 하나가 뚝 떨어졌는데 / 죽은 듯 꼼짝 않던 지렁이가 글쎄 깜짝 살아 꿈틀거리더라는 것입니다 / 남은 길은 내가 갈 테니 자네는 쉬었다 오시게, 온 마디마디로 절을 하듯 기어가더라는 것입니다 // 얼마나 낮고 또 낮아져야 우리는 비구름을 품은 하늘에 닿을 수 있을까요 / 몸속의 땀방울을 빗방울로 바꿀 수 있을까요 / 지렁이에 비하면 자신은 아직도 한참이나 멀고 멀었다는 신부님"(「지렁이 성자」 전문). 주지하듯 이 시의 핵심 원리는 교시적 진리의 현현체인 자연물로부터 영감을 얻는다는 서정시의 전형적 문법이다. 그리고 그것은 구극에 이르러서는, 필경 「바람과 구름의 호적부」에서처럼("면사무소를 찾아가는 대신 나는 하늘과 땅에 출생신고를 했고 / 바람과 구름의 호적부에 먼저 이름을 올렸다"), 그리고 자연의 숨결과 맥박에 그대로 순응하려는 「맥낚시」에서처럼("제약과 불편이야말로 그들이 물의 속내를 놓치지 않게 하는 힘이다"), 무상한 자연의 영원성에 귀착되는 것이다.

이다. 나는 시집의 전체적인 개관보다는 이들에 나타난 이질적인 가
능성들에 보다 주목하고 싶었다. 곧 서정이 궁극적으로 내장하고 있
는 또 다른 변형과 변주의 계기들을 실마리 삼아 이를 다시금 풀어내
고자 하였다. 앞서 나는 노춘기와 손택수의 신작 시집을 일컬어, 물색
없게도 서정의 양감과 농도라고 명명한 바 있다. 이들의 새로운 실험
이 본격적인 서정의 갱신과 진화로 나아갈지 아직까지는 미지수라 하
겠다. 또한 2010년대 시의 다양한 경향들과 경쟁하면서 이들의 시가
어떻게 자리 잡아갈는지도 여전히 미정형으로 남아 있다. 다만 한 가
지 분명한 것은, 소박한 동일성의 원리에 기반한 서정시에 우리의 머
리는 쉽게 감동하지 않는다는 사실이다. 서정의 구도를 단일한 평면
적 실체로 상정하고 서정시의 이념을 구체적 현실과는 얼마간은 무관
한 형이상학적 실체로만 파악한다면, 아울러 형식적 기제로서 무책임
한 자연의 비유나 반복적인 수사만으로 일관하게 된다면, 하나의 뚜
렷한 양식으로서 서정시는 자신의 역사적 소임을 다하게 될 수도 있다
는 점이다. 문학의 장르란 고정된 불변의 실체가 아니며 어디까지나
유동적이고 가변적인 역사적 형성물로서만 존재할 따름이다.

시와 리얼리티

1. 시적인 것의 현실성

시와 리얼리티의 문제는 이미 말해진 것으로서 낡은 상투성과 함께, 아직 말해지지 않은 것으로서 잠재적 개방성을 동시에 가리키고 있다. 이 자리에서 의도하는 것은 전래의 고전적 규범으로서 리얼리즘을 재론하기 위함이 아니다. 그것은 아직껏 충분히 말해지지 않은 것이 있다면, 그리고 추가하거나 포함해야 할, 어떤 '시적인 것'의 새로운 영역이 발견될 수 있다면, 그것은 어떻게 설명될 수 있으며 그 내용과 질은 무엇으로 규정될 수 있는가라는 문제로 집약될 것이다. 여기에는 시적 대상이자 실제로서 현실과 현실적인 것, 그리고 이로부터 기원하는 시의 현실성(actuality)이 무엇인지가, 우선 충분히 해명되어야 할 것이다. 미리 간추리자면 시의 현실성은, 표상작용의 객관적 개연성과 결부된 협의의 리얼리티로서(써) 정의될 수 없는 것으로 간주해야 할 것이다. 그것은 무엇보다, 현실적으로 아직 발현되지 않은 가능태로서 잠재성(potentiality)을 여일하게 포괄해야 한다. 그것은 또한 시가 그 내포적 속성으로서 비가시적인의 가시성을 본유하고 있기 때문이기도 하다. 이와 같은 시적 사유의 열린 구조 속에서 시적 진실은 아마도 스스로를 체현하게 될 것이다. 따라서 하나의 양식으로서 포에지 혹은 시적인 것이란, 잠정적으로는 '실재(the Real)의 형식'이라고 우리는 말하지 않으면 안 된다.

2. 사이의 현상학 혹은 현실과 환상의 이중주

오랜 침묵 만에 발간한 박덕규의 두 번째 시집, 『골목을 나는 나비』(서정시학, 2014)는 장르를 넘나드는 그의 작가적 역량을 가늠해 볼 만한 작품집이다. 제목으로 고른 '골목을 나는 나비'라는 말은 여러 가지 풍부한 함의를 거느리고 있거니와, 조어 자체만으로 그의 시 정신을 고스란히 집약해놓은 것이기도 하다. 미리 말해두어 그것이 푸른 하늘이나 창백한 허공이 아니라, 왜 '골목'인지가 이 시집을 해명하는 관건이 될 것이다. 이번 시집에서 우선 눈에 들어오는 것은, 오랜 작가적 수련을 통해 얻어진 말의 공력과 내적 깊이다. 다시 말해 사물과 대상을 선불리 단정하거나 그 의미를 서둘러 확정하기보다는, 에둘러가는 말의 힘을 통해 포착된 시적 대상을 이리저리 공글려 보는 노련함과 여유가 돋보이는 것이다. 그것은 우선 지난한 삶의 경험들로부터 아득한 우물처럼 길어올려진 것이다. 가령 "사람의 갈비 속 / 기억을 쌓는 창고가 있어 / 그 문을 열면 썩은 곰팡내"(「강의 추억」)나 "우리 몸 켜켜이 쌓인 / 시간의 지층"(「떡」) 틈새로, "추억은 까까머리 마른버짐 / 추억은 김치국물 번진 도시락 / 추억은 지뢰 아래 묻힌 삼팔선"(「잉카」)이라는 진술들이 바로 그것이다. 다시 말해 「골목·1」의 구절처럼, "거기서 사람이 나"오는 것이다. 시집의 제1부와 4부를 중심으로 오랜 가족사의 겪음과 핍진한 가족애, 그 아련한 추억과 기억의 편린들이 등장하고 있는 것은, 그래서 자연스럽다. 「가족의 역사」, 「둥근 사이」, 「땀띠」, 「독서」 같은 작품들이 이러한 경향을 대표한다. 거기에서 시인이 보는 것은 일차적으로 끈끈한 가족애나 모성의 그리움 같은 보편적 정서로서 가족됨의 '영광' 자체이지만, 한편으로 그것은 가족됨의 불가피한 '비참'에도 동등한 시선을 배분하고 있다. 가족됨이란 치유되지 않는 상처의 역사이기도 하다. 가령 바람난 남편의 무관심과 아내의 무정한 세월을 빗대고 있는 「갑작스런 성묘」나, 돌아온 탕자로서 가장에 대한 아내의 어쩔 수 없는 양가감정을 소재로 하고 있는 「염치 있는 상속」 같은 작품이, 또한 그러하다. 그것은 마치 봄이 되면 어김없이 풀리고 마는 강의 결빙처럼, 가족들의 비행과 잘못을 속절없이 묵인하고 낱낱이 수용해야 하는 고통스럽고 무한한 화해의 과정이기도 한 것이다. 가족사의 성패는 어떤 면에서, 치욕스런 '적과의 동침'을 비교적 무난하고 견딜 만한 것으로 바꾸어놓을 수 있는 구성원들의 역량에 달려 있다 해도 과언이 아닐 것이다. 이와 같은 시적 상황들은 분명히, 카프카의 「변신」 같은 작품을 떠올리게 하는 지점이 있다. 이처럼 실존적 개인으로서 인간의 근본적 고독과 그 단자적 성격은 「샘물」[1] 같은 작품 등에서 여실히 표현되기도 한다. 이를 통해 한층 가시화되는 것은 인간의 근원적 어긋남, 그 관계의 숙명적 불모성이다. 예를 들어 아내와의 사소한 말다툼과 일상의 에피소드를 적시하고 있는 「명령 불복종」이나 「죄인」, 그리고 애인과의 벌어진 틈을 포착하고 있는 「귀여운 애인」 등의 작품들은 이런 주제와 직, 간접적으로 맞닿아 있다고 하겠다. 이러한 시인의 '관계' 혹은 '사이'에 대한 각별한 관심과 이에 바탕한 시적 사유[2]는, 박덕규 시의 원형적 자질을 이루며 이번

---

[1] 얄팍한 이기심을 교묘히 위장하는 화자의 속셈과 뻔뻔함이 그대로 드러나고 있는, 흥미로운 이 작품의 전문을 아래 적어두기로 한다. 어린 화자의 위선적 욕망은, "그래도 엄마에겐 제가 또 샘물일 수 있으니까"라는 문장에서 노골화 되고 있는데, 문제는 부모와 시간은 자식을 기다려주지 않는다는 데 있음은 누구나 경험하는 바이다. 이 작품은 사실 소설 속 인물의 독백으로도 처리될 수 있는 성질의 것인데, 이는 작가의 탈(초)장르적 지향성이 잘 드러난 것으로도 평가할 수 있을 것이다. "어제 친구들한테 얘기했어요. / 엄마가 위암 절제수술을 하고 나서 날 배신 걸 아셨다고. / 그대로 출산을 하면 생명을 장담할 수 없는 상태였다고. / 유산을 권하는 주변의 말을 뿌리치고 목숨 걸고 낳으셨다고. // 친구들이 저한테 불효자라고 욕해요. / 이번 여행 포기하자는 애도 있었어요. / 근데 제가 그냥 가자고 우겼어요. // 엄마가 좋아하는 선생님들하고 함께하는 그 답사가 / 엄마 인생에 샘물 같은 거라는 걸 저 잘 알지만요. / 아버지 사업 잘못 돼 집 잃고, 누나 발령 나서 방 얻어 주시고 / 한칸 방에 살면서 식구들이 다 모일 때마다 얼마나 마음 쓰리실지 잘 알지만요. / 그래도 제가 대학 입학한 지 2년 만에 친구들하고 유럽 배낭여행 계획하고 / 저 정말 밤잠 설치며 마음 설렜거든요. 제가 국가 장학생 돼서 엄마 짐 덜어드린 걸 / 유세부리는 건 절대 아니고요. 엄마를 답사 보내 드리고 내가 포기하자 / 이렇게 몇 번 되뇌다가요. 그래도 엄마에겐 제가 또 샘물일 수 있으니까 / 저도 유럽여행 가서 저를 가득가득 채우고 오면 되지 않을까 그렇게 생각했어요. // 엄마가 저 땜에 목돈 들게 되는 거 이번이 마지막이에요. / 잃어버린 우리 집 제가 꼭 찾아드릴 건데요. / 이번 유럽 배낭여행 건 / 제 욕심만 차린 것 같아 정말 미안해요. / 마르지 않는 샘물로 엄마를 지켜 드릴게요."(「샘물」 전문)

[2] 이에 해당하는 가장 대표적인 사례로 다음 작품을 꼽을 수 있다. 먼저 이 시의 형태는 1연과 3연은 우측으로, 2연은 좌측으로, 그리고 4연은 굵은 글씨체로 가운데, 정렬돼 있음을 밝혀둔다. "사람들 사이에 / 사이가 있었다 그 / 사이에 있고 싶었다 // 양편에서 돌이 날아왔다 // 나는 쏙 피했다 / 뒤축을 자갈밭 묻고 **시궁창에 코를 처박고**"(「사이 · 2」 전문). 이 시의 중요성은 시집의 해설에서도 언급되고 있는데, 이 작품은 박덕규 시작의 원천의 하나로 간주해도 좋을 듯하다.

시집을 두루 아우르고 관통한다. 이와 함께 그 전형이 거느리는 다양한 변형들 또한 풍부하게 생산해낸다. 가령 그것은, "그래서 떨어질 수 있는 사이야 / 그러나 멀어질 수 없는 사이야 / 그렇게 오래 걸어온 사이야"(「골목·2」 전문)에서처럼 변주되기도 한다. 한편 '사이'에 대한 사유는 관계론적 정의로서 제한되지 않고 보다 거시적인 차원으로 확장된다. 박덕규 시의 근간이 되는 현실 규정성에서 벗어나 환상과 환각의 세계로 시적 상상력을 도약케 하는 것이다. 약동하는 시어들의 환기력과 생의 이미지는 이를테면, 박덕규의 시를 현실과 환상의 이중주로 자리매김하고 있다. 현실의 구심력을 일탈하는 원심적 에너지는 이국적 체험을 전경화하고 있는 3부에서 좀 더 두드러지는데, 「북해도 붉은여우」, 「텐진 바닷가 배 만드는 노인」, 「인도 밤기차 1995·2013」 등의 작품들이 그 대표적인 사례에 해당할 것이다. 열거된 작품들에서 순결하고 지고한 존재들은 어떤 영원성을 표상하는데, 그 훼손될 수 없는 불가침성이 순도 높은 이미저리를 얻은 작품으로 「텐진 만두」[3]를

서문격인 「시인의 말」에 따르면 "첫 시집(1984)을 낼 때 넣지 않았던 한 편을 포함해 내가 소설로 작품 활동을 시작(1994)하기 직전까지 쓴 시들 중에서 십여 편을 되살려 4부에 실었다"고 했으니, 이 작품은 아마도 그의 초기작에 해당할 것이다. 우선 대략 1980~1990년대의 역사적 상황과 결부하여 그 표면적 의미를 짚어보자면, 중립적인 삶의 태도나 이데올로기적으로 중간파를 지향하는 화자의 입장은, 어느 한편에서도 용인되지 않았다는 사실이 분명히 드러나고 있다. 보다 중요한 것은 그 다음 구절들로 보이는데, 뒤축을 묻고 있으며 코를 처박고 있는 곳이 "자갈밭"과 "시궁창"이라는 점 때문이다. 그것이 암시하며 지시하고 있는 것은 말할 것도 없이, 척박하고 너저분한 '현실'이다. 즉 그것의 정체는 변두리의 진흙으로서 '누항(陋巷)'이지 않을 수 없다. 여기에서 박덕규 시의 사유의 원천의 하나로서, 경험적 현실의 구체성을 들 수 있을 것이다. 박덕규 시가 내장하는 리얼리티의 일단은, 이처럼 남루한 현실과의 깊은 결속으로부터 생겨난다. 한편 그의 작품들이 포지하는 시적 현실은 그 나머지 일단까지가 설명돼야 온전히 해명될 것이다. 이후의 서술에서 이를 밝히기로 한다.

3   조리된 만두에서 피어오르는 김을 눈꽃송이의 개화에 빗대고 있는 이 작품의 비유는, 매우 참신

꼽을 수 있다. 이상의 논의에 대한 종합으로써 이제 시집의 표제작을
살피기로 한다.

나비 떼가 날아간 자리

허공에 긴 뱀 같은 자국이 남는다.

늦게까지 놀다가

내 이마에 앉았다 가는 나비도 있다.

나도 나비를 따라 대문 밖으로 나간다.

긴 골목길을 따라가고 있다.

모퉁이를 돌아도

골목길이다.

길을 비켜 달라는 자전거 소리

채소 팔러 온 리어카

한 것이라 할 만하다. 시의 내부로부터 서서히 번져나는 감각적 환기력을 따라 독자의 상상력은
한층 배가된다. 다음은 전문이다. "함박눈 내리는 날 아이는 / 한움큼씩 눈을 받아 그릇에 담아
둡니다. / 눈 담은 그릇들은 올망졸망 이불 속에 잠들고요, / 아이는 말똥말똥 윗목을 지키고 있
지요. // 아이가 굴렁쇠가 되어 들판을 굴러갑니다. / 도둑들이 쏜 화살들이 비명을 지르며 / 아
이의 꽁무니 뒤를 따라옵니다. / 아이는 절벽에서 떨어지고 말았지요. // 지나가던 독수리 등 위
에 아이가 앉았군요. / 남쪽으로 여행 가던 수많은 새들이 / 독수리를 데리고 함께 날아갑니다.
/ 하늘 한가운데 은하수가 펼쳐집니다. // 아이는 별밭에서 길을 잃었습니다. / 지친 아이를 보
고 뱀이 아가리를 벌렸습니다. / 그때로군요, 아이의 머리통에서 / 김이 모락모락 나기 시작하는
군요. // 함박눈 송이마다 꽃이 피었군요. / 올망졸망 그릇마다 모양도 제각각이군요. / 뱀 입에
도 군침이 돌고 / 아이는 말똥말똥 잠을 안 자고 있어요."(「텐진 만두」전문)

몰려다니는 동네 아이들
시장 갔다 오는 아낙네

그 사이를 나비가 가고
내가 간다.

때로 골목에는 나비와
나비를 좇는 나밖에 없다.
내가 날고
나비가 날 좇는 때도 있다.

골목이 일어나 나비를 좇고
내가 긴 골목으로 드러누워 있기도 한다.
나는 없고
나비 떼가 긴 골목이 되기도 한다.

모퉁이를 돌아
나비가 날고
골목이 날고
내가 난다.

큰길은 안 보이고

골목길이다.

—「골목을 나는 나비」 전문

시인의 분신이기도 한 '나비'는 이 시에서 현실로부터의 탈출을 감행하게 하는 매개물로서 기능한다. 따라서 4연에 등장했던 현실의 규정력이 사라진 자리, 6연에 이르러 "나비"와 "나"만 비로소 남게 되는 것은 자연스런 결과이다. 또한 주/객의 경계마저 희미해진 이후 시상의 전개에서, 장자의 '호접몽'을 떠올리게 되는 것도 무리가 없을 것이다. 마침내 화자는 나비의 날갯짓을 따라 비약을 꿈꾸게 된다. 그럼에도 마지막 연의 시야에 들어오는 것이 "큰길"이 아니라 "골목길"이라는 점은, 박덕규 시의 궁극적 지향점을 여실히 드러내는 것이라 할 것이다. 다시 말해 위태로운 허공이나 눈부신 창공이 아니라 지저분한 골목길, 세속의 누항이 그 귀착점이라는 것이다. 그런 뜻에서 그의 시는 사유의 고공비행이 아니라 지상의 중력에 의해 일관되게 인도되고 있다 할 것이다. 이와 같은 겹의 시선과 복합적 사유구조를 통해 박덕규 시의 리얼리티는 보다 풍부한 표정과 함께 정제된 내적 깊이를 획득한다.[4] 한편 환상을 촉발하는 비약적 상상력은 시적 에피파니(epiphany)의 순간과도 깊이 연루된다. 다음 작품은 현실과 환상 사이

4 　가령 「속주머니 터지다」 같은 작품의 경우, 현실과 환상을 적절히 교직하는 가운데, 그 과정에서 필연적으로 발생하는 내면적 파열음과 정화된 시선을 동시에 함축하고 있다. 즉 "보호색으로 몸을 바꾸고 키를 맞춘 애벌레가 / 먼지 속의 씨방 하나를 보듬으며 / 먼 데서 울리는 북소리를 듣고 있었던 거다"를 받고 있는, "널브러지고 널브러진 꽃잎들 위로 / 속에서부터 터진 폭죽이었다"는 전언과 마지막의 "나는 비로소 길 위에 선다"는 시적 출사표가 바로 그것이라 할 것이다.

의 길항이라는 박덕규의 시 세계를 간명하게 응축하고 있는 시작(詩作)의 보고(報告/寶庫)이다.

거친 강물
흙탕물을 차고 치솟아 오른
잉어 한 마리가 있었어요.

그때 구름 뒤에 쉬고 있던
햇덩이가 살짝 눈을 뜨고 내려다보았죠.

순간,
잉어 비늘이 황금빛으로 물들어
사방이 환해졌어요.

잉어는 곧 물속으로 가라앉았지만
얕은 곳에서 놀고 있던 어린 고기들은
그 눈부신 순간을 잊지 못해

오래오래 몸살을 앓았어요.

—「탈출—탈북 화가 선무의 연작 그림 '탈출'을 보고」 전문

쉽게 알 수 있듯, 이 시는 현실이라는 지상의 중력을 박차고 공중으

로 뛰어오르는 '잉어'의 비상을 포착한 것이다. 이는 앞선 비행하는 '나비'의 이미지와 상통하는 것이며, 또한 그것은 시인 자신이기도 할 것이다. 그런 의미에서 박덕규 시작의 전모가 이 한 편의 우화에 집약되어 있다 해도 큰 허언은 아닐 것이다. 보다 본질적인 차원에 해당하는 의미의 중핵을 형성하는 것은 바로 이어지는 내용인데, "황금빛으로 물"든 "잉어 비늘"이란 시적인 것의 개현(開顯)을 뜻한다. 시적 현현의 순간 새겨지는 일신상(一身上)의 진리와 존재론적 충일감은 시인의 변함없는 긍지일 것이다. 따라서 "어린 고기들"은, 아직 시인으로서 일가를 이루지 못한 혹은 여전히 자신의 시작이 불만족스러운, 결핍된 존재로서 시인 자신을 일컫는 말이다. 마지막의 "오래오래 몸살을 앓았"다는 진술은 이를 뒷받침한다. 그리고 이는 주체의 통각(痛覺/統覺)과 관련된 미래의 시작(詩作)을 예견하는 것이기도 하다. 시인은 앞으로도 "오래오래 앓"을 것임이 분명하기 때문이다. 이 작품은 사이의 현상학이라는 박덕규 시의 여일한 주제를 재확인케 함과 동시에, 현실에 조응하는 환상의 영역을 매혹적으로 환치함으로써 시적 리얼리티의 차원을 확대하며 한껏 고양하고 있다. 덧붙여 박덕규에게 돌아갈 영원한 성소(聖所)로서 포에지, 그리고 모국어의 시간적 깊이는 「배개」, 「혀」 등의 시적 에피소드에서도 적실히 환기되고 있음을 발견하게 된다. 나는 그가 두 작품에서처럼, 당분간은 혀가 근질거려 밤잠을 좀 설쳐도 괜찮지 않을까 생각해본다.

3. 감각의 혁신 또는 비가시적인 것의 가시성

　　민구의 첫 시집 『배가 산으로 간다』(문학동네, 2014)는, 의미의 정박점을 의도적으로 배제하려는 순정한 시의식의 소산이다. 그의 시작(詩作)은 환영 또는 환상에 의(거)하여 침투된 현실을 가시화함으로써 환영의 존재론을 뚜렷이 각인한다. 총 16편의 '방(房)' 연작시와 9편의 '공기' 연작시, 그리고 5편의 '동백' 연작시를 배치하고 있는 시집의 특별한 구성은, 동일한 주제를 반복·변주함으로써 마치, 단일한 의미의 고정점이란 존재하지 않는다고 시위하고 있는 듯하다. 여기에서 일차적으로 발생하는 것은 의미의 다기한 분화와 그 무한한 산종(散種)이다. 따라서 이 시집은 독립된 여러 편의 개별적 발화로 읽어도 좋고, 역설적으로 오직 단 한 편의 시로 읽어도 무방할 것 같다. 그리고 그 발화의 핵심적 전언은, 제목으로 차용된 말로서 '배가 산으로 간다'는 시적 명제이다. 이는 '사공이 많으면 배가 산으로 간다'는 옛말을 변형한 것이지만, 민구 시에는 말 그대로 사공이 정말 많다. 민구 시가 서정의 단일한 주체를 내세우지 않는다는 점에서, 그리고 이를 통해 세계의 만상이 그의 시야(視野/詩野)에 들어온다는 점에서도 그렇다. 가령 민구 시의 화자는 시적 대상에의 점유를 포기하고 스스로를 텅 빈 주체로 세워둠으로써, 사물들이 거리낌 없이 드나들 수 있는 활로를 개척해놓는다. 먼저 공기나 방에 대해서 언급해두기로 하자. 이는 모두 뚜렷이 존재하지만 마치 존재하지 않는 것처럼 여겨지는 것들이다. 공기는 분명히 존재하지만 눈에 보이지는 않는다. 방이라는 공간 역시 실재하는 것이지만 한편으로 그것은 '질 없는 실재'로 현상하는 것이다. 이들은 있으면서 없는 것, 없으면서 있는 것으로서 유령과 같은 존재들이라 할 것이다. 민구는 잘 알려진 적 없는 시적 주문을 통해 이 유령들과 시체, 나뭉구는 그 환영들을 하나하나 불러낸다. 따라서 그것은 출몰하는 유령들의 묵시록, 현상하는 환영들의 존재론이라 할 수 있다. 이제 세목을 따져보기로 하자. 민구 시가 즐겨 사용하는 것은 유사성과 인접성이 비교적 떨어지거나 먼 사물들의 돌연한 병치이다.[5] 이는 시에 붙인 제목들에서도 바로 드러나는데, 민구 시에는 제목과 내용이 그다지 상관이 없거나 직접적인 관련성이 비교적 드문 것들이 주종을 이룬다.[6] 민구 시의 이러한 작시법의 일단을 다음 작품에서 유추해보기로 한다.

---

[5]　예를 들어 다음 시는 그 전형적인 사례라 할 것이다. 작품의 해석 이전에, 여기에 등장하는 동물과 곤충들은 자연물에 속한다는 것 외에 어떤 내면적 속성도 가시적으로 공유하지 않는다. 이해를 돕기 위해 전문을 적어둔다. "뱀은 혀를 깨물었다 해전에서 패한 가오리와 악어는 후궁의 지갑과 가방으로 가공됐다 멀쩡한 이슬을 내온 풍뎅이는 기름 발라 태양국으로 유배됐고 새로운 화포를 고안하지 못한 죄로 무당벌레는 여러 군데 낙인이 찍혔다 노역에 지친 달팽이는 바위를 지고 눈감아준 여치는 두 다리가 꺾였다 주머니고양이는 등에 업은 세자가 울어 정원의 개미를 핥았고 아미산 굴뚝의 잡초를 베던 사마귀는 간통으로 몰려 백 일을 굶긴 배우자와 감금됐다 시를 쓰던 가재는 서가의 모든 종이를 불태우고 바위 아래 매장됐다 거미는 두려웠다 벌써 그에게 빌려온 책이 얼마던가? 그는 죽은 왕에게 하사받은 명주로 책을 감아 문밖에 대기중인 잠자리에게 부탁했다 그러나 왕은 예리하다 거미를 성밖으로 추방시켜 해와 놀아난 달의 가죽을 벗기도록 하고 줄에 매인 잠자리는 천천히 식어갔다 나는 하루종일 불길이 치솟는 성을 바라보았다 새들은 떨어뜨린 문자를 줍느라 대숲을 샅샅이 뒤졌다"(「지붕 위에서」, 전문).

[6]　가령 「동백」(28~29쪽)의 경우, 제목의 표지를 그나마 유추해볼 수 있는 구절은 "산중턱 어느 곳간에서 / 발아래 펼쳐둔 장신구" 정도가 될 것이다. 여기서 "장신구"는 낙화한 동백 꽃송이의 유비적 상관물이다. 「책」 역시 물리적 실체로서 책은 어디에도 드러나 있지 않다. 다만 "시 쓴다는 너희 삼촌"이란 구절을 통해, "여긴 위험하니"의 "여기"가 책으로 이루어진 활자들의 추상세계나 공허한 지식체계를 암시하는 것으로 짐작해볼 수 있는 것이다. 「독서」 또한 의식적 활동으로서 '읽기'와는 별반 상관이 없는 가운데, 사물의 기미를 감지하려는 "나의 내부", "기울고 습한 창고"에 보다 초점이 맞춰져 있음을 알 수 있다.

거울 밖으로 나온 건 나였다

이어서 병풍 속의 새가

방안을 휘저었고

베갯잇에 새겨진 노송이

쿵 하고 침대로 떨어져서

잠들어 있던 아버지가 즉사해버렸다

시신을 거둘 시간이 없었다

컵에 고여 있던 물이

방에 차올랐기 때문에

그러자 냉동실에서 나온

불패한 연어가 방안을 헤엄치다가

방충망을 뚫고 사라져버렸고

정체를 알 수 없는 화초들이

살림살이를 있는 대로 쳐부수며

물 빠진 바닥 위를 걸어다녔다

그들이 날개를 펴자 천장에

커다란 구멍이 났다 겨울인데도

선탠을 즐기고 온 듯 보이는 금발 여자가

이층에서 떨어졌다

그녀는 불길이 이글거리는 수챗구멍 속으로

깨끗하게 빨려들어갔다

빛바랜 사진을 보았지만

죽은 엄마는 돌아오지 않았다

나는 복덕방에 전화를 했다

더 큰 방을 구하기 위해서

—「房─탄생」 전문

　일종의 메타시로서 이 작품은 민구 시의 사물들이 언어를 얻는 '탄생'의 과정이자 기실 민구 시 자체의 '탄생' 과정에 대한 메타포로도 읽을 수 있을 듯하다. 여기에 소재로 차용돼 의미의 계열을 이루고 있는 사물들을 일단 열거해본다. 이는 "'나'-'새'-'노송'-'아버지'-'물'-'연어'-'화초'-'금발 여자'-'죽은 엄마'" 등으로 간추릴 수 있을 것이다. 이 작품에서 의미의 연결고리는 끊어질 듯 이어지고, 이어지면서도 다시 끊어진다. 이미 언급했듯 그것은 인접성과 유사성이 비교적 먼 사물들의 병치가 유발하는 효과이다. 민구 시의 독서에 집중하다보면 그 느슨한 듯 아슬아슬한, 하지만 분명하게도 맞닿아 있는, 희미한 의미의 연결선이 매우 흥미롭게 배치되어 있음을 알 수 있다. 그리고 민구 시의 독서의 즐거움은 일차적으로는, 그 어렴풋한 윤곽이 만들어놓는 시적 긴장에서 나오는 것 같다. 사실 이 작품에 묘사된 이미지들은 현실에서 물리적으로는 재현될 수 없는 허상으로서 환영들에 가까운 것들이다. 그렇다면 그것들은 망상이나 몽상에 지나지 않는 것, 허깨비의 일종에 불과한 것인가. 아마도 그렇게 볼 수 없다는 것이 잠정적인 생각이다. 그리고 그 이유를 설명하는 것이 민구 시의 위상과 의의를 해명하는 첫걸음이 될 것이다. 일단 그것은 민구 시가

강력하게 제기하고 있는 것처럼, 기표가 정박할 수 있는 의미의 고정
점(anchoring point)으로서 확정된 기의란 존재하지 않기 때문이다. 정
신분석의 논리를 참고하지 않더라도, 일상적 삶의 경험은 어떤 기표
도 단일한 하나의 의미로 결코 환원될 수 없다는 것을 우리에게 알려
준다. 다음으로 특정한 경험의 물리적 불가능성이 현실적 가능성을
대체할 수 없기 때문이다. 잠재성은 언제든 현실화될 수 있는 것으로
서 현실성을 구성하는 필수요소이다. 끝으로 시적인 것은 합리적 이
성에 의해 논리적으로 정초되는 것이 아니라, 창조적 직관에 따라 미
학적으로 정립될 수 있는 것이기 때문이다. 따라서 이 시의 심층부로
부터 출현하는 헛것들의 형상은 표면적으로 가시화 되지 않은 / 될 수
없는, 사물들의 무의식이다.[7] 시인은 이를 두고 "나무 그늘에도 뼈가
있다"(「오늘은 달이 다 닳고」)며, 진짜 뼈 있는 말을 내뱉기도 한다. 따라
서 그것은 현실의 표층과 의식의 상부구조를 뚫고 언제든 침투할 수
있는 현재적인 것으로 간주해야 할 것이다.[8] 이상의 맥락에서 이 작품

---

[7] 민구의 시가 '사물들의 무의식'을 전면적으로 다루고 있다는 점은, 다음의 매우 인상적인 작품에
서 보다 잘 드러난다. 그것은 사물들의 겉면과 의식의 표층으로는 좀체 떠오르거나 드러나지 않
는 것들, "아무리 봐도 모르는 / 꿈같은 일"이지 않을 수 없다. 여기 전문을 적어둔다. "숨이 벅차
서 급한 대로 비탈에 앉았는데, / 아무도 없는 강가에서 이게 웬걸 / 자갈을 들썩이며 물결들이
파르르 떨고 있었다 / 거대한 전기뱀장어가 자신의 전류에 노출된 채 기다란 자루에서 흘러나온
기름과 햇살을 사방으로 튀기고 있었다 / 아니면 저 탁한 강을 비출 정도로 선명한 금빛 잉어가
물 위로 솟구친 것일까 / 눈을 질끈 감아도 철문 밖의 어둠을 단숨에 걸어오는 흰 빛, 내 이마 위
에 찍힌 빛의 발자국, 발자국을 덮는 또 다른 발자국 / 오전 내내 떨리는 물결들 / 그건 다 큰 강이
바지에 오줌을 지리는 일 / 어제 달을 적시지 못한 강물을 시원하게 흘러보내는 강의 / 꿈같은 일
/ 그리고 얼마나 많은 시간이 지났던가 / 길 잃은 새들이 공중으로 팔려가는 걸 지켜봐야 하나,
너는 / 구름을 풀어서 언제까지 나를 닦으려는 것일까 / 오전 내내 떨리는 물결들, 난 / 아무리 봐
도 모르는 / 꿈같은 일"(「꿈같은 일」 전문).
[8] 잠재적인 것의 현재적 출현은 따라서, 실재적인 것이라 부를 수 있을 것이다. 그것은 우발적이면

은 언제나 탄생하고 있으며 언제든 무엇으로도 탄생할 수 있는 시의 존재론이라 하겠다. 시인은 사물만이 아니라 유동적 흐름으로서 지나가버리는 것, 미래에서 현재로 오며 과거로 되돌릴 수 없이 향해가는 것, '시간' 역시 언어의 그물로 길어 올릴 수 있다고 믿는다. 아니, 그렇게 믿고 싶어 한다. 아래 시는 아마도, 계절이라는 시간의 흐름을 사물의 언어로 포착한 거의 유일한 한국시로 기록될 것이다.

> 그는 성벽을 뛰어넘어 공주의
>
> 복사꽃 치마를 벗긴 전공으로
>
> 계곡타임스 1면에 대서특필됐다
>
> 도화국 왕은 그녀를 밖으로 내쫓고
>
> 문을 내걸었다 지나가던 삼신할미가
>
> 밭에 고추를 매달아놓으니
>
> 저 복숭아는 그럼 누구의 아이냐?
>
> 옥수수들이 수군대는 거였다
>
>
> 어제는 감나무 은행이 털렸다
>
> 목격자인 도랑의 증언에 의하면

서도 불가피한 '실재(the Real)'의 방문이다. 시집을 마지막으로 갈무리하고 있는 아래 작품은, 그러한 '불청객'의 돌연한 침입을 형상화한 것이다. "가로등 불빛이 / 작은방 창으로 들어온다 / 밥상을 타넘고 / 안방으로 걸어와서 어머니 가슴에 / 발을 올려놓는다 / 괘씸하지만 / 꽁꽁 언 발을 끄집어낼 수도 없어 / 그대로 둔다 // 보일러 돌아가는 소리에도 / 잠을 깨시는 어머니 / 늘 걷어차던 이불을 웬일로 / 한 번 안 차고 주무신다 // 네가 붙잡았나 싶어서 / 불빛이 시작한 자리를 가만히 / 오래오래 본다 // 저리 보면 / 달이 뭐 별건가"(「불청객」 전문).

어제까지는 기억이 났는데 원래,

기억이란 게 하루 사이에 흘러가기도 하는 거

아니냐며, 조사 나온 잠자리에게 도리어

씩씩대는 거였다

룸살롱의 장미가 봤다고 하고

꼿꼿하게 고개 든 벼를 노려봤다던,

대장간의 도끼가 당장 겨뤄보고 싶다는,

이 사내는 지금 어디에 있을까

버스 오기 전에

몽타주를 그려야 하는데

—「가을이라고 하자」 전문

　　물활적(物活的) 상상력이 비등한 이 시는 전례를 찾아보기 어렵게 새롭다. 시간성을 포착하려는 어떤 면에서 무망해 보이는 도전 자체가 그렇고, 이를 인간의 시선이 아닌 사물의 언어로 직역하려는 전략과 방법이 또한 그러하다. 물론 이 시의 주인공, "그"는 가을이다. 그리고 "그"는 자명하게도 실체가 없는 것이다. 여기에서도 육신을 갖지 않는 비가시적인 것에 관심을 기울이는 시인의 일관된 태도를 엿볼 수 있다. 그러나 "그"가 몸을 지니지 않는 것도 아니어서, 어느덧 과일을 익게 하고 곡식을 여물게 한다. 즉 "고추", "복숭아", "옥수수", "감",

"잠자리", "벼" 등속은 '가을'의 현신(現身)인 것이다. 한편으로 "기억" 이란, 다시 말해 시간의 흐름이란 뚜렷이 인지되는 것은 아니어서 망각의 늪에서 벗어날 수는 없다. 그것은 정지된 상태로는 붙잡아둘 수 없는 유동적인 것이다. 마지막의 "몽타주를 그"린다는 것은 그 희미한 윤곽만을 포착하고 감지할 수 있을 뿐, 인간적 의식형태와 인지체계로는 접근하거나 인식할 수 없다는 점을 분명히 하는 것이다. 환언하여 그것은 비가시적인의 가시성에 속하는 것이라 하겠다. 이는 상투적 리얼리티의 범주를 일거에 초과하는 것이며 따라서,. 새로운 리얼리티의 영역을 민구 시가 창안해낸 것과 진배없는 일이다. 시인은 이를 두고 "가을이라고 하자"라고 제안한다. 그것을 무엇이라 확정하여 한낱 이름으로 부를 수는 없겠지만, 눈에 띄어 보이지 않는 것들을 일일이 호명하여 그 존재론적 위상을 부여하는 것은 민구 시가 발견한 득의의 영역이자 고유한 임무가 아닐 수 없다. 시인은 이를 자신이 부름 받은 합당한 소명으로 기꺼이 받아들고자 한다. 민구 시의 다음 행보가 자못 궁금해지는 것은 이상의 감각의 혁신 때문이다.

4. 실재의 리얼리티

이상으로 최근 출간된 두 권의 시집을 중심으로, 시와 리얼리티의 문제, 시에서의 리얼리티 문제를 간략히 살펴보았다. 이를 통해 확인할 수 있는 것은 동시대의 시인들이 시적인 것의 현실성을 객관적 표상작용의 문제로 국한하지 않고 다양하게 확장·확대하면서 그 가능성을 실험함으로써, 시의 리얼리티의 영역을 새롭게 개척하며 일궈나가고 있다는 점이다. 이는 2000년대 이후 한국시가 새로이 발견했던 타자의 얼굴을 시적 인식의 대상으로 수용해나가는 과정과도 맞물려 있다. 그것 역시 현실적 존재로서 분명히 있어 왔지만 지금껏 충분히 드러나지 않았거나 비가시적 잠재태로만 현상했을 따름이었던 것이다. 이 자리에 도래하는 새로운 리얼리티를 가리켜 우리는 실재의 리얼리티라는 잠정적 명명을 사용할 수 있을 것이다. 결국 시의 갱신과 변위 가능성은 낯설고 이질적인 감각의 차원을 적극적으로 발굴하고 대변하는 데 있다는 점에서, 시와 현실성의 문제를 재구성하려는 여기 시인들의 일관된 태도와 지속적인 실험은 주목해야 마땅한 것이다.

텅 빈 발화와 꽉 찬 발화

시에서의 의미와 상징화 작용

1

널리 알려진 대로 기표가 기의에 가 닿지 않는다는 것, 기표와 기의의 대응관계를 투명한 상호조응으로 파악할 수 없다는 것이, 일반언어학의 공준(公準)을 뒤집은 탈구조주의자들의 생각이었다. 그리고 이를 정신분석의 명제로 정식화한 사람은 라캉이었다. 그에 따르면 기

---

1   주지하듯 이상의 명명과 개념은 라캉의 이른 바 '로마 강연', 「정신분석에서 빠롤과 랑가쥬의 기능과 영역(Fonction et champ de la parole et du langage en psychanalyse)」(1953)에서 구체화한 것이다. 라캉의 '꽉 찬 발화(full speech; parole pleine)'와 '텅 빈 발화(empty speech; palole vide)'는, 하이데거의 Rede(담론)과 Gerede(수다) 사이의 구별을 보다 정교화한 것이다. 꽉 찬 발화는 언어의 상징적 차원을 표현하는 반면, 텅 빈 발화는 언어의 상상적 차원을 지시한다. "꽉 찬 말은 의미가 채워진 말이다. 텅 빈 말은 단지 의미작용만이 있는 말이다"(Lacan, 1976~7; 딜런 에반스, 김종주 외 역, 『라캉정신분석사전』, 인간사랑, 1998, 117쪽에서 재인용). 라캉은 이를 임상분석의 치료과정을 설명하는 개념으로 사용하였는데, 여기에서 나는 이와는 다소 다른 내포를 갖는 개념으로 차용하고자 한다. 이에 대한 세부 정의로서, '꽉 찬 발화'는 상징적 의미화 작용의 일례로서 인간의 의식과 판단이 적극적으로 개입된 언어적 표상을 지칭하는 것으로, '텅 빈 발화'는 상대적으로 인간의 의식과 인위적 판단이 비교적 덜 개입된 언어적 표상을 가리키는 것으로 규정하고자 한다.

표는 기의의 표면에서 끊임없이 미끄러지며 이탈한다. 따라서 기표를 단일한 것으로 확정할 수 있는 의미의 고정점(anchoring point)이란 존재하지 않으며, 종지부를 갖지 않는 의미의 산종(散種)이 개시된다. 한편으로 시의 모호성, 급진적 무의미화 경향은 난해성과 함께 현대시의 특징적인 모습으로도 간주된다. 주지하듯 그것은 김춘수의 시작(詩作) 이래 한국 현대시의 주도적인 양상의 하나로 자리 잡았다. 이는 시인들의 의도적 작시의 결과이기도 하며, 시작의 과정 속에 비의지적으로 기입된 것이기도 하다. 2000년대 이후 한국시의 전개에서 이러한 경향은 특히 두드러지는데, 이는 시가 더 이상 상품양식으로서 존재할 수 없게 된 역사적 상황, 보다 직접적으로는 상품의 소비자로서 독자의 기호나 취향의 고려라는 가독성의 문제가 시인 자신에게는 한층 부차적인 것으로 인식되기 시작한 문화사적 전환과 깊이 연루된 것이다. 시인들은 이제 독자를 위해서가 아니라 무엇보다 예술가로서의 자기 자신을 위해 쓴다.

2

박은정의 첫 시집 『아무도 모르게 어른이 되어』(문학동네, 2015)는 우선, 최승자의 시적 파토스를 정당하게 계승하고 있는 것으로 평가되어야 할 듯하다. 무엇보다도 고통의 언어를 노골적으로 전경화하며 직접적으로 환기하고 있기 때문이다. 그것은 인용조차 새삼스런 가령 다음과 같은 구절, "내가 살아 있다는 것, 그것은 영원한 루머에 지나지 않는다"(「일찌기 나는」)라는 도저한 비관주의에 뿌리를 내리고 있는 것이다. 예를 들어 "살아 있음이 누런 벽지로 빛을 바랠 때"(「토카타」)에서처럼, 박은정 시의 몇몇 구절들은 위 문장의 창조적 변용으로 이해하는 것이 온당해 보인다. 다시 말해 박은정의 시가 인식하고 있는 세계 또한 영원한 부재증명 혹은 근원적으로 어긋난 것으로 파악되고 있다는 점이다. 다음 작품은 이와 같은 세계인식을 여실히 표현한다.

눈을 감으면 이곳이 아니라 여기, 구름을 뚫고 올라간 파리의 현기증 같은 마음으로 어젯밤 본 환영의 목록을 말해 봐요 당신의 무릎을 베고 읊조리던 오후의 기이함이라든지 줄거리가 없는 영화처럼 내내 달아나던 골목이라든지, 당신을 돌 때마다 공중이 멀어지고 근육은 단단해지고, 당신은 도처에 널린 알리바이인가요 빈민굴의 개처럼 쫓아오는 빛줄기들, 방향은 룰이 되고 공포가 되어 입술을 벌리면 해서는 안 될 말을 지껄이고 있어요 날개가 돋을 때까지 한 걸음씩, 당신을 따라가면 당신이 아닌 내가 당신이 되어, 문을 열면 사방은 텅 빈 공백, 손을 뻗어도 잡히지 않는 사각의 세계, 이곳이 아니라 여기, 지친 발목을 내려놓고 처음처럼 발톱이 돋을 때, 문득 돌아보면 사라지는 행방들

—「정글짐」 전문

화자에게 문제가 되고 있는 것은 추상적 공간으로서 "이곳"(this place)이 아니라 구체적인 물리적 현존의 장소로서 "여기"(here)이다. 지금-여기의 삶과 세계가 문제적인 것이다. "당신"의 존재는 부재증명으로서 "도처에 널린 알리바이"이다. 당신은, 지금, 여기에, 없다. 당신의 실체를 무엇으로 단정할 순 없지만, 당신과 나 사이에는 영원히 메울 수 없는 간극, 무엇으로도 좁혀지지 않는 괴리감이 있다. 그것은 "문을 열면 사방은 텅 빈 공백, 손을 뻗어도 잡히지 않는 사각의 세계"라는 명시적 진술 속에서 보다 구체화되고 있다. 그리고 그것은 다름 아닌, '정글짐'으로 표상될 수 있는 "텅 빈 공백"의 세계, 공포스러운 부재의 감각이다. 형태상 정글짐은 실체는 사라진 채 뼈대만 앙상히 남아 있는 유령의 구조물이다. 정글짐에서 손발을 옮겨가며 느꼈던 아찔한 현기증과 순간적 낭패감은 유년의 뜰에서 누구나 경험해 본 바일 것이다. 잠시라도 방심하여 발을 헛디딘다면 지상으로의 추락을 막을 수 없다. 모름지기 시인에게 세계는 그러한 '정글짐'으로 인식되고 있는 것 같다. 시집의 기저를 이루고 있는 존재론적 열패감과 절망적 상황인식, 만연한 공포와 씻을 수 없는 불안감은 바로 여기에서 비롯되고 있는 듯하다. 요컨대 세계는 "돌아보면 사라지는 행방들", 존재의 흔적이 지워지고 자취를 감춘 상태로서 부재의 장소이다. 이상의 근원적 어긋남에 대한 인식과 감각이 비교적 화자의 주관적 시야를 넘어 보다 객관화된 작품으로, 다음 시를 주목할 수 있을 것이다.

아내가 떠난 뒤
그는 책상 위 편지를 읽었다

열매가 벌어지는 소리에 잠을 잘 수가 없어요

필체는 심해 속 물고기처럼 고요히 떠 있었다 어둠 속 어둠과 함께
몸을 섞으며 번지는 글자들

창밖으로 가끔씩 뼛조각 같은 달빛이 비치기도 했지만 거대한 어
둠은 정화되지 않고

잠이 들면 도시가 물에 잠기는 꿈을 꾸곤 했다

아내는 떠다니고 있었다 썩은 과육처럼 짓무른 얼굴로. 그런 밤에
는 심장이 딱딱해질 때까지 아내의 문장을 곱씹었다

우리는 누군가가 버린 망원경 속에서 태어났어요 서로를 볼 수 있
지만 만질 수는 없는, 적막한 빛의 세계 속에서 소각되기 위해 태어난
미물들

아내는 자신의 껍질을 모아 태우곤 했다 수북한 연기 속에서 어떤
문장을 주문처럼 반복하며

달고 시큼한 냄새가 온 집에 역병처럼 퍼지고 있었다 아내의 불면보다 더 집요한 기세로

과일들은 시들어갔다 조금씩 물러지는 부분을 손톱으로 눌러 터트리면 벌레 한 마리가 꿈틀거렸다

가끔씩 바다 위에서 비행기가 사라졌다는 소식이 들려왔지만 아내의 이름은 없었다

과일 껍질을 태우면 검게 변색한 아내의 속살이 거기 있었다 슬픔으로 가려움을 달랬다던 아내의 푸석한 얼굴이 슬픔도 없이 타고 있었다

—「아내의 과일」 전문

마치 소설을 읽는 듯 뚜렷한 서사적 상상력에 의해 추동되고 있는 이 작품은, 이번 시집에서 다소 이질적인 위상을 지닌 것으로 보인다. 다른 시편들이 대개 화자의 맨얼굴을 굳이 감추려 들기보다는 내면의 발화를 직접적으로 토로하는 양상으로 전개되고 있기 때문이다. 거침 없는 가면의 위장술이 보편적인 현재의 시단에서, 시인은 다양한 페르소나를 활용하는 것이 거추장스럽고 무엇보다 위선적이며 기만적인

태도라 여기는 것 같다. 그런 의미에서도 박은정은 매우 정직하고 성실한 시인일 것이다. 눈에 띄듯이 이 시는, 남편과 아내를 등장인물로 설정해놓고 있다. 또한 눈에 띄는 것은, "아내"의 문장 속 발화를 기울임체로 표기하여 처리하고 있다는 점이다. 이 작품의 전언과 전체적 메시지 역시 이번 시집의 일관된 주제의식과 통일된 이미지를 헤치지 않는다. 다만 그것이 매우 참신하고 선명한 감각적 이미지 속에서 극적인 형태로 보다 객관화되어 있다는 점은 특기할 만한 사항이다. 무슨 이유에선지 "아내"가 돌연 행방을 감췄다(이와 같은 이미지는 앞선 작품의 마지막에서도 두드러지는 인상임을 상기할 수 있다). 남편은 아내가 남긴 편지, 그녀의 흔적을 하나하나 읽는다. 아내의 불면의 원인, "열매가 벌어지는 소리"는 단적으로 세계의 파열음이다. 존재의 균열과 파국을 암시하는 대목일 것이다. 안타깝게도 그러나, "거대한 어둠은 정화되지 않"는다. 아내는 "썩은 과육처럼 짓무른 얼굴로", 해저(海底)와 같은 밤을 유령처럼 떠다닌다. 아내의 두 번째 문장에서, 인간의 태어남 자체가 궁극적으로 원죄임이 누설된다. 누구나가 "소각되기 위해 태어난 미물들"에 불과하다는 것이다. 그래서 "아내는 자신의 껍질을 모아 태우곤" 했던 것이다. 마침내 "열매들이 썩"기 시작한다. 동시에 "보이지 않는 기괴한 빛이 우리를 망치고 있"다. 이어지는 마지막 행의 문장, "과일 껍질을 태우면 검게 변색한 아내의 속살이 거기 있었다"는 진술은, 아내의 가출을 불가피한 필연적 사건으로 규정하도록 만들고 있다. 과일의 부식처럼 아내의 내면성이 제거되고 있었고, 존재가 희미해지도록 본래성의 상실 상태에 놓여 있었던 것이다. 따라서 "아내의 과일"은 차츰 고유한 빛깔을 잃어가는 아내의 현존재에 대한 객관적 상관물이자, 시인의 창조적 직관이 빚어낸 개성적 이미저리가 아닐 수 없다. 이제는 박은정 시의 보다 본질적인 차원으로 육박해가기로 한다.

박은정 시에서 가장 두드러지는 반복적 이미지는 '아이'와 '어른'의 모티프이다. 이는 시집의 제목에서도 확연히 드러나고 있다. 대표적인 구절들을 뽑아 간추려본 목록은 다음과 같다. "평생 인형의 얼굴을 파먹으며 / 배고픔을 달래는 아이"(「대화의 방법」), "아무도 모르게 어른이 되어"(「나고야의 돌림노래」), "쫓기던 아이들이 절벽을 뛰어내리고"(「풍등」), "아이들이 버린 운동화가 떠다니고 주인 없는 인형들이 발견되기도 했지만"(「아스파라거스로 만든 인형」), "수줍게 손을 잡은 불운한 소녀들"(「불행의 접미사」), "난청을 가진 아이는 어른이 되자 / 울 때마다 녹물을 흘리는 여자가 되었습니다"(「녹물의 편애」). 그의 첫 시집이 갖는 의미와 위상은 아마도 여기, 어디쯤에서 결정될 수 있을 듯하다. 인용한 시구들의 이미지를 한마디로 압축하면 그것은, '불운한 소녀들'이 될 것이다(어떤 면에서 박은정의 첫 시집이, 김행숙의 『사춘기』를 떠올리게 하는 것은 이와 같은 점에 연유한다). 한편으로 그것은 또한 분명히도, "불운한"/"소녀들"일 것이다. 즉 '불행한 소녀들'과 함께, '소녀들의 불행'에도 똑같이 방점이 찍혀야 한다는 뜻이다. 그리고 논의의 효율을 위해서는 불행의 나머지 표지들도 마저 그러모아두는 것이 좋을 것으로, 또한 다음과 같다. "갈라진 심장을 가진 자"(「고양이 무덤」), "너는 허공 위의 먼지가 되고 바닥에 닿는 허무가 된다"(「피아노」), "이만큼의 액운으로 가득한 것을", "흉측한 단어들에게 잡아먹히는 꿈을 꿔요"(「드로잉」), "피가 묽어서 / 마음이 둘로 쪼개지는 사람들"(「이방의 사람」), "나의 사주는 내가 아픈 만큼의 평화"(「사루비아」), "무심히 빛나는 가시들 // 나는 자주 문장의 행로를 잃어버립니다"(「윤색」), "절반만 완성된 불행에 광을 내는 이들의 이름을 연인이라 부르자 꽃잎을 수의처럼 입고 뛰어가는 아이들"(「봄밤의 연인들」). 그렇다면 이쯤에서 최후의 물음을 던져보기로 한다. 소녀들은 '왜' 불행한 것인가. 그 실마리는 다음과 같은 구절들에서 찾아질 수 있을 것이다. 가령, "나는 소녀의 몸에서 태초의 음을 꿈꾸었지만 실패한 자"(「피아노」), "당신의 유일한 재능은 당신을 닮은 창녀를 낳은 것"(「미토콘드리아」), "차가운 네 뱃속으로 들어가고 싶어"(「이방의 사람」), "맨발로 춤을 추던 성녀들이 창녀가 되던 계절"(「우리에게도 아픈 전생이」), "나는 건기에 죽은 어미의 뱃속을 박차고 나와 하릴없이 지는 꽃이나 보며 울었던 것인데 이곳은 어디입니까"(「귀령(歸寧)」), "어머니, 몸뚱이를 돌려주세요 / 공중으로 날아간 사지에 / 뜨거운 성수를 뿌려주세요", "하얗고 더러운 것들을 화해시키며 / 저는 이만큼 왔습니다"(「마한델바움」) 등의 구절들이 이에 해당한다 하겠다. 결론부터 말해 그것은 버진 머더(Virgin Mother, "소녀의 몸에서 태초의 음을 꿈꾸었지만")의 문제이다. 요컨대 '성장'의 다른 의미는 '순수'의 상실과정, 사회적 타락의 과정일 것이다. 주지하듯 라캉은 아버지의 법으로 대표되는 사회적 규범체계를 상징계(the Symbolic)로, 어머니와의 이자관계로 대표되는 상상적 동일시 단계(흔히 거울단계로 명명되는)를 상상계(the Imaginary)로 부른 바 있다. 그리고 오이디푸스 단계라 할 수 있는 상징계로의 진입은 인간의 발달

과정에서 불가피한 숙명으로 보았다. 즉 성장의 과정에서 도덕의 내면화나 상징계 질서로의 편입은 배제될 수 없는 상수(常數)로 간주된다. 결론적으로 성장의 문제에서 정작 중요한 것은 단지 상상계에의 머무름을 통한 자기순결의 보존이나, 상징계 질서로의 순응과 고착이 아닐 수 있는 것이다. 두 가지 모두 어떤 면에서는 매우 용이한 성격을 지니기 때문이다. 다시 말해 난망하면서도 보다 핵심적인 사안은, 상징계 질서를 수용함과 동시에 자아의 순결성을 여전히 고수하는 바, 이중적인 과제라 할 것이다. 가령 그것은 성모(聖母)로 표상되는 버진 머더(Virgin Mother)의 문제, 진흙 속에 홀연히 피어오르는 연꽃의 이미지로 요약될 수 있을 것이다. 한편으로 개인적 성장의 문제는 성장의 가치와 이념을 실현하고 외재화할 수 있는 사회적 이념형의 발견 및 확인과도 불가분의 관련을 맺는다는 점이 고려되어야 할 것이다.

　인용 구절들에서 또렷이 환기되는 것처럼, 박은정 시에서 어머니(여성)의 이미지는 성녀(聖女)와 창녀(娼女)로서 공존하고 있다. 따라서 그것의 총체적 이미지는 누항(陋巷)의 마리아라 할 것이다. 그리고 이들 사이의 균열과 간극이 곧 화자의 자기분열을 초래하고 있는 것이다. 그것은 또한 상징계로의 진입과정에서 주체를 관통하는 내적 파열음과도 공명하는 것이다. 화자는 그러나, 그것이 결국에는 실패했다고, 물거품이 되어 버렸다고 토로한다. 따라서 그것은 현실적으로는 상징적 대상화 작용의 실패, 은유적 차원에서는 기표가 기의에 적중하여 안착하지 못한 상태를 암시하기도 한다. 한편으로 그것은 다소 투박하게 표현하여 인간적 의식과 판단이 과도하게 개입된 상태,

자의식의 과잉 결정태로서 꽉 찬 발화의 성격을 갖는다. 위 여러 구절에서 반복되고 있는 것처럼, 누차 어머니의 자궁으로의 회귀를 꿈꾸는 것은, 그 단적인 증거라 할 것이다. 결과적으로 박은정의 첫 시집의 궁극적 귀결점은, 어머니와의 이자관계의 회복과 상상적 동일시를 통한 상상계로의 영속적 귀환이다. 물론 이것은 불가능한 일이며, 시인 역시 이를 모를 리 없다. 하지만 나는 그것의 현실적 불가능성보다는 그 구심적 에너지와 원환운동이 내포한 잠재적 성격에 주목하고 싶다. 그것은 언제든 현실의 원심적 에너지로 전환되어 시로 잉태될 것이기 때문이다. 예컨대 "누군가 버린 감정에 이름을 붙이는 것이 나의 직업"(「윤색」)이라는 시인의 뚜렷한 소명감은 이를 뒷받침해준다. 결국 문제는 박은정의 시적 파토스가 내장한 에너지의 크기와 밀도일 것이다. 그리고 나는 그 에너지의 깊은 열도가 장래의 시단을 풍요롭게 할 것으로 확신한다. 다른 무엇보다 "나는 무서워서 자꾸 사랑을 합니다"(「녹물의 편애」)라는 말로 요약될 법한, 그녀의 언어가 너무 절절하게 깊숙이 심장을 헤집어놓고 있기 때문이다.

3

　송승언의 첫 시집 『철과 오크』(문학과지성사, 2015)는 여러모로 매우 유니크한 시집이다. 그것은 그로테스크한 이미지들로 가득 차 있어서, 가령 카프카의 『성』이나 김종삼의 초기시들, 그리고 이후 김현에 의해 그로테스크 리얼리즘이라 명명됐던 기형도의 시들을 떠올리게 한다. 일단 표면적으로 드러나고 있는 특징은 시집의 해설자가 적절하고 언급한 것처럼, 의미의 미니멀리즘이다.[2] 분명히 송승언의 첫 시집은 뜻 모를 아름다움으로 빛나고 있다. 우선 그것은 각각의 시의 제목이 내용과는 별다른 연관성을 갖지 않는 것에서 특징적으로 드러난다. 나는 여기에서 그것의 의미를 최대한 윤색해보고, 그것이 결국 무의미로 귀결되는 것이라면 그 함의와 위상 등을 점검해볼 요량이다. 논의의 단초로서 다음의 인상적인 작품을 인용하기로 한다.

  잎과 가지 너머 많은 잎과 많은 가지 그 너머 보이지 않지만 길이 있지 그 길가에 많은 잎과 많은 가지가 있다 보이지 않는 길로 보이

---

2 이 시집에서 매우 드물게 예외적으로 의미의 직접적 성격이 비교적 명시된 작품으로는, 다음 시를 예로 들 수 있다. 이 작품은 여느 평범한 시들에서 볼 수 있는 것처럼, 관습화된 이미지의 상투적 문법으로 해독이 가능해 보인다(물론 연속적 단문의 끝의 종지부로서 마침표를 이어가고 있는 구성은 다소 이채로운 점이며, 연관적 의미화의 요체가 의미의 공백과 진공 상태("텅 빈 극장의 내부")로 귀결되고 있는 점은 특기할 만한 것이다). "언젠가 우리는 극장에서 만날 수도 있겠지. 너는 나를 모르고 나는 너를 모르는 채. 각자의 손에 각자의 팝콘과 콜라를 들고. 이제 어두운 실내로 들어갈 것이다. 여기가 어디인지 모르는 채. 의자를 찾아서 두리번거리지. 각자의 연인에게 보호받으며. 동공을 크게 열고, 숨을 잠깐 멈추고. 우리는 함께 영화를 볼 것이다. 우리가 함께 본 적이 있는. 어둠 속에서 사건들은 빛나고. 얼굴의 그늘을 밝히고. 우리가 잊힌 시간들을 생각하면서. 팝콘 한 움큼 쥐려다 서로의 팝콘 통을 잘못 뒤적거리고. 손이 엇갈릴 수도 있겠지. 영화가 뭘 말하고자 했는지 모르는 채. 깊이 없는 어둠으로부터. 너와 나는 혼자 나올 것이다. 두리번거리며. 눈 깜빡이며. 그때 너와 나는 텅 빈 극장의 내부를 보게 된다. 한 손에 빈 콜라병을 들고서"(「우리가 극장에서 만난다면」, 전문). 이상의 맥락과 관련하여 시인이 상투적 이미지와 시작(詩作)의 클리셰를 의도적으로 위반하고자 시도하고 있다는 점은 다음 작품에서도 명시적으로 확인된다. "우리에게 익숙한 이미지의 익사체로 남은 천사들이 한강으로 날아와 / 성산대교니 행성이니 하는 것들을 부수고 있었다 / 멋진 광경이었다 // 이미지가 지루해지면 집으로 왔다"(「망원」, 전문).

지 않는 차가 지나가고 보이지 않는 사람이 지나간다 보이지 않는 벤
치에 들리지 않는 말이 있고 열리지 않는 창고에서 말이 되지 않는
사건이 일어난다 내용이 없는 수업이 있고 아무도 없는 교실이 있다
반쯤 걷힌 블라인드에 가려진 잎과 가지가 있다 많은 잎과 많은 가지
그 너머의 잎과 가지는 간격을 잃고 울고 있다 그 소리는 아직 들리
지 않는 것

―「피동사」 전문

　여기에서도 현저히 드러나듯이, 송승언은 반복의 수사를 시작의
중요한 원리로 삼고 있다.[3] 사실 이 작품은 거의 반복으로만 이루어져
있다 해도 과언이 아닐 것이다. 즉 시의 의미구조는 "잎"과 "가지"가
무한히 반복·증식되면서 얻어지는 차이의 효과로 집약되고 있는 것
이다. 또한 기표가 지시하는 기의의 텅 빔과 의미의 진공상태(대표적으
로 "내용이 없는 수업"이라는 진술)가 이 작품의 핵심적 전언의 하나로 이
해될 수 있을 듯하다. 따라서 이 시는 송승언 시작의 핵심원리와 기본
테마, 그리고 그것이 지향하는 바가 간명히 압축되어 있다고 간주할

3　그것은 가령, "아침이면 의자에 앉아 숲의 저편을 본다 저기 보이는 참나무 참나무 그리고 참나
　무"(「숲 속의 의자」), "아무 생각도 하지 않고 있거나 아무 생각도 하고 있지 않았다"(「여름」),
　"지난밤 당신과 나의 꿈이 뒤바뀌어 있었습니다 내가 당신을 베꼈거나, 베개를 바꿔 벤 탓이겠지
　요"(「이장(移葬)」), "……알 수 없는 해변을 걸었다…… 밤이 오고 잠도 오는데 인가는 보이지
　않고 / 알 수 없이 해변만 밤을 밝혔다 // 할 수 없이 바다 생물의 사체도 주워 먹고"(「유형지에
　서」)와 같은 구절들에서 효과적으로 변주된다. 송승언 시에서는 동일한 어구의 직접적 반복이
　라도 단순한 반복 이상의 효과와 흥미로운 뉘앙스들을 창출해낸다. 아마도 그것은 미세한 차이
　를 통한 언어의 효과적 변형, 그리고 독서의 호흡에서 자연스레 발생하는 운율감의 형성과 관련
　되는 것 같다. 이에 대해서는 앞으로 좀 더 세심한 논의가 필요할 것이다.

수 있을 것이다. 화자가 주목하고 있는 것의 하나는 비가시적인 것으로서, "보이지 않는" 것들이다. 그렇다면 화자 혹은 시인은 왜 비가시적인 것들에 지대한 관심을 기울이고 있는가가 해명되어야 할 것이다. 미리 말해 그것은 인간적 의식과 판단, 상징적 의미화 작용으로는 파악되지 않거나 배제된 것들이기 때문이다. 이는 "그 소리는 들리지 않는 것"이라는 표현 속에 분명히 암시되고 예견되고 있다 하겠다. 이상의 뜻에서 예컨대, "어둠 속에서 나는 감각만을 익혔습니다"(「나타샤」)라는 진술 등은, 의식을 축소한 판단중지의 상태, 초연한 내맡김 속에서의 소극적 수용력을 지시하는 것으로 이해할 수 있을 법하다. 이어지는 맥락에서 다음 작품을 검토하기로 한다.

오랜 만에 공원에 갔어 다듬어진 길을 따라 걸으며 자주 보던 금잔화를 보려고 했지 그런데 그곳에 금잔화는 없었다

노란 게 예뻤는데 벌써 철이 지난 거구나 생각했지 그런데 철없는 사철나무도 마가목도 청자색 수국도 없었다

주인이 죽어 주인 없는 개도 없었고 아무도 없는 정자도 없었지 공원을 뒤덮는 안개도 없었다 모든 것이 흐린 공원이었는데 모든 것이 너무나 뚜렷이 잘 보인다

아무것도 없는 명징한 공원이었다

배후에서 갈라지는 길이 보이지 않은

— 「모든 것을 볼 수 있었다」 전문

하나의 거대한 역설로서 이 작품은 송승언 시의 핵심 테마를 가장 깊은 곳에서 말하고 있는 바가 있다. 먼저 그것은 마치 제 눈을 찌른 오이디푸스의 운명처럼, 가장 깊은 진실은 눈을 감아야 보인다는 역설적 진리를 떠올리게 한다. 시의 내용은 비교적 단순하다. 화자는 "자주 보던 금잔화"를 보러 공원에 간다. 그리고 예상과는 달리 "그곳에 금잔화는 없었다"는 구절에서, 이후의 진술 내용은 어느 정도 예견된 상태라고 볼 수 있을 것이다. 2연은 송승언 시의 특장의 하나인 반복의 기법이 언어유희 속에서 유감없이 구사되고 있다. 3연은 부정적 진술의 반복을 통해 시적 테마를 확장하며 심화시키는 기능을 담당하고 있다. 마지막의 "모든 것이 너무나 뚜렷이 잘 보인다"는 판단적 진술은, 이어지는 "아무것도 없는 명징한 공원이었다"는 역설적 진술에 의해 뒷받침되고 있다. 여기에서 핵심적 사안은, "아무것도 없"다는 진술과 "명징"하다는 진술이 의미상으로 배치되는 모순적 성격을 갖는다는 점일 것이다. 사전적으로 '명징성(明澄性)'은 밝고 맑아 또렷이 잘 보이는 상태로서 시각적 대상을 이미 전제하는 것이다. 그러나 화자는 아무것도 보이지 않고 시각적 대상으로서 무엇도 포착되지 않은 상태를 가리켜 '명징하다', 라고 단언하고 있다. 이것이 의미하는 바는 미리 언급된 것이기도 하지만, 삶의 역설적 진실로서 의식과 판단의 축소화를 통한 직관적 통찰, 이로 비롯한 사물의 본래성의 회복이다.

또한 그것이 인간의 인위적 가치판단을 제거하는 의식의 정화(淨化) 및 명징화의 과정이라는 점은, "배후에서 갈라지는 길이 보이지 않은" 이라는 구절에서 적실한 표현을 얻고 있다 하겠다. 즉 사물의 배후에서 작동하는 인식의 분화 지점을 정확히 포착하고 있는 것이다. 이 작품은 의식을 지움으로써 얻게 되는 비가시적인 것의 가시화를 간명한 언어로 형상화하고 있다. 이상의 테마는 「돌의 감정」 같은 작품에서도 적절히 변주되고 있는데, 가령 "아무것도 배우지 않는다 애초에 배운 게 없으니 어떤 사물에도 레테르를 붙이지 않기로 오늘 식단에 대해 침묵하기로 음식이 어떠했더라도 그건 좋은 일도 나쁜 일도 아니므로"라는 표현 등에서 보다 심화된 표현을 얻고 있는 것이다. 선악의 분별 등은 사실 인위적 가치판단으로서, 자연물이나 사물 등은 그 자체로서는 어떠한 인간적 내용도 갖지 않는 것이다. 화자는 어떤 선입견도 없는 상태에서 사물의 민낯과 마주하고 그것의 고유한 속성들과 맞닥뜨리고자 한다. 즉 "돌의 감정"을 배우고 싶은 것이다. 그리고 그것에는 무한한 의미작용만이 있을 뿐, 대상화된 사물로서 상징적 의미화로의 고착은 이루어지지 않는다. 따라서 그것은 끝없이 열린 개방적 상태이자 '텅 빈 발화'로서의 위상과 성격을 지닌다.

이상의 논의에서 우리는 인간적 의미화 작용 혹은 상징화에의 거부와 저항이 『철과 오크』의 두드러진 특징의 하나임을 알 수 있었다. 한편 송승언의 첫 시집에서 유난히 반복되는 모티프의 하나는 어떤 명령체계에 관한 것이다. 이를테면 "채찍이 등을 후려쳤습니다 "일하라. 멈추지 말고 일하라. 그분이 오신다""(「이장(移葬)」) 같은 구절을 대표적인 사례로 꼽을 수 있을 것이다. 또한 그것은 기형도의 「전문가」[4] 같은 시를 떠올리게 하는 구석이 분명히 있는데, 끝으로 이에 대해 언급하기로 한다. 상징질서의 기본적 토대는 주지하듯 근친상간의 금지나 명령 따위의 규범체계들이다. 그리고 주지하듯 근대 이후의 세계에서 그것이 가장 현저하게 드러나는 것은 관료제의 경직성에서이다. 「심부름」, 「환희가 금지됨」, 「증기의 방」, 「내 책상이 있던 교실」, 「카논」, 「이장(移葬)」 등에 등장하는 "당신"이나 "그분"은 비명시적 존재로서 화자와는 명령체계 속에 놓여 있다. 다음 시를 살피기로 한다.

> 흙을 판다. 명령이 있었으니까. 삽을 들고 몸을 숨길 수 있는 깊이만큼, 판다. 그보다 더 판다. 지나치게 깊숙이 파고 있다. 어둠이 들지 못할 만큼 깊숙이 파야겠다. 판다.
>
> 또 판다. 그만 파라는 명령이 들린다. 그래서 더 판다. 물 흐르는 소리 또렷할수록 우리는 명령에 근접하는가. 아니다. 살 썩는 냄새가 난다. 명령은 들리지 않는다. 삽 소리 들리지 않는다. 멈춘다. 멈추지 않는 소리가 들린다. 숨을 파내려는 듯 깊어지는 나로부터 굴이

—「심부름」 전문

남성 독자라면 이 작품으로 상기하게 되는 것은 먼저 군대에서의 무의미한 반복노동일 것이다. 군대에서 이런 경험은 한번쯤은 누구나

4　편의상 마지막 연만 인용해두기로 한다. "어느 날 그가 유리 담장을 떼어냈을 때, 그 골목은 / 가장 햇빛이 안 드는 곳임이 / 판명되었다, 일렬로 선 아이들은 / 묵묵히 벽돌을 날랐다"(기형도, 「전문가(專門家)」 부분).

해봤던 바다. 그것은 하루 종일 땅을 판 바로 다음날 그 땅을 다시 메꾸라는 명령을 받은 병사의 난처한 마음 같은 것이다. 이 시가 의미하는 바가 무엇인지는 비교적 명료한 편은 아니다. 다만 시인은 상징질서의 가장 첨예하고 타락한 형태로서 군대 등의 관료제의 비합리성과 무자비한 폭력성을 고발하려 했던 것은 아닐까 한다. 그리고 그것은 모든 인위적 시선과 인간적 가치판단을 가능한 축소하려는 일관된 시인의 무의식적 지향성이 자연스레 녹아든 것으로도 볼 수 있을 듯하다. 결론적으로 이상의 시작의 결과로서 제시되는 것은, 비가시적인 것의 가시성, "칠판의 고요에 귀를 기울이면"(「카논」)에서와 같은 사물들의 맨 얼굴들이다. 나는 이와 같은 송승언의 개성적 성취가 첫 시집만으로도 충분하다고 생각하는 쪽이지만, 시적 대상과의 암묵적 거리 확보를 과감히 벗겨내고 사물들 속에서 사물을 발견하는 즉자적 위치의 설정도 필요할 수 있다는 점을 췌언으로 덧붙인다. 발화의 한 형태로서 텅 빈 발화는 궁극적 무의미, 의미의 진공상태와는 다른 것이기 때문이다.

4

지금까지 2015년 여름 발간된 두 권의 첫 시집을 중심으로, 시에서의 의미와 상징화 작용의 문제를 살펴보았다. 두 시인 모두 상징화 작용에 대해 반대하는 자리에 서 있는 것은 분명해 보인다. 발화의 구

체적 양상에서 박은정은 인간의 상징체계를 타락한 것으로 간주하고
자아의 내면성을 완강하게 고수하는 입장이라면, 송승언은 인간적 상
징화 작용의 인위성과 그 조작적 성격을 거부하는 모습을 띠고 있다.
박은정의 시가 상징계 질서에 대한 대항담론으로서 고통의 언어를 날
것으로 현시하며 세계를 자아화하는 꽉 찬 발화라면, 송승언의 시는
상징체계 전체의 무상성을 폭로하며 의미의 진공상태를 발생시키는
텅 빈 발화라 할 것이다. 다만 송승언은 인간적 시선에서 왜곡된 의미
화를 거부하는 것이지 의미화 자체까지를 부정하는 것은 아니다. 달
리 말해 그의 시는 본질적 차원에서의 의미화, 사물들의 고유성을 온
전히 드러낼 수 있는 정당한 의미화를 지향하는 것이다. 그의 시가 유
독 비가시적인 것들의 속성에 주목하는 이유도 이와 같다. 뚜렷한 목
적의식으로 인도되고 있는 두 시인의 개성적 언어실험이, 고착된 상
징체계의 영토를 돌파하여 한국시의 새로운 의미의 논리를 창안해내
길 바라는 마음 간절하다.

풍경의 깊이와 리듬의 진폭

1. 존재의 그늘과 풍경의 깊이—김완하, 『절정』

김완하의 시적 여정이 오롯이 녹아 있는, 『절정』(작가세계, 2013)에는 내면의 수직적 깊이로서, 다채로운 풍경의 그늘들이 돋을새김 돼 있다. 대개의 서정시가 자기 동일성의 완결된 구조를 선호하곤 하지만, 김완하의 서정은 느슨한 동일성 속에 신비로운 차이들을 갱신해 내며 부단한 내면적 자기 환기의 순례(巡禮)에 나선다.[1] 그것은 존재의

---

[1] 가령, 시의 화자로서 '나'는 "너의 그림자 앓던"(「선운사」) 사람이다. 이와 같은 '세계-내-존재'로서 화자의 구도자적 자세는, 「어떤 순례(巡禮)」의 다음 전문에서 확연히 드러난다. "바람에 온몸을 휘는 풀잎에 절하고 // 저 눙쳐 있는 구름 보고 절한다 // 길가, // 물 따라 오르는 송사리 보고 절하고 // 강아지풀에 차여 넘어져 절한다 // 뒤로 넘어져서 절하고 // 햇살 한 장 // 낙엽처럼 덮고 절한다 // 한밤 절로 깊어지고 나의 잠은 달디 달다". 이와 유사한 상상력에 기반하고 있는 의미계열의 연속체로서 다음과 같은 작품이 지목될 수 있을 것이다. "떡갈나무 이고 선 허공 속에는 벅찬 설렘이 있는 것 // 지난 해 떨군 이파리 하나도 가볍지 않은 것 // 땡볕의 느티 그늘 아래 개미는 필생의 언어로 글을 쓴 것 // 자작나무 이파리 노랗게 물들어 생각이 넓어진 것 // 가파른 언덕 갈참나무 한 그루에도 하늘 가득 차오른 것 // 금빛 햇살 튕기며 나무들 모두 이 세상 수레를 밀고 온 것"(「나무」전문). 여기에서 반복적으로 드러나는 것처럼, 김완하는 시행 하나하나가 독립된 연으로 간주

피상적 아름다움에 도취되지 않고 그 이면에 드리워진 빛과 그림자의 연면한 내성(耐性)과 지구력에 주목한 결과이다. 가령 "저 잉걸 속에도 겨울이 있다 / 여름 있고, 봄 있고 / 또 가을이 있다"(「가을 동백」)는 진술은 동백꽃에 함축된 서늘한 시간적 깊이와 계절의 풍화작용, 그 부침의 두께를 상징한다. 표제작인 「절정」[2]은 히말라야의 "더 높은 벼랑으로 차 오"르는, "쇠재두루미"를 소재로 하고 있는데, 이 작품에서 히말라야 고봉(高峯)의 높이와 함께 시의 높이를 결정하는 것은 산맥의 고도(高度)나 새의 눈부신 비상이 아니다. 그것은 마지막의, "천길 바닥으로 떨어지"며 "쌓여"가는, 쇠재두루미떼의 몰락의 "그림자"이다. 수직의 상승은 하강의 깊이로 인해 "점점 높아"가는 것이다. 화자가 빛나는 정상의 고도와 화려한 새의 날갯짓만을 탐했을 때, 이와 같은 시적 진경(眞境)은 도저히 펼쳐질 수 없는 것이다. 이는 상상적 구상력(構想力)의 높이와 화자의 인식의 깊이를 동시에 표현한다. 따라서 그것은 외부적 현상물의 가시적 고도가 아니라 내부의 절정, 달리 말해 내면의 깊이를 지칭하는 것이 아닐 수 없다. 일례로서 "바람이 나뭇잎을 흔드는 건 / 뿌리의 깊이를 그리워하는 까닭이다"(「시간의 각(角)」), "넘치는 햇살을 쟁여 안고 / 너울너울 내 안으로 키워내는 그늘"(「모국어」)과 같은 구절들이 이와 관련된 직접적인 감각표상에 해당할 것이

되도록, 매행에서 의도적인 행갈이를 하고 있는데, 이는 배면(背面)의 맥락과 여백(餘白)의 효과를 고려하려는 시인의 주제의식이 (무)의식적으로 표현된 것으로 이해할 수 있을 법하다.

2   "히말라야의 쇠재두루미는 // 나뭇가지에 앉지 않는다 // 봉우리를 넘을 때 높은 암벽 칼날 // 향해서 나래친다 // 힘이 부치면, // 더높은 벼랑으로 차 오른다 // 천길 바닥으로 떨어지는 // 쇠재두루미떼 그림자 쌓여 // 히말라야는 점점 높아간다"(「절정」 전문).

다. 이상의 시적 주제들을 가장 선명한 이미지로 감싸 안고 있는 작품
은, 「그늘 속의 집」으로 보인다.

그림자 따라 걷다가

빈집 앞을 지난다

제 그림자 볼 수 없어 매미는

땡볕 속에 소리를 쏟아낸다

소리에는 그림자가 없다

마당엔 풀들이 가득 에워싸고

집에는 그림자 풍년이 들었다

제 그늘 속에 집은

턱 하니, 또 한 채의 집을 짓고

마당 가득 풀을 키웠다

우거진 그늘 안고 누웠다

이곳에 살던 사람들

밖의 세상으로 떠나보내고

집은 비로소 집에서 벗어나

그늘 속으로 내려 앉았다

집을 세운 사람들 품고,

낑낑대는 강아지 한 마리의 밤도

아늑하게 품어 키웠다

이제 새벽 별빛만 뜰팡 위로 구른다

사람들이 떠나자 집은

비로소 허물을 벗어버리고

한 채의 그늘로 돌아가

집 속에 집을 완성하였다

—「그늘 속의 집」 전문

이 작품은 존재자로서 "집"의 존재성을 표현하고 있다. 그 집은 "빈 집"이다. 그것은 시간 속에서 퇴락하고 몰락하여 존재하고 있다. 존재가 깃들었었던 텅 빈 집 속에는 지금, "그림자 풍년"이 들었다. 존재자들은 그늘 속에 제 자신의 "그림자"를 각각 드리운다. "집" 역시 "제 그늘 속에", "턱하니, 또 한 채의 집"을 지었다. 이 시의 의미의 중핵은 "집은 비로소 집에서 벗어나"라는 역설적 어구와 함께 "집 속에 집을 완성하였다"는 마지막 구절이다. 집은 '손안에 있음'의 존재성격으로 사용사태를 갖으며, 만물이 거居하는 존재의 안식처로서의 기능을 갖는다. '깃들다'가 표현하고 있는 집의 수용성과 포용력에는 이와 같은, 집의 도구적 성격이 부각되어 있는 것이다. 하지만 '집'이라는 존재자 자체의 입장에서 볼 때, 그것은 존재의 비본래성이다. 그것이 껍데기에 불과하다는 점은 "비로소 허물을 벗어버리고"라는 축자적 표현으로 암시된다. 이런 맥락에서 이 작품은 인공적 사물인 '집'에게도 존재성이 내재하는 것으로 파악하는 듯하다. 여기서 존재(Sein)를 매개하는 것은 "그림자"이다. 통상 그림자는 사물의 비본질적 흔적물로서 부차적인 것으로 여겨진다. 그러나 이 작품에서는 사물의 본질을 구성하는 존재 구성물로서의 성격이 보다 부각되고 있다. 3행의 "제 그림자 볼 수 없어 매미는", 그리고 이어지는 "소리에는 그림자가 없다"는 표현이 그것이다. 이처럼 "그림자"는 존재 구성물로서 존재의 본래성을 드러내고 있는 것이다. 결국 마지막 행의 시적 완결은 "집"의 본래성의 회복과 함께 존재자에 있어 존재의 '열어밝힘'을 표시하는 것이라 하겠다. 이 작품은 존재자의 실체이자 본질 구성물로서 사물의 빛과 그림자, 즉 "그늘"을 존재 해명의 단서로 제시함으로써 풍경의 깊이를 심화한다. 이런 맥락과 잇닿고 있는 작품, 「옹이 속의 집」은 "딱따구리"가 "허공"에 지은 "둥지", 곧 존재의 집을 형상화하고 있는데, 인간인 "나"는 그 허공의 심연, 다시 말해 그 풍경의 깊이에는 이르지 못한다. "나는 그 안 들여다 볼 수 없어", "이 구멍은 끝내 닿을 수 없다"는 진술이 바로 그것이다. 허나 「꽃과 상징」에서 화자는 시인의 유일한 무기인 언어가 사물의 핵심, 존재에 가닿을 수 있다고 믿는 듯하다. "꽃은 이름을 낳고 그 이름이 / 꽃에 완벽히 육화될 때"란 언어가 사물의 실체에 도달하는 과정과 순간을 드러내고 있는 것이다. 이는 근본적으로는 불가능한 꿈에 가까운 것이지만, 김완하는 언어를 통해 존재에 직접 가닿고 싶어 한다. 그것은 존재에 드리워진 그늘에 한참을 가라앉아서 시가 비로소 풍경의 깊이를 획득할 때 가능한 일일 것이다. 김완하의 시는 그 험난한 도정 속에서 언어의 불가능한 꿈을 실험하고 있다.

2. 존재의 함성과 리듬의 진폭─문효치, 『별박이자나방』

문효치의 서정 시편들을 정갈하게 갈무리한, 『별박이자나방』(서정
시학, 2013)은 시로 쓴 우리 동·식물 백과사전으로서, 한때 유행했던
'우리가 정말 알아야 할~' 시리즈의 2013년 최신판이다. 시인이란
무릇, 우주의 모든 물상과 존재에 깃든 언어와 나지막한 숨결에 귀 기
울여 고요히 분주하는 자이다. 이는 서문격인 「시인의 말」에 고스란
히 배어 있는데, 총 4부로 이루어진 시집에서 시인은, 눈길이 잘 가지
않았던, 주로 벌레들과, 식물들과, 꽃들과, 새들과, 온갖 미물들('겨우'
존재하는 이것들의 사소성은 '간신히'를 뜻하는 사투리, "뽀도시"라는 말의 눈에
띄는 반복에서 현저하게 드러난다)에로 자신의 시야(視野/詩野)를 온전히
집중하고 있다. 시집의 전언은 확고하고 일관되다. 자연의 모든 물상
이 생태계의 각각의 구성원으로서 단독적 지위를 지니고 있다는 것이
며, 그들이 촘촘히 맺고 있는 존재의 거멀못, 영롱한 인다라망(因陀羅
網)을 적극 옹호하고 드러내겠다는 것이다. 그 방식은 우선, 자연계의
물상들을 직접 일일이 시로서(써) 호명하는 것이다. 그것은 무명(無名)
의 존재들에 대한 사사로운 이름붙이기, 고유한 명명(命名)이다. 명명
이라는 관계의 동사적 사건은, 무상한 자연물에 지나지 않는 한낱 사
물들 하나하나에 존재론적 개별성을 부여한다. 가령 "저 먼 별의 별별
것"(「도토리노린재」)에서의 중의적 반복은 그러한 시적 인식과 태도를
여실히 드러내고 있다. 이제 시집의 내부로 존재의 함성이 어우러진
대자연의 교향곡(交響曲)이 시나브로 울려 퍼진다(제 딴에 토해내는 벌레

들의 울음소리는 자체만으로도 대자연이 연주하는 황홀한 음악이 아닐 수 없다).
마침내 그것은 "미지의 별을 향해 발신(發信)하는 / 버튼(button)"(「황
철나무잎벌레」)으로서, 협소한 인간중심주의[3]와 지상의 경계마저 단숨
에 넘어서면서 범우주적 차원으로까지 도약한다. 존재의 원환(圓環)으
로 약동하는 생명의 율여(律呂)에서 탄생하는 우주적 군무(群舞)가, 밤
하늘의 별자리처럼 펼쳐지는 것이다. 여기에 인간의 형적은 "풀들의
유령 속에 나도 한다리 끼어 / 고시랑거리고 있었다"(「닭의장풀」)와 같
이 드문드문 간신히 발견되거나 아예 그 희미한 종적마저 자취를 감추
고 없다. 시집은 이와 같이 자연의 풍요로운 조화와 행복한 평형감각
을 기반으로 완만히 지탱되고 있지만, 간간이 그 유기적 그물망에는
둔탁한 파열음과 함께 균열의 양상들이 노출되기도 한다. 그 위기감
은 인간과 자연의 원환적 총체성의 붕괴, 직접적으로는 환경파괴에
기인하는 생태계 전반의 위기로부터 서서히 도래하는 것이다. 화자는
그 불안감을 감추지 않아서 텍스트의 표면에 직접적으로 현상하기도
한다.[4] 하지만 그 미묘한 긴장감이 시집의 전체적인 주제를 형성할 만

---

3 화자의 초연한 세속적 무관심이나 이러한 인간중심주의와의 단호한 결별을 표현하고 있는 작품
으로 「들꽃」을 꼽을 수 있다. 이 작품의 간결하고 단순한 반복의 구조는 무상한 자연사의 순리를
상징하면서, 인간사의 공허한 복잡성과 극명히 대비된다. "누가 보거나 말거나 / 피네 // 누가 보
거나 말거나 / 지네 // 한마디 말도 없이 / 피네 지네"(「들꽃」 전문).

4 예를 들어 「호랑나비」 같은 작품이 직접적으로 표명하고 환기하고 있는 것은, 시대의 가장 민감한
성감대이자 정직한 공명판(共鳴板)으로서 시인의 예민한 촉수에 포착된, 생명의 위기와 뚜렷한
파국의 감각이다. "나비가 춤춘다는 것은 옛말이다 // '나비야 청산가자 범나비 너도 가자'라 해도
/ 그러나 이제는 다 잃어버린 것 / 춤추러 가야 할 청산은 없다 // 무거워진 하늘은 내려와 / 우리
모두를 억압하고 / 춤은커녕 이제 숨쉬기도 어렵다 // 날개가 팔랑거리는 것은 / 정작 춤이 아니라
/ 고통스런 비명의 몸짓인 것을 // 나비에게서 신명이 날아간 지는 오래 / 봄이 와도 봄이 아니다"
(「호랑나비」 전문). 또한 "양지녘 둔덕 / 이젠 검은 비닐 조각만 꽃 대신 피었네"(「제비꽃」)라는
구절 역시 같은 맥락에서, 자연현상을 대체한 문명의 황폐함과 불모성을 상징하고 있다.

큼 위력적이진 않다. 그보다는 존재들의 개성적 발화(發話)와 산발적 개화(開花) 속에서 피어오르는 신비로운 공명(共鳴)의 감각이 리듬의 진폭을 따라 점진적으로 확산되고 있다. 이상의 입장들과 태도가 범신론적 성격을 갖는 것은 자연스런 결과이다. 대표적으로 "벌레는 어느덧 부처가 된다"(「모시나비」)나, "딱지날개 밑으로 / 붉은 철리哲理가 스며든다 // …… // 부처나 벌레나……"(「모자무늬주홍하늘소」)라는 소박한 진술에는 한결같이 '두두시도 물물전진(頭頭是道 物物全眞)'의 불교적 세계관과 형이상학적 진리가 표현되고 있는 것이다. 이 시집의 견고한 전제이자 이러한 시적 인식의 최종적 결과물로 간주할 수 있는 시편은, 「내 살 속에」라는 인상적인 작품이다.

　　내 살 속에
　　고향의 대추나무 옮겨 심어놓은 지 오래다
　　해마다 대추꽃이 피고
　　대추가 열리는데
　　이놈이 빨갛게 익을 때 보면
　　해내뜰 하늘 위에 뜨던 별이다

　　그 옛날 밤길을 가다 보면
　　그 별이 늘 따라다니기는 했지만
　　몇십 년이 지난 여기 서울에까지 따라다닐 줄은 몰랐다
　　이어서

감나무나 은행나무도 모두

내 살 속에 여기저기 옮겨 놓았더니

아, 그놈들도 똑같이 해내뜰 하늘 위의

그 별들을 몽땅 가져와서 매달고 있는 것이다

가을만 되면

그래, 내 살이 얼얼하고 후끈후끈 하는 것이다

—「내 살 속에」 전문

　　"살"의 신체적 물질성이 환기하는 다양한 감각표상들로 직조된 위 시에서, 화자는 도시의 현재적 삶을 영위하고 있다. 이 작품은 '고향-도시'의 공간적 거리와 '과거-현재'의 시간적 거리를 각각 호명하면서, 거기에서 빚어지는 이질성과 차이에 대한 실존적 감각을 재구성해놓는다. 마치 살붙이처럼 "내 살 속에" 접목해놓은, "대추나무", "감나무", "은행나무" 들은 화자의 상상적 구성물이다. 그것은 '과거-고향'의 기억 속에서만 아득히 존재하는 것이며, '현재-도시'의 물리적 실체로서 가까이 인지되지 않는다. 그것은 내 마음의 텃밭에 뿌리내린 것들로서, 빛깔과 소리와 냄새 등의 신체감각으로만 저장되며 지각된다. 1연에서 탐스럽고 붉은 가을 대추알의 이미지는 "별"로 치환된다. 여기에서 "해내뜰"이라는 사투리의 의미가 정확하지는 않지만, 군산의 서해 바다를 떠올린다면 아마도, "바다로 둘러싸인 육지"라는 '해내(海內)'의 일반적 뜻에서 파생된 것으로 짐작된다. "대추"="별"이라는 등식은 인접성이 다소 떨어지는 병치은유에 가깝다(물론 대추꽃의 개화한 형태는, 다섯 방향으로 돌출된 별 모양과 흡사하다). 그러나 하나의 대추알이 아니라 대추나무에 주렁주렁 매달린 대추알의 무더기는, 밤하늘을 수놓는 별자리의 또렷한 배열만큼이나 선명하고 인상적인 것이다. 그렇다면 얘기는 달라질 수 있겠다. 2연의 도입부는 대추알의 빛나는 열매가 어두운 밤하늘을 환하게 비추는 맑은 별빛으로 인도되고 있음을 나타낸다. 이어지는 "감나무"나 "은행나무"의 열매 역시 동일한 절차와 과정을 통해 화자의 내면에 각인됐을 것이다. 그래서, 마음에 그 나무들 열매가 치렁치렁 달리는 가을날이면, "내 살이 얼얼하고 후끈후끈" 달아오르는 것이다. "후끈후끈"이 상징하는 마음의 열기와 함께 "살이 얼얼하"다는 불편한 신체반응은, 이상의 감각적 기호들이 '나'의 현재를 구성하는 실존의 감각으로서 현존하고 있다는 진술이다. 그런 뜻에서 이 작품의 전체적인 주제를 '부재하는 현존'이라 명명할 수 있을 것이다. 그것은 부재하며 현존하며, 현존하며 부재하는, 부재하는 것의 현존이다. 앞서 우리는 문효치의 이번 시집이 존재의 원환적 총체성을 적극 옹호하고 표현하고 있으며, 거기에는 약간의 균열이 그 현재적 양상들로 포함되어 있다고 설명했다. 그런 맥락에서 이 작품은 인간과 자연의 유기적 연결고리가 느슨해지고 헐거워진 현재의 위기감을 묵시적 배경으로 하면서도, 생태계의 근원적 인다라망이 결코 훼손되거나 포기되어서는 안 되는 궁극의 가치임을 다시금 재천명하고 있는 것이다. 그것은 물리적 시간과 공간 너머 울려 퍼지는 존재의 연쇄적 반향(反響)으로서, 우주의 모든 물상을 제 품에서 차별하지 않는다. 그리하여, 시의 화자,⁵ '나'는, 결국, '나무'로 될 것이다.

하늘로 향해 뻗은 내 몸의 가지 위로, 그 살틈으로, 이제, 후드득, 열매가 맺기 시작한다.

이 자리에서 함께 검토한 두 권의 시집 속에서 다시금 우리가 확인하게 되는 것은, 서정의 진화는 자기동일성의 안온한 구조 속에 스스로를 가두지 않는 데서 가능하다는 점일 것이다. 시적 긴장을 거부하는 내면적 동일성의 완고한 자기반복이나 경험적 현실로서 역사적 균열상을 외면할 때, 서정은 기만적 자기만족의 깊은 수렁에서 결코 헤어나지 못한다. 김완하와 문효치는 오랜 시작의 경험을 바탕으로, 서정에 내재된 풍경의 깊이와 리듬의 진폭을 긴장적 언어 속에서 새롭게 실험함으로써, 서정의 자기갱신을 직접 구현해내고 있다.

---

5   이와 관련하여 「산푸른부전나비」는 주목된다. 시집에서 거의 유일하게, 제목으로 사용된 자연물을 시의 직접적인 화자로 등장시키고 있기 때문이다. 이 작품은 '나비'의 직접적인 발화와 음성언어가 날것 그대로 채록돼 있다. 이런 우발적 사태는, 시인이 자연물 하나하나에 고유한 존재론적 개별성을 일관되게 부여하려 했던, 의식적 노력의 결과물로 봐야 마땅할 것이다.

제3부

시작법과 관계의 동역학

방(房)의 공간 표상과 관계의 동역학
위험한 家系 · 2013
공복의 시작법과 유리창의 처세술
말과 사물

방(房)의 공간 표상과 관계의 동역학

1. 들머리 —사적(史的) 개념, 사적(私的) 공간으로서 '방'

개념적 정의로서 방(房)이란, 건물의 여러 부속물의 하나이자 벽(壁)이나 창(窓) 따위로 구획된 독립 공간을 일컫는 낱말이다. 인간은 대개 방에서 일을 하거나, 먹고 마시며, 쉬고 잠을 잔다. 한편으로 한국사회의 뚜렷한 문화적 취향을 반영하는 일례로서, PC방·노래방·찜질방 등속에서의 합성어, '-방'은 특정한 사회적 용도를 표현하기도 한다. 그리고 이러한 사회적 쓰임새에 따른 방의 명명에서 한층 선명해지듯이, 구현된 방의 표현-형식이 아니라 방의 사용사태, 그것에 함축된 내용-형식이 보다 핵심적인 문제에 해당하는 것이다. 즉, 인간은 과연 방에서 '무엇을 하는가'라는 물음이 더욱 본질적인 차원에 속한다 하겠다. 미리 말해두어, 물리적 사물이자 인공적 구조물로서 방은 그 자체로서는, 어떠한 형태의 아무런 의미도 지니지 않는다. 한마

디로 그것은 '질 없는 실재(réalité)'[1]이다. 그것에 고유한 숨결을 불어넣고 특별한 의미를 부여하는 것은, 오직 인간의 유·무형적 활동뿐이다. 따라서 본고의 논의는 인간의 인식대상과 객체로서 방에 대한 단독적, 분절적, 평면적 사유를 전개하기보다는, 방이라는 공간에서 표현되는 사유의 관계방식 또는 방이라는 공간성의 매개를 통해 드러나는 자재한 의식의 활동성, 그리고 그러한 역동적 사건성이 심부에 부여한 입체적인 의미구조 등에 좀 더 집중하기로 하겠다. 이와 관련한 한국시의 구체적 양상을 검토하기 위한 두름길로서 먼저, 나쓰메 소세키의 『마음(こころ)』(1914)을 실마리 삼아 살펴보기로 한다.

K는 곧이어 열었던 장지문을 꼭 닫았습니다. 내 방은 곧 원래의 어둠으로 되돌아왔습니다. 나는 그 어둠 속에서 조용한 꿈을 꾸기 위해 또 눈을 감았습니다. 나는 그 이상은 아무것도 모릅니다. 하지만 다음 날이 되어 어젯밤의 일을 생각해보니, 어쩐지 이상한 느낌이었습니다. 나는 어쩌면 모든 것이 꿈이 아니었나 생각했습니다. 그래서 식사 때 K한테 물었습니다. K는 분명히 장지문을 열고 내 이름을 불렀다는 것이었습니다. 왜 그랬느냐고 하니까, 별다른 뚜렷한 대답을 하지 않았

---

1 앙리 베르그송, 최화 역, 『의식에 직접 주어진 것들에 관한 시론』, 아카넷, 2001, 124쪽. 방의 공간 표상과 관련하여 우리는 물론, 바슐라르의 일련의 현상학적 작업들을 참조할 수도 있다. 그러나 예를 들어, 『공간의 시학』(1957) 같은 저작들은 그 세부목차에서 드러나는 것처럼, 직접적으로 '방'보다는 '집'의 다양한 표상 작용에 보다 초점을 맞추고 있는 것이어서, 이 자리에서 함께 거론하기에는 그다지 적절치 않다. 더군다나 그가 주목하고 있는 '집'이란 유럽의 전통적 가옥양식에 주로 기반한 것이어서, 그 논리적 정합성을 차치하고서라도 한국시의 구체상을 살피는 데 곧바로 적용될 수는 없는 것이다.

습니다. 맥이 빠질 때쯤 되었을 때, 요즘 깊은 잠이 드느냐고 도리어 그가 묻는 것이었습니다. 나는 뭔가 이상하다고 느꼈습니다.[2]

그 본질적 의미에서 방은, 근대 이후의 개인의 사적 공간이다. 물론 근대 이전에도 방은 생활세계의 일부로서 엄연히 존재했으나, 삶의 원리를 스스로 정립해야 하는 실존적 임무가 불가피한 숙명이자 하나의 역사적 과제로 부여되고 인식된 것은 온전히 근대 이후의 개인에게 속하는 일이었으며, 현존재의 물리적·심리적 거점으로서 방은 개인의 내밀한 사적 공간이라는 불가침의 지위를 비로소 획득하게 된다. 방은 이제 외부와 절연된 고독한 개인의 절대적 내면성을 상징하며, 생산하는 공간으로 전화(轉化)된다. 세계의 확고한 중심을 점유하는 주체의 사유의 근거지이자 의식의 발화점으로서, 감미로운 실존의 아지트, 광활한 영혼의 베이스캠프가 문득 차려지는 것이다. 앞선 인용은 소설 속 화자 '나'와 친구인 'K', 둘 사이의 불안한 긴장감과 심리적 교착상태를 암시하고 있는 구절이다. 현재 두 사람은 하숙집 딸을 두고 경쟁관계에 놓여 있으며, 한 사람의 일방적인 고백으로 우정은 일촉즉발의 파국으로 치닫고 있는 형국이다. 먼저 둘 사이를 가로질러 있는, "방" 사이의 "장지문"은 물리적 실체일뿐더러 엄연한 심리적 실체이기도 하다. 단절되고 고립된 각자의 방에서 그들은 또, 각자의 동상이몽을 토해낸다. '나'의 "원래의 어둠으로 되돌아왔"다는 진술은 따라서, 격절된 내면의 절대성에 대한 실토이다. 둘 간의 관계의 어긋

---

2 나쓰메 소세키, 박유하 역, 『마음』, 웅진출판, 1995, 281쪽.

남은, "맥이 빠질 때쯤 되었을 때"라는 표현이 함축한 대화의 지연과 소통의 부재로 보다 명료해진다. 당연히도 '나'는 존재의 이물감, 존재의 근원적 이질성을 뼈저리게 실감한다. 이처럼 이 작품에서 방은, 자아의 고립된 내면과 그 절대적 성격을 여실히 드러내는 소도구이자 상징적 장치로서 기능한다. 보다 본질적인 의미에서, 그것은 개인의 실존적 고독과 근원적인 존재론적 결핍을 표상하고 있다. 이 작품의 핵심인물인 '선생님(=나)'이 친구 'K'의 죽음을 목도하고, 결국 그 부채감 때문에 자살을 택하는 작품의 결말은 이에 대한 고도의 문학적 상징이 아닐 수 없다. 스스로 죽음을 선택함으로써 운명을 완성하는 행위인 자살은, 실로 근대적 개인에게만 가능한 실존적 결단이라 할 것이다. 그것은 '마음'이라는 내면의 심리적 사실이 외부의 객관적 사실보다 훨씬 중요해진 근대적 개인에 대한 적실하고도 냉정한 비유일 것이다. 이상의 맥락을 염두에 두고 한국 현대시에 나타난 방의 표상 작용 및 관계들로 구축되는 시학의 여러 면면들을, 구체적인 몇 개의 작품을 통해 검토하기로 하겠다. 아울러 텍스트 선정의 기준으로서, 논제와의 적합성을 우선적으로 고려했으나, 여기에는 개인적 취향도 다분히 반영되지 않을 수 없었다는 점 또한 미리 밝혀두고자 한다. 본격적으로 현대시의 현장에서, 고립된 자아의 곤혹과 근대적 주체가 처한 난경(難境), 그 처연하고 서늘한 실존의 풍경을 가장 풍부한 밀도와 질감으로 표현한 작가로 우리는 제일 먼저, 이상을 꼽지 않을 수 없을 것이다.

2. 공간 표상—존재의 묘혈(墓穴)에 걸린 비문(碑文)

──── 어디갔는지모르는안해

紙碑一

안해는 아침이면 外出한다 그날에 該當한 한 男子를 속이려 가는 것
이다 順序야 바뀌어도 하루에한男子以上은 待遇하지않는다고 안해는
말한다 오늘이야말로 정말 돌아오지않으려나보다하고 내가 完全히 絶
望하고 나면 化粧은있고 人相은없는얼굴로 안해는 形容처럼簡單히 돌
아온다 나는 물어보면 안해는 모두率直히 이야기한다 나는 안해의日
記에 萬一 안해가나를 속이려들었을 때 함직한速記를 男便된 資格밖에
서 敏捷하게 代書한다.

紙碑二

안해는 정말 鳥類였던가보다 안해가 그렇게 瘦瘠하고 거벼워졌는
데도날으지못한 것은 그손까락에 깅기웠던 반지때문이다 午後에는 늘
粉을바를 때 壁한겹걸러서 나는 鳥籠을 느낀다 얼마안가서 없어질때
까지 그 파르스레한주둥이로 한번도 쌀알을 쪼으려들지않았다 또 가
끔 미닫이를 열고 蒼空을 처다보면서도 고운목소리로 지저귀려들지않
았다 안해는 날을줄과 죽을줄이나 알았지 地上에 발자국을 남기지않

았다 秘密한발을 늘버선신고 남에게 안보이다가 어느날 정말 안해는 없어졌다 그제야 처음房안에 鳥糞내음새가 풍기고 날개퍼덕이던 傷處가 도배위에 은근하다 헤뜨러진 깃부시러기를 쓸어모으면서 나는 世上에도 이상스러운것을얻었다 散彈 아아안해는 鳥類이면서 염체 닫과 같은쇠를 삼켰더라그리고 주저앉았더라 散彈은 녹슬었고 솜털내음새도 나고 千斤무게더라 아아

紙碑三

이房에는 門牌가없다 개는이번에는 저쪽을 向하여짖는다 嘲笑와같이 안해의벗어놓은 버선이 나같은空腹을 표정하면서 곧걸어갈것같다 나는 이房을 첩첩이닫치고 出他한다 그제야 개는 이쪽을 向하여 마지막으로 슬프게 짖는다.

— 이상, 「紙 碑」(1936) 전문[3]

소설 「날개」(1936.9)의 핵심 모티프를 거의 모두 내장하고 있는 위 시는, 무엇보다 관계의 두절에서 오는 주체의 조난신호로 읽힌다. 그 것은 우선 "안해"로 표상된 인물 혹은 타자와 "나" 사이의 깊은 절연성

---

3 『중앙』, 1936.1. 이상은 1935년 9월 15일, 『조선중앙일보』에 동명의 작품을 먼저 발표했던 바가 있다. 여기 함께 적어두기로 한다. "내키는커서다리는길고왼다리아프고안해키는작아서다리는짧고바른다리가아프니내바른다리와안해왼다리와성한다리끼리한사람처럼걸어가면아아이夫婦는부축할수없는절름발이가되어버린다無事한世上이病院이고꼭治療를기다리는無病이끝끝내있다"(이상, 「紙 碑」(1935) 전문).

(絶緣性)으로부터 비롯된 것이다. 이 작품에서 "房"은 애초에 "안해"와 "나"의 공동의 거주 공간, 공존의 장소였기에, "안해"의 돌발적인 혹은 예상된 외출과 부재는 방의 물리적 현존성을 "나"의 내면으로부터 서서히 지워나가며, "나"가 현실적으로 점유하는 공간으로서의 실제적 의미 또한 사라지고 만다. 이러한 "안해"의 현존과 부재, 그 부재하는 현존은 "化粧은있고 人相은없는얼굴"처럼 상징적으로 처리되고 있다. 이와 결부되어, "안해"의 부정(不貞)과 기만을 "나"는 당당하게 따져 묻거나 정당하게 비난하지 못하고, "男便된 資格밖에서" 무표정하게 관전할 뿐이다. 이어지는 "안해는 정말 鳥類였던가보다"라는 표현은, "나"와 "안해" 모두 "房"으로 상징되는 지상의 중력으로부터 이탈해 있음을 여실히 드러낸다. 따라서 그들의 "房"은 갇힌 새장, "鳥籠"(혹은 嘲弄)으로 인식되며, 이제 "地上에 발자국을 남기지않"는 무중력 상태 의 존재들에게 가능한 것은 날거나 추락하는 것 외에는 다른 선택지가 없게 된다. 결국 "어느날 정말 안해는 없어"져 버린다. 그제야 "나"는 부재하는 현존의 증거들로서 "鳥糞내음새"나 "깃부시러기" 등등의, 아내의 흔적과 체취들을 때늦게 발견하고 서둘러 확인하는 것이다. 서로의 폐부를 꿰뚫지 못한, 상대방의 과녁에 명중하지 못한 존재의 호소는 오발탄으로 빗겨가거나 "散彈"으로 흩어지며 "주저앉"아 나뒹 굴 뿐이다. 여기 주인 없는 "이房"에 마땅한 이정표나 "門牌가" 있을 리 만무하다. 사라진 "안해의벗어놓은 버선이" 실존의 허기를 배가하 며, 다만 "나"를 물끄러미 "嘲笑"한다. "안해"의 그림자 속에서 마찬가 지로 부재하는 "나", 또한 "이房"에서 더는 숨 쉴 자리가 없다. 마침내

"나" 역시 "出他"를, 감행한다. 이는 돌이킬 수 없는 사태이자, 기약 없는 존재의 외출로서, 부재하는 공간으로서의 "房"의 의미를 온전히 매듭짓는다. 이곳에서, 종이로 쓰거나 이루어진 "紙碑"라는 허허로운 명명은, 관계의 공백으로 파탄 난 존재의 묘혈(墓穴), "房"에 붙인 / 부친 선연한 비문(碑文)으로서, 은밀하고 서러운 문장(秘文/悲文)이 된다.

3. 시간-이미지 1 —시간이 교직하는 의식의 점멸(點滅)

오늘 저녁 이 좁다란 방의 흰 바람벽에

어쩐지 쓸쓸한 것만이 오고 간다

이 흰 바람벽에

희미한 十五燭 전등이 지치운 불빛을 내어던지고

때 글은 다 낡은 무명 샷쯔가 어두운 그림자를 쉬이고

그리고 또 달디단 따끈한 감주나 한잔 먹고 싶다고 생각하는 내 가

지가지 외로운 생각이 헤매인다

그런데 이것은 또 어인 일인가

이 흰 바람벽에

내 가난한 늙은 어머니가 있다

내 가난한 늙은 어머니가

이렇게 시퍼러둥둥하니 추운 날인데 차디찬 물에 손은 담그고 무

이며 배추를 씻고 있다

또 내 사랑하는 사람이 있다

내 사랑하는 어여쁜 사람이

어늬 먼 앞대 조용한 개포가의 나즈막한 집에서

그의 지아비와 마조 앉어 대구국을 끓여 놓고 저녁을 먹는다

벌써 어린것도 생겨서 옆에 끼고 저녁을 먹는다

그런데 또 이즈막하야 어늬 사이엔가

이 흰 바람벽엔

내 쓸쓸한 얼골을 쳐다보며

이러한 글자들이 지나간다

──나는 이 세상에서 가난하고 외롭고 높고 쓸쓸하니 살어가도
록 태어났다

그리고 이 세상을 살어가는데

내 가슴은 너무도 많이 뜨거운 것으로 호젓한 것으로 사랑으로 슬
품으로 가득 찬다

그리고 이번에는 나를 위로하는 듯이 나를 울력하는 듯이

눈질을 하며 주먹질을 하며 이런 글자들이 지나간다

──하눌이 이 세상을 내일 적에 그가 가장 귀해하고 사랑하는 것
들은 모두

가난하고 외롭고 높고 쓸쓸하니 그리고 언제나 넘치는 사랑과 슬
품 속에 살도록 만드신 것이다

초생달과 바구지꽃과 짝새와 당나귀가 그러하듯이

그리고 또 '프랑시쓰·쨈'과 陶淵明과 '라이넬·마리아·릴케'가

그러하듯이

— 백석, 「흰 바람벽이 있어」(1941) 전문

백석 시의 분석에 앞서, 이 작품과 「南新義州 柳洞 朴時逢 方」(1948)과의 속 깊은 친화력은 굳이 말하지 않아도 좋을 것이다. 어떤 것이든 사방으로 구획된 공간으로서 방은 벽을 지닌다. 여기 화자가 몸을 붙이고 있는 빈한(貧寒)한 거처에도 "바람벽"이 있다. 비슷한 시기의 "흙으로 바람벽한"(서정주, 「자화상」(1939)) 같은 시구에서 드러나듯이, 선대(先代)의 바람벽이란 그야말로 바람이나 겨우 막을 정도의 허술하기 짝이 없는 것이었다. 먼저 쉽게 알 수 있듯이, 이 작품에서 "흰 바람벽"은 시네마의 스크린 같은 용도로 사용되고 있다. 그것은 내면의 영사기가 상연(上演)하는 의식의 흐름을 비추는 은막(銀幕)이다. 환언해서 "바람벽"은, 시간을 따라 점멸(點滅)하는 의식의 현상학적 활동 무대가 된다. 여기서 시의 세부적인 언어분석을 논외로 한다면, 이 작품의 의미구조는 매우 단순하고 간명하게 밝혀진다. 즉 "가지가지 외로운 생각이 헤매"이며 궁핍한 현재의 시간이 부상하는 전반부, 다음으로 "어머니"와 "사랑하는 사람"이 등장하는 중반부, 이어 "글자들"이 새겨지는 후반부로 나뉠 수 있는 것이다. 여기에서 작품의 공간적 거점과 시간적 전제가 되고 있는 전반부를 일단 제외한다면, 시의 논리적 중핵을 차지하고 있는 것은 바로 중반부와 후반부라 할 수 있을 것이다(이하 중반부를 '전자'로, 후반부를 '후자'로 칭한다). 이를 다

시, 시간의식과 관련한 화자의 의식 지향성에서 살핀다면, 전자는 과거의 시간을 현재 시간으로 재소환하는 '다시-당김(retention)'으로, 후자는 미래의 시간을 현재 시간에로 앞서 투사하는 '미리-당김(protention)'으로 이해할 수 있을 법하다. 물론 전자는, 과거의 경험적 사건이 아니라 화자의 내면이 빚어낸 환영일 수도 있다. 하지만 그 구상력(構想力)의 재료가 되는 것은, 화자가 과거로부터 알고 있는 정보들임이 확실하다. 따라서 이는 본질적으로 과거-시간에 연루돼 있는 것이다. 한편 전자가 일상의 생활과 관련된 의미소들을 함축하고 있는 반면에, 후자는 내면적 가치들과 관련된 의미소들로 이루어져 있다. 그것은 현실의 불운과 현재의 패배를 견디게 하는 이념적 대상들과 미래의 가치 지향으로 긴밀히 연동되고 있다. 가령 그것들은, "넘치는 사랑과 슬픔"으로 대표되는 시인의 가혹한 운명이나, "굳고 정한 갈매나무"(「南新義州 柳洞 朴時逢 方」)처럼 순결하고 고귀한 사물들, 그리고 "가난하고 외롭고 높고 쓸쓸하니" 살아갔던 고금의 거룩한 시인들이다. 따라서 후자에 내포된 핵심의 하나는 분명, 불행한 시인의 숙명과 함께 심장 깊숙이 새겨진 예술가적 자부심, 그 훼손될 수 없는 존엄이다. 그것은 영광의 면류관이 아닐 수 없다. 일방으로 이 작품이 위대한 예술가의 초상이자 시인의 고독한 자화상으로 간주될 수 있는 것은 이런 뜻에서이다. 하여, 시인은 지상에 차려진 마지막 방 한 칸에서, 시간이 교직하는 의식의 점멸과 함께 무상한 내부의 부침을 고스란히 들여다본다. 그리고 그것은, 속절없는 과거의 잔영(殘影)을 곰곰이 되새김질하거나, 덧없는 현재의 남루(襤褸)를 일일이 탓하는 것보다는,

불현듯 꿈결처럼 도래할 미지의 시간 속으로, 공활한 미래를 향해 한
껏 드리워져 있는 것이다.

4. 시간-이미지 2—바닥의 냉기(冷氣)와 두려운 낯설음

열무 삼십 단을 이고
시장에 간 우리 엄마
안 오시네, 해는 시든 지 오래
나는 찬밥처럼 방에 담겨
아무리 천천히 숙제를 해도
엄마 안 오시네, 배추잎 같은 발소리 타박타박
안 들리네, 어둡고 무서워
금간 창 틈으로 고요히 빗소리
빈방에 혼자 엎드려 훌쩍거리던

아주 먼 옛날
지금도 내 눈시울을 뜨겁게 하는
그 시절, 내 유년의 윗목

—기형도, 「엄마 걱정」(1985년 창작) 전문

누구나 떠올리는 것처럼, 동요(童謠) 「섬 집 아기」(사실 이 동요는 표면
적 선율의 아름다운 서정성과는 달리, 심층적인 비극성을 그 내용으로 함축하고 있
다. 분명하게도 이 작품의 배후에서 작동하고 있는 것은, 생존을 위한 절박한 노동
의 핍진성(逼眞性)인 것이다. 또한 아기는 보호자 없는 불안, 즉각적인 무방비 상태
에 노출되어 있는 것이다)의 분위기를, 이 작품은 또렷이 환기시킨다. 누구
나 한번쯤은 경험했을 보편적인 유년의 정서를 호출하고 있는 이 작품
에서, 논리적 중핵이 되고 있는 것은 "엄마"의 부재이다. 빈방에 혼자
남겨진 아이는 무작정 엄마가 돌아오기만을 기다리고 있다. 이 작품의
시안(詩眼)이 되고 있는 것(이 작품의 핵심 정서가 외로움과 두려움이라는 점
에서), 그리고 동시에 프로이트의 'fort-da' 실패 놀이[4]를 대체하고 있
는 것은, '숙제 천천히 하기'이다. 물론 이것은 아이의 입장에서, 명백
히 의도된 것이다. 시의 어린 화자는 기다림의 무료함, 남아있는 시간
의 무한성 앞에 압도된 나머지 일부러 천천히 숙제를 하는 전략을 택한
다. 그것은 아이의 입장에서는 기약 없는, '시간과의 싸움'이 아닐 수
없다. 다시 말해, 그것은 엄마가 귀가하는 미래의 시간을 '미리-당김
(protention)' 속에서 확보해놓으려는 동심(童心)의 시적 주술에 진배없
다. 실로 이 작품은, "방"의 공간성보다는 '시간'의 문제가 보다 본질적
인 문제로 되어 있는데, 가령 자연적 시간의 경과를 빗대고 있는 "해는

---

4 'Fort(가버린)-Da(거기에)' 이야기를, 프로이트는 『쾌락원칙을 넘어서』와 『꿈의 해석』에서 언
   급한다. 『쾌락원칙을 넘어서』에서의 다음과 같은 서술을, 이와 같은 해석 가능성과 관련하여 참
   고할 수 있다. "어머니의 사라짐은 즐겁게 돌아올 것에 대한 필수적 예비 조치로서 상연(上演)되
   어야 하고 따라서 그 놀이의 진정한 목적은 바로 후자, 즉 어머니의 즐거운 귀환에 있었다고 말할
   수도 있으리라"(지그문트 프로이트, 박찬부 역, 『쾌락원칙을 넘어서』, 열린책들, 1997, 21쪽).

시든 지 오래"라든지, 텍스트의 바닥으로부터 배어나오는 냉기(冷氣)의 점진적 확산을 적실히 환치하고 있는 "찬밥처럼 방에 담겨"와 같은 구절들에서 그 참신한 감각적 표현을 얻고 있다. 이 작품은 전체 구조의 측면에서도 시간성을 내포하고 있는데, 1연에서의 과거의 서사적 사건(event)을, 2연에서의 현재의 서정적 회감(回感, Erinnerung)[5]으로 처리하고 있는 점이 그것이다. 1, 2연에서 화자의 어조는, 이를테면 1인칭 소설에서 경험적 자아와 서술적 자아의 분리처럼 이질적인 것이어서, 뚜렷한 시적 거리를 발생시키며 의미론적 차이를 내재화한다. 한편으로 정신분석의 용례를 따라서 그것은, 아득히 먼 것의 돌연한 현전(現前)으로서, '두려운 낯설음(das Unheimliche)'[6]의 비의지적 현현(顯現)이다. 이에 "지금도 내 눈시울을 뜨겁게" 한다는 정서적 반응은, 회감의 동화작용 속에서 내파(內破)되는 시간, 차오르는 그 시간의 내파(內波)에 따른 효과이다. 그것은 곧, 진정한 시간으로서 '순수 지속(durée pure)'[7]이다. 김현은 시인의 유작을 일컬어 "영원히 닫힌 빈방의

---

5   'Erinnerung'이라는 용어는 후설의 현상학 등에서는, 의식의 표상작용인 '상기(想起)'로 옮기는 것이 보다 일반적이지만, 슈타이거의 시학(『시학의 근본개념』) 등에서 '회감(回感)'의 개념은, 주체와 객체의 사이에 간격이 존재하지 않으며 양자가 상호 동화되는 것을 가리킨다. 자아와 세계뿐만 아니라, 리듬과 의미, 과거·현재·미래 등도 서정시 속에 회감될 수 있다.

6   프로이트는 「두려운 낯설음」(1919)이라는 글에서 'das Unheimliche(the Uncanny)'의 개념을 다음과 같이 설명한다. "두려운 낯설음의 감정은 …… 아주 오래된 것이지만 친근한 것이고, 친근한 것이지만 아주 오래 전의 것이다. Unheimliche(두려운 낯설음)의 접두사 un은 이 경우 억압의 표식이 될 것이다"(지그문트 프로이트, 정장진 역, 「두려운 낯설음」, 『창조적인 작가와 몽상』, 열린책들, 1996, 138쪽). 이에 앞서 프로이트는, "이상하게 두려운 것이란 어둠 속에 있어야만 했으나 드러나 버린 어떤 것"이라고 한 셸링의 정의를 언급하였고, 이 글의 마지막에서는 이와 관련하여 "우리는 고독과 침묵과 어둠에 대해서는 단지 그런 것들이 대부분의 인간들의 가슴 속에서 영원히 사라지지 않을 어린 시절의 두려움과 관련이 있는 상황이라는 말 외에 아무런 할 말이 없다"고 강조하기도 한다.

체험"이라 했거니와, 이 작품의 음울한 목소리의 주인공 또한, 유년의
공간에 갇힌 시간의 문턱과 주름을 매만지며 넘나들고 있다.

5. 관계의 동역학—존재와 사건

비가 그친 후 어느날——

나의 방안에 설움이 충만되어있는 것을 발견하였다

오고가는 것이 直線으로 혹은

對角線으로 맞닥드리는 것같은 속에서

나의 설움은 유유히 자기의 시간을 찾아갔다

설움을 逆流하는 야릇한 것만을 구태여 찾아서 헤매는 것은

우둔한 일인줄 알면서

그것이 나의 생활이며 생명이며 정신이며 시대이며 밑바닥이라

는 것

---

7   '구별되지 않는 indistincte 다수성', '질적인 다수성'이라 명명할 수 있을 '순수 지속'의 개념을,
    베르그송은 다음과 같이 요약한다. "간단히 말해 순수한 지속은 분명, 명확한 윤곽도 없고, 서로
    의 밖에 있으려는 어떠한 경향도 없으며, 수(數)와는 어떠한 유사성도 없이 서로에 녹아들고 서
    로 침투하는 질적 변화의 연속에 불과할지도 모른다. 그것은 [아마도] 순수한 이질성일 것이
    다"(앙리 베르그송, 앞의 책, 135쪽).

을 믿었기 때문에 ——
아아 그러나 지금 이 방안에는
오직 시간만이 있지 않느냐

흐르는 시간 속에 이를테면 푸른옷이 걸리고 그 위에
반짝이는 별같이 흰 단추가 달려있고

가만히 앉아있어도 자꾸 뻐근하여만가는 목을 돌려
시간과 함께 비스듬히 내려다보는 것
그것은 혹시 한자루의 부채
—— 그러나 그것은 보일락말락 나의 視野에서
멀어져가는 것 ——
하나의 가냘픈 物體에 도저히 固定될 수 없는
나의 눈이며 나의 정신이며

이 밤이 기다리는 고요한 思想마저
나는 초연히 이것을 시간 위에 얹고
어려운 몇고비를 넘어가는 기술을 알고있나니
누구의 생활도 아닌 이것은 확실한 나의 생활

마지막 설움마저 보낸 뒤
빈 방안에 나는 홀로이 머물러앉아

어떠한 내용의 책을 열어보려 하는가

— 김수영, 「방안에서 익어가는 설움」(1954) 전문

김수영 시의 주조적 정서의 하나인 '설움'을 모티프로 하고 있는 이 시의 제목은, '설움이 익어가는 방안'이 아니라 '방안에서 익어가는 설움'으로 되어 있다. 이는 무엇을 말하는가. 이 글에서 지속적으로 강조했던 것처럼, '방'의 실체는 개별적 단독성으로 인식되는 존재자가 아니라, 관계들의 집합적 배치를 통해 그 역학적 구도 속에서 발생하며 파악되는 존재론적 사태의 일부이다. 그런 뜻에서 위 제명은, 김수영 역시 방의 텅 빈 공간성보다는 그 여백의 존재성, 그 내부에서 벌어지는 의식의 활동성과 감정의 양태들, 그리고 무엇보다 "익어"간다는 말에서 분명히 감지되는 시간성 등에 더욱 주목했다는 간접적인 증거로 삼을 수 있을 듯하다. 또한 이를 뒷받침할 수 있는 단적인 진술로서, "아아 그러나 지금 이 방안에는 / 오직 시간만이 있지 않느냐"는 탄식과 새삼스런 발견을 꼽을 수 있을 것이다. 이는 존재는 시간의 지평 속에서만 포착될 수 있다는 단호한 진술로 간주해야 마땅해 보인다. 같은 맥락에서 "오고가는 것이 直線으로 혹은 / 對角線으로 맞닥드리는 것같은 속"이란, 시간의 순차적 흐름 또는 시간의 교차와 역행을 상징하는 것으로 파악할 수 있다. 일차적으로 설움은 부끄럽거나 수치스러워서, 지우고 감추고만 싶은 부정적 감정이다. 그리고 감정의 표백(漂白)과 더불어 그 잔흔(殘痕)까지 말끔히 씻어내기 위해서는, 특정한 감정에 붙들려 있는 리비도 고착상태를 풀어놓는 의식의 개방 행위가 먼

저 선행되어야 할 것이다. 그런 때문에 "우둔한 일인줄 알면서"도 "설움을 逆流하는" 것만을 애써 추구하려는, 화자의 집착이나 감정을 인위적으로 제거하려는 의도적인 노력은 필시 실패하게 마련인 것이다. 즉 우리들 인간의 의지와는 달리, 여일(如一)하게도 "설움은 유유히 자기의 시간을 찾아"가는 것이다. 화자는 다시 한 번 필사의 노력으로, 설움으로 마비된 "시간과 함께" 사물을 "비스듬히 내려다보"기로 한다. 그러나 설움의 정동(情動)은 여전해서, 화자의 시선은 한곳으로 "도저히 固定될 수 없는" 것이다. 결국 최후의 단 하나의 방법은 이것뿐이다. 완만한 시간의 흐름을 따라, '설움이 익어가기를 기다리는 것'. 설움이 제풀에 물러나는 것은 물론, 그 연후다. 마침내 설움으로 미만한 방과 시간 속으로, 스스로를 전면적으로 개방하여 내맡기는 실존적 결단이 요청되는 것이다. 뒷부분의 "고요한 思想마저 / 나는 초연히 이것을 시간 위에 얹고"라는 구절은 바로, 존재의 역동적 사태들에 순순히 자신을 열어놓는 현존재의 능동적 힘과 사건에 대한 진술이다. 이는 감정의 인위적 조작과 부정이 아니라, 그것의 적극적 수용이자 초연한 긍정이다. 물론 이후의 사태들의 전개에 대해서 주체로서는 전혀 알 길이 없지만, 화자는 마지막 연의 진술들에서, 감정의 인위적 조작과 의식적 부정이 지닌 위험성과 함께, 그러한 시도가 부질없으며 명백히 무망(無望)한 일임을 재차 깨닫는다. 이 작품에 드러난 생멸하는 감정의 무상성(無常性), 존재의 무한한 역동성이 충실히 지시하고 암시하고 있는 것처럼, 인연(因緣)이란 내부의 원인인 인(因)과 외부적 조건인 연(緣)이 복합적으로 작용하여 발생하는 하나의 존재론적 사태, 존재의

어떤 관계적 사건들이다(군말로서, 이 시에서 인(因)에 해당하는 것은 설움이
라는 감정이며, 연(緣)에 해당하는 것은 방이라는 공간, 그리고 그곳을 채우고 있
는 시간일 것이다). 하여, 삼간(三間, 人間·時間·空間)이란 다시금 현존재
를 구성하는 불변의 상수(常數)이지 않을 수 없다. 여기에서 끝으로 우
리가 확인하며 발견하게 되는 것은, 존재의 완강한 거멀못으로 수립되
는, 비참하고 영광된, 관계의 동역학이라 할 것이다.

위험한 家系·2013

비정규직으로 촉발된 노동의 탈지속화(脫持續化)는 한국사회에 노동의 사물화와는 전혀 다른 차원의 문제를 제기하였다. 그것은 임금노동의 장기적·지속적 속성을 제거하고 노동을 한시적이고 일회적인 것으로 변질시켜버림으로써, 이후 한국인의 평균적 일상에 '생의 아르바이트화'라는 완전히 이질적인 국면을 새롭게 추가하였다. 이를 통해 재구성되지 않을 수 없었던 임금노동자의 무의식을 강력하게 지배하게 된 것은, 무엇보다 노동의 지속불가능성에 대한 불안과 공포이다. '나는 세계에서 언제든 사라질 수 있는 존재이다'. 갑자기 제거될지도 모른다는 불안감과 동반된 강박증은 악순환적으로 미래에의 설계를 불가능하게 만들어버린다. '우리에게 내일이란 없다'. 존재의 지속불가능성과 미래의 불투명성에 강박된 비정규직 노동자의 불행은 개인을 넘어서 그들이 속해 있는 가족과 공동체, 사회의 위기에까지 깊숙이 파급된다. 2013년, 생의 아르바이트화로 신음하는 위기에 처한 일가족의 가계도를 본다.

오빠는 시간 강사,

몰락한 집안의 기둥이다

경기가 없는 날에도

어김없이 도서관에 들러

무거운 책을 상대로

가볍게 몸을 풀어주는

오빠는 주먹보다 입이 세다

지방 원정경기도 마다하지 않는

오빠가 믿을 것은

맷집밖에 없다

맞아도 맞아도 쓰러지지 않는 아들,

맞아도 맞아도 돌아서지 않는 애인,

맞아도 맞아도 도망치지 않는 오빠의

터진 입술이 붉은

꽃망울을 터뜨릴 때,

엄마가 운다

싸움을 기다리는 시간이

막상 싸우는 일보다 더

막막하고 두렵다는 것을

대기실에서 청춘을 보낸

오빠는 알고 있다

늦은 밤,

취한 주먹을 툭툭 허공에 던지며

문을 열고 오빠가 등장한다

—박후기, 「오빠」 전문

    복서로 비유된 오빠는 세계를 싸움터로 인식한다. 먼저 문제는 상대방이, 싸움의 대상이 누구인지 확실치 않다는 점이다. 적수가 분명치 않기 때문에 오빠의 주먹은 허공을 가른다. 나비처럼 날아보지만 정작 벌처럼 쏠 데가 마땅치 않다. 상대가 분명할 때 인간은 불안을 느끼지 않는다. 실체를 알 수 없는, 눈에 보이지 않는 적과 싸우는 일이 훨씬 두려운 법이다. 시의 내부가 어떤 불안에 의해 잠식당하고 있는 것은 이 때문이다. 시의 지배적인 정서는 따라서 정체모를 불안감이다. 게다가 오빠는 게임을 적극적으로 지배하지 못한다. 경기에 임하는 오빠의 거의 유일한 전략은 '맷집'에 불과하다. 오빠는 주먹으로 상대에게 유효타를 날리기보다는 무용함과 진배없는 '입'으로 알 수 없는 적과 맞선다. 그러나 공기에 퍼지는 오빠의 말은, 허공을 가르는 주먹처럼 공허하고 무력하다. 이런 속수무책의 오빠에게 가능한 것은 '견디는' 일뿐이다. 메마름을 견디지 않고서는 배겨낼 도리가 없는 것이지만 섣불리 희망을 가져서도 안 된다. 끝을 알 수 없기 때문이다. 현재의 고난을 감수하는 것은 미래가 예측가능하기 때문인데, 오빠에게는 실낱같은 희망과 이러한 희미한 가능성조차 철저히 봉쇄되어 있다. 욕망의 절연 상태에 빠진 이상(李箱)은 "어디까지 가야 끝이 날지 모르는 내일 그것이 또 창밖에 등대하고 있는 것을 느끼면서 오들오들 떨고 있을 뿐이다"라고 적은 바 있는데, 늦은 밤 문을 열고 등장하는 오빠의 불안한 심정 또한 이상의 그것과 크게 다르지 않을 것이다. '끝을 알 수 없다'.[1] 지금껏 대기실에서 청춘을 보낸 오빠는, 링에 오르기 전이 더 막막하고 두렵다는 사실을 잘 알고 있다. 여기서 또 한 가지 문제는, 오빠가 지금껏 예선전밖에 치르지 않았으며 본선은 아직 시작되지도 않았다는 점이다. 따라서 시간강사 오빠의 처지는 이중구속 상태에 놓여 있다. 대기실에서 나와 링에 올랐다 하더라도 그것은 아직 예선전에 불과하다. 예선전은 본선에 오르기 위한 대기 시간과 같다. 또한 본선에 오른다 해도 승부를 예측하기는 어렵다. 맷집이 한계에 이른 오빠의 붉은 입술에서 마침내 피가 터져 나올 때, 집안의 기둥

---

1   막스 베버는 1917년 뮌헨에서 행해진 강연인 〈직업으로서의 학문(Wissenschaft als Beruf)〉에서, "사강사(私講師, Privatdozent)가, 게다가 조교가 언젠가 정교수나 연구소 소장의 자리를 차지할 수 있을지는 그야말로 **요행**(Hasard)에 속하는 문제라는 것입니다. 물론 우연만이 지배하는 것은 아닙니다. 그렇지만 그것이 보통이 아닐 정도로 크게 지배하는 것은 사실입니다. 그것이 그 정도로 큰 역할을 하고 있는 직업을 나는 이 지상에서는 거의 알고 있지 못합니다"라고 단언하고 있는데, 이는 마치 오늘날의 비정규직 문제를 예견하고 있는 듯하다. 교수직 임용과정의 공정성과 투명성 문제는 비단 어제오늘만의 일은 아닌 것 같다.

이 무너져 내릴 때, 엄마의 무너진 가슴 속에서 굵은 눈물방울이 터져 나온다. 위기에 봉착한 이 집안의 가계도를 완성하기 위해서는 다음 한 편의 시를 더 인용하는 것이 좋겠다.

나는 아르바이트 소녀,
24시 편의점에서
열아홉 살 밤낮을 살지요

하루가 스물다섯 시간이면 좋겠지만
굳이 앞날을 계산할 필요는 없어요
이미 바코드로 찍혀 있는,
바꿀 수 없는 앞날인 걸요

어느 날 갑자기 사라졌다
봄이 되면 다시 나타나는
광장의 팬지처럼,
나는 아무도 없는 집에 가서
옷만 갈아입고 나오지요
화장만 고치고 나오지요

애인도 아르바이트를 하는데요,
우린 컵라면 같은 연애를 하지요

가슴에 뜨거운 물만 부으면
삼 분이면 끝나거든요

가끔은 내가
아르바이트를 하러 이 세상에 온 것 같아요
엄마 아빠도 힘들게
엄마 아빠라는 아르바이트를 하고 있는지 몰라요

죽음조차 아르바이트–생을 구하네요
아, 아르바이트는
죽을 때까지만 하고 싶어요

— 박후기, 「아르바이트 소녀」 전문

아마도 집안의 막내 여동생쯤으로 여겨지는 소녀는, 편의점 아르바이트생이다. 노동의 일회적이고 비지속적인 성격은 아르바이트의 속성으로 선명하게 부각되고 있는데, 객관적 상관물로서 광장에 피어난 팬지의 창백한 이미지는 파리하게 시들어가는 아르바이트 소녀의 불안한 표정과 쉽게 조응된다. 갑자기 나타났다가 금세 사라지는 봄날의 팬지의 운명처럼, 비정규직의 불안정성은 이처럼 불규칙적이고 돌발적인 것으로 표현된다. 언제든 나타날 수 있지만 언제든 사라질 수 있는 그 운명의 처연함에 대해, 그러나 누구도 이의를 제기하지 못한다. 한편 옷만 갈아입고 화장만 고치고 나오는, 효용성의 척도에 따라 변질된 집은, 더 이상 영혼의 쉼터가 되지 못한다. 집의 본질적 기능은 쓸모가 지배하는 차가운 전쟁터로부터 벗어나, 각각의 주체에 고유한 생의 감각을 환기하고 일상의 온기를 다시금 회복시키는 데 있다. 그러나 이제 그곳은 구성원들의 삶의 온도가 기입되지 않는 빈 지대이자 황량한 공간으로 퇴락하였다. 역동적 생의 감각의 일부는 미래에 대한 인간의 능동적 구성 가능성에서 비롯된다. 삶을 주체적으로 설계하고 세계와의 연관성을 적극적으로 구상(構想)할 수 있을 때, 우리는 비로소 스스로의 삶의 가치에 대한 확신과 생의 보람을 얻는다. 삶의 상투적 반복과 일상의 고착화, 미래의 변경불가능성에 봉착할 때 인간은 자신의 삶을 의미 있는 것으로 받아들일 수 없게 된다. 무엇보다 가장 나쁜 것은 '의미 없이 바쁜(meaningless busy)' 것이다. 2연에서 소녀의 체념은, 바로 이러한 삶의 능동적 구성이 불가능하다는 절망적 인식에서 비롯된다. '생의 아르바이트화'라는 명제는 4연 이후의 진술들에서 가장 절실한 표현을 얻고 있는데, 여기서 비정규직의 문제는 단순한 노동의 차원을 넘어서 우리의 삶 전반을 지배하는 보편적 규제 원리로 월경하고 있음을 확인할 수 있다. 먼저 컵라면으로 상징되는 사랑의 인스턴트화는 자연적 생산력을 상실한 불임(不姙)의 시간이 결코 짧지 않으리라는 점을 암시한다(앞서 시간강사 오빠 역시 비자발적 미혼(未婚), 혹은 선택적 비혼(非婚) 상태에 놓여 있다는 것은 임금노동의 탈지속화 경향과 직결된다는 점을 상기할 수 있다). 여기에 이어지는 "가끔은 내가 아르바이트를 하러 이 세상에 온 것 같아요"라는, 열아홉 소녀의 가슴시린 전언은 노동의 탈지속화와 고용불안의 문제가 가치의 심각한 전도와 의미의 극단적 착시 현상까지 빚어내고 있다는, 현재 한국사회의 암울한 단면을 목도하게 한다. 분명, 우리 어느 누구도 이 세상에 아르바이트 하러 오지는 않았다. 또한 부모 역할은 인간의 생애주기에서 지속적이고도 장기적인 영향력을 지니는 것이라 하겠으나, 소녀는 이러한 부모의 역할마저 단속적이고 한시적인 양상으로 혼동하는 인지착오를 일으킨다. 소녀의 위태로운 인식체계는 아르바이트의 작동 원리와 위력이 생을 넘어 죽음의 차원에까지 미치는 것으로 파악하고 있으며, 결국 소녀로 하여금 "아, 아르바이트는 죽을 때까지만 하고 싶어요"라는 끔찍한 절규를 내뱉게 한다. 이는 자연의 순리를 거스르는 일이다. 우리는 이 지점에서 노동의 탈지속화 문제가 이미 정규직 / 비정규직의 구분을 훨씬 넘어서는 것이자, 우리의 보편적 삶의 감각을 교란하고 가치체계를 정면으로 위배하는 치명적인 위협이 아닐 수 없다는 분명한 사실을 깨닫는다. 항심(恒心)을 위한 항산(恒産)의 중요성을 강조했던 맹자의 혜안이 새삼스러운 것은 이 때문이다.

공복의 시작법과 유리창의 처세술

고영 시집, 『딸꾹질의 사이학』

서정의 아름다움을 완강하게 고수해온 고영 시인의 세 번째 시집을 읽는다. 인공어의 확장 가능성과 실험이 주류를 이루고 있는 현재의 시단에서, 고영의 범상한 듯 평이하고 아름다운 시어들은 새삼스레 낯설다. 그의 서정은 평범한 일상어의 조합에서 얻어지는 생활의 발견을 주로 다루었던 천상병의 가작들이나, 시적 주체의 공명(共鳴)을 미세하게 포착했던 박재삼의 시적 전통을 정당하게 계승하고 있는 것으로 보인다. 이와 결부된 고영 시의 개성과 특장은 이번 시집에서도 유감없이 발휘되며, 좋은 시란 언어의 인위적 조작이나 시어의 난해성과는 무관한 일이라는 점을 재차 상기하게 한다. 이와 관련하여 여기에서는 시집의 전체적인 조망이나 세부적인 유형 분류보다는, 그 시적 사유의 중핵을 차지하는 몇 가지 구성 모티프를 중심으로 논의를 전개하고자 한다. 그런 맥락에서 간추려본 몇몇 전형적인 작품들에서 고영 시의 처세술 혹은 시작법은, 우리의 직접적인 관심사가 아닐 수 없다. 보다 구체적으로 그것은 시적 주체와 시적 대상이 교유(交遊)하며 일어나는 발화의 순간들과 관련될 것이다. 아마도 실제 시창작 교실의 강의록에 해당할 다음 작품에서 말머리를 잡아보기로 한다.

그래요. 절대 아프지도 말고 외롭지도 말고 함부로 죽지도 마세요. 그렇죠, 바로 그거예요. 사람만 죽이지 말고 다른 놈은 얼마든지 죽여도 됩니다. 비는 수직으로 서서 죽는다잖아요. 그러나 가급적이면 살려주도록 하세요. 화해는 그 무엇보다 아름다운 무기랍니다. 고독이요? 그딴 건 젊은것들에게나 줘버리세요. 돈 되는 것도 아닌데요, 뭘. 그냥 즐기세요. 천 개의 눈으로 천 개의 직업을 가지고 천 명의 애인과 놀아보세요. 그래야 바퀴를 보면 왜 굴리고 싶어지는지 뒹구는 돌이 언제 잠깨는지 알 거 아니겠습니까. 그러니 닥치는 대로 만져보고 품어보고 연애도 해보세요. 돌과의 연애, 물과의 연애, 꽃과의 연애 ……
이왕 노는 거 좀 대범하게 즐겨보세요. 사물들의 큰언니*가 그렇게 탄생했다는 거 아닙니까. 아무리 잘 살아도 인생은 어차피 진짜 같은 거짓말, 시나 인생이나 다를 게 뭐겠습니까.
* 정진규, 『사물들의 큰언니』

―「평생교육원 2」 전문

다시금 시와 시인은 무엇으로, 어떻게 탄생하는가. 이 시의 전언은 명쾌하고도 확고하다. 우선 '아프지도, 외롭지도, 죽지도 말라'는 것이다. 그리고 처절한 "고독"에 몸부림치기보다는 부드러운 "화해"의 손길을 서로에게 건네라는 것이다. 다른 무엇보다 '그냥 즐기세요'라고 화자는 강조한다. 여기까지는 일반적인 처세술이나 보편적 삶의 원리와도 크게 다르지 않다. 이어지는 뒷부분에서 본격적인 시작(詩作)의 원리와 구체적인 창작의 방법이 제시된다. 물론 이는 원론적인 성격을 띠고 있지만 또한 온전한 시작의 핵심에 해당한다는 사실은 부정할 수 없다. 우선 그것은 세계의 만상과 모든 존재자들에게 자신을 개방하는 것으로부터 시작된다. 최근 한 시집의 제목이기도 한 "친애하는 사물들"이 무시로 드나들 수 있도록, 주체의 내면성을 초연한 내맡김(Gelassenheit)의 자세, 적극적 수동성의 상태로서 활성화하는 것이다. 따라서 시적 주체는 무엇으로도 변환될 수 있는 텅 빈 신체이지 않으면 안 된다. 시적 주체가 스스로를 비워둠으로써 시적 발화는 시작되고 그 자리에 시가 비로소 탄생한다. 이성복과 황동규, 정진규의 시적 주체 역시 이러한 과정을 통해 마침내 태어났을 것이다. 그리고 그것은 시의 원리만이 아닌 삶의 영역으로까지 확장되어 관통하는 사랑의 기술이라 할 것이다. 이는 끊임없이 자아편향을 제거하며 주체의 역능을 실험하는 실존의 모험이지 않을 수 없다.[1] 하지만 문제는 그

---

1   이상의 진술 내용들과 거의 유사한 주제의식을 표명하고 있는 작품으로 다음 시를 꼽을 수 있다. 이 시에서 무기체인 "침대 매트리스"는 생명의 유무를 가리지 않고 거의 "모든 사물들을 받아들인다". 그 수용력이 내포한 폭넓은 유연성과 넉넉한 생명력은 '헤프다'는 말로 간명하게 집약되고 있다. 전문은 다음과 같다. "침대 매트리스가 불어난 강물에 떠밀려 왔다 / 더블이다 참, 많이도 낡았다 / 누런 강물을 태우고 / 개구리와 도마뱀을 태우고 흘러흘러 딱섬까지 흘러 들어왔다 // 물오른 매트리스의 출현에 한바탕 난리가 났다 / 오후의 갈대들이 떼로 몰려들고 / 강물 속 물고기들까지 야단법석이다 / 틈만 보이면 주둥이부터 들이미는 뜨내기 오리들 / 매트리스 위에 슬몃 그림자를 포개는 / 저 늙은 버드나무님, / 내년 봄엔 꽃가루 제법 날리시겠다 / 구천을 떠돌던 반편이 달도 내려와 차디찬 몸을 누인다 / 좀 헤프다 싶게 / 매트리스는 모든 사물들을 받아들인다 // 누가 누구를 받아들여 간직한다는 거 / 구름이 태양을 / 스쿠터가 미스 김을 / 몸을 몸으

리 간단치가 않다. 이와 같은 과정의 당위적 가치나 분명한 지향성은 누구나 동의할 수 있는 것이지만, 이와 조응하는 실제적 국면과 구체적 실천의 양상은 누구도 장담할 수는 없기 때문이다. 즉 일상의 경험에서는 언제든 '아프고, 외롭고, 죽기도' 하는 것이다. 하물며 "화해"란 얼마나 지난하며 "고독"은 또 얼마나 깊은가. 마지막의 "진짜 같은 거짓말"이라는 구절은 따라서, 결코 빈말만은 아닌 것이다. 우리의 삶은 보통 누추하며 형편없거나, 대개는 보잘것없고 지리멸렬한 것들로 채워지기 일쑤다. 어느 시인의 말을 빌리자면, "참으로 곤혹스러운 것은 곤혹의 지지부진"[2]이다. 결국 문제가 되는 것은 이러한 삶의 무표정이나 맨얼굴들과 얼마나 정직하게 대면하느냐는 점일 것이다. 현존재로서 우리는 자신을 포함한 존재자들을 얼마나 받아들이고 어디까지 수용할 수 있는 것인가. 다음 시는 그 수용성과 관련된 다소 복잡한 질문들을 담고 있다.

> 저 유리창은 좋겠다,
> 언제든 흘러가는 온갖 사물들을 담아둘 수 있어서.
> 나는 왜 또 여관방을 기웃거리고 있는 거지?
> 구름의 꽁무니나 쫓아다니다 보면 어느 먼 훗날
> 나는 구름의 사생아로 전락할지도 몰라.

로 기억해준다면 / 까짓, 좀 헤프고 경박한들 어떤가 // 뜯긴 실밥 속에서 / 갓 발기된 풀씨들 / 저요 저요, 고개를 쳐든다"(「헤프다는 것」 전문).
2   이성복, 「시인의 말」, 『아, 입이 없는 것들』, 문학과지성사, 2003.

저 바람의 기억에서조차 점점 소멸해가는 내가 너무 가여울 것 같
아서

저 유리창에라도 나를 담아두었으면 좋겠어.

담긴다는 건 일단 안정적이어서

벼랑을 품고 사는 내가 나에게서 떨어지지 않게 잡아둘 수 있지 않
을까

저 유연한 유리창처럼

자신을 통과하는 새들을 물고기로 바꿔 놀 줄 아는 처세술을 배울
수도 있잖아.

뼈대 하나 없이

풍경의 제국을 건설하는,

저 유리창의 처세술을 배우면 나도 가볍게, 유연하게

내 의지만으로 다시금 상승할 수 있을까?

…… 결국 나는 창에 무덤을 파기로 했어.

담긴다는 건 일단 안정적이어서

뼈만 남은 몰골에서도 꽃은 필 것이고

꽁지 붉은 새가 들려주는 미사의 노래가 머리를 적실 것이니,

현명한 아내여,

유리창 앞에서만큼은 절대 눈물에 속지 않기를 …….

—「유리창의 사내」 전문

「유리창의 사내」는 좋은 시다. 분명 이번 시집에 묶인 여러 우수한 시편 중의 하나일 것 이다. 우선 그 의미의 선들이 다채롭고 풍부해서 해석적 가능성이 폭넓게 열려 있다. 아울러 서정의 안온한 구도를 포기한 채 들려오는 다양한 내적 파열음들에, 화자 스스로를 개방하고 있다는 점이다. 한편으로 앞선 맥락과 관련하여, 이 작품은 서정의 일반적 시작술 또는 고영 시의 창작방법을 넌지시 암시하고 있다는 점에서도 주목할 수 있다. 먼저 1연에서 헛것을 좇는 자신에 대한 열패감과 자책이 "구름의 사생아"라는 명명에서 고스란히 드러난다. 그것은 점차 희미해지는 존재로서 소멸에 대한 불안의식과 결부되어 있다. 이와 같은 실존적 불안감과 극한의 자의식은, 2연의 "벼랑을 품고 사는 내가 나에게서 떨어지지 않게 잡아둘 수 있지 않을까"라는 위태로운 반문 속에서 보다 극명하게 표현된다. 화자는 쉽게 파손되는 "유리창"에 의지해서라도 안정을 희구하며 갈망한다. 매우 유약한 것이지만 "유리창"에는 안전하게 담길 수 있기 때문이다. 여기에서 보다 중요한 점은 "유리창"의 유연성, "풍경의 제국을 건설하는" 위대한 "유리창의 처세술"이다. 그것은 "뼈대 하나 없이" 구축된다는 점에서 더욱 놀랍고 신비로울 따름이다. 그리고 이것이 함축하고 있는 것은 명백히도 서정적 주체의 조감하는 시선, 만상을 단일한 초점에서 응시하는 화자의 내면과 그 초월적 위치를 가리킨다. 그것은 "언제든 흘러가는 온갖 사물들을 담아둘 수 있"는 가공할 위력을 지닌 것이다. 즉 주관적 인식 속에서 사물을 변형하는 서정적 주체의 전일적 능력은 "새들을 물고기로 바꿔 놀 줄 아는 처세술"로 비유된다. 그리고 이에 따라 화자도 자신의 의지대로 삶의 궤적을 수정해보려는 상승의지를 피력하기도 한다. 마침내 화자는 "창에 무덤을 파기로" 결정한다. 한 편으로 "유리창"의 정태적 가상(假像)으로서의 성격은 이러한 행위의 불모성과 무모함을 자명하게 드러내는 것이지만, 화자는 그것이 주는 투명한 견고함에 투항한다. 하여 무덤 위의 창백한 '몸-꽃'으로 피어 날지라도 말이다. 이 작품의 기저를 감싸고 있는 불안의 징후와 날선 파열음, 그리고 그 너머의 확실성에 대한 영원한 희구와 깊은 갈망은 당연한 논리적 귀결로도 보이지만, 그 실제적 관계들의 양상은 상당히 복잡하며 매우 미묘한 것 같다. 그 관계를 직접적으로 매개하는 "유리창"의 속성이 매우 이중적이기 때문이다. 앞서 언급한 바와 같이 "유리창"은 그 전지적 수용성과 견고한 안정성으로 만상을 투영하며 사물들 하나하나와 조응한다. 그리고 이는 근본적인 시작의 방법 혹은 삶의 원리까지를 포함하는 (시적) 주체의 내면성에 대한 객관적 상관물로서 기능한다고 볼 수 있다. 하지만 이러한 서정적 주체의 전일적 조감 능력의 평가와 해석과는 무관하게, 시에서는 그러한 수용능력의 내부적 용인이나 그것으로의 함입(陷入)이 결과적으로는, 화자의 위치의 궁극적 소멸과 주체의 내면성의 돌연한 궤멸로 귀착되고 있다는 점이다. 그렇다면 화자 또는 시인은 서정의 바닥없는 수용력 혹은 서정적 주체의 내면의 고도(高度)에 대해 어떻게 생각하며 어떤 판단을 내리고 있는 것인가. 이 작품만으로 단정하기는 어려우나, 화자 또는 는 시인에게 그것은 분명한 '매혹'의 대상이지만 한편으로 그것은 난감한 '곤혹'의 대상으로도 여겨지는 듯싶다. 이러한 모순과 분열의 기원은 어디쯤이며, 그 의미는 무엇으로 이해해야 할까. 그것은 혹 동시대의 서정이 맞닥뜨리고 있는 어떤 자리나 입장들과 관련되는 것은 아닌가. 다음 시편을 마지막으로 검토하기로 한다.

혼자 사는 집의 공기가 왜 이리 가볍고 虛한가.

밥을 먹어도 공복
책을 읽어도 공복
그리운 사람도 공복

누가 있거나 말거나
오직 적막을 즐기고 가꾸는 먼지만이
공복의 꽃을 피우고 있다.

아무거나 닥치는 대로 물어뜯어보는 혼자 사는 집에서의 저녁은
아직 오지 않은 슬픔에 닿아 있다.

내가 들어가 살고 있지만
언제나 비어 있는 집

마중물 붓듯 소리 내어 시집을 읽다가
후두둑 빗소리에 놀라 창밖을 쳐다보다가

펭귄처럼 우두커니 서서 공복의 머리를 긁적이다가

애꿎은 내 그림자나 붙잡고
씨름이나 한판 하는
공복의 빈집

—「저녁의 공복」 전문

이 작품의 전언이나 메시지 등은 그리 어렵지 않게 파악할 수 있다. 그것은 채워지지 않는 허기와 영원한 공복감이다. 생물학적 욕구 충족으로도, 독서 등 의식의 활동으로도, 그리운 사람과의 만남으로도, 그것은 결코 채워지지 않는다. 이쯤에서 '욕망은 결여이다'라는 정신분석의 명제를 떠올리는 것은 상투적이며 자연스럽다. 그렇다. 분명히 욕망은 결여로서(써) 정의될 수 있다. 그러나 이것만으로는 아직 충분치 않으며 석연찮은 구석은 여전하다. 그 나머지 잉여의 몫이 마저 드러나고 해명되어야 할 것이다. 그것은 무엇인가. 다름 아닌 그것은 실재(the Real)의 현전이다. 즉 "공복의 꽃을 피우고 있"는 "적막을 즐기고 가꾸는 먼지"나, "아직 오지 않은 슬픔" 등이 이와 관련된 대표적인 표상들이다. 그것은 다시 말해 죽음이며 공(空)이다. 물론 그것이 다만 육체의 죽음을 의미하지 않으며, 단지 충(充)과 대비되지 않음 또한 자명하다. 따라서 그것은 무엇으로도 채워질 수 있는 상태이며 깊이 비어 있는 것으로서 충(沖)이다. 충만한 주이상스(jouissance)로서 실재가 공(空)과 맞닿아 있음은 이와 같다. 따라서 그것은 "내가 들어가 살고 있지만 / 언제나 비어 있는 집"이지 않을 수 없다. 이 시에 가득한 처연한 슬픔이나 깊은 적요(寂寥)는 채워지지 않는 욕망의 환유 연쇄를 따라, 욕망의 대리표상들에 의해서 결코 충족되거나 쉽게 가라앉지 않을 것이다. 그것은 순간순간 몸을 바꾸어 나타나는 환영과 헛것들, 잡으려는 찰나에 저만치 달아나버리는 도로(徒勞)의 망상과 허깨비에 불과한 것들이기 때문이다. 그 부질없는 노력들과 결별하는 길은 유일하다. 그 "적막"의 "먼지"와 "공복의 꽃" '들'과 함께, 그들의 남루와 더불어, 속 깊은 우정을 나누는 것이다. 어느 시인의 말처럼 이는 "그늘과 사귀는" 일일 터이다. 여기에서 참된 사랑의 기술, 깨어지지 않는 "유리창의 처세술"은 아마 발견될 수 있을 것이다. 가령 그것은 '메마름'을 견디고 '맛없음'을 씻어내어 하느님께로 나아가는 자기 정화 및 내적수련의 과정[3]과도 닮아 있다. 또한 종국적으로 그것은 고영 시의 내구적 자기혁신, 서정의 진정한 자기갱신과도 크게 다르지 않을 것이다. 고쳐 말해 시작의 방법으로서 연애의 테크닉은 앞선 「평생교육원 2」에서처럼 그 연원이 오래되고 유서가 깊은 것이지만, 평생 가르치고 배워도 모자란 영원한 숙제처럼, 채울 수 없는 '저녁의 공복'이자 미완의 과제로서 스스로를 우리 앞에 현시하고 있는 것이다. 나는 고영 시인이 서정이 내장한 궁극의 원융(圓融)의 세계에 도달하기에 앞서 당분간은, 가시지 않는 허기와 공복의 잔가지들, 그 나머지 밑뿌리까지를 깊숙이 어루만져줬으면 하는 바람이 있다. 그가 감당해

---

3   십자가의 성요한, 최민순 역, 『어둔 밤(*The Dark Night of the Soul*)』(2판), 바오로딸, 1993, 49~51쪽.

야 할 '사랑하는 싸움'이 아직은 많이 남아 있다고 여겨지는 까닭이다. 그리고 그 믿음이 무망하지 않으리라는 것은, 시인 자신이 다음처럼 이미 그 길을 예견하고 있기 때문이다. "아무래도 나는 / 이 밤을 너무, 오래, 걸을 것 같다"(「원고지의 밤」).

말과 사물

조연호, 『암흑향(暗黑鄕)』

언어는 사물을 직접적으로 현시하지 못한다는 점에서, 언어를 통해 사물의 실체에 도달하려는 노력은 불가능한 꿈이 아닐 수 없다. 언어가 사물의 죽음을 전제로 한다는 유명론의 오랜 전언은 이러한 언어의 근원적 불가능성을 극적으로 표현한 것이다. 일상어의 특별하고 예외적인 사용을 통해 긴장적 언어를 구축하는 시어(詩語) 역시 궁극적으로는, 모방과 재현으로 귀속되는 언어의 내재적 한계로부터 자유로울 수 없다. 한편 하나의 인식론적 표상체계로서 근대적 합리주의의 전개가 말과 사물의 분리와 불일치, 그 역사적 괴리의 심화 과정이었다는 점이, 푸코의 저작 『말과 사물』의 논리적 핵심에 해당한다는 것은 널리 알려진 바다(대표적으로 "여러 개의 순례로 사물의 말을 통역하는 고통"(「달의 수빙림(樹氷林)」)이라는 구절은 이에 정확히 대응되는 표현이다). 조연호의 시적 인식은, 현대시의 상황이 이러한 언어의 이중구속에 놓여 있다는 진단과 크게 다르지 않은 듯하다. 그의 다섯 번째 시집,

『암흑향(暗黑鄕)』(민음사, 2014)은 덧붙여 시집의 말미를 '古代詩集'이라 제(題)하고 회색 갱지로 따로 제본함으로써, 이러한 그의 시적 사유에 선명한 물질성을 부여하고 있다. 사어(死語)에 가까운 한자(어)의 사용이 두드러지는 것은 이미 여러 차례 언급된 바와 같다. 또한 그러한 한자(어)의 의도된 사용이 사물의 물질적 현전성을 복원하고 직접적으로 환기시키기 위해 고안된 것임은 두말할 것도 없다. 주지하듯 육서(六書)의 하나이자 한자의 가장 오래된 기원으로서 '상형(象形)'은, 사물의 모양을 그대로 본떠 만든 글자이다. 또한 고대의 갑골문으로부터 유래하는 상형문자는 길흉과 흥망을 점치는 주술적 기능과 결부된 것으로 이해된다. 조연호는 자신의 시와 시어들이 사물의 뼈에 새긴 등껍질 말이 되기를 희망한다. 이와 같은 상상력은 "사물을 필요로 하는 것과 마찬가지로 사물이 필요로 한다"(「사물이 필요로 한다」)는 역설적 인식에 기초한 것이다. 가령 "이들을 정신의 물질이게 하는 건 플라톤의 세 마리 말 // 모상(模像)은 별이 죽어 밤의 상태로 돌아가는 것"(「세 가지 말」)이라는 직접적인 진술은 시인으로서, 플라톤의 이데아에 동의하지 않는다는 자신의 입장을 분명히 드러내고 있는 것이다. 말과 사물의 일여(一如)한 부합(符合)을 꿈꾸는 조연호는 따라서, 이성적 합리성에 기반하는 근대 이래의 모든 인위적인 제도와 문화적 장치들을 전면적으로 거부한다.

그것은 먼저 작시(作詩)의 차원에서, 유사성과 인접성이라는 시작 원리의 논리적 전형성의 급진적 파괴로 표현된다. 조연호의 시적 언술과 비유 체계에서 명료한 논리적 인과관계 혹은 뚜렷한 객관적 상관물의 표지는 발견되지 않는다. 예를 들어 전치에 의한 의도적 오류에 해당하는 "빠뜨린 발을 찾아나선 구두의 한쪽 굽"(「닐웨」)이나, "어린 거울은 깨진 어른을 안고 주저앉았다"(「잡종지(雜種地)에서」)와 같은 진술 등은 환유적 인접성이 흔적으로나마 남아 있는 비교적 드문 사례에 속할 것이다. 유사성과 인접성이 현저히 떨어지는 비유를 통상 병치은유라 일컫지만, 여기에서도 최소한의 의미론적 전이는 발생하는 것으로 여겨진다. 그러나 조연호의 시는 병치은유 등의 협소한 비유체계의 틀을 깨고 자신만의 고유한 시적 논리를 새롭게 창안한다. 상투적 시어의 완고하고 고정된 결합관계가 예측 불가능한 단어들의 불연속적 연쇄로 재조합되면서 언어들이 분기하고 폭주하기 시작한다. 그 낯선 말들이, 미지의 언어들이 마침내 도래하는 것이다.

다음으로 시적 의미의 차원에서, 그것은 문명의 원초적 기초 단위인 가족의 테마를 직접적으로 겨냥한다. 이 시집에서 집요하게 반복적으로 언급되고 있는 모티프는 가족됨의 영광과 비참, 보다 구체적으로는 부모로 상징되는 원죄의식이다. 그런 뜻에서 이 시집은 카프카의 「변신」 같은 작품을 자연스레 떠올리게도 한다(이는 물론 시집에 빈번히 등장하는 다양한 벌레의 형상과도 관련될 것이다). 가령 "오늘의 발광 너머 이 더운 벌레를 / 어머니 채찍으로 휘갈겨 주소서"(「씨종자의 속월(俗月)」)나 "가족에게 침을 발사한 가련한 아홉 살"(「잡종지(雜種地)에서」) 등의 구절들은 카프카의 작품 속 인물들을 직접적으로 연상케 한다. 시집이 직접적으로 겨누고 있는 것은 아버지의 계율로 대표되는 상징계 질서이다. 예를 들어 "군주에게 내민 노예의 바른 손을 배운 것

이다"(「아스테리아스 아무렌시스와」)라는 진술이 분명히 암시하고 있는
것처럼, 아버지로 상징되는 대타자와의 관계 속에서 노예의 도덕으로
체득한 굴종이 주는 열매는 달다. 그러나 이 시집의 화자는 상상적 동
일시 단계의 어머니와의 이자관계에도 결별을 고하고 있는 듯하다.
"엄마의 피투성이 채소를 씹는 밤"(「무영등(無影燈) 아래」), "생모가 영
원히 걸러내진 곳"(「트로이인의 석양」), "사라지는 엄마를 또 반 토막이
나 잃어야 했다"(「닐웨」) 등의 시구들이 표상하고 있는 것은 그 이자관
계의 단절이다. 이상의 맥락을 고려할 때, 여러 작품을 통해 변주되고
있는 "속애(俗愛)"의 다른 이름, 그 대표적인 별칭이 '가족애'임은 분명
하다. 또한 "누군가를 사랑하자 신벌(神罰)을 기대하게 되었다"(「아스
테리아스 아무렌시스와」)라는 진술은 그와 같은 세속적 사랑이 허위의 가
면을 쓴 기만이라는 점을 고발하고 있는 것이다. 그것이 "의붓"된 자
의 거짓 사랑에 지나지 않는다는 점은, 반복해서 출현하고 있는 존속
살해 모티프에서 확연히 드러난다(대표적으로 「차남이 장남의 눈을 찔렀
다」라는 작품이나 여타 표현들). 따라서 그것은 인간과 문명의 발전 단계
에서 출현하는 모든 작위(作爲)나 윤리 등속의 어떠한 인간적 질서도
거부하고 부정하는 것으로 보아야 옳을 것이다. 이와 같은 시적 정황
은 "창세(創世)는 이후 체험 전체의 재현이다"(「응향(凝香)」)이라는 단
적인 진술 속에서 여실히 확인된다. 마찬가지로 "우리는 미래의 신에
는 도달했지만 과거의 신에는 도달하지 못했다"(「오훼(烏喙)」)는 확고
한 판단이 지시하고 있는 것 역시 동일한 맥락에서 파악될 수 있을 것
이다. 결국 조연호가 인간 문명의 모든 발달 단계를 거슬러 올라가 하

등의 인위적 질서가 개입되지 않은 고대의 언어, 태초의 말을 발굴하고 복구하고자 했던 것은 필연적인 작업이었다 할 것이다. 언어와 대상 사이에서 본래적 차원의 '사물적 친연성'을 발견하고 복원하고자 하는 조연호의 필사적인 시도는 필시 언어의 근원적 불가능성을 전제로 하는 것이지만, 또한 그것이 도달하고 있는 지점과 그 성패 여부는 여전히 미확정적인 것이지만, 그의 시적 발화가 모더니티에 대한 전면적 성찰의 기회를 다시금 부여하고 있는 것은 분명해 보인다. 상투화된 시적 논리를 갱신하는 유일한 원천으로서 단지 언어의 불가능한 가능성에 의지한 채, 다만 홀로 항진(亢進)하고 있는 조연호는 여일(如一)한 본질주의자가 아닐 수 없다. 그는 '암흑향(暗黑鄕)'이라는 실재의 장소를 따라 가고 있다.

제4부

시의 형이하학

반복의 형이하학

이영재 시의 인식과 관심

1

시간을 두고 오래 이영재 시의 맛을 우려내기 위해, 이 글은 씌어진다. 먼저 시작(詩作)의 원리로서 이영재 시가 착근하고 있는 것은, 무엇보다 반복의 수사학이다. 우량의 시에서 반복은 결코 반복이 아니다. 그것은 언제나 차이를 내포한 반복으로서(써)만 시의 위의(威儀)를 달성한다. 지금 천천히 음미하고자 하는 이영재 시의 면모 또한 이와 같다. 이 자리에 발표된 신작시 5편은, 한국시가 도달할 수 있는 반복의 미학을 최고도(最高度)의 높이의 하나에서 수행하고 있는 것으로 판단된다. 바로 확인하듯이, 표제작으로 발표된 「그릇되는 동안」을 위시해 나머지 시편들도 모두 반복의 원리를 시작의 중핵으로 삼아 적극 활용한다. 이러한 반복의 수사는 일단, 언어에 대한 특유의 민감성과 함께 이를 능숙하게 접고 펼쳐서 적확하게 배치하는 시어들의 긴밀한

운용능력이 필수적으로 요구되는 것이다. 언어의 미세한 질감에 둔감
하거나, 촘촘한 그 짜임관계를 수의하게 운영할 수 있는 창조적 직관
과 구성능력이 없다면, 반복의 수사는 한낱 공허하고 기계적인 의장
으로 전락하여, 사유의 상투성과 시적 재능의 탕진만을 스스로 입증
하게 될 뿐이다. 논의의 대상인 신작시 5편은 모두, 평균적 기대지평
을 넘나드는 함량과 밀도를 다양하게 증거하고 있어, 어느 작품을 택
일하더라도 본격적인 논의의 실마리로서 아무런 손색이 없다. 우선
아래 작품을 단초로 삼아보기로 한다.

2

사람인 듯 보이는 사람은
앉은 듯 앉아서
생각인 듯 생각을 한다

한 입 베어 문 사과를 옆에 두고

그는 안과 밖에 대해, 위와 아래에 대해, 상식과 다른 상식에 대해,
놓인 사과와 사라진 사과에 대해, 들숨과 날숨에 대해, 저 사람과 저
사람과 저 사람과 저 사람에 대해, 자신과 자신 안의 자신과 자신 밖의

자신과 자신 어딘가의 자신에 대해, 무표정과 무표정에 대해, 경계가
있는 것과 경계가 없는 것에 대해, 이데올로기와 닮은 이데올로기에
대해, 오와 아에 대해, 아와 오에 대해

생각이 허락되지 않은 그는
사과가 놓였던 자리에 여전히, 존재인 듯
존재한다

—「사람은 앉아서 생각을 한다」 전문

첫 연의, "사람인 듯 보이는 사람은 / 앉은 듯 앉아서 / 생각인 듯
생각을 한다"는 언뜻 평범해 보이는 진술이, 나에게는, 반복의 수사가
허용할 수 있는 최상의 표현의 하나로 받아들여진다. 이 시는 인용조차
새삼스런 조각가 오귀스트 로댕의 작품, 〈생각하는 사람(Le Penseur)〉
(1880)을 자연스레 연상시킨다. 동시에 데카르트의 존재론적 명제를
과감히 뒤집었던 라캉의 안티테제 또한 떠올리게 한다("나는 내가 존재
하지 않는 곳에서 생각한다. 고로, 나는 내가 생각하지 않는 곳에서 존재한다").[1]
특히 마지막 연의, "생각이 허락되지 않는 그는 / 사과가 놓였던 자리
에 여전히, 존재인 듯 / 존재한다"는 구절은 확실히 그렇다. 그리고 3
연에 놓여 있는 다채로운 반복의 수사는, 이영재 시의 뚜렷한 지향성
과 함께 시작의 토대로서 반복의 위상을 선명히 지시하고 있는 것 같

---

1   J. Lacan, Bruce Fink trans., *Écrits*, New York : W. W. Norton & Company, 2006,
p.430.

다. 하여, 나에게 그것은, 위악적 포즈나 상투적 말장난으로 여겨지지
않고, 치밀하게 공들여 계산된 시의식 속에서 수행된, 진지한 언어실
험이자 도저한 자기실존의 기투로 감각된다. 여기에서 서서히, 그리
고 분명히, 부각되는 것은, 의식의 불투명성과 이에 따른 여백과 공백
으로서 사유의 잉여성이다. 이처럼 이영재 시는 확신에 찬 사유의 구
조나 명료한 의식의 체계를 그다지 신뢰하지 않는 것으로 보인다. 이
성의 논리적 인과관계가 별반 믿을 만한 것이 못 된다는 것은, 「나무
입니까」라는 작품에 보이는 비선형적 진술구조와 탈규범적 비유체계
에서 확연히 드러난다.

> 나무를 본 적이 있다 그 나무가 그곳에 있을 때만
> 비를 맞은 나무였는데
> 나무 이전에 비가 내린 적은 없다
>
> 가끔 나무를 본 적이 있다
> 택시에서도
> 버스에서도, 물론
> 걷던 때도 멈춰선 때도 아니었다 어떤 예시를 갖다 붙여도 결론은
> 아니다 두 번 말할 필요 없다
>
> 나는 때때로 단호하지 못하다
> 호기심이 없거니와

가끔, 누군가의 밀실 초인종을 누르고 도망치는 나무를

따라가는 청소부를

따라간 적은 없다

따라서

나무가 있던 자리에

돌아올 나무를 미리 심은 일이 종종 있다

행위 다음엔

행위가 필요해, 은밀하게 누군가의 밀실로 들어가

부끄럽게도

나무의 걸음걸이를 흉내 내곤 했다

누군가를 따라서

누군가를 흉내 내며 걷는 젖은 나무를

보는 이의 입장에서 볼 생각은

아직 없다

―「나무입니까」 전문

　이 시는 인접성과 유사성이라는 비유의 기본 원리를 거의 대부분 무시하거나 파괴하면서 진행된다. 아울러 형식미학으로서 반복의 원리 또한 충실히 구현해낸다. 시적 소재로 차용된 것은 흔하디흔한 '나무'에 불과한데, 시인은 우리의 진부한 기대지평을 초과하여 '나무'에 관여하는 서정적 감수성의 오랜 전통과 완고한 미학적 형질들을 일거에 전복시킨다. 가령 "그 나무가 그곳에 있을 때만 / 비를 맞은 나무였는데 / 나무 이전에 비가 내린 적은 없다"는 첫 연의 비논리적 진술과 비약적 상상력은 그 전형적 사례로 꼽을 수 있을 듯하다. 이와 같은 내용은 상식적 논리의 체계 내에서는 비교적 이해되거나 용인될 수 없는 진술들에 해당할 것이다. 자연현상인 강우(降雨)는, 주체의 의지나 사물의 발현양상과는 아무런 상관이 없는, 무연(無緣)한 것이다. 또한 "비가 내린"다의 앞에 위치한 "이전에"라는 시간 부사어와 호응하는 것은, 명사나 체언이 아닌, 행위를 나타내는 동사형이나 서술어의 표지가 오는 것이 문장구조상 자연스럽다. 하지만 이 작품의 화자는 이러한 선험적 이해규범을 여지없이 무너뜨리며 고스란히 해체해 놓고 있다. 이어지는 2연에서도 마찬가지인데, 우리가 일상에서 물리적 실체로서 나무와 마주하는 것은, 특정한 순간에서 시각의 인지작용을 통해서이다. 그러나 화자는 "택시에서도 / 버스에서도, 물론 / 걷던 때도 멈춰선 때도 아니었다"라고, 단언하고 있다. 그것은 화자의 입장에서는, "두 번 말할 필요도 없"으며, "어떤 예시를 갖다 붙여도 결론은 아"닌, 확고한 것이다. 그럼에도 화자는 한편으로, "나는 때때로 단호하지 못하다"라고, 상충된 모순진술을 시도하기도 있다. 4연과 5연은 반복을 통한 섬세한 언어의 변주가 두드러진다. 그것은 직접적으로, '따라가는 / 따라간 / 따라서'라는, 단어성분의 확산적 연장과 점층적 심화를 통해 획득된 것이다. 물론 여기에는 아무런 인과관계도 존재하지 않는다. 뒤를 잇는 "나무가 있던 자리에 / 돌아올 나무를 미리 심은 일이 종종 있다"라는, 선형적 시간의 과감한 파괴 역시, 비약적 진술에 해당하는 것은 마찬가지이다. 앞뒤로 배치된 "도망치는 나무"나 "나무의 걸음걸이" 또한 같은 맥락에서, 비인격적 사물에 개별적 페르소나를 부여한 것으로 이해할 수 있을 것이다. 이와 같이 시각을 통해 위계화된 인간의 의식작용에 대한 화자의 명백한 불신은, "보는 이의 입장에서 볼 생각은 / 아직 없다"는 최후진술에서 부동의 것으로 한층 확고해지고 있다.

질문을 들고 흔들면
씨앗의 깔깔대는 웃음소리를 듣는 경우가 종종 있다

공간이
공간 속에서
더는 우려낼 수 없는 차를 음미하고

흔들릴 준비가 되어 있다고
열매와
열매의 생산자는 다시금 믿겠지만

열매는 결국
열매의 맛에 가까워지고 만다

스스로 흔들릴 수 있는 열매가 있다면

이곳은 결코

놓여 있을 필요조차 없는 것 아니냐고

공간은 단호하게

질문되어 있다

―「열매의 맛」 전문

위 「열매의 맛」이라는 작품은 "열매"와 "열매의 생산자"에 그 중추적 위상이 부여되어 있다. 먼저 '열매의 생산자'는 다름 아닌, '나무'일 것이다. 좀 더 '열매'의 은밀한 속내를 들여다보기로 한다. 이 작품의 정확한 해독이 여의치는 않은 듯하다. 가령 시의 논리적 중핵으로 기능하고 있는 1연의 시구, "질문을 들고 흔들면 / 씨앗의 깔깔대는 웃음소리를 듣는 경우가 종종 있다"는 문장도 그 의미를 단 하나로 확정하기는 어렵다. 목적어로 활용된 "질문" 자체가 추상적 개념이거니와, "씨앗"의 "웃음소리" 또한 무엇으로부터 기원한 것인지, 그리고 그 내포가 어떤 것인지도 매우 불분명하기 때문이다. 그럼에도 그것은 필경 냉소(冷笑)에 가까운 것이라 어림잡을 수는 있을 듯하다. 그리고 '흔들림'이란 어떤 '변화'의 가능성을 내장한 것으로 이해할 수 있을 것이다. 이어지는 맥락에서, '열매'란 고정된 의미의 실체, 비유동적인 속성의 고착 정도로 풀이할 수 있을 것 같다. "열매"와 "열매의 생산자"인 '나무'의 입장에서는 여전히 유동적인 변화의 가능성을 확신

하겠지만, 일반적으로 숙성되어 농익은 '열매'란 부단한 변화와 새로운 생성의 분명한 정지로서 맛과 농도의 최종적 결정(決定), 응축된 의미의 최후의 결정(結晶)으로 간주하지 않을 수 없을 것이다. 결국 열매는 내재된 속성으로서 "열매의 맛에 가까워지고" 마는 것이다. 따라서 그것은 "더는 우려낼 수 없는 차"와 같은 것이 된다. 그런 뜻에서 이 작품은, 고정된 실체로서 의미에로의 단일한 결정, 완고한 자기애의 폐쇄적 구조에 정당하게 항의하며 재차 의문을 던지고 있는 것으로 보인다. 이어서 다음 시를 읽어보자.

나도 모르는 사이, 내 주위로 작은 방이 발생됐다 오래라고 할 수 있는 긴 동안 나는 덩그러니 놓여 있을 수 있었다 방 안에 작은 창문이 발생되자 죽은 줄 알았던 사람이 죽어 돌아왔다 작년에 심었던 나무는 어째서인지 자라는 중이다 몇 가지의 오해 때문에 몇 번의 피를 봤는데 몇 가지와 몇 번의 숫자는 같지 않았던 것 같다

죽어 돌아온 사람이 연인을 만나러 갔다가 큰 가방을 주워왔다 나는 화를 내는 방법을 모르기에 그와 함께 웃었다 방 안에 테이블이 발생됐다 테이블의 용도에 대해 고민하던 그가 내 뺨을 때렸는데 웃는 방법을 모르는 나는 화를 냈다

피를 닦아내고 상처가 아무는 것을 오래 바라보고 있었다 먹을 수 있는 건지 모르지만 마당에 웃자란 풀을 뽑아 뿌리를 씹어 먹었다 먹

었으니, 먹을 수 있겠다는 생각이 들었다 어쩌다보니 청소는 꾸준히 해 왔다 방 안에서 풍기는 악취가 어디서 시작되는지에 대해, 그와 이틀 동안 토론을 했다 편견과 아집 없이, 방바닥을 다시 걸레로 닦았다

상처가 사라지자, 그가 칼을 들고 스스로 중지 발가락을 잘라냈다 그는 악취가 더 심해졌다고 말했다 그에게 미안한 기분이 들었다 테이블에 꽃병이 발생된 건 그때가 아닐지도 모른다 그가 꽃병에 맥주를 담아 마시는 동안 발생됐던 창문이 서서히 사라지는 것을 지켜봤다 날아가던 새가 추락하는 것을 보지 못했지만 아쉽지 않다

꽃병에 꽃이 발생된 건 내가 구조라는 단어를 떠올렸을 때와 무관하다 어쩌면 풀 한 포기 없이 덩그러니 나무만 남은 마당과도 무관할지 모른다 그가 돌아오기 전에 꽃을 꽃으로 가능한 오래 바라봤다 창문이 있었다고 돌아온 그가 얘기했는데 나는 그의 거짓말에 웃을 준비를 하지 못해, 그에게 뒤통수를 맞았다

죽은 그를 묻어주고 돌아와 꽃이 무엇을 발생해낼 수 있을지에 대해 생각했다 같은 생각을 두 번 정도 하고 나니 싫증이 났다 테이블이 사라지고 꽃병이 사라지는데, 내가 생각한 적이 있는 꽃은 여전히 꽃병에 꽂힌 모양을 기억한 채 놓여있다 뿌리도 없는 꽃은 뿌리와 다를 바 없는 맛이다 구역질을 모두 끝내고 방바닥을 닦았다 상처도 없는 곳에서 피가 떨어졌다 다시 방바닥을 닦았다

내가 할 말은 아니지만, 나는 커다란 가방만 놓인 방을 좋아한다 냄
새도 없는 가방 속에 들어가 가방을 닫았다 나는 오래라고 할 수 있는
긴 동안, 덩그러니 커다란 가방만 놓인 방을 바라볼 수 있었다 보는데,
보지 않는 동안 방이 사라졌다 여기 왜인지 커다란 가방이 놓여 있고
나는 커다란 가방 안에서 텅 빈 채로, 발생되길 기다리고 있다

—「여기 커다란 가방이 놓여 있다」 전문

이 작품은 이성적 사고와 의식의 활동성을 완전히 배제한 채 온전
히 무의식적 환유연쇄로만 구성한 시이다. 이를 두고, '발생과 소멸의
계보학'이라 이름 붙여두기로 한다. 우선 그 발생 구조를 순차적으로
정리해보자면, '방→창문→테이블→꽃병→꽃'의 차례로 갈무리
될 것이다. 이후 그 소멸의 순서는 계기적으로 때론 돌발적으로 진행
되기도 한다. 이는 한편으로, 인간의 의식작용이 명료하거나 투명하
지만은 않다는 분명한 증거일 것이다. 그리고 이 작품에서도 「그릇되
는 동안」과 유사하게, 정체 모를 "그"가 등장한다.[2] 여기서 "그"는 '실

2　여기 두 작품에 전경화된 "나"와 "그" 사이의 관계의 어긋남, 설정된 관계의 부조리성은 어떤 면
　에서 김종삼의 데뷔작이자 대표작의 하나인 「원정(園丁)」(1953)을 떠올리게 한다. 비교를 위
　해 전문을 적어둔다. "平果 나무 소독이 있어 / 모기 새끼가 드물다는 몇 날 후인 / 어느 날이 되
　었다. // 며칠만에 한 번만이라도 어진 / 말솜씨였던 그인데 / 오늘은 몇 번째나 나에게 없어서는
　/ 안 된다는 길을 기어이 가리켜 주고야 마는 것이다. // 아직 이쪽에는 열리지 않은 果樹밭 / 사
　이인 / 수무나무 가시 울타리 / 길줄기를 벗어 나 / 그이가 말한 대로 얼만가를 더 갔다. // 구름
　덩어리 얕은 언저리 / 植物이 풍기어 오는 / 유리 溫室이 있는 / 언덕쪽을 향하여 갔다. // 안쪽과
　周圍라면 아무런 / 기척이 없고 無邊하였다. / 안쪽 흙 바닥에는 / 떡갈나무 잎사귀들의 언저리
　와 뿌롱드 빛갈의 果實들이 평탄하게 / 가득 차 있었다. // 몇 개째를 집어 보아도 놓였던 자리가
　/ 썩어 있지 않으면 벌레가 먹고 있었다. / 그렇지 않은 것도 집기만 하면 썩어 갔다. // 거기를
　지킨다는 사람이 들어와 / 내가 하려던 말을 빼앗듯이 말했다. // 당신 아닌 사람이 집으면 그럴
　리가 없다고—."(김종삼, 「園丁」 전문).

제’하는 인물일 수도, 그리고 아마도 더 많이는, 실제 하지는 않는, ‘실재’하는 인물일 수도 있다. 다시 말해 주체의 내면에 존재하는 무의식의 반영이자 침전물일 가능성이 더 높다는 뜻이다. 따라서 우리의 추론이 진실에 근사한 것이라면, 이 작품은 결국, 실제 상황과 객관적 사태에 대한 묘사라기보다는 무의식의 표상작용이자 주체의 상상행위에 근거한 환영일 개연성이 농후하다. 그렇다면 “그”와의 관계 속에서 피어오르는 이 환영의 실체, 그 무의식의 의미작용이 가리키고 있는 것이 무엇인지가, 작품을 해명하는 관건이 될 것이다. 이 시에서 “그”의 정체를 추측할 수 있는 거의 유일한 단서는, “죽은 줄 알았던 사람이 죽어 돌아왔다”는 모순진술이다. 상식적인 우리의 언어감각에서는, ‘살아 돌아왔다’는 표현이 보다 적합한 것이지만, 화자는 이를 위반하면서 “그”를 시의 내부로 끌어들인다. 한편 “그”는, 이 작품을 매개하는 주요 모티프이자 핵심 이미지로 활용되고 있는, “큰 가방”을 주워온 사람이기도 하다. 하지만 5연의 “죽은 그를 묻어주고”라는 구절에서, 그는 이미 죽은 사람이란 걸 간과할 수는 없을 것이다. 다음으로 첫 행의 “나도 모르는 사이, 내 주위로 작은 방이 발생됐다”는 표현에서, ‘발생했다’가 아니라 ‘발생됐다’고 표기함으로써, 이 작품에 점멸(點滅)하는 무수한 발생들은 주체의 능동적 의지가 아니라, 수동적인 무의지적 발현태로서 현상하고 있다는 점 역시 주목할 필요가 있다. 이러한 주체의 ‘적극적 수동성’은, 마지막 행의 “텅 빈 채로, 발생되길 기다리고 있다”는, 초연한 무관심의 태도와도 전혀 무연한 것이라 할 수 없는 것이다. 그리고 이는 또한 존재가 의식을 규정한다는,

이 작품의 주요 명제의 하나와도 일맥상통하는 것이라 하겠다. 예를 들어 "먹었으니, 먹을 수 있겠다는 생각이 들었다"는 진술은 의식에 선행하는 존재의 규정성을 선명히 피력한 것이다. 같은 맥락에서, "가방"은 "방"의 연상 작용임이 분명하지만, 한편으로 "방"의 텅 빈 물질성의 변주이자 반복으로 여겨진다. 처음과 마지막에서 정확히 반복되고 있는, "오래라고 할 수 있는 긴 동안"은 그러한 물질성이 존재에 각인되는 시간의 경과와 완만한 침투의 과정을 암시한다. 발생되고 소멸하는 시행의 진행 속에서 마지막으로 남는 것은, "꽃"이다. 화자는 "꽃이 무엇을 발생해낼 수 있을지에 대해 생각했다"고 읊조린다. 소멸하는 인공적 사물들이 생명 없는 딱딱한 무기물임에 반해, "꽃"은 유기적 생명체로서 '존재'하는 자연물이다. 많은 시들에서 '꽃'을 존재자의 대표적 표상으로 삼은 것도 이 때문이다. 결국 이 작품에서 마지막까지 살아남아 시의 전면에 다시금 부각되는 것은, 존재자와 존재의 언어라 할 것이다. 그런 의미에서, 방이 현존재의 거처이듯 가방은 존재의 집이자 텅 빈 내면성의 상징이라 이해하는 것은 크게 어긋난 추론은 아닐 것이다. 마침내 화자는 "냄새도 없는 가방 속에 들어가 가방을 닫"는다. 무수한 변신의 욕망을 품고 가방에 잔뜩 웅크린 채, 새로운 몸 받기를, "나"는 이제, 가만히 기다린다.

저편에 있는 그릇으로 이편에 있는 그릇을 담았다

나는 그가 양말 빼는 모습을 묘사했다 기대대로 그만 울었다

그릇에서 그릇된 버섯이 자랐다

그는 내가 요리사가 되었으면 좋겠다고 소원을 빌었다 냄비에서 멸치를 건져냈다 눈알들을 건져내는 데는 실패했다

두부를 잘랐는데 안타깝게도 크기와 모양이 똑같았다 그가 기차의 량을 옮겼다

나는 다음 량에서 청소도구를 들고 연기를 해야 하는 그를 위로했다 편안한 마음으로 된장을 풀었다

빨아놓은 양말은 이틀 동안 널지 못했다

그는 여태 연애를 해 본 적이 없다 나는 그에게 몇 발의 탄환을 허락한 적이 있었다 그는 그릇이 없다며 식사를 건너뛰었다

다음 량에 그의 이상형이 있다 그는 기차의 칸을 옮길 생각이 없어 보였다 양말이 아닌 멸치에서 고약한 냄새가 났다

그가 코를 틀어막으며 쓰레기를 치웠다 그가 멈춰 있는데 기차가 움직이기 시작했다

된장국이 끓고 있다 어디에도 그릇될만한 그릇이 없다 그는 눈에
띄게 야위었다

그릇된 버섯은 필요 이상으로 건강하다 움직이기 시작한 기차는
멈추지 않을 생각이다

여전히 나와 그는 동시에 맨발이다 그는 이전 량으로 돌아가 나의
야윈 얼굴을 묘사할 예정이다

그만 우는 것에 미안한 기분이 든다

저편의 그릇에 담긴 이편의 그릇에, 저편의 그릇을 담을 생각이다

―「그릇되는 동안」 전문

끝으로 위 작품은 반복의 기제로서 언어의 중의적 활용이 가장 두드
러지고 단연 돋보이는 시다. 우선적으로 '그릇'은 음식 등을 담는 용기
(容器)로서 일반명사의 뜻을 지닌다. 한편으로 보조용언의 활용형으로
본다면 '그릇되다'는, 그릇이 되어가는 과정을 의미하는 복합동사로서,
그리고 '어떤 일이 사리에 맞지 아니하다'는 뜻의 본동사로도 규정될
수 있다. 대표적인 사례로는 "그릇에서 그릇된 버섯이 자랐다", "그릇될
만한 그릇이 없다" 등의 구절들이 이에 해당한다 할 것이다. 아울러 중
의적 표현의 다른 예로서, "그만 울었다"나 "그만 우는 것"에서 '그만'이

라는 단어는, '그'에 대한 한정을 나타내는 조사 '-만'이 덧붙여진 형태로 볼 수도, 동작의 중단을 내포하는 부사로도 읽힐 수 있다. "나"와 "그"는 앞선 작품의 분석에서 이미 언급했듯이 전혀 다른 인물일 수도 있지만, 여러 정황으로 미뤄볼 때 "나"의 다른 분신이자 또 하나의 자아일 가능성이 크다. 이는 "여전히 나와 그는 동시에 맨발이다"라는 후반부의 진술에서 충분히 유추 가능한 것이다. 결과적으로 첫 행의 "저편에 있는 그릇으로 이편에 있는 그릇을 담았다"와 마지막 행의 "저편의 그릇에 담긴 이편의 그릇에, 저편의 그릇을 담을 생각이다"는 반복이 창조하는 미묘한 언어적 긴장 속에서, 주체의 균열과 자아의 분열상을 적실히 가리키며 환기하는 것으로 해석해도 무방할 듯하다. 그것은 "그가 양말 빼는 모습을 묘사"하는 "나"와 "나의 야윈 얼굴을 묘사할 예정"인 "그"가, 음악의 대위법(對位法)에서처럼 정확히 조응하고 있다는 점에서, 여실히 뒷받침되고 있다. 이 작품의 공간적 배경으로 설정돼 있는 "기차"는 따라서, 객관적 실체이기보다는 무의식의 중력을 따라 주체 내부에 펼쳐진 심리적 실체로 간주하는 것이 보다 온당한 독법이라 할 것이다.

3

이제까지 신작시 5편을 중심으로 이영재 시에 대한 간략한 소묘를 마쳤다. 이를 정리하면 다음과 같다. 이영재의 시는 의식의 명료한 투명성과 논리적 표상작용을 믿기보다는 불가해한 무의식의 역동성과 우발성에 의존하며, 그것의 모호한 연쇄작용을 보다 신뢰한다. 그 미학적 기초를 이루고 있는 것은 반복의 수사학이다. 언어에 대한 특유의 민감성을 바탕으로 그의 시는 반복의 미학을 그 정점에까지 끌어올린다. 그리고 그것은 다만 상투적이고 기계적인 형식적 수사에 그치는 것이 아니라, 하나의 인식론적 태도이자 미학적 입장으로서 뚜렷이 피력되고 있다. 그의 시가 반복의 수사학에 집중하고 있는 것은, 의식의 불투명성을 적극적으로 의제화하고 선험적 인식지평으로서 고정된 의미의 실체를 낱낱이 해부해보고 싶은 작가적 욕망 때문이다. 이를 통해 의심되지 않았던 기존의 인식체계가 돌연 의문시되고, 관성적 지각과 자동화된 감각은 새롭게 생기를 부여받는다. 이와 같은 견고한 의미의 전면적 해체의 지향점은 그러나, 새로운 형이상학의 수립에 있지 않다. 그것이 지향하고 있는 것은 반복의 형이하학이다. 이는 이영재의 시가 의식의 표상작용으로 이룩되는 관념적인 형이상학적 실체에 대해 생래적 거부감을 갖고 있기 때문이기도 하다. 더불어 이영재 시의 주요 테마 중 하나인 존재가 의식을 규정한다는 명제도, 그의 시가 사유의 고도(高度)에 머물지 않고 척박한 지상의 토양을 일궈나가도록 끊임없이 일깨운다. 그의 시에서 사물들의 물리적 신체성이 비교적 두드러지는 것은 이 때문이다. 따라서 그것은 얼마간 또는 명백히 유물론적 입장에 서 있는 것이기도 하다. 나는 그의 인식론적 태도와 미학적 관심이 시간을 두고 서서히 익어가기를 오래 기다릴 요량이다.

서늘한 음기(陰氣)의 점착성

강은진의 신작시 읽기

1. 긴 밤, 짧게 다가온 아침[1] 혹은 부재하는 시간들 — 「식물들의 밤」

나팔꽃 봉오리가 닫히고
내가 깨어난 아침
당신은 사라지고 없다
해석하고 싶지 않은 기분들이
뜻밖의 좌회전처럼 낯선 곳으로 흘러간다

착한 식물들의 밤이 궁금해
단단한 어둠을 파고드는 실뿌리의 부드러운 감각과
뒷면으로 숨쉬는 고요의 매혹

---

1   김인숙의 장편, 『긴밤 짧게 다가온 아침』(동광출판사, 1991)에서 차용.

아무도 듣지 못한 목소리로 그들이 속삭이는 밤

내 깊은 잠 속에 잠시 놓아둔 이야기가 있었다

당신은 시든 꽃다발을 들고 서서 안부를 묻고

그 거리의 자정은 너무나 짧고

나는 아무 대답도 할 수 없고

누운 들판은 다시 일어나지 않았다

우리는 한 번도 뜨거운 적이 없었는데

문밖에서 손 흔드는 녹색 잎들의 마음

편견 없는 잎맥들은 각자의 방향으로 뻗어가고

내게 슬픔이 오는 시간은 점점 짧아지고 있다

—「식물들의 밤」 전문

　　강은진의 시는 눅진하다. 물기를 머금은 듯 축축하고 *끈끈한* 점착성을 갖고 있다. 대개의 시들은 말랑말랑하거나 견고한 편인데, 그의 시는 말랑말랑하면서 견고하다. 그것은 강은진의 시가 물처럼 부드러운 유화적 속성을 지니고 있으면서도 어떤 의미의 응집을 위한 구조적 완결성을 갖추고 있다는 말이 된다. 이를 해명하는 것이 강은진 시를 푸는 관건이 될 것이다. 꿈결처럼, 아침은 식물들이 개화하는 시간이다. 아침 햇발을 받은 나팔꽃 역시 봉오리를 활짝 연다. 그런데 시의 첫머리에서 "나팔꽃 봉오리가 닫히고 / 내가 깨어난 아침"이라 화자는 진술하고 있다. 이는 자연적 시간에 역행하는 것으로, 다른 해석적 가능성을 지시하는 것으로 봐야 할 것 같다. 이 시를 성적(性的) 차원에서 접근하는 것이 꼭 온당하다고 할 수는 없겠으나, 의미의 명료성을 위해 일단 "나팔꽃 봉오리"를 여성의 자궁(나팔관)이나 음핵을 상징하는 것으로 가정해 볼 수 있을 것이다. 지난 밤 남자와의 교합이 있었고 여자의 음문은 나팔꽃 봉오리처럼 환하게 피어났다가, 이내 닫혔다. 다시 "내가 깨어난 아침", '나'의 몸을 깨웠던 "당신은 사라지고 없다". 여자만 혼자 남은 것이다. 그리고 이런 "기분들"의 낯선 표정은 그리 "해석하고 싶지 않"은 것이다. 한편 빛을 향한 나팔꽃의 상승의지와 지양성(志陽性)은 지지대를 휘감고 타오르는 줄기의 회전으로 표상된다. 즉 그것은 내 의지를 배반하는 무의지의 의지, 무의식적 동기로서 "뜻밖의 좌회전"을 이루며 예기치 않았던 "낯선 곳"으로, 다시금 나를 이끈다. 이 시의 논리적 중핵은 남자와 여자, 그리고 그들의 교합이 식물들의 밤과 은밀한 사생활로 치환되고 있는 점에 있다. 땅을 파고드는 뿌리의 생명력을 묘사하고 있는, 2연의 둘째 행은 남녀의 성기의 직접적인 접촉을 암시하는 것으로 읽어도 무방할 듯하다. "단단한 어둠"을 파고들어 지면에 서서히 스며드는 "실뿌리의 부드러운 감각"은 물리적 차원에서 성교의 부드러운 질감을 직접적으로 환기하고 있다. 한편으로 거친 교성(交聲)의 배면에는 침묵과 속삼임으로 이루어진 사랑의 밀어(密語), "고요의 매혹"이 "뒷면으로 숨쉬는" 것이다. 3연 이후의 시행들에서, 남녀의 밀어는 식물들의 식별불가능한 언어와 보다 직접적으로 대응하며 교차된다. 혹은 인간의 언어에 드리운 낮은 실루엣처럼 배면의 말들로 물러나 앉으면서 시적 분위기를 한층 고양하거나 심화시키고 있다. 내밀한 나의 "잠 속에" 잠시, 묻어둔 "이야기"가 있다. 이미 시든 당신의 "꽃다발"(혹은 남근)에 나는 어떤 말로도 응답할 수 없었고, 간밤의 짧은 "자정"(혹은 사정(事情/射精))은 속절없이 지나가버렸다. 불모의 대지처럼 차갑고 딱딱하게 식어버린 여자의 몸에 해당할 것인, "누운 들판"은 당연하게도 (성적) 활력을 잃어버리고 생명력이 소진된 지 이미 오래이다. 그리하여 "우리는 한 번도 뜨거운 적이 없었"던 사이이다. 다음 행의 "녹색 잎들의 마음"이란 냉온의 감각 속에서 푸르게 바래버린 여자의 마음을 대변하고 있다. 마지막 연에서 자연물의 무관심성을 드러내고 있는 "편견 없는 잎맥들"의 객관적 중립성 등과는 다르게, '나'가 느끼는 주관적 시간이나 슬픔의 체감 시간은 "점점 짧아지"거나 상대적으로 빨라지고 있다. 블랑쇼의 『문학의 공간』(1978)이라는 작품 등에서 여실히 드러나는 것처럼, 낮의 표면적 활동성에 대비되는 밤의 비활동성은 역설적으로 내면적 동기의 발화점(發火點)으로 작용하며, 인간에게 밤은 정신적 고양의 순간으로 오랫동안 인식돼왔다. 진부한 견해로서 꿈은 낮의 심리적 불행감에서 벗어나 소망충족으로서의 기능을 갖는다. 그러나 이 작품에서 화자가 경험하는 밤의 시간은 내적 충일의 순간이나 심리적 행복감 등을 표상하지 않는다. 화자는 밤이나 꿈속에서 온전히 불행만을 경험할 뿐이다. 강은진 시의 내재적 속성과 심층적 자질들은 이로부터 해명될 필요가 있다. 이러한 시적 상황이나 분위기 등이 나머지 작품들에서도 뚜렷이 변주되고 있는 양상을 발견할 수 있기 때문이다. 그것을 일컬어 우선 부재하는 시간들 혹은 어떤 결여태의 흔적들이라 명명해두기로 하자. 그렇다면 무엇이 부재하며, 무엇과 어긋났으며, 과연 무엇으로부터 결여되어 있는가.

2. 양립불가능한 언어와 현존재의 근원적 균열상—「마음 처방전」

젊은 의사는 이번에도 내 마음이 문제라고 한다

하지만 나는 아파요 분명히 아파요
분명한 게 분명한가요? 검사 결과에는 이상이 없어요
하지만 계속 속이 쓰리고 배가 고파요
속이 쓰린 것과 배고픈 것은 아무 관계가 없어요
알아요, 하지만 속이 쓰리니 먹어야죠
글쎄요, 비싼 약을 처방해줬는데 낫지 않을 리 없어요
하지만 나는 정말 아파요 잠도 못잘 정도로
마음을 편하게 하는 방법밖에 없어요
하지만 내 마음은 지극히 평온해요 콧잔등에 내려앉은 눈송이처럼, 늙은 개의 하품처럼, 접시의 노래처럼, 당신의 무관심처럼.

그의 '없어요'와 나의 '하지만' 사이에

내가 모르는 내 마음이 있어

그 마음 때문에 강물이 흐르고 꽃잎이 떨어지고 배가 고프다

나를 경멸하는 여자와 눈 맞추고 밥을 먹던 마음

빨간 국물에 비벼 하수구로 흘려보냈는데

여전히 김치 냄새에 구역질이 나듯

모든 순간의 마음이 나의 날씨를 만든다

당신은 보이나요

쉴 새 없이 쌓여 넘쳐나는 마음들이

쫓기는 사슴의 목덜미 같은 이 기분이.

—「마음 처방전」 전문

　(정신과) 의사와의 상담내역을 기록하고 있는 「마음 처방전」에서 화자는 분명히 병을 앓고 있다. '나는 아프다'. 문제는 진단결과에는 아무런 이상이 발견되지 않는다는 점이다. 2연에서, 기울임체로 표시된 '의사'의 말과 바르게 표기된 '나'의 말은 좀처럼 화해하지 못한다. 이탤릭체의 경사처럼 의사의 언어와 나의 언어가 어긋난다. 이처럼 어긋남은 주체와 대상과의 관계를 전제한다. 그것은 무엇과의 어긋남이다. '의사'의 진단을 종합해보면, "검사결과에는 이상이 없"고, "속이 쓰린 것과 배고픈 것은 아무 관계가 없"으며, "비싼 약을 처방해줬는데 낫지 않을 리 없"다. 결론적으로 "마음을 편하게 하는 방법밖에

없"다. 의사의 진술은 모두 부정문으로 이루어졌다는 데 공통점이 있다. 이에 반해 '나'의 자가진단은 모두 긍정문으로 이루어졌다는 점에서 분명한 차이가 있다. 나는 "계속 속이 쓰리고 배가 고프"고, "잠도 못잘 정도로", "정말 아프"다. 마음을 편히 가지라는 의사의 조언은 사실 매우 무책임하고 어떤 면에서 폭력적인 발언이다. 이를 모르는 환자는 지구상에 아무도 없다. 마음을 편하게 먹으려도 뜻대로 잘 되지 않으며, 실제로 몸이 아프기 때문에 의사를 찾아오는 것이다. 마음대로 되지 않는 것이 마음이다. 그것은 단지 기계적 직무수행만을 의미하며, 따라서 기실 환자에 대한 "무관심"에 지나지 않는다. 잘 알려져 있는 것처럼, 정신분석 치료의 출발점은 자신의 내부에 내 마음대로 할 수 없는 무의식의 존재를 인정하는 일이다. 그것은 의식의 차원과는 별개의 것으로서 몸의 언어에 가까운 것이며 실재의 영역을 부유(浮游)한다. 또한 이러한 무의식의 언어는 개인의 내밀한 진실에 비교적 육박하는 것이다. "강물이 흐르고 꽃잎이 떨어지고 배가 고프다"는 진술은 리비도의 역동적 움직임을 적확하게 포착한 것이다. 고정적 벡터를 갖지 않는 무의식의 흐름이 "나의 날씨"와 체감 온도를 결정한다. 또한 리비도 에너지의 양(量)은 물리적으로 양가감정 등으로 양분되거나 역동적 평형을 이루지 않고, 그 모든 양이 전부 에로스일 수도 전부 타나토스일 수도 있다. 따라서 그것은 "쉴 새 없이 쌓여 넘쳐나는 마음들"이 아닐 수 없다. 이상적으로는 인간이 리비도 에너지를 조절하여 균형과 조화를 이룰 수도 있겠으나, 그러한 평형상태에는 언제나 균열이 있는 것이 인간의 구체적 실존 양상이다. 따라서 "쫓기는 사슴의 목덜미 같은" 불안감은 인간의 실존적 숙명으로서 현존재에 내재되어 있는 것으로 보아야 마땅할 것이다. 이 작품은 긍정문과 부정문을 의식과 무의식 사이에 적절히 교직함으로써, 두 가지 차원의 근원적 양립불가능성을 선명하게 부각시키는 데 성공하고 있다. 이를 통해 분명히 인지할 수 있는 것처럼, 의식은 결코 무의식을 지배하거나 통제할 수 없다. 인간에게 현실적으로 가능한 것은 무의지의 의지를 능동적으로 실현하는 것 외에는 없다고 말하는 것이 비교적 사실에 가까울 것이다.[2]

3. 무의식의 중력을 따라 잇닿은 내부―「꼬리」, 「겨울잠」

지나치게 솔직한 꼬리
의미심장한 꼬리

정오에 감춰졌다
해질녘에 드러나는 꼬리

---

2 이러한 주체 내부의 움직임을 가리켜, 하이데거는 "초연한 내맡김(Gelassenheit)"이라 명명한 바 있다. 경우에 따라 이에 대한 우리말 번역으로, '적극적 수동성'이라는 말이 선호되기도 한다. 이에 대한 보다 상세한 설명은 마르틴 하이데거, 신상희 역, 「초연한 내맡김」(1955), 『동일성과 차이』, 민음사, 2000, 117~194쪽 참고.

부끄러움을 감추기엔 너무 분주한 꼬리

그러나 이해하기에 충분한 꼬리

내가 당신의 말 대신 꼬리의 감정을 느끼듯

마음보다 먼저 반응하는 몸의 순간들 속에서

서로를 알아볼 수 있다는 것을

알고 있니? 너무 분명한 것은 재미없어

너의 꼬리는 조금 엉뚱하구나

소금바다에 내려앉은 구름의 심정같이

고요한 꼬리의 날을 꿈꾸네

외로움의 가장자리에서 아슬아슬 네 발로 걸어갈 때

불현듯 낮게 경고하는 꼬리

먼 곳으로부터 당신이 오고 있다는 그 이상한 신호

—「꼬리」 전문

겨울—이라고 말할 때면

몸속 깊은 곳으로부터

서늘한 죽음이 출렁인다

잠든 딸을 끌어안고
어느 밤의 슬픔을 견디던
젊은 엄마의 숨냄새처럼

때로 살아있다는 것은
뒤집어 벗어놓은 빨랫감처럼 곤혹스러워
계절과 계절 사이의 빈 공간으로
간신히 지나가는 이목구비가 있다

같은 베개를 베고 누워
아무도 겨울을 말하지 않지만
비린 냄새를 풍기며 등을 어루만지는 차가움
이해해, 처음 하는 고백처럼 자꾸 무너지는 걸

우리는 언제나 과거형으로 존재하므로
잠들기 싫은 너를 끌어안으며
이 거대한 밤의 중심을 천천히 통과한다

—「겨울잠」 전문

「꼬리」, 「겨울잠」은 앞선 「마음의 처방전」이 지닌 의미의 연속선
상에서, 그리고 이와 유사한 맥락과 해석의 지평 속에서 이해될 수 있
는 작품들로 보인다. "꼬리"는 신체의 일부로서 몸의 최후방에 속해

있다. 또한 동물들에게는 무게중심과 균형을 잡는 중심추로서 중요한 기능을 담당하고 있다. 꼬리는 몸의 언어에 충실한 생체기관이다. 인간은 꼬리가 없으므로, 꼬리에 해당하는 신체부위를 대신하는 것은 무엇일까. 단정할 수는 없겠으나, 그것은 아마도 인간의 무의식이 아닐까 싶다. 인간은 무의식의 중력을 따라 이동할 때만이 진실에 육박할 수 있으며, 비로소 '나'가 된다. 동물들에게 꼬리가 몸-언어에 가장 민감한 촉수이듯, 인간에게 무의식은 신체-언어를 통해 직관을 구성하는 가장 예민한 더듬이다. 이런 맥락에서 "정오에 감춰졌다 / 해질 녘에 드러나는 꼬리"는, 낮 동안의 의지적 활동이 정지하고 무의식의 '텅 빈 지대'가 의식의 수면으로 부상하는 것을 뜻하는 것으로 읽을 수 있다. 역동적 에너지를 품고 있는 "꼬리"(무의식)는 "너무 분주"하며, 초자아의 통제 너머에서 "부끄러움을 감추"는 법을 모른다. 이상의 시적 상황 속에서, "내가" 의식의 "말" 대신 "꼬리의 감정"을 "느끼는" 것은 너무나 자연스런 현상이다. 이제 '나'는 "마음보다 먼저 반응하는 몸의 순간들"을 믿고 따르기로 한다. 몸이 들려주는 충실한 언어에 귀 기울이는 것이다. 마지막 연에서 이 작품의 화자는 인간의 거추장스런 신체를 벗어던지고 진정으로 '동물-되기'를 감행한다. 두 발이 아닌 "네 발로 걸어" 가는 것이다. '나'는 "먼 곳으로부터 당신이 오고 있다는 그 이상한 신호"를 지금, "꼬리"를 통해 안다. 결론적으로 이 작품에서 "꼬리"는 '무의식의 흔적'이 아닐 수 없다. 이와 같은 시적 인식은 의식의 발달과 문명의 진보가 인간을 동물의 상태에서 벗어나게 했다는 통념이나 상식과는 정면으로 위배되는 것이다.

「겨울잠」에 드리워진 서늘한 음기(陰氣)는 "겨울"-"잠"-"밤"-"죽음" 등으로 이어지는 의미의 계열로부터 파생된 것이다. 밤과 잠이 그러하듯, 자연상태로서 겨울이라는 계절은 봄이나 여름의 왕성한 생명력과 활동성이 중지된 시간이다. 이 시의 의미의 중핵은 "때로 살아있다는 것은 / 뒤집어 벗어놓은 빨랫감처럼 곤혹스러워"라는 진술이다. 다시 말해 그것은 삶에 내장된 죽음의 표정이다. 물리적으로는 삶의 끝에 죽음이 놓여있다고 말할 수 있겠으나, 사실 죽음은 삶의 내부적 양상으로 깊숙이 포진해 있다. 한편으로 인간은 죽음을 경험할 수 없으므로, 인간이 경험할 수 있는 죽음이란 잠재태로서의 그것뿐이기도 하다. 일상의 경험에서 우리는 삶의 도처에 산재되어 있는 무(無)의 양태들을 발견한다. 그것은 "몸속 깊은 곳으로부터" 출렁이는 물리적 실체이자 실존의 파동으로서 생(生)의 이물감을 형성한다. 과거는 이미 지나갔고 미래는 아직 오지 않았으므로 현재에 충실해야 한다는 의견은 인간의 상투적 시간인식을 표현하는 말이다. 여기서 시의 화자는 "우리는 언제나 과거형으로 존재"한다고 진술하고 있다. 물론 왜 '현재'가 아니라 '과거'인지가 관건일 것이다. 이는 이 작품의 제목과 관련하여, 인간의 죽음본능으로 설명하는 것이 타당해 보인다. 즉 단순히 지나간 시간이자 완료태로서 과거를 의미하는 것이기보다는, 절대적 무(無)의 상태로 회귀하려는 인간의 소멸 의지를 표현하고 있는 것으로 봐야 할 것이다. 다시 말해 현존재로서 인간은 항상 '무의 상태'로 존재한다는 진술로 해석해야 할 듯하다. 또한 '겨울잠'의 그 궁극의 형태는 죽음이라 하지 않을 수 없을 것이다. 「꼬리」와 「겨울잠」은 이

처럼 에로스와 타나토스로 대표되는 무의식의 기저를 탐색하는 데 그
시적 작업이 온전히 바쳐지고 있다. 「꼬리」가 상대적으로 무의식의
역동성에 보다 초점을 맞추고 있다면, 「겨울잠」은 궁극적 무의 차원
으로서 죽음이라는 '실재(the Real)'의 영역에 보다 근접하고 있는 양
상을 띠고 있다 할 것이다. 실재란 인간이 알 수 없는 것이 아니라 인
간에게 알려질 수 없는 것이라 하겠으나, 「겨울잠」의 마지막 행, "거
대한 밤의 중심"이란 바로 그 실재계를 지시하고 있다.

4. 끈적거리고 / 들러붙는 / 그 무엇 —「이상한 꿈들 2—천국에서 온 전화」

돌아가신 아빠에게서 전화가 왔다

나는 울고 아무 말도 하지 못하고
아빠는 계속 걱정 말라 울지 말라 하고
아무도 모르는 내 속을 다 안다 하고
잘 있다 잘 있다 괜찮다 괜찮다

나는 빨간 망토를 두른 아이
입술이 작아지고 갑자기 몸은 뜨거워지는데
아빠의 목소리는 깊고 어두운 터널을 지나

무거운 솜이불 속으로 축축하게 스머드네

나는 안 괜찮아 안 괜찮아

번호도 없는 그 곳에서

아빠는 내게 전화를 하고

그렇게 못잊을 거면서 어떻게 가나

아빠, 끊지 마, 아빠.

—「이상한 꿈들 2-천국에서 온 전화」 전문

이 작품은 꿈결에서 만난 "아빠"와 나눈 전화통화를 모티프로 하고 있다. 망자(亡者)와의 대화에는 죽음의 그림자가 짙게 투영되어 있다. 대개의 부모들이 그러하듯이 죽은 아버지 역시 '나'에게 "계속 걱정 말라 울지 말라" 당부하고, "아무도 모르는 내 속을 다 안다"고 위로의 말을 건넨다. 그러면서 정작 자신은 천국에서 "잘 있다 잘 있다 괜찮다 괜찮다"를 연발한다. 부모의 품속에서는 누구든 어린 아이가 된다. 이를 두고 화자는 "나는 빨간 망토를 두른 아이"라고 표현하고 있다. 붉은 색감은 핏덩어리 태아의 이미지를 환기하면서 '나'를 유아기로 전면적으로 퇴행시킨다. 작아진 "입술"과 갑자기 뜨거워지는 "몸"은 퇴행적 자아의 원초적 희열(jouissance)을 상징하는 듯하다. "아빠의 목소리"가 갖는 음성언어로서의 직접성과 압도적인 위력은 문자언어의 간접성을 가뿐히 뛰어넘는다. 그것은 "깊고 어두운 터널"이라는 공간과, 완료된 사건으로서 죽음이라는 시간마저 초월한다. 목소리는 지금, 여기의 "무거운 솜이불 속으로 축축하게 스며드"는 것이다. 글의 첫머리에서 나는, 강은진의 시가 유발시키는 감각적 표상을 일컬어 '눅진하다'는 말을 썼다. 그의 시는 습기를 잔뜩 품고 있어 눅눅하고 축축하다. 그리고 한번 스며든 습기는 좀체 가시지 않고 집요하게 달라붙어서 내면에 깊은 심문(心紋)을 새겨 넣고 만다. 강은진의 시가 이처럼 강력한 점착성을 지니는 것은, 시어들의 짜임관계가 호명하고 있는 것이 명료한 의식이 아니라 불투명한 무의식의 차원이기 때문이다. 그것은 모호하고 종잡을 수 없지만 주체의 내부에 완강하게 버티면서 끈적거리며 들러붙는 그 무엇이다. 하지만 진실에 이르기 위한 도정은 무의식을 관통하는 길 외에는 다른 것이 없으며, 오직 무의식과 맨얼굴로 마주했을 때만이 견고한 실체를 포착하는 희미한 실마리를 얻을 수 있다. 이 작품 최후의 전언은 앞선 시행들과는 달리, "나는 안 괜찮"다는 것이다. 이는 인간의 실존적 숙명이자 원죄로서 세계와의 근원적 불화를 상징한다. 타인들의 세계에 태어난 인간에게 돌아갈 수 있는 영원한 성소(聖所)는 존재하지 않는다. 주체의 근원적 어긋남은 돌이킬 수 없으며, 상징계에 속한 인간은 결여태로 존재할 수밖에 없다. 욕망이 결여라는 진부한 말을 떠올리지 않더라도, 이 작품은 결여태로서 인간의 실존적 운명을 불운한 꿈을 통해 직접적으로 현시하고 있다. 즉 꿈이 소망충족의 기능을 갖는다는 상식적 진술을 넘어, 이 작품은 꿈조차도 서늘한 음기로 깃들게 함으로써 궁극적 무(無)라는 실재의 차원에 잇닿고 있는 것이다. 끝으로 지극한 사건으로서 몇 가지 췌언을 덧붙이고자 한다. 이상의 검토에서 강은진의 시적 작업은 래디컬한 내용을 비교적 온건한 형식에 담고 있는 것으로 보인다. 다시 말해 형식적 차원에서 실험보다는 전통적 양식에 보다 기대고 있다는 뜻이다. 그런 이유에서 나는 강은진이 자신의 시적 개성에 부합하는 고유한 형식적 장치들을 발견할 수 있기를 기대한다. 한편으로 강은진의 시는 대개 개체적 실존에 칩거하는 경향을 띠고 있는데, 나는 그녀의 시가 내면의 빗장을 과감히 풀고 무의식의 정치적 차원에까지 확장·심화되기를 바라마지 않는다. 이는 다소 추상적인 언표들로 구성된 시어들이 구체적인 사건의 물질성을 포함하는 감각의 기호들로 체현되는 것과도 무관하지 않을 것이다.

시간의 순례자

이해존의 신작시에 부쳐

1. 마감의 위력 혹은 '데드라인'을 앞둔 어느 마감업자의 심정

계단보다 많은 발이 뛴다

외투를 의자에 걸치거나 현관에서 양말을 벗는 문에서 문으로

넷째 주마다 캐터필러가 달려온다

불도저가 길을 펼치고 길을 떼어가는 캐터필러에 올라 런닝머신처
럼 달린다

발바닥이 길게 흘러가다 코가 깨진다 떨어진 꽃잎이 캐터필러 속
으로 빨려들어간다

에스컬레이터가 달아난다

맨 위층에서 접힌 시간이 오늘 아침 첫 층계참으로 이어진다

하나씩 모서리를 펼치며 에스컬레이터가 시간을 뱉어낸다

사라진 시간이 에스컬레이터 뒷면의 어둠 속에 거꾸로 매달려 있다
넷째 주마다 첫 층계참에서 거꾸로 매달린 몸을 털고 또다시 얼굴
을 내민다

가쁜 숨을 몰아쉬는 아침, 발끝으로 사람들을 끌어올리는 무한궤도
숨을 들이 쉬고 저녁에는 땅속으로 뱉어낸다

두 그루 나무가 이어진 곳 문에서 문으로 나무뿌리가 뻗친 곳까지
겉옷을 걸치고 횡설수설을 지나 구두를 벗는다
가지를 흔들어 나뭇잎을 끌어 덮는다

연결통로에서 연결통로로
외투와 계단, 침대가 무한궤도 따라 철컥철컥 돌아간다

—「데드라인」 전문

시인의 개인사를 언급하는 것이 시 해석에 그다지 도움이 되지 않
는 경우가 허다하지만, 이해존의 신작시 5편을 받아 쥐고 제일 먼저
떠오른 이미지는 시인의 고단한 일상이었다. 이해존 시인은 월간지의
편집자로서 오랫동안 일해 왔다. 그리고 그의 생생한 현장 경험은 일
상의 시편들로서 독자들에게 적지 않은 공감을 준다. 또한 그것은 단

지 편집자로서의 업무만이 아니라, 창작과 글쓰기에 종사하는 이들 모두에게 바쳐지는 헌사(獻辭)이기도 하며, 그리고 보다 직접적으로는 창작의 고통과 시 쓰기의 지난한 과정을 암시하는 메타포로서도 읽힐 수 있다. 그것은 '마감 없는 작업의 길'이다. '무한궤도'를 뜻하는 "캐터필러"로부터 착상을 얻고 있는 신작시 「데드라인」은 그러한 시인의 농밀한 체험과 일상의 경험적 구체성이 그대로 녹아 있다. "넷째 주마다 캐터필러가 달려온다"는 진술은 소위, '마감업자'로서 직능적 상상력으로부터 비롯된 직업적 소명의식을 드러내고 있다. 화자의 직접적 언술이면서도 동시에 일종의 관찰자적 시선에서 조감되고 있는 이 시는, 마감업자의 신체를 "길을 펼치고 길을 떼어가는 캐터필러에 올라 런닝머신처럼 달"리는 "불도저"에 비유하고 있다. 이는 일차적으로 마감업자의 업무와 일상이 인간적 온기를 상실한 채 분절된 시간 속에서 변질되고 기계화되었다는 절박함의 토로이다. 그것은 "발바닥이 길게 흘러가다 코가 깨"지고, "떨어진 꽃잎이 캐터필러 속으로 빨려들어"가는, 다시 말해 과정의 세부적 절차들이 과감하게 무시되고 손-결 사물들이 무심하게 짓이겨지는, 그리하여 데드라인의 최후 목적을 달성하기 위해 무자비하게 치닫는 맹목적 결과주의에 대한 냉연한 응시이다. 이상의 시의식의 자연스런 귀결이라 하겠으나, 이러한 마감업자의 냉혹한 직업관이 뚜렷한 시간의식에 의해 유도되고 있는 것이 이 시의 독특한 개성이라 할 것이다(이번 신작시들이 모두 비교적 선명한 시간의식을 드러내고 있다는 점은 유념할 필요가 있을 듯하다). 또 하나의 무한궤도라 할, "에스컬레이터"는 마감업자의 시간의식을 표현하는 유력한 환유적 실체이자 데드라인의 무한반복과 영원회귀를 함축하고 있다. 그것은 "맨 위층에서 접힌 시간"(완료태로서, 지난달의 데드라인)이 "오늘 아침 첫 층계참"(진행태로서, 이 달의 데드라인)으로 이어지는, 그리고 현실적 가능성이자 현재 속에 내장되어 있는 잠재태로서, 끝이 없는 순환과정을 이룬다. 이제 "하나씩 모서리를 펼치며 에스컬레이터가 시간을 뱉어낸다". 어김없이, 다시 한 번, 마감이 다가오는 것이다. 전 달의 데드라인은 이미 "사라진 시간"으로서 "어둠 속에 거꾸로 매달려 있"다. 그것은 벌써 형적조차 확인할 수 없는 "에스컬레이터의 뒷면"이다. "가쁜 숨을 몰아쉬는 아침"이 지나고 "저녁에는 땅 속으로 뱉어낸다"는 진술은 다음 연의, "가지를 흔들어 나뭇잎을 끌어 덮는다"는 진술을 시의 내부로 호명하면서 데드라인의 숨가쁜 일정을 계절의 순환이라는 자연사의 원리로 확장하고 있다. 삶과 문학에서, 그리고 시와 시의 구성 원리로서 '반복'이란 존재하지 않는다. 반복은 차이를 내포한 반복이며, 반복을 반복으로 구성하는 것은 차이이다. 그럼에도 불구하고, 완강한 경험적 사실로서 무한반복의 운명에 처해 있는 시인의 실존의 풍경은 어떤 것일까. 「네 개의 시간」을 본다.

2. 무연(無緣)의 시간, 당신의 밤은 나의 낮보다 아름답다

문을 열어주며 맞이하는 당신은

오늘 아침 내가 등을 바라보며 문을 닫아주었던 사람

하루가 세 개인 당신의 시간 사이로

하나의 시간이

서로 엇갈리고 마주친다

공평해진 시간을 골라

우리는 밖에서 식사를 끝내고 거울이 된다

아래윗니를 보이며 거울에게 묻는다

이에 낀 거 없어,

응 없어, 거울은 얌전히 되비춰 준다

한순간 거울을 뒤집으면 서로가 아무것도 아닌 것이 되는

어두운 뒤통수를 뚫고 나가 그냥 투명해지는

서로가 거울이니까

뒤통수의 흰머리를 뽑아준다

배웅은 언제나 어색하다

거울 밖 표정으로 돌아가다 들켜버린 순간,

얼굴을 돌려 반만 웃어 준다

방문을 열어 놓는 불필요한 예의,

거실을 가로지른다

잠귀 밝은 거울에게 들킨다

없는 사람이 되어갈 때 거울은, 거울은

당신의 낮과 저녁과 밤을 하루로 요약하고 싶어질 때

세 개의 시간 사이로 하루가 다녀오고

하루 사이로 세 개의 시간이 다녀간다

정작, 네 개의 시간이 하나가 될 때

우리는 각자의 시간으로 공평해진다

―「네 개의 시간」 전문

이 시는 여러 가지 정황으로 미루어 볼 때, 분명 이상의 소설, 「날
개」를 떠올리게 한다(직접적으로 언표되고 있는 것은 '거울'이라는 소재이지
만, 시 「거울」보다는 오히려 더, ……). 물론 이 작품에서는 외출의 당사자
가 (아마도) 여성에서 남성으로 바뀌어 있다는 차이가 있겠지만, 한 사
람은 집에서 기다리고 배웅하는 입장이고 다른 한 사람은 외출과 귀
가를 반복하고 있다는 점에서 동일한 패턴의 관계를 형성하고 있다고
할 것이다. "오늘 아침 내가 등을 바라보며 문을 닫아주었던 사람",
"당신"은 오늘 저녁에도 변함없이 나를 "문을 열어주며 맞이"한다.
"낮"과 "저녁"과 "밤"으로 나뉜 당신의 하루, "세 개인 당신의 시간 사

이로", "하나의 시간이 서로 엇갈리고 마주친다". 당신의 세 개의 시간을 네 개의 시간으로 바꾸는 "하나의 시간"은 물론, "나"에게 할당되고 귀속된 시간일 것이다. 두 개의 계열과 시간이 서로 마주치고 엇갈리지만 그것은 이내 어긋난다. 이 어긋남은 상투적으로 말해, 존재의 '근원적 이질성'에서 비롯된다. "나"와 "당신"은 역시 관습적 해석대로, 서로를 되비치는 존재의 거울(상)이다. 타인에 대한 순전한 허용과 있는 그대로의 바라봄을 표현하고 있는 우리말, '눈부처'에 담긴 속뜻을 상기한다면, 일단 이 시는 서로에게 '눈부처'가 되지 못하는 관계의 불모성과 비루한 삶의 표정들을 암시하는 것으로 이해할 수 있을 듯하다. 함께 나누는 공유의 시간이지만, 각자의 사업에 몰두한 탓에 '공평하게 무관심한' 시간이기도 한 저녁 무렵, "우리는 밖에서 식사"를 하고 서로에게 "거울이 된다". 2, 3, 4, 5연은 그 무채색의 시간을 담담한 어조로 관조하고 서술한다. "한순간 거울을 뒤집으면 서로가 아무것도 아닌 것이 되는" 사이, "배웅은 언제나 어색"한 것이 된다. 즉 서로를 되비추고 감응(感應)하는 진정한 의미의 관계의 거울상이 되지 못하고 "어두운 뒤통수를 뚫고 나가 그냥 투명해지는", 다시 말해 상대의 입장을 존중하고 반영하지 못하고 스스로만을 투영하는, 그리하여 존재의 전체를 거는 전심의 진력(盡力)이 아니라 겨우, "반만 웃어주는" 마음이 없이 부르는 소리, 영혼이 깃들지 않은 대답만이 공전(空轉)하고 있을 뿐이다. 이런 상황에서 "거울 밖 표정으로 돌아가다 들켜버린 순간," 난처하고, 곤혹스럽고, 당황스러운 건 어쩔 수가 없다. 필시 '데드라인' 때문일 밤샘 작업 후, 늦은 귀가에서 그(녀)

는 나를 위해 "방문을 열어 놓는 불필요한 예의"를 잊지 않는다. "거실을 가로지"르는 나의 발걸음은 그러나, 번번이 "잠귀 밝은 거울에게 들킨다". 점점 각자에게 "없는 사람이 되어" 가는 것이다. 서로의 시간이 잠시 만나고 머무는, 비로소 "네 개의 시간이 하나가" 되는 순간에, "정작, …… 우리는 각자의 시간으로 공평해진다". 비록 같은 시공간을 각자의 몸이 점유하고 있으나, 공평한 무관심으로 되레 초연해지는 무연(無緣)의 시간이 펼쳐지는 것이다. 고독한 공생이 이어지는 깊고 푸른 적요(寂寥)의 틈으로, 당신의 밤은 점점, 나의 낮보다 아름다운 것이 되어 간다.

3. 고통의 성소(聖所)와 봉인되지 않는 시간

상기된 얼굴로 도착하지 않을 걸음을 걷는다
내 몸은 한 마리 늙은 개의 터럭에서 떨어져 나왔다

너의 한쪽 입꼬리에 주름지던 말들이 맴돈다
수많은 말과 침묵이 오가던 테이블, 향기로 감싸던 꽃병마저 쓰러졌다

나의 보폭을 끌어내리며 모래주머니가 젖는다

한때는 전부였던, 이제는 기억나지 않는 아픔을 옮겨 적은 노트를
찢는다

은밀한 실험과 힘찬 걸음걸이,
너에게서 끓어오르는 차가운 태동을 본다

감열지의 희미해져가는 글자처럼 책상에 박제된 나의 두개골

내 감정의 진열장보다 높은 곳에서 너는 내려다본다
검게 말라가는 화분의 줄기 옆에,
백양나무 꼭대기, 한때의 아픔이 뜯겨나간 낱장의 이파리 위에 나
를 앉힌다

너를 제끼고 가보지 못한 곳으로 흘러가 보라고

—「독설가」 전문

「독설가」는 「네 개의 시간」에서의 당신과, 세계와의 본질적 불화
를 보다 전면적으로 드러내고 있는 작품이다. 화자가 느끼는 불안감
은 마치 아무런 설명도 듣지 못한 채, 돌연 날아든 정인(情人)의 절교편
지를 받아든 사람의 당혹감을 떠올리게 한다. '나'는 "상기된 얼굴로
도착하지 않을 걸음을 걷는다". 존재의 외딴 섬인 너에게 이르는 나의
발걸음은 그러나, 도착되지 않는다. 그것은 너는 흐르지 않고 나만 섬

없이 흐르는 외줄기 물길이다. 나의 몸과 영혼은 늙고 병들고 지쳐서, "늙은 개"에게서 떨어져 나온 "터럭"만큼이나 허허롭고 또한 가볍다. '나'는 '너'와의 추억을 기억하고 눈부셨던 날들을 회상한다. 너의 아름다운 입가로 "주름지던 말들이" 아직도 귓가에 생생하고, 둘 사이 "테이블" 위로는 "수많은 말과 침묵" 들이 외침과 속삭임처럼 전해졌다. "향기로 감싸던 꽃병마저 쓰러졌다"는 동적 진술은 그러니까, 갑작스런 사랑의 파국을 암시한다. 나는 너에게로 향하는 힘겨운 "나의 보폭"을 애써 "끌어내리며", "모래주머니"처럼 무거워진 내 가슴을 다독인다. 황량한 내 마음의 모래사막에 바람이 불고, 비가 내리고, 슬픔이 온몸을 적신다. "한때는 전부였던, 이제는 기억나지 않는 아픔"을, 너를, 내 심장에서 도려내야겠다. 그리고 내 기억 속 너의 흔적조차 이제 지워야만 하겠다. 나는 아랑곳하지 않고 너만의 사업에만 골똘하고 있는 너로부터, 나는 지금 "차가운 태동"만을 느낄 뿐이다. 너에게 나는 "감열지의 희미해지는 글자", "책상에 박제된 …… 두개골"이다. 나의 존재는 미미하고 희박하여, 너의 페이지에서 언제든 사라질 운명에 처해 있으며, 아련한 나의 기억은 너와의 추억 속에 봉인된 채 고독한 최후를 맞이하고 있다. "나는 나를 이끄는 매혹에 최선을 다해 복종"(이장욱, 「꽃잎, 꽃잎, 꽃잎」)하였으나, 그러나, 너는, "내 감정의 진열장" 너머 매혹의 저편에서 나에게 '독설'을 퍼붇는다. 지금은 "검게 말라가는 화분의 줄기 옆에", 창백한 "백양나무 꼭대기", 차갑게 "한때의 아픔이 뜯겨나간 낱장의 이파리 위에 나를 앉힌다". 그리고 어쩌면 영원히 회복되지 못할, 치명적인 최후의 마지막 말을 섬광처럼 내뱉는다. '너를 제끼고 가보지 못한 곳으로 흘러가 보라고' ……. 이 작품에서 '너'와 '나'는 화해할 수 없는, 감정적 적대상태에 놓여 있다. 여기서 '너'는 어쩌면 '나'의 분열상으로서 자아의 분신일 수도 있고, 변심해버린 사랑했던 애인일 수도, 누적된 오해로 신뢰가 무너진 남편이나 아내일 수도, 혹은 어떤 절대자로서 신적 존재일 수도 있을 것이다. 파국에 이른 과정을 과감히 생략하고 파국의 결과로서 결별의 상황만을 제시하고 있는 이 시의 핵심적 사유에 해당하는 것은, 채 봉인되지 않은, 어떤 '시간의 흔적' 들이다. 그것은 봉인된 기억이면서도 현재의 시간에 여전히 개입하고 계속해서 간섭하고 있어서 지속적으로 현존재에 영향을 주고 있는, 직접적인 존재의 사건이다. 따라서 그것은 일종의 기호의 폭력으로서 봉인되지 않은 / 않는 시간이다. 과거의 시간이 차분히 정돈되고 정갈하게 갈무리되어 무리 없이 봉인된다면, '나'는 굳이 이러한 감정적 적대상태에 놓여 있을 이유가 없으며 '너'로부터도 충분히 자유로울 수 있다. 하지만 '나'의 현존재는 무의식의 흔적이자 잔여물로서 '너'와의 기억과 과거에 끈질기게 점착(粘着)돼 있다. 나의 시간의식이 과거로부터 깊이 침식당하고 있는 것이다. 과거-현재-미래에 대한 통합적 시간의식을 통해 인간은 현재 속에서 과거를 다시 당기며 미래를 현재 속으로 미리 당긴다. 이러한 통합적 시간의식에 조화와 균형이 파괴될 때 인간은 현재에 충실할 수 없게 된다. 한편으로 인간에게는 누구나 영원히 지워지지 않을 고통의 성소(聖所)가 하나쯤은 있게 마련이다. 가령 유년시절 불가항력적으로 겪게 되는 압도적인 폭력의 경험이나 원초적 장면 같은 것이 그렇다(정신분석의 대상으로서 이는 '종결될 수 없는 분석'에 속한다). 이러한 경험은 의식의 차원에서는 비교적 통제되지만 무의식의 수준에서는 신체의 일부로 고스란히 남게 된다. 하지만 인간은 바로, 사라지지 않을 고통을 고통스럽게, 날것으로 그대로 체험함으로써, 비로소, 성숙한다. 어느 비평가의 참말처럼, 극단을 경험한 자에게만 내리는 신의 축복처럼 중용의 덕을 체득(體得)하게 되는 것이다. 이 시의 화자는 '너'의 주문과 독설에도 불구하고, "너를 제끼고 가보지 못한 곳으로 흘러가 보"기를 주저하며 망설이고 있다. "뜯겨나간 낱장"처럼 생채기로 남은, 내 안의 '너'를 결코 무시할 수가 없기 때문이다. 이 작품은 인간의 원체험으로서 영원히 지속되는 고통의 성소에 관한 최후 진술이자 궁극의 전언이다. 그것은 '실제(Actuality)'가 아니라 '실재(Reality)'의 영역에 속한다.

4. 법정립적 폭력과 발가벗겨진 존재

집이 폭탄에 무너졌다 하나뿐인 형을 잃었다 그 길로 견고한 밀림으로 숨어들었다 나뭇가지가 스윙도어처럼 출구를 삼켰다 낮과 밤의 유일한 시간마저 어두워졌다

염소를 만들어서 염소를 잡아먹었다 식탁을 만들어서 모닥불을 지

폈다 그 많던 들고양이가 어디에서 죽는지 알 것 같았다

　간섭하지 말라며 경계색이 신호를 보냈다 독화살개구리의 경계색
을 화살촉에 발랐다 표적은 번번이 빗나갔다

　말이 튀어나오자마자 짐승의 울음소리가 삼켜버렸다 몸에서 자라
나는 것들이 구부러지기 시작했다

　사람들이 정글도로 길을 내기 시작했다 발가벗은 몸을 발굴해서
밀림 밖에 세워 놓았다 사람들이 웃는다 처음 보는 웃음이다

　세상은 여전히 불타고 죽은 형은 계속 죽고 있다

—「발굴」 전문

　역시나 특별한 시간의식을 바탕으로 하고 있는, 「발굴」과 「어린 분
노」에서 시인은 어떠한 형태의 폭력에도 반대한다는 뜻을 분명히 한
다. 먼저, 이제는 개인의 실존적 지평에서 공동체의 사회적 차원으로
시선(視線/詩選)을 확장하고 있는 작품, 「발굴」은 표면적으로 과거 공
권력(법의 예외상태를 결정하는 주권자에 의해 강제적으로 선포된, 공인된 국가
폭력이라는 의미에서 '강권력'이라는 표현이 보다 적확한 것이지만)에 의해 자
행됐던 강제철거나 근래의 용산참사 등을 연상케 하고 있다. 가령 이
작품은 직접적으로(특히 마지막 행의 진술 등은) 이영광의 시, 「유령 3」

등의 화소(話素)들을 분명 떠올리게 한다(예를 들어, "죽은 자는 여전히 失踪中이고 / 籠城中이고 / 投身中이다"와 같은 표현들). 이를 조금 우회적으로 시의 화자를 '개미(인간)'이라고 가정해 두기로 한다. 나에게 이 시는 한편으로 백석의 시, 「修羅」를 떠올리게도 했기 때문이다.[1] 화자는 어떤 인위적인 재난에 의해서, 즉 "집이 폭탄에 무너졌"으며, 그리고, "하나뿐인 형을 잃었다". 다음으로 "견고한 밀림으로 숨어들었다"는 진술은 축자적으로 밀림을 직접 지시하면서 동시에 외부와 단절된 화자의 내면의 칩거 상태를 가리키기도 한다. "스윙도어", 회전문은 어디에나 출구가 있지만 아무데도 출구가 없는 격절과 절대적 고립 상태를 빗대고 있다. "낮과 밤"으로 구분되던 유일한 시간의 표지마저 사라졌다. 완전한 암흑의 시간이 도래한 것이다. 사위에 칠흑 같은 어둠만이 가득하고, 밀림 속으로 이제 "海底와 같은 밤"(이상, 「권태」)이 찾아오는 것이다. 고립무원에서 살아남기 위한 유일한 모토는 '자력갱생(自力更生)'이 되지 않을 수 없다. 그것은 없는 것도 상상으로라도 만들어내지 않으면 안 되는 절박한 생존의 욕구를 추동한다. "염소를 만들어서 염소를 잡아먹"고, "식탁을 만들어서 모닥불을 지"피는 화자의 행위는 그러한 생의 갈망을 핍진하게 표현하고 있다. 밀림에서 진행되는 은밀한 모사를 간파한 시스템과 체계가 "경계색"으로 "신호"를

---

[1] "거미새끼 하나 방바닥에 나린 것을 나는 아모 생각 없이 문밖으로 쓸어버린다 / 차디찬 밤이다 …… 나는 가슴이 메이는 듯하다 / 내 손에 오르기라도 하라고 나는 손을 내어미나 분명히 울고 불고 할 이 작은 것은 나를 무서우이 달아나버리며 나를 서럽게 한다 / 나는 이 작은 것을 고히 보드러운 종이에 받어 또 문밖으로 버리며 / 이것의 엄마와 누나나 형이 가까이 이것의 걱정을 하며 있다가 쉬이 만나기나 했으면 좋으련만 하고 슬퍼한다"(백석, 「修羅」 부분).

보내며 "간섭하지 말" 것을 경고한다. 바깥과의 "경계"를 넘지 말라고, 정해진 선을 지키라고, 금지의 명령을 내린다. 화자는 치명적인 독화살을 준비해보지만, 그것은 "번번이" 저편의 급소를 명중하지 못한다. 화자의 "말"은 숲이 내는 괴성과 신음소리에 묻힌다. 밀림의 언어는 저들에게 가닿지 않는다. 위기를 감지하는 것은 "몸"이 먼저다, 머리보다 몸이 앞서 이상 신호를 보낸다. 자꾸 "몸에서 자라나는 것들이 구부러지기 시작"한다. 사태의 긴박성을 눈치 챈 저 너머의 "사람들이" 더 이상 참지 못하고, "정글도로 길을 내기 시작"한다. 체계는 '싸움귀신'(修羅), '전쟁기계'로 변환되고, 나는 마침내 참혹하게 '발가벗겨진다'. '발굴'이 시작된 것이다. 시간적으로 과거의 지층(地層)을 탐사하는 '발굴'이라는 행위는, 발굴의 대상에게는 하나의 폭력임이 분명하다. 발굴은 친절하게 당사자의 의사를 묻지 않기 때문이다. 그것은 존재의 전면에 일방적으로 가해지는 절대적이고 순수한, 어떤 의미에서는 숭고하기까지 한, 자기 목적적 폭력이다. 경계를 설정하는 체계에 의해 수행되는 이러한 폭력을 두고 벤야민은, '법정립적 폭력' 또는 '신화적 폭력'이라 부른 바 있다(신화적 폭력이 죄를 짓게 만들면서 동시에 '속죄'하게 하는 반면, 법파괴적인 '신적 폭력'은 현실의 법질서 자체를 뛰어넘으려는 새로운 차원의 폭력이며 '면죄'의 기능을 수행한다. 널리 알려진 것처럼 벤야민은 파울 클레의 작품, 〈새로운 천사(Angelus Novus)〉의 메시아적 형상에서 신적 폭력의 이미지를 보았다. 보다 상세한 설명은 발터 벤야민, 「폭력의 비판을 위하여(Zur Kritik der Gewalt)」(1921) 참조). 마치 그들은 사형을 언도받은 죄수의 목을 베어 저잣거리에 내걸듯이, "발가벗은" 내 "몸"을 "발굴"

해서 "밀림 밖에 세워 놓"는다. 부관참시("죽은 형은 계속 죽고") 당한 내 몸을 두고, 사람들이 웃기 시작한다. 그 웃음이 "처음 보는" 것처럼 참, 낯설다. 마지막 행의 진술에서 시인은, 폭력의 시간이 지속되리라는 불길한 예감을 감추지 않고 있다. 한편 앞서 「修羅」에서 보는 것처럼, 인간의 아무리 부드럽고 섬세한 손길이라도 무력한 자연물 편에서는 그대로 폭력이 되지 않을 수 없는 것이다. 화자의 지극한 연민조차도 인간적 시선에 지나지 않는 것이어서, 궁극적으로는 자연물과도 전혀 무관한 것이다. 어떤 형태로든지 자연의 평형 상태에 대한 인위적 개 입을 최소화하는 것이 결국 최선이라 할 것이다. 추상적 톤으로 채색 된 정치적 우화일 법한, 「발굴」에서 시인의 구체적인 정치적 입장이 무엇인지 묻는 것은 또 하나의 폭력일 수도 있으며, 여기에서는 관건 이 아닐 수 있다. 진보와 보수의 정파를 떠나 시인은 체계와 시스템이 개인에게 감행하는 모든 형태의, 어떠한, 폭력에도 결연히 반대한다. 폭력은 의사결정의 주체로서 인간의 존엄을 모독하는 일이며, 인간의 본래적 자발성에 대한 근본적 훼손이기 때문이다. 이 작품의 화자를 자연물로 확정할 수는 없겠으나, 비폭력주의가 인간을 넘어 생태계의 존재 전반에 관철되는 유일한 삶의 원리가 되어야 한다는 시인의 신념 만큼은 확고한 것이다.

5. 역순행적 시간과 비폭력 평화주의자의 진언(眞言/進言)

주먹 쥔 오른손을 치켜들자

무등의 작은 주먹도 따라 올라간다

구호와 울음소리가 퍼져나가는 광장이 비좁다

얼굴 위의 얼굴, 벌어진 입 모양이 똑같다

미간의 주름이 흘러내리자

아빠의 눈썹이 더욱 치켜 올라간다

수많은 주먹들 위로 작은 주먹이 솟아오른다

광장의 분노 속에 하얀 토끼 이빨

공중엔 위험한 것들이 많아

조준경이 카메라를, 카메라가 조준경을

시선이 마주치는 순간 터져버린다

어느 편이 되어보지 못하고 알지 못하고

한쪽 편이 되어버린 작은 주먹

싸워서 화가 났고 폭발이 쌓여 분노가 태어났다

자외선이 태양을 뱉어내고

골드베르크 변주곡이 오선지 속으로 숨어든다

무등 대신 장갑차를, 주먹 대신 총칼을

바깥의 분노가 안으로 들어오기도 전에

무등이 무너지고 작은 얼굴이 떨어진다

—「어린 분노」 전문

　　인간은 어린 아이의 완벽한 세계에서 불완전한 어른의 세계로 이행(移行)되는 존재이다. 흔히 말하는, (정신의) '성숙'이란 그 진정한 의미에서 존재하지 않는다(같은 이치에서, 나는 엄밀한 의미의 '성장소설'이란 것도 존재하지 않는다고 생각한다). 인간의 입사절차는 상징계의 질서를 내면화하고 사회적으로 호명된 주체의 자리를 할당받는 순수한 몰락의 과정일 수 있다. 부모의 손에 이끌려 어쩔 수 없이 광장에 나온 어린 아이의 난처함을 소재로 하고 있는 「어린 분노」는, 「밀림」에서 시도된 폭력에 대한 고찰을 바탕으로, 정치적 폭력의 문제를 일상적 폭력의 차원으로 변주하고 있는 작품이다. 이 작품의 주제를 한 마디로 먼저 정리한다면, '일상의 파시즘'이라 할 것이다. 아이는 자기 의사와는 아무런 상관없이 광장의 집회에 일방적으로 동원된 것으로 보인다. 물론 여기에는 어린 자식을 맡길 만한 곳이 마땅치 않아 별 수 없이 아이를 동반할 수밖에 없었던 안타까운 부모의 사정도 경우의 수로 마땅히 포함되어야 할 것이다. 1, 2연에서 무등의 아이가 아빠의 동작을 그대로 따라하는 장면은, 모방된 존재로서 아이의 자발성이 크게 훼손되고 있음을 상징한다. 어른들끼리의 첨예한 이해관계를 대변하는 "광장의 분노" 사이로 비치는, "하얀 토끼 이빨"은 자연스레 어린 아이의 순진성, 때 묻지 않은 순수를 표상하고 있다. 아이들은 모르는 어른들만의 세계, "공중엔 위험한 것들이 많"다. 역시 어른들의 적대적 대립상을 드러내고 있는, 진압 경찰의 "조준경"과 일촉즉발의 찰나를 포착하려는 기자들의 "카메라"의 초점이 일치되는 순간, 그것은 마치 고장 난 격발장치처럼 순식간에 폭발해버린다. 이 시의 주제는 4연에 간명하게 제시되고 있다. "어느 편이 되어보지 못하고 알지 못하고", "한쪽 편이 되어버린 작은 주먹" 들이 바로 그것이다. 얼떨결에 고래싸움에 걸려든 어느 불쌍한 새우처럼, 우연히 어른들 싸움에 끼어든 아이의 불행, '어린 분노'가 탄생하는 것이다. 4연의 3행과 5연의 전체는 시간의 역순행적 과정을 보여주면서, '어린 분노'의 정당성과 '어른 분노'의 부당성을 동시에 역설하고 있다. 아이들에게는 "무등 대신 장갑차를, 주먹 대신 총칼을" 주어야 마땅할 것이다. 아이들 손에는 '장남감'이 쥐어져 있어야 한다. '어린 분노'로 결국, "무등이 무너지고 작은 얼굴이 떨어"지고 만다. 앞서 「밀림」에서 살핀 바와 같이, 시인은 어떠한 경우에도 폭력이 행사되거나 정당화되어서는 안 된다고 생각하는 사람이다. 시인은 제도적 폭력이나 정치권력의 집단적 폭력만이 아니라, 일상적 삶의 실천에서도 비폭력 평화주의가 실현되어야 한다고 믿는다. 그의 차별 없는 평화주의가 생태계 전반을 아우르는 폭넓은 것이라는 점을 감안한다면, 물리적 나이만으로 인간이라는 개별적 주체를 가늠하는 성숙의 척도로 삼는 것은 용납할 수 없는 일이며, 이 작품이 주목하고 있는 '어린 분노'에 대한 관심은 정당한 것이 아닐 수 없다. 이 지점에서 우리는 비폭력 평화주의자로서 시인의 진언(眞言/進言)을 온당한 것으로 무겁게 받아들이지 않을 수 없는 것이다. 다만 「발굴」이나 「어린 분노」에서 제시된 절대적 균등주의가 무차별적인 가치의 상대주의로 전화될 가능성에 대해서는 다소 유념할 필요가 있다고 본다. 또한 순수를 강조하는 시인의 태도가 하나의 정치적 입장을 대변하고 있는 것은 아닌지 자문해 볼 필요도 있을 것이다.[2] 그럼에도, 나는 이해존 시인이 진보의 가치만이 아니라 '보수주의의 아름다움'까지를 두루 살피는 균형감각과 지혜를 지녔다고 믿어 의심치 않는다. 그는 아주 사소한 것일지라도 진실을 위해서는 시간을 거스르는 결단을 주저하지 않으며, 또한 그곳이 진실이 깃든 장소라면 제아무리 고통스러운 곳 어디라도, 터벅터벅 발걸음을 멈추고 순순히 짐을 내려놓고는, 스스로를 가차 없이 무장해제 해버리고 마는, 어리석은 시간의 순례자이기 때문이다.

---

2   이와 관련하여, 한편으로 이 시가 시적 주체로서 어린 아이를 내세우고 있지만 그것은 궁극적으로, '아이'가 아니라 '어른'의 시선으로 조감된 것이라는 사실 역시 지적해두지 않을 수 없다. 정작 자연 상태에 가까운 아이는 선(善)도 악(惡)도 아니며, 아이는 그저 스스로 있을 따름이다. 여기에 특별한 가치판단과 의식을 부여하는 것은 '인간-어른'이다. 이 지점에서 우리는 다시 한 번, 문학이나 시에서 서술자 혹은 화자분석이 내포할 수밖에 없는 어떤 곤혹스러움과 마주하지 않을 수 없는 것이며, 또한 2000년대 한국시를 역사적으로 규정하는 공인된 주장으로서 '타자의 출현'이 과연 진정으로 새로운 것인지에 대한 의문이 서서히 고개를 드는 것이다. 이는 시 해석에 있어, 모든 것을 화자분석으로 환원해야 한다거나 단순히 회귀하자는 입장을 표명하는 것이 '전혀' 아니다. 다만 객관적 대상의 모방이자 예술적 주체의 주관적 표현이기도 한 문학과 예술 장르에서, 주체의 표현의지를 완전히 무시하거나 말끔히 소거하기가 대단히 어렵다는 근원적 난맥상을 표현하고 있는 것이다. 예를 들어 문학예술의 여러 갈래 중, 상대적으로 객관 장르에 가장 가까운 형태라 할 희곡(드라마)이나 시나리오(영화)의 경우에서조차도, 잠재된 나레이터의 목소리와 연출자의 조감된 시선을 텍스트 바깥으로 영원히 추방해버리는 것은 '실제적으로' 불가능하다. 따라서 문학예술의 텍스트 실현과정에서 가능한 것은, 예술적 주체의 말하기의 '정도'의 차이가 아닐까 하는 것이 잠정적인 내 생각이다.

인화되지 않은 음화(陰畵)의 기록

박성현 시의 존재론과 정신분석

박성현의 시는 존재자의 속살을 어루만지고 싶어 한다. 가령 바람의 파동을 감지하거나 덧없는 그 체취를 기꺼이 흠향하는 것이다. 그것은 마치 정인(情人)의 살결 하나하나를 헤아리는 애무의 손길처럼 바닥없이 깊고 부드러우며 한없이 관대하다. 그렇지만 속살은 좀처럼 맨얼굴을 드러내지 않는다. 그것은 마치 단단한 씨앗을 내장하고 있는 살구 열매의 과육처럼, 표면 아래로 스스로를 깊숙이 감춘 채 종적마저 가뭇없다. 우리가 발견하는 것은 그것의 흔적과 더불어 드문드문 우연히 돌출된 표지들뿐이다. 시적 인식으로 표현된 하나의 존재론으로서 박성현 시가 동원하는 구체적인 방법론이 무엇인지, 따라서 지대한 관심사가 아닐 수 없다. 이 자리에 발표된 신작시 다섯 편을 골라 그 과정을 살피고 세부적인 절차들을 따라가 보기로 한다. 그리고 그것이 궁극적으로 지향하는 시적 의미가 무엇인지도 이참에 함께 발견되기를 기대한다.

1. 친애하는 사물들[1]의 세계 혹은 사물적 친연성

살구죽

겹겹이 엉켜 붙어 짓물러버린 미련한 날씨였다. 오줌을 누면 누런 생강 냄새가 났다. 통증이 있어야 할 자리에 두껍고 마른 부스럼이 생겼다. 통증에게 지불한 값이었다. 아침부터 살구죽을 끓이는 할머니는 잠시라도 부엌을 뜨지 못했다. 나는 재봉틀 밑에 웅크려 앉아 재미 삼아 실을 풀었다. 재미는 없고 도통 어지럽기만 할 뿐이었다. 목이 잘린 집쥐들이 벽을 타고 기어올랐다. 잠깐이지만 지독한 꿈이었다. 허기진 신발만 몇 켤레 뒤죽박죽. 생강 냄새가 나는 마당의 구정물은 조금씩 길을 내며 흐르다가 시궁 어디쯤에서 합쳐지겠지. 내심 하수구 속에라도 들어갈까 생각했지만 나는 쥐가 아니어서 불가능했다.

흉터

쥐가 파먹은 듯했다. 긴 앞니로 손등을 꽉 물어버린 생김새였다. 아파도 천 번은 아팠어야 했는데 도무지 통증이 다녀간 기억은 없었다. 저녁은 늘 바쁘게 왔고 밥상머리에서는 누구도 말을 하지 않았다. 얼굴에 입이 있지만 묵묵히 숟가락만 들락거렸다. 밥을 삼키면서 새끼를 물어 죽인 어미를 생각했다. 사람 손이 탄 것들은 병신으로 자랄 거라

1　이현승 시집, 『친애하는 사물들』(문학동네, 2012)에서 차용.

수군댔다. 짐승이 아닌 까닭에 그 마음을 다 알 수 없었지만, 마음을 닫았을 때는 이미 목숨도 끊어졌을 것이다. 개는 며칠 째 마루 밑에 처박혀 나오지 않았다. 처마 어디쯤 묵은 쌀 씹는 소리가 났다. 말벌들이 금간 서까래에 집을 짓느라 소란한 것이다.

얼룩들

똥지게꾼이 다녀갔다. 할머니는 잠결에도 냄새를 맡으시고 숭늉 두 사발이라도 챙기라 하셨다. 뒷간에서 문 앞까지, 문에서 마당 너머 가파른 계단까지 일정한 보폭으로 똥물이 떨어졌다. 개들은 징검다리 건너듯 출렁거리며 뛰어다녔다. 마루 밑에 숨어 있던 집쥐들이 부엌으로 돌아갔다. 큰 놈 뒤에 작은 놈들이 악착같이 달라붙었다. 어디선가 살구죽 끓는 냄새가 났다. 천식이라도 앓는 모양이었다. 소나기가 퍼붓겠다고 생각했지만, 얼룩이 마르면서 느릿느릿 땅 밑으로 스며들었다.

—「집쥐에 관한 농담」 전문

박성현의 시가 고유한 시적 대상으로 가장 먼저 대면하게 되는 것은, 현상적 실체로서 존재하고 있는 다양한 사물들의 세계이다. 그의 시는 자연물과 인공물을 굳이 가르지 않고 자신이 펼쳐놓은 풍요로운 시적 향연에 빠짐없이 호명하며 초대한다. 우선 「집쥐에 관한 농담」(이하 「집쥐」)의 소제목으로 달린, "살구죽", "흉터", "얼룩들"이 그러하며, 반복해서 등장하는 이미지 계열로서 "쥐", "골목", "아카시아", "사진(첩)", "얼굴" 들이 또한 그러하다. 이러한 각종 사물들이 시의 전면에 등장하는 것은 별반 새로울 것은 없지만, 이들을 호출하는 방식, 이들에 다가서는 목소리의 접근방식은 의외로 남다른 것이다. 예를 들어, 「집쥐」에서 "쥐"는 "목이 잘린" 채이거나 "새끼를 물어 죽인 어미" 등의 기형적 이미지로 묘사된다. 마침 시궁 속 "쥐"의 속내가 몹시 궁금해진 "나"는, "하수구"에라도 들어가 보고 싶은 심정이지만, "쥐가 아니어서 불가능했다"거나 "짐승이 아닌 까닭에 그 마음을 다 알 수 없었"다고 화자는 진술한다. 다시 말해 시의 화자는 인식 대상으로서 사물을 그저 바라만 보는 것이 아니라, 그 사물들 몸속으로 직접 헤집고 들어가 보고 싶은 것이다. 동물-되기를 통한 '변신'의 욕망을 은연중에 나타내고 있는 것이라 하겠다. 그러나 화자는 그러한 개입 의지를 노골적으로 전면화하는 것보다는 조심스레 묻어두는 우회의 전략을 택한다. 다시 말해 이 작품의 화자는 사물에 대한 직접적 개입이나 인간적 의지의 투영을 최대한 절제한 채, 사물의 움직임과 변화를 주시하면서 있는 그대로의 사태를 넌지시 조망하는 태도를 취하는 것이다. 이와 같이 사물의 완만한 동력을 섬세하게 포착하려는 화자의 시선은, 텍스트의 많은 구문들을 동사로 마무리 짓게 하고 있다. 그런 뜻에서 이 작품을 무수한 동사들의 흔적이라 명명하는 것도 일견 가능할 것이다. 한편으로 텍스트의 표면 위로 특별한 논리적 인과관계가 두드러지거나 이를 통해 전달되거나 형성되는 감정의 역동적 진폭, 그리고 각별한 의미의 파장이 확연히 시야에 드러나는 것도 아니다. 이를테면 소설의 객관중립 서술처럼 매우 건조하고 무연한, 마치 제3자

의 시선으로 처리된 듯한 사물들의 세계를 멀찌감치 응시하고 있는 것
이다. 이렇듯 화자는 사물들의 세계와 그 질서를 무덤덤하며 짐짓 대
수롭지 않다는 듯, 간결한 배치로 갈무리 해놓고 있다. 여기에 무심한
듯이 단속적으로 배열된 사물들은 각각의 자리에서 평화롭게 공존하
면서, 각자의 자연스런 숨결을 내뿜으며 한가로이 호흡하고 있다. 한
폭의 정물화처럼, 뜻 없이 아름다운 하나의 세계가 문득 빚어지며 시
의 평면에 정갈하게 펼쳐지는 것이다. 이 작품이 창조한 이른 바, '뜻
없는 아름다움'에 대해서는 몇 가지 해석이 가능하겠지만, 나는 그것
을 인간적 시선을 배제한 대상 세계의 극진한 존중, 사물에 대한 충실
한 배려로 읽고 싶다. 대상의 왜곡을 피하기 위해서는 먼저, 대상의 있
는 그대로의 인정과 충분한 존중, 사물의 질서에 대한 무조건부의 승
인이 언제나 필요하다. 대상을 손쉽게 장악하거나 인간의 의지대로
인위적으로 조작하려 들 때, 사물의 원래 '얼굴'은 일그러지고 훼손되
어 급격히 변형되고 만다. 사물들의 '표정'이 읽히지 않게 되는 것이
다. 사물들과 속속들이 친해지고 두터운 우정을 쌓기 위해서는, 무엇
보다 주체의 투명한 인식과 함께 오염되지 않은 깨끗한 마음이 준비되
어야 한다. 연후에 사물들이 들려주는 침묵의 말과 존재의 언어에 깊
이 침잠하여 가만히 귀 기울여줘야 하는 것이다. 대상과의 사물적 친
연성은 이와 같은 비개입의 개입, 무의지의 의지의 능동적 실현을 통
해서만 비로소 획득될 수 있을 것이다.

2. 진동하는 냄새들의 미립자

좁은 골목에 냄새가 자글자글했습니다. 바람이 불 때마다 냄새의 식욕은 단단해졌습니다. 침대는 뭉개졌고 창문 하나 없는 붉고 물렁물렁한 것들은 힘겹게 그르렁거렸죠. 비계 속에 살짝 드러난 얼굴, 이끼와 곰팡이로 장식한 가장행렬의 만곡(彎曲)이었습니다. 늙은 아카시아는 마른 비늘을 털며, 꽃들을 잘라냈습니다. 꽃을 집으면 꽃은 사라지고 냄새만 남았습니다, 유리조각을 삼킨 고양이 울음, 푸줏간에는 고기들이 수직으로 서 있었습니다. 길게 찢어진 뱃살 안쪽에서 냄새는 오로지 부패에만 집중했죠. 표정을 읽어도 마음은 보이지 않았습니다. 마음의 비탈에는 개미 떼가 분주했습니다. 모두 냄새가 시작된 쪽이었습니다. 난파된 배들을 생각했습니다. 배의 지독한 언어장애는 아무렇게 진열된 살덩이의 목소리였습니다. 만신창이 빨강은 심장이 있던 곳에서 굳어 있었습니다. 살기 없는 폭력의 집요한 아가리들이 팔딱팔딱 뛰어다녔습니다. 느닷없이 골목은 구겨지고 나는 웃음이 나올 때까지 혓바닥을 깨물었습니다. 늙은 아카시아는 한참 밑을 내려 보다가 크게 휘청거렸죠. 보기 싫은 사진을 태우는 것처럼 한꺼번에 휘발하는 것이었습니다.

—「냄새의 식욕」 전문

그래, 개 비린내 같은 축축한 바람이 목을 휘감는 느낌이었다. 그 사람들이 풍기는 냄새였나요? 우리는 죽은 쥐를 빙빙 돌리며 유리파

편이 서늘한 담장 밑에서 담배를 폈지. 발바닥에 닿는 묵은눈에는 늙은 그늘이 웅크려 있었고, 군데군데 박혀 있는 검은 반점에는 겨우내 숨죽였던 쓰레기들이 조금씩 보였어. 뜨거운 물을 드릴까요, 무릎이 차갑습니다. 아마 그때일 거야. 골목골목에서 군인들이 완전군장을 한 채 쏟아져 나왔는데, 몇몇 낯익은 얼굴도 보이더군. 대낮부터 취한 아버지들은 문 밖을 나오지 못했어. 우리는 손에 든 쥐를 생각할 겨를도 없이 까마귀 떼처럼 동네를 뒤덮은 그 이상한 몸을 지켜봤다. 그들은 어디서 왔고, 또 무슨 목적으로 동네를 점령했는지 알 수 없었지만, 하수구보다 더 심한 악취, 바람 속에 바늘이 가득한, 그 역하고 지독한 살기는 잊지 못했다. 그날 저녁 등화관제 사이렌이 울리고, 재개발구역은 더욱 더 거친 어둠 속에 잠겼다. 우리는 다시 담장 밑에 모여 웅크려 앉았다. 우리 중 가장 용감했던 친구는 계단 아래로 내려가 철모를 눌러쓴 군인에게 담배를 달라고 했지. 죽은 쥐처럼 검은 달이 뜨던 그날에 사람들은 소리 없이 사라졌더군. 그런데 몇 페이진가요, 목소리가 찢어지고 있어요.

—「개 비린내」 전문

박성현 시의 내부에는 온갖 산재한 냄새들로 진동한다. 도처에서 풍겨오는 강렬한 향이 코끝을 찌르며 감각의 분화구를 자극한다. 곳곳에 미만한 후각 이미지들은 미세한 파장을 따라 넘실대며 시의 내부로 점차 확산되고 있다. 여기서 냄새의 매개자는 물론, 단연 바람이다. 냄새는 바람의 흐름을 타고 공기의 파동을 따라 서서히 대상에 전달된다. 먼저 상투적인 얘기가 될 밖에 없겠지만, 인간의 감각 중에 시각이 차지하는 역할과 위상에 비해 후각은 그 원초적 성격 탓에 열등하고 부차적인 감각으로 치부되며, 인간의 인식 작용에 그다지 큰 기여를 하지 못하는 것으로 여겨진다. 한편으로 후각은 그 비가시적인 즉물성 때문에 원초적인 본능과 몸의 감각에 보다 가까우며, 즉각적이며 직접적인 영향력과 호소력을 지닌 매력적인 감각으로 이해되기도 한다. 이에 대해서는 여전히 논란의 여지가 있겠지만, 시각이나 청각에 비해 상대적으로 후각이 직접적인 감각적 호소력을 지닌다는 것은 부인할 수 없는 사실일 것이다. 그리고 박성현의 시가 냄새라는 후각적 감각에 대해 남다른 관심을 표명하며 깊이 관여하고 있으며, 시작(詩作)의 중요한 원천의 하나로 삼고 있다는 사실 또한 분명히 주목할 만한 것으로 보인다. 이곳까지도 「집쥐」의 잔향이 여전하거니와, 「냄새의 식욕」과 「개 비린내」 등은 제목에서 곧바로 드러나는 것처럼, 후각과 냄새를 직접적인 시의 모티프로 삼고 있는 작품이다. 일단 "냄새의 식욕"은 냄새에서(~로부터, ~때문에, ~에 의해) 자극된, 축자적 의미의 식욕을 뜻하는 것으로 볼 수 있을 것 같다. "바람이 불 때마다 냄새의 식욕은 단단해졌"다고 진술하고 있기 때문이다. 이미 언급한 바와 같이, 「냄새의 식욕」이라는 작품 역시 특별한 의미 표상은 제거된 채, 가급적 사물의 언어를 직역하는 태도를 화자는 취하고 있다. 그럼에도 이면으로 감춰진 의미를 굳이 찾는다면, "꽃을 집으면 꽃은 사라지고 냄새만 남았습니다"라거나, 또는 "표정을 읽어도 마음은 보이지 않았습니다", 그리고 마지막의 "보기 싫은 사진을 태우는 것처럼 한꺼번에 휘발하는 것이었습니다"와 같은 구절들이 이에 해당한다 하겠다. 인용한 첫 구절은, 꽃의 이미지가 떠올리게 하는 시각적/후각적 표상의 위상의 역전을 함축한다. "사라지는" "꽃"은 분명, 꽃이 지닌 선명한 색감의 시각 표상이다. 이어지는 "냄새만 남았"다는 표현은, 냄새와 후각이 바로 사물의 본질 구성물이자 객관적 실체라는 도전적인 진술이자 독자적인 시적 선언이다. 혹은 화자에게 보다 중요한 의미를 갖거나 훨씬 민감하게 반응하는 감각기관이 후각이라는 솔직한 고백으로 간주할 수도 있을 것이다. 그 다음 진술은 박성현 시의 궁극적 의미 표상으로 간주해야 할 것 같다. 화자는 거품 아래로 깊이, 사물의 거죽 속을 뚫고 들어 그 속살(또는 "마음")을 손으로 만지고 직접 확인하고 싶어 하기 때문이다. 신작 시편들에서 그것은 이를테면, '얼굴〈 표정 〈 마음'의 순서대로 그 진실성과 절박함을 드러내고 표현하는 듯하다. 이는 시를 통한 세계의 재현을 넘어, 사물의 밑바닥에서 존재자의 존재(Sein)를 개현하고 직접적으로 현시하려는 입장과 크게 다르지 않을 것이다. 박성현의 시는 이처럼 사물의 '속살'을 더듬고, 그 '마음'에 가닿고자 하는 간절한 열망의 표현이다. 그리고 그것의 기원과 진원지는 아마도, "모두 냄새가 시작된 쪽"과 맞닿아 있을 것이다. 인용된 마지막 구절은 인화된 것으로서, 다시 말해 존재자의 속살이나 마음과는 무관한 껍데기이자 복사물인 "사진"을 불사르는 의식의 정화 행위로 보인다. 사본(寫本)은 언제든 "한꺼번에 휘발"될 수 있기 때문이다. 따라서 이는, 정작 중요한 것은 인화되지 않은 것에 있다는 화자의 단호한 전언으로 간주해야 마땅할 것이다. 그리고 인화되지 않은 /

인화될 수 없는 것 중의 하나에는 대표적으로 냄새가 속할 것이다. 이
상의 맥락에서 「집쥐」에서의 "오줌"과 "구정물"이 풍기는 "누런 생강
냄새", "똥지게꾼"이 무심코 흘린 "똥물" 냄새, "어디선가" 피어오르는
"살구죽 끓는 냄새", 그리고 「개 비린내」에서의 "사람들이 풍기는 냄
새", "하수구보다 더 심한 악취" 등은, 바로 진동하는 냄새들의 전형적
인 미립자로서 풍부한 질감과 밀도를 획득하고 있다 하겠다.

3. 감각의 논리 또는 네거티브 필름의 실체

　지속적으로 언급한 바와 같이, 박성현 시에서 뚜렷한 의미론적 표
지는 발견되지 않거나 깊숙이 은폐되어 있다. 이는 매우 의도적인 것
일 수도, 무의식적으로 보다 자연스럽게 수행된 것일 수도 있다. 그 이
유와 기원이 무엇이든 박성현 시의 뜻 없음과 의미의 부재는 상당히
특징적인 것이어서, 시 해명의 중요한 단서의 하나로 삼을 수 있을 듯
하다. 한편 시인이 애써 의미를 해체하고 재구성하는 이유는 표층의
현상적 의미가, 거짓 의미이자 사이비 진술(pseudo-statements)임을
잘 알기 때문이다. 박성현 또한 이를 모를 리 없을 것이다. 이 자리에
서는 그 뜻 모를 의미의 실체 내지 그것의 구성방식, 그리고 이를 통해
형성되는 박성현 시 고유의 아우라 및 그 궁극적 지향성을 일부나마
해명할 수 있기를 희망한다. 신작시 5편 중, 그럭저럭 의미의 맥락과

윤곽을 희미하게나 잡아볼 수 있는 작품은 「개 비린내」가 거의 유일해 보인다. 또한 거의 유일하게 개체적 실존을 넘어 그 사회적, 역사적 관계망이 비교적 가시화되어 있는 작품으로도 판단된다. 이 작품에서 우리는 정치적 사건으로서 5·18의 비극적 현장을 떠올리거나, 축자적 의미에서 철거지역의 낭자한 폭력과 피비린내를 연상할 수도 있을 것이다. 표면적 의미로서 어렵지 않게 규정할 수 있는 것은, 무자비한 군인들에 의해 자행된 집단적 폭력사태이다. 군인들과 맞서야 할 동네 어른들임에도, "대낮부터 취한 아버지들은 문 밖을 나오지 못했어"라고 화자는 진술함으로써, 폭력의 불가항력성은 더욱 분명해지며 무방비 상태에 놓인 마을은 속수며 무책으로 마비된다. 여기에서 참혹한 폭력의 서늘함을 가중시키고 있는 반복-이미지는 단연, "죽은 쥐"다. 끝부분의 "죽은 쥐처럼 검은 달이 뜨던"이라는 표현이 그날의 살기와 악취를 깊이 각인해놓는다. 이 작품의 논리적 중핵에 해당하는 구절은 무엇보다 마지막의, "그런데 몇 페이진가요, 목소리가 찢어지고 있어요"라는 긴박한 절규다. 이 한 문장이 텍스트의 모든 에너지를 일거에 응축시키며 시적 의미를 완결한다. 이는 한마디로 말해 실존의 파열음일 것인데, 여기에서 이 작품이 지닌 중요성은 살육의 현장을 재차 호명한다는 것에 있지 않다. 문제는 화자가 그것을 "개 비린내"라는 후각의 감각 표상으로 환치해놓았다는 점에 있는 것이다.[2] 그

---

2 전혀 다른 맥락이지만 우리는 여기에서, "개 비린내"라는 어휘의 연상작용 탓에, 자연스레 백석의 시 「비」를 떠올릴 수도 있다. 다음은 2행으로 이루어진 전문이다. "아카시아들이 언제 흰 두레방석을 깔았나 / 어데서 물쿤 개비린내가 온다"(백석, 「비」, 전문). 이 작품에서 강우(降雨)라는 자연현상의 동사적 사건을, 백석은 '비'라는 단어의 직접 활용 없이, 시각과 후각의 감각 표상만으로

것은 다시 말해 인화되지 않은 것의 복원이자 재구성이라 하지 않을 수 없다. 이 작품에서 화자는 역사적 사건의 충격을 실존의 파열음으로 전치시킴으로써, 개성적인 하나의 시적 존재론을 창안해놓고 있다. 이는 자신의 존재 사유를 궁극에까지 개진한 부단한 공력의 결과이다.

달고 가벼운 것이라 생각했습니다. 설탕에 떨어진 피는 흰 알갱이를 녹이고, 뭉치면서 차츰차츰 번져갔습니다. 입술을 둥글게 말아 휘파람을 만들고 공기를 움직여 외투를 흔드는 것도 피였습니다. 하지만 뒤돌아보는 것은 얼굴이지 표정은 아니었죠.

먼지라 불러야 할, 낡은 사진첩의 한 때였습니다. 사진은 중력의 반대방향으로 휘어졌습니다. 휘어지면서 소문은 이상한 방식으로 엉겨붙었습니다. 진흙으로 만든 새가 마르면서 쏟아내는 균열 같았습니다.

당연하지만, 이 방으로 들어온 것들은 다시는 바깥으로 나가지 못했습니다. 진공으로 꽉 찬 방이었으니 살과 뼈가 제대로 붙어 있지 않았죠. 방향을 틀면 무게가 사라졌습니다. 말랑말랑한 소리가 다 빠져

간명하게 제시해놓고 있다. 시인은 사물들의 촘촘한 관계망을 다름 아닌 사물들 자체에서 발견한다. 한편 이 작품의 소재로 쓰인 "아카시아"나 "개비린내"가 박성현 시의 모티프로도 종종 등장하고 있다는 점은 흥미로운 사실이다. 이 자리에서 소상히 밝히긴 어려우며 그 세부적인 질감의 차원은 무척이나 이질적인 것이지만, 나는 박성현의 시가 백석과 이러저러한 뜻에서 많이 닮아 있다고 생각한다. 가령, 사물에 대한 지극한 정성과 공경, 감각적 이미지의 풍부한 활용, 냄새나 후각 등에 대한 비상한 관심과 특유의 민감성, 뚜렷한 정서적 취향이자 하나의 정신적 지향성으로서, 심연(深淵)의 페시미즘 등등은 충분히 함께 고려해볼 만한 내용들이라고 판단된다.

나갈 때까지 벽에 걸린 악기는 침묵했습니다.

느리게 추락하는 달고 가벼운 설탕의 온도였습니다. 그 우연한 피
의 맛은 웃음이라는 단 하나의 자세만 취했습니다. 어둠 속을 걸어 다
니는 백열등은 죽음의 만조기를 지나왔다고 말했습니다. 정체모를 것
들에

사로잡혔다는 것입니다.
그 말을 듣는 순간 온몸이 가려웠습니다.
가려워서 쓸쓸했습니다.

—「여기서 방향을 틀면」 전문

이제 후각에서 보다 확장된 관점에서 박성현 시의 감각의 논리와
구성방식, 그 세부절차와 과정적 구체성을 따져볼 차례이다. 박성현
시가 가장 민감하게 반응하는 것은 여지없이 후각일 터이나, 이는 보
다 보편적인 감각의 차원에서 검토될 필요가 있겠다. 가령 「여기서 방
향을 틀면」(이하 「여기서」)은 "설탕"의 미각과 "피"의 촉각 이미지를 광
범위하게 활용하고 있는 작품이다. 먼저 흰 설탕에 떨어진 붉은 피는
설탕의 순백색에 스며들며 딱딱한 고체 상태의 설탕을 용해한다. 설
탕의 낙하에 관여하는 중력 역시 몸으로 감지되는 경중(輕重)으로서
촉각에 가까운 것이다. 이 작품 역시 사물의 언어를 의역하기보다는
그 말의 직접적인 뉘앙스들을 충실히 복원하려는 태도를 취한다. 이

러한 감각의 유동과 파문이 지향하는 것은 어떤 것이며, 과연 무엇을 지시하는 것일까. 그것은 아마도 감각의 점진적 확산과 더불어 생성되는 정서의 일회적, 순간적 환기일 것이다. 정서나 감각 등이 내재한 고유한 분위기는 일시적이고 가변적이어서 금세 휘발되며, 때문에 영원한 지속성을 갖지 않는다. 한편 그 덧없는 감각의 무상성 속에서 비로소 가시화되는 것은, 인화되지 않은 음화(陰畵)의 은밀한 기록들이다. "여기서 방향을 틀면"이라는 제목은, 베일 속에 감추어진 봉인된 음화가 개봉되는 내밀한 순간을 포착한 것으로 보인다. 그 정황 증거로는 "사진은 중력의 반대방향으로 휘어졌"다는 진술을 꼽을 수 있다. 중력의 정 방향으로 움직이면 사진은 올바르게 양화(陽畵)로 인화될 것이기 때문이다. 따라서 "진흙으로 만든 새가 마르면서 쏟아내는 균열"은 인화되지 않은 음화가 다시금 수면으로 부상하면서 만들어진 시공간의 틈새가 아닐까 싶다. 중력을 거부하는 음화가 활성화되면서 세계는 "진공으로 꽉 찬 방", 마침내 어떤 무중력 상태에 도달한다. 이어지는 "방향을 틀면 무게가 사라졌"다는 표현은 이상의 추론에 대한 보다 직접적인 증거가 될 것이다. "벽에 걸린 악기" 또한 본래의 음색을 드러내지 않고 "침묵"으로 일관한다. 여기에서 이러한 추론에 저항하고 있는 지점은, 이러한 진공 상태가 "죽음의 만조기"로 화자에게 인식되고 있다는 점이다(물론 현존재의 속살을 직접 매만질 수 있는 거의 유일한 사건의 하나인 섹스가 생물학적 죽음의 상태에 근사하다는 점을, 여기에서 떠올릴 수도 있을 것이다). 이처럼 선명한 음화의 부각이라는 돌발적 사태가 가져다준 것은 존재의 넘쳐나는 기쁨이나 눈부신 환희 같은 것이 아니다. 오히려 화자는 마지막 연에서, 갑작스런 전율과 함께 심한 가려움을 호소한다. 그리고 그 가려움 때문에 "쓸쓸하다"고 낮게 읊조리는 것이다. 이는 분명 화자의 지독한 절망감을 표현한 것으로 보인다. 그렇다면 그것은 대체 무엇을 말하고 있는 것인가. 논리적 모순을 피하기 어렵겠지만(여기 그 간격과 낙차를 그대로 드러내기로 한다), 이는 음화로 상징되는 사물의 실체와 속살, 존재자의 존재에 궁극적으로는 도달할 수 없다는 도저한 체념으로 보인다. 다시 말해 세계는 인화된 양화로 가득 차 있으며, 그것들로 만연한 세계에서 진정한 의미는 찾을 수 없다는 뜻이다. 순간 모두가 "정체 모를 것들에 사로잡혔다"는 불안감이 고조된다. 결국 박성현 시의 뜻 없음과 의미의 부재는, 뿌리 깊은 의미의 환멸과 불신에서 온 것이라 하지 않을 수 없다. 이 작품에서 "뒤돌아보는 것은 얼굴이지 표정은 아니었죠"라는 단호한 서술은 결정적으로 이를 뒷받침한다. 화자의 짙은 고독과 깊은 외로움은 여기에 기인한다. 이에 대한 보다 확고한 정황들은 「낙타 사이사이 골목」(이하 「낙타」)에서 동시다발적으로 발견된다.

철없이 아카시아는 햇빛 속에 서 있습니다.

물기 없는 혓바닥을 내밀고 바람을 핥았지만, 바람은 닿지 않았습니다. 꽃이거나 꽃이 아닌 채로 늙어가며 자신을 휘어감을 뿐입니다. 움켜쥐려는 것은 마음 바깥에 있고, 귓속을 버석거리는 소리들은 입술 앞에서 망설입니다. 거품처럼 툭, 터져버린

얼굴, 바싹 마른 진흙에 찍힌 몇 겹의

얼굴, 사육장으로 들어가는 은밀한 방문객의

얼굴, 뼈만 남은 손으로 악취를 쫓았던

얼굴, 얼굴들을 보아야 했습니다. 철없는 아카시아는 자신이 어디에 박혀 있는지 모르고 녹색 비늘을 세웠습니다. 유황을 뒤집어쓴 듯했습니다. 당연하지만 모서리에서 사라지는 얼굴은 막다른 골목의 왼쪽입니다.

얼음의 온도에 익숙한 짐승들은 잔뜩 발기한 크레인 밑으로 모였습니다. 미지근한 날씨에도 질식하는 놈들이 있었지만, 다른 놈들도 더 이상 달릴 힘은 없습니다. 무게를 줄이기 위해 매일 수축하면서 짙어지고, 부패하면서 팽창했습니다.

공중에서 잠시 새 한 마리 멈추었습니다. 철근으로 만들어진 기묘한 자세입니다. 아카시아를 씹으면서, 꽃이거나 꽃이 아닌 것들의 적당한 무관심을 보았습니다.

어둠의 낮과 밤은 함께 골목으로 사라집니다.

그리고 골목을 지켜보는 창문,

창문을 채운 자물쇠는 노련하게 침묵합니다.

—「낙타 사이사이 골목」 전문

　　"철없는 아카시아"가 "혓바닥을 내밀고 바람을 핥았지만, 바람은 닿지 않"는다고 말하거나, "움켜쥐려는 것은 마음 바깥에 있고, 귓속을 버석거리는 소리들은 입술 앞에서 망설"인다는 등의 직접적인 언술들이 바로 그것이다. 따라서 박성현 시의 화자가 실현하고자 하는 욕망의 본원적 양태와 궁극적 지향성은 정신분석의 관점에서 분명, '실재(the Real)'를 표상하고 있는 것으로 판단하지 않을 수 없다. 널리 알려져 있듯, '실재'는 인간이 알 수 없는 것이 아니라 인간에게 알려질 수 없는 것이다. 그것은 영원히 돌아갈 수 없는 부재의 성소(聖所)이다. 그럼에도 인간은 실재와의 필연적 거리에서 빚어지는 결여와 간극을 메우기 위해 끊임없이 욕망하는 아이러니컬한 존재이다. 그리고 욕망의 환유연쇄는 곧 이 자리에서 발생하는 것으로 이해된다. 이상의 맥락에서 "거품처럼 툭, 터져버린" "얼굴"이라는 이미지들의 계열체는 의미의 공백 상태를 표상하는 것으로 이해할 수 있다. 계속되는 "얼굴, 얼굴들을 보아야 했습니다"라는 진술은 그럼에도, 그러한 의미의 폐허와 마주하지 않을 수 없는 화자의 황망한 심정과 실존적 상황을 지시하고 있는 것이다. 사물의 속살을 어루만지는 일이 어려워지고 말았다는 뚜렷한 절망감, 존재자의 존재에 가닿는 것은 불가능하다는 확정적 판단에서 비롯된 화자의 근원적 허무의식은, 허공의 새를 자연물의 피붙이가 아닌 "철근으로" 이루어진 한낱 인공적 사물로 인식하게 한다. 마침내 세계는 빛과 어둠의 순차적인 공존이 아닌, "어둠의 낮과 밤"이라는 그로테스크한 형상으로 시의 영도(零度)에 현전한다. 이내 세계로 통하는 입구는 단단히 봉쇄되고 그 유일한 최후의

단서마저 "골목으로 사라"지고 만다. 하염없이, 깊고 긴 시의 침묵이
이어진다.

4. 정관의 거리와 능동적 체관(諦觀)[3]

　지금껏 우리는 박성현의 시가 존재자의 속살을 손수 어루만지고
싶어 한다는 가설 하에, 그것의 구체적인 텍스트 실현과정과 여기에
동원된 여러 문학적 수사 장치들을 실제 분석에서 확인하고 해명하고
자 하였다. 그 결과 후각을 위시한 감각의 논리와 이의 다양하고 광범
위한 활용을 그 세부 미학의 핵심적 양상으로 규정할 수 있었다. 또한
이를 통해 텍스트의 배면으로부터 서서히 현상하는 것은, 인화되지
않은 음화의 명암과 채도였다. 그리고 그것은 정신분석의 차원에서는
실재의 영역에 귀속되는 것으로 파악할 수 있었다. 한편으로 그 논리
적 추론과정에서 모순적 진술과 함께 박성현 시의 내부에 존재하는 양
가감정도 동시에 확인할 수 있었다. 즉 속살을 매만지고 존재에 가닿
으려는 화자의 깊은 열망과 공존하는, 그것의 근원적 접근 불가능성
에 기인하는 도저한 허무의식과 묵직한 절망감이 바로 그것이다. 여
기에서 존재론과 정신분석은 박성현 시를 해명하는 중요한 단서가 될

3　김남천의 소설, 「맥(麥)」(1941)의 등장인물 '최무경'은, 독백 중에 "능동적인 체관"이라는 말
　을 불쑥 내뱉는다.

수 있다. 그렇다면 이제 그 순수한 열망의 좌절, 아름다운 패배의 기원과 진원지가 어디인지, 마지막으로 묻지 않을 수 없다. 이를 밝히는 일이, 이 글에 할당된 최후의 과제일 것이다. 잠시 앞서 분석한 「낙타」로 되돌아가기로 한다. 먼저, "골목을 지켜보는 창문"으로 확보된 거리와 시야는 사실상 화자의 시선을 대체하고 있는 것으로 간주해도 좋을 것이다. 또한 매설된 텍스트에서 우연히 누설되고 있는 "적당한 무관심"이라는 언표는, 박성현 시가 세계와 사물을 대하는 기본적인 입장이자 일관된 태도로 볼 수 있을 듯하다. 그것은 다른 말로는 중용적 태도라 일컬을 법한 것이다. 하나의 정신적 가치지향으로서, 중용은 자체로서의 위의를 이미 내재하고 있는 것이지만, 그것은 결코 기계적 의미의 평균적 중립성을 뜻하지는 않는다. 어느 현자의 진언처럼, 중용이란 극단을 경험한 자에게만 내리는 신의 축복이다. 그것은 인간이 자의적으로 선택하거나 임의로 취할 수 있는 입장이 아니라, 비자발적인 불가항력의 사태들을 깊이 수용하며, 어쩔 수 없이 취하게 되는 내면의 태도이다. 이상의 맥락과 관련하여, 멈추면 보인다는 제법 그럴듯한 시쳇말도 있으나, 그치고[止] 살피는[觀] 일은 소박한 정관적(靜觀的) 태도만을 가리키지 않는다. 그것은 자아편향을 제거하려는 마음의 끊임없는 움직임과 함께, 결코 지워지지 않는 카르마의 심연을 몸소 체험하는 역동적인 인식의 순환과정을 통해서만 비로소 성취되는 것으로, 고단하고 참된 수행의 결과이자 불가피한 상황으로서 결국 도달하게 되는 정신의 한 임계점이다.[4] 궁극적 허무주의의 진의가

____

4   이에 관해서는, 마명(馬鳴)의 『대승기신론』과 원효의 『대승기신론 소·별기』와 함께, 아울러

모든 것을 견디는 희망 없는 사랑의 힘에 있는 것 또한 이와 같다. 이런 뜻에서, 박성현 시에서 모순된 화자의 양가감정과 욕망의 어긋남은, 사물들과의 구체적인 관계 설정, 보다 직접적으로는 사물과 조응하는 화자의 내면적 거리 조정의 오류에서 발생하는 듯하다. 췌언을 더하자면, 사물의 속살을 들여다보기 위해서는 외부적 시선에서 적실히 조망되고 효과적으로 조절된 정관적 거리의 확보가 아니라, 이의 과감한 폐기가 필요할 수도 있다는 점이다. 단적으로 관조적 풍요와 여유로움은 사물을 정지된 상태로 붙잡아두려는 그릇된 열망의 소산이다. 엄밀한 뜻에서 다만 그것은 정태적 수동성에 지나지 않는다. 불가해한 사물의 움직임과 사태의 역동적 변화에 자신의 영혼을 에누리 없이 개방한 채, 그 확실치 않은 미정형의 흐름에 초연히 스스로를 내맡길 때, 사물의 속살은 저절로 제 모습을 드러낼 것이다. 예컨대 적극적 수동성의 능동적 실현, 능동적 체관의 비개입적 실천에서, 이는 궁극적으로 가능해질지 모른다. 그것은 사물의 바깥이나 틈새가 아니라, 사물들 속에서 사물을 발견하려는 오랜 길이기도 하다.

김인환의 「대승기신론초」(『포에지』 2001년 여름호; 『한국고대시가론』(고려대 출판부, 2007)에 재수록) 등을 참고할 수 있다.

자연사(自然史)의 이념

박종현의 시 세계

마르크스는 「1844년의 경제학 철학 수고」 말미에, "역사는 인간의 진정한 자연사이다(History is the true natural history of man)"라고 적은 바 있다.[1] 인간의 역사가 발전과 변화의 가능성을 내포하고 있다면, 자연사는 무한한 반복 속에서 반복을 반복할 뿐이다. 그런 뜻에서 위 구절은, '진정한 역사는 인간의 자연사이다'라고 바로 고쳐 읽어야 할지 모른다. 한편 인간의 활동에 대립과 통일이 있듯이, 자연의 내부에도 대립과 통일은 존재한다. 따라서 인간의 역사와 자연의 역사를 단순한 이분법적 대립구도로 파악하는 것은 다소 위험한 일일 수 있다. 마르크스의 진의 또한 양자 간의 도식적 이분법을 넘어, 인간의 역사와 자연사의 변증법적 지양과 일여(一如)한 합일을 지향했다는 것에 있을 것이다. 자선한 시편들에서 시인은 인간사의 실제를 그다지 신뢰하지

---

1   K. Marx, Clemens Dutt trans., "Economic and Philosophic Manuscripts of 1844", *Karl Marx & Frederick Engels Collected Works(MECW)* Vol 3, New York : International Publishers, 1976, p.337.

않거나, 여간 불편하고 거북스럽지 않은 것으로 파악하는 듯하다. 다시 말해 박종현 시인의 지향점은 분명 자연사의 '이념(Idea)'에 집중되어 있는 것이다. 가령 플라톤의 이데아를 "진리의 본체"로 언급하고 있는 「치매 1」의 각주[2]는, 이러한 시인의 의식지향성과 입장이 비교적 뚜렷이 피력된 것이라 하겠다. 이데아란, 인간이 인식하거나 도달할 수 없는 형이상학적 실체이기 때문이다.

시인이 자연사의 이념에 의존하거나 근접하고 있다는 시적 정황은 먼저, 「치매」 연작시에서 찾아볼 수 있다. 의학적으로 '치매'란 정상적인 의식 활동이 정지된 식물성의 상태를 일컫는다. 대표적인 증상의 하나로는 기억을 담당하는 뇌세포의 손상과 퇴화, 그리고 이에 따른 망각의 순차적 진행과 점진적 확산이다. 「치매 1」[3]에서 "完熟된 망각만 / 김칫독 가득 삭아가는", "박제된 메모리만 재생되는" 등의 구절에는 어머니의 병세를 지켜보고 있는 자식의 서러움과 황망한 심사가 배어 있다. 한편으로 이에 대한 화자의 태도는 이중적인데, 기억과 망각의 의미는, 인간적 관점의 의식 차원에서만 유효할 수 있다는 판단 때문이다. 다시 말해 "레테강 맑은 물살에 씻긴"이라는 표현은, 의식의 정화(淨化)를 통한 이러한 인간중심주의의 궁극적 소멸을 적실히

2　시인이 단, 각주의 내용은 다음과 같다. "*레테강 : 플라톤은 망각(忘却)의 레떼강 너머로 희미하게 어른대는 이데아계(睿智界 idea)가 진리의 본체라 하였다".

3　이른 바 '치매' 연작시에는 각기 다른 부제가 달려 있는데, 다음은 그 첫 작품의 전문이다. "더 이상 기억이 살 수 없는 / 시간도 길도 거기선 살 수 없는, / 오직 수숫대 황토벽 너머 完熟된 망각만 / 김칫독 가득 삭아가는, / 내가 나기도 전 돌아가신 외할머니께서 지금도 / 대청마루 모서리 아홉 살 어머니 댕기머리 얼레빗질 하시던 / 박제된 메모리만 재생되는, / 여든 아홉 살 하얀 소녀가 / 태어나 한번도 건너지 못한 사립문 밖 / 레테강* 맑은 물살에 씻긴 / 징검다리가 다소곳 하늘로 닿아있는, / 모든 기억들 삭제된 채 / 댓글만 살고 있는 어머니의 / 집"(「치매 1－어머니의 집」).

상징하고 있는 것이다. 이데아로 향하기 위해서는 망각이라는 레테의 강을 건너지 않을 수 없는 것이다. 그곳에서 어머니는 다시금 부활하여 생명을 얻게 될 것이다. 「치매 2」에서 "지상으로 내려앉는" 붉은 홍시 역시 마찬가지로, "망각을 견디게 하는" 천상의 과실이다. 하여, 어머니의 기억과 망각은 자연에 의해 치유되고 구원받으며, 따라서 한 인간의 파란만장한 역사는 생멸하는 자연사(自然史)의 유장한 흐름 속에 서서히 녹아들게 될 것이다. 이와 같은 자연사의 이념은 필시 각별한 시간의식을 동반하지 않을 수 없다. 그리고 그것은, 기억에 관여하는 '과거-현재-미래'에 대한 인간의 시간의식 외에, 자연의 시간과 속도에 대한 어떤 특별한 감각까지를 포함하는 것이다. 그런 맥락에서 시간이 남겨놓은 주름과 흔적, 자연적 시간의 완만한 속도감을 여실히 포착하고 있는 작품은 단연, 「메주」[4]이다. 가령 "짓뭉개진 몸 살갗 터진 세월이 엉겨붙어 푸른곰팡이로 피어나는 날"이 부여하는 선명한 감각표상들은, 날것의 '콩'이 '메주'로, 다시 '된장'으로 형질 전환되는 자연적 시간의 경과와 숙성의 과정을 고스란히 묘사한다. 인간이 만든 음식문화의 하나로서 메주의 숙성과 발효가 자연의 한결같

---

4   이해를 돕기 위해, 산문시 형태로 씌어진 작품의 전문을 적어둔다. 이 작품의 마지막 구절은 유일하게 독립된 행(行)으로 배치돼 있다. "동짓달 첫 번째 말날(午日)을 잡아, 살아 온 전생애 맑은 샘물에다 몸 씻는다 몸 붙은 大豆들 싹눈까지 삶겨야 羽化를 꿈꿀 수 있다는 걸 세 발 솥은 잘 알고 있다 밑발 없는 전기 밥솥으로는 거피당한 콩깍지들 살아 온 내력까지 익히기엔 아직 견문이 좁다 짓뭉개진 몸 살갗 터진 세월이 엉겨붙어 푸른곰팡이로 피어나는 날 비로소 콩들은 된장을 꿈꾼다 간장을 꿈꾼다 수수깡 흙벽 속까지 밴 始原의 냄새만 진정한 생명이다 오늘 기울어 가는 저 달이 메주 뜬 독 속에서 불러오는 배를 움키며 배시시 웃는 꼴을 또 한 번 봐야 할 텐데 하, 고향집 사랑채 경망스럽게 일어서는 내 뒤통수를 투-욱 내리치던 메주가 방안 가득 환하구나 / 진실은 늘 거꾸로 매달려 산다"(「메주」).

은 섭리에 의존하며 빚지고 있다는 명백한 사실은, "저 달이 메주 뜬 독 속에서 불러오는 배를 움키며 배시시 웃는 꼴을 또 한 번 봐야 할 텐데"라는 해학적 수사에서 재차 확인된다. 그러한 자연의 깊고 은밀한 속내는, 인위적 제작물이자 문명의 이기(利器)의 하나인, "아직 견문이 좁은", "밑발 없는 전기 밥솥으로는", 좀체 알아챌 수 없는 것이다. 「거미줄」, 「절정은 모두 하트 모양이다」, 「탱자나무 울타리」 등에 전경화 되고 있는, 자연에 대한 무한한 신뢰와 속 깊은 친화력은 이상의 맥락의 연장선상에서 이해할 수 있다. 그것은 한편으로 인간사에 대한 불신과 견고한 대타의식에서 형성되고 개진되고 있는 것이다. 대표적으로 "肉筆로 쓴 원고다"(「거미줄」), "완벽한 하트 모양으로 무르익는 한낮"(「절정은 모두 하트 모양이다」), 그리고 "가시벽도 포근한 둥지가 되는 / 저, 화엄을 보라"(「탱자나무 울타리」) 등의 진술들은, 이러한 화자의 인식과 태도를 확연히 드러내고 있는 것이라 하겠다. 자연에 대한 화자의 확고한 믿음과 이에 따른 가없는 경의는, "바람의 警句", "천국에 이르는 길"(이상 「거미줄」), "진실은 늘 거꾸로 매달려 산다", "始原의 냄새만 진정한 생명"(이상 「메주」), "아픈 가시도 둥지가 되고 / 갈기 세운 바람도 노래가 되는"(「탱자나무 울타리」) 등과 같은 잠언풍의 경구들로 변주되면서 확장·심화의 과정을 따르고 있다. 이와 같이 진실이 물구나무서기 하고 있다는 상황 인식, 즉 전도된 세계에 대한 반(反)의식은, "사람들은 왜 그늘 속에서 더 환해지는 걸까"(「그늘의 옆얼굴」)와 같은 역설과 반어의 문장, 그리고 변형된 안티테제들을 생산해낸다. 「그늘의 옆얼굴」[5]은 현상과 본질의 이분법 속에 감추어진 존재의 맨얼굴을 재발견하고 복원하고자 하는 시도로 읽힌다. 나날의 삶과 일상에서 존재(Sein)는 낮게 드리워진 그늘 속으로 깊숙이 은폐되어 있다. 그런 때문에 현상 너머의 실체를 확인하기 위해, 아이러니컬하게도, "그늘 없는 사람들은 / 양산까지 받쳐들고 그늘의 몸속으로 들어"(「그늘의 옆얼굴」)가는 것이다. 따라서 이 작품 마지막 2행의, "야광으로 밝아오는 그늘의 옆얼굴이 / 환하게 달빛을 갉아먹고 있다"는 결구는, 은폐되었던 존재의 개현(開顯)의 순간을 감각적 이미지로 조명한 것이다.

지금까지 우리는 시인의 자선작 7편을 중심으로 박종현의 시 세계에 대한 간략한 소묘를 마쳤다. 이를 요약하면 다음과 같다. ① 박종현의 시는 인간의 실제나 세속적 인간사보다는 현상 너머의 형이상학적 실체로서 이데아를 뚜렷이 지향한다. ② 박종현의 시에서 이데아에 근사한 역할을 하고 있는 것은 자연과 자연사의 이념이다. ③ 박종현의 시는 인간중심주의에 대해 확고한 반대의 입장을 취하고 있으며, 그 결과 인간적 시선을 최대한 배제한 채 자연이 내재한 무한한 생명력과 위대한 친화력에 깊은 관심을 갖는다, ④ 이를 한마디로 간추리면, 무연법계(無緣法界)의 대화엄(大華嚴)의 세계이다. ⑤ 이상의 인식

---

5   베일에 싸인 존재의 아이러니를 형상화하고 있는, 이 시의 전문은 다음과 같다. 이 작품에서 인간은 그림자 속에 봉인(封印)된 존재로 묘사된다. "사람들은 모두 제 몸이 만든 / 그늘 아래 사는 걸까 / 그늘 없는 사람들은 / 양산까지 받쳐들고 그늘의 몸속으로 들어간다 / 잠시 헛디딘 걸음 틈새로 / 저녁 햇살이 슬쩍 / 그늘의 옆얼굴을 훔쳐본다 / 두터운 화장으로 가린 그늘이 화들짝 놀란다 / 희한하다 / 사람들은 왜 그늘 속에서 더 환해지는 걸까 / 양산을 폈다 접는 일처럼 / 그늘을 켰다 끌 줄 아는 사람들은 해가 지면 / 그늘에 익혀둔 등불을 켠다 / 야광으로 밝아오는 그늘의 옆얼굴이 / 환하게 달빛을 갉아먹고 있다"(「그늘의 옆얼굴」).

과 관심에 토대한 존재의 개현을 통해 드러나는 것은, 존재의 진면목으로서 본래면목(本來面目)이다. ⑥ 이상의 전체적인 맥락을 종합적으로 고려할 때, 박종현의 시는 동일성과 회감(回感)의 원리에 기반하는 한국시의 서정적 전통을 계승하고 있다. 이제 박종현 시에 내재된 특장으로서, 자연사의 이념을 어떻게 이해하고 평가할지의 문제가 마지막으로 남는다. 이를 위해 약간의 우회로를 경유하기로 한다.

기형도는 1988년 11월의, 「詩作 메모」에서 이렇게 적었다. "나는 한동안 무책임한 자연의 비유를 경계하느라 거리에서 시를 만들었다. 거리의 상상력은 고통이었고 나는 그 고통을 사랑하였다. 그러나 가장 위대한 잠언이 자연 속에 있음을 지금도 나는 믿는다. 그러한 믿음이 언젠가 나를 부를 것이다. 나는 따라갈 준비가 되어 있다. 눈이 쏟아질 듯하다".[6] 그의 말마따나, 우리는 자연이 지닌 위의(威儀)와 더불어 숭고(崇高)한 진리환기의 능력을 믿지 않을 수 없다. 흔히 서정적 진실이라 일컫는 것은, 바로 이러한 자연의 내재적 속성으로부터 기원하는 것이다. 한편으로 조감된 사물로서의 자연에서 인간적 시선을 완전히 배제하는 것이 과연 가능한 것인지 의문이 있을 수 있다. 가령, 앞서 "肉筆로 쓴 원고"라는 진술은 거미의 작업에 깃든 자연의 원리를 묘사한 것이지만, 그것은 엄연히 시인의 시작(詩作)이라는, 인간적 시선으로부터 유추되고 형상화된 것이다. 마찬가지로 잠자리의 교미의 순간을 '절정'으로 파악하고 있는 「절정은 모두 하트 모양이다」라는 작품도, 인간의 사랑을 전제로 하지 않고서는 본능적 차원의 무연(無

---

6 기형도, 「詩作 메모」, 『입 속의 검은 잎』, 문학과지성사, 1989.

緣)한 사건으로 간주될 가능성이 있는 것이다. 그것에 특정한 판단과 가치를 부여하는 것은 인간의 조감된 시선과 의식의 사고 작용이지 않을 수 없다. 사실 자연 그 자체로서는 어떤 형태의 선도 악도 아니며, 개별적 가치판단의 대상 혹은 영역이 아니다. 결국 그것에 고유한 의미와 질서를 부여하는 것은 어디까지나 인간이라는 점이 여기서 지적되어야 할 것이다. 자연에 대한 끝없는 신뢰와 극진한 외경(畏敬)은 따라서, 하나의 선험적 이데올로기로서 자연사(自然史)의 이념형을 투사한 결과일 수 있다. 덧붙여 한국현대시사에서 서정주가, '화사(花蛇)'의 세계로부터 멀찌감치 물러나 현실의 균열과 긴장을 더 이상 시적 고려의 대상으로 삼지 않게 되었을 때, 말년의 양식으로서 획득된 내면의 정관(靜觀)과 정신적 평화주의는 다만 체념과 달관의 포즈로 일관되었을 뿐, 현대시에 기여할 수 있는 어떠한 의미 있는 시도 더 이상 생산해내지 못했다는 문학사적 사실 또한, 엄연히 상기될 필요가 있는 것이다.

제5부

의미의 논리

의미의 논리

1. 의미를 되묻는 일 : 폭력의 성찰에서 존재론으로

—백가흠, 『힌트는 도련님』(문학과지성사, 2011)

백가흠은 이번 소설집에서 자신의 장기인 폭력에 관한 성찰에서 어떤 존재론으로의 전화(轉化)를 보여준다. 그것은 이른바 '비루한 동물극장'의 탐구로부터 한발 비켜서서 작가로서의 존재론적 위상을 되묻는 일과 관련되어 있는 것으로 보인다. 이러한 변화는 어디에서 기인하는가. 그것은 말할 것도 없이 소설가로서 '정체성의 확인 욕구'로부터 비롯된다. 과거 한국문학사에서 채만식은 역사적 불확실성이 고조되는 순간 사소설(私小說)의 탐색을 통해 자신의 존재론적 위기를 극복하려 했던 바 있다. 그리고 그것의 내면적 동기는 무엇보다 소설가로서 자기 정체성을 재확인하는 일과 관련됐다. 이와 유사하게 백가흠 역시 자신이 직면한 어떤 임계(臨界)의 순간을 내파(內破)하기 위해서 자신의 존재론적 위상을 재점검하게 된 것으로 보인다. 그것은 이처럼 절실한 내면적 욕구로부터 기원한다는 점에서 작가에게는 어떤 필연적 과정의 일부로 여겨질 수 있다. 어떤 사유(思惟)의 수준은 그것에 불어닥친 '근본개념의 위기'를 어떻게 처리하느냐의 문제에 달려 있다고 볼 때, 이번 소설집에서 백가흠이 당면하게 된 문제의식은 그래서 결코 가벼운 것으로 치부될 수 없다. 소설가로서 내면의식의 위기를 정면에서 다루고 있는 것은 「그래서」, 「힌트는 도련님」, 그리고 자전소설의 성격이 강해보이는 「P」의 일련의 소설가 소설이다. 이 작품들에서 백가흠은 자신이 처한 창작의 위기의 순간들을 가감없이 드러내고 있다. 「그래서」의 퇴역평론가인 노인은 외부와 절연한 채, 읽기와 쓰기로만 이루어진 자신만의 성채(城砦)에서 온전한 문학의 왕국을 꿈꾼다. 그에게 노랑 책의 주인공인 신진작가 '백'(그는 자살한 것으로 처리되어 있는데, 이 작품에서 현실과 환상의 경계의 구분은 그다지 중요해 보이지 않는다)이 찾아온다. 백은 대학시절 은사였던 노인에게 '그래서'라는 "인과와 상관없는 접속사이 물음이 작가로서의 자신의 운명을 결정지었다고"(91쪽) 믿고 있다. 노인의 강의에서 "접속사가 단독으로 사용되었을 때의 추상적이고 관념적인 상징을 그는 그제야 처음으로 알았다"(91쪽)고 고백한다. 애초에 시인을 꿈꾸었던 백가흠 자신의 언어에 대한 예민한 감수능력을 여기에서 우선 확인할 수 있겠다. (의문형으로 쓰인) '그래서'는 '따라서·그러므로·그렇기 때문에' 등과는 달리 전후 인과관계의 맥락을 고려하지 않는 돌발적 어사(語辭)에 속한다. '그래서'라는 접속사 다음에 통상 우리가 예상할 수 있는 의미론적 층위는 '어쨌다는 말인가' 정도의 질문 방향의 선회(旋回)이다. 그것은 발화 주체의 능동적 사유를 역으로 요청하게 된다. 그것은 해답을 찾는 모색의 과정이 외부에서 주어지는 것이 아니라 주체의 내면적 고투와 실존적 결단을 통해 후사건적(後事件的)으로 도래하는 것이라는 점을 암시한다. 따라서 예술가로서 창작 주체의 고뇌는 깊어질 수밖에 없다. 예술가가 획득할 수 있는 진리는 어디까지나 주체의 내면에 각인된 '일신상(一身上)의 진리'일 수밖에 없다는 존재론적 운명을 지닌다. 이상의 맥락과 관련하여 창작 과정에 있어 의식의 분리의 문제는 「힌트는 도련님」에서 보다 직접적으로 표출된다.

> 내 안에는 과거의 기억과 선인들의 반복되는 선험적인 서사를 꿈꾸는 나와 사람 사이의 관계에서 좀 더 인문학적 냉정함을 꿈꾸는 모더니스트인 나, 그리고 현실에서의 도련님인 나가 공존한다. 자아를 분리하여 선을 긋고 각자의 삶을 구분 짓는 일은 모더니스트인 나의 몫이다. 모던하고자 하는 나는, 현실의 나와 가장 가까운 백 도령과 손을 잡고 자꾸 서사를 꿈꾸는 나를 몰아낸다. 서사를 꿈꾸는 나는 언제나 모더니스트와 백 도령의 나에게 굴복하고야 만다. 서사가 싸워 이길 때는 소설이 간혹 남기도 하지만 모더니스트와 도련님이 승리한 경우에는 비루한 현실만 남게 된다. 분수 모르고 있는 체, 아는 체하기 좋아하며, 떼쓰고 어리광 부리기 좋아하는 겉멋만 남은 지금, 나의 현실 말이다.(「힌트는 도련님」, 123쪽)

　　비루한 삶의 주인공으로서 현실적 자아와 소설가로서 서사적 욕망
에 의해 추동되는 상상적 자아 혹은 예술적 자아의 분열과 분리의 문
제는, 일제말 사소설(私小說)에 경도되었던 채만식의 작품에서도 확인
할 수 있다. 가령 "싸릿문 바깥에 나서서, 형을 배웅하고 있던 나다. 어
느 겨를에 그런데 "퍼뜩 붓을 멈추고 나의 신경상태를 응시 ……" 하
는 내가 풀쩍 뛰어들었다. 그 두 가지의 나는, 도저히 같은 시공(時空)
에는 용납이 되지 않는 실로 세계가 서로 다른 나 들이다. 확실히 미신
이요 과학은 아니다. 그리고 그것이야말로 유독 일인칭 사소설만이
부릴 수 있는 요술인가 보다"(채만식, 「近日」)라는 진술은 작가로서 경
험하게 되는 이와 같은 의식의 분열상에 대한 직접적인 증언일 것이
다. 「힌트는 도련님」은 등단작 「광어」를 연상하게 하는 횟집이야기
속의 인물 '나'와 이 이야기를 서술하고 있는 작가로서의 '나', 그리고
엄마의 선자리 주선이 편치만은 않은 아들인, 일상의 경험적 자아로
서의 '나'가 동시적으로 공존하며 이야기를 중첩·교차시키고 있다.
이 작품에서 "원래 내가 쓰고 싶었던 것은 지난한 예술가가 겪는 고통
의 시간에 관한 것이었다. 진정한 메타포로 남은 마지막 한 사람을 그
리고 싶었다"(102쪽)고 '나'는 고백한다. 내게 있어 소설은 "돈이나 예
술성에 관한 콤플렉스"가 아니라, "여전히 모더니스트인가 리얼리스
트인가 하는 것"(114쪽)이 문제적인 장르이다. 백가흠은 전작 『귀뚜라
미가 온다』(2005)와 『조대리의 트렁크』(2007)에서 대상의 충실한 재
현보다는 창작자의 주관적 표현을 보다 중시하는 입장이었던 것으로
판단된다. 전작들에서 그는 사건의 인과적 구성보다는 서사가 축조해

내는 불연속적 이미지들의 돌연한 결합과 병치를 통한 감각적 인상의 환기에 능한 작가였다. 백가흠 소설에서 이질적인 의미론적 층위의 연쇄는 하나의 전형적 현상이었다. 그리고 그것은 좁은 의미에서, 리얼리즘의 전통과 기율보다는 모더니즘의 실험정신에 가까운 것이었다. 그러나 정작 소설가의 존재론적 위상이라는 지극히 실존적인 물음을 주요 모티프로 삼고 있는 이번 작품집에서는 오히려 리얼리즘으로의 어떤 접근과 수렴을 보여준다. 물론 여기에서의 리얼리즘은 보다 확장된 의미에서, 소설적 리얼리티의 구현과 관련한 서사적 '핍진성(verisimilitude)'의 확보 문제가 관건이 될 것이다. 그렇다면 작가에게 리얼리스트란 어떤 의미인가. 그에 의하면 "소설은 충족이나 낭만에서 비롯되는 것이 아닌 결핍이나 불합리에서 출발"하며 "이런 부조리에 대한 욕망을 다루는 것은 인간으로서 불행한 일이다"(115쪽). "부조리함의 해결에 대해, 즉 **욕망하는 것에 대해 아는 것이야말로 가장 불행한 일**"(115쪽, 강조는 인용자)이기 때문이다. 이후 이어지는 서술은 다음과 같다.

욕망을 아는 것은 현실과의 괴리감을 낳으며, 과거의 그 많았던 부조리를 바로잡으려 애를 쓰는 원인이 되기 때문이다. 뭐가 잘못된 것일까, 원인을 찾아 깊숙이 자취를 감춘 내면을 스스로 끊임없이 들볶는다. 이런 마음만 본다면 나는 온전한 리얼리스트가 맞을지도 모를 일이다.(115쪽, 강조는 인용자)

　　백가흠에게 리얼리즘이라는 것 혹은 작가로서 리얼리스트가 된다
는 것은 무엇보다 욕망에 대해 정직하게 응시하는 태도와 관련된다
(「힌트는 도련님」의 액자로 삽입된 횟집이야기는 욕망의 순수 사건의 범주로서
불륜을 다루고 있다는 점을 기억해두자). 이러한 백가흠의 소설학을 가리켜
'욕망의 미시물리학'이라 일컬을 수 있을 법하다. 백가흠의 욕망의 미
시물리학은 그가 꾸준하게 추구해온 '관계의 미시정치학'(가령 「굿바이
투 로맨스」에서 '권력(pouvoir)'과 '역능(puissance)'의 문제)과도 직결되고
있음을 눈밝은 독자들은 간파할 수 있을 것이다. 이 지점에 이르면 우
리는 백가흠 소설에서 리얼리즘과 모더니즘이라는 통상적 식별체계
가 큰 의미가 없는 것이라는 점을 깨닫게 된다. 그의 소설에서 리얼리
즘과 모더니즘의 관습적 클리셰는 하나의 원환(圓環)을 이루어 회통
(會通)의 지점에 이르고 있다. 한편 이미 「배꽃이 지고」 등에서 탁월하
게 제시된 바 있는, 가부장적 질서의 엽기적 폭력성은 이번 소설집에
서도 뚜렷한 흐름을 이루고 있는데, 대표적으로 「통(痛)」과 「쁘이이거
나 쯔이거나」를 들 수 있을 것이다. 「통(痛)」은 베트남전 참전 군인의
고엽제 피해문제를 다루고 있는 단편으로, 이 작품이 도달하고 있는
묘사의 핍진성과 감각적 환기력은 경이로운 구석이 있어 독자에게 실
제로 통증을 유발하는데, 소설을 읽어 가노라면 불현듯 등이 가려워
져 벽돌이라도 들고 등을 벗겨내고 싶은 심정이 되고 만다. 이 작품에
서 우리는 백가흠의 소설학이 지각의 미분(微分)에 기초하고 있음을
다시금 확인하게 된다. 「쁘이이거나 쯔이거나」는 한국으로 시집온 베
트남 여성, '쯔이'의 인생유전을 다루고 있는데, 결혼과 동시에 그녀

의 몸은 성노예로 전락하여 남편과 시동생의 성욕을 동시에 감당해야
하는 기구한 운명에 처해진다. 이 작품에서 형제의 엽기적인 행각에
치명적인 상처를 입는 인물은 물론 '쯔이'이지만(그녀는 결국 자살로 생
을 마감한다), 그녀의 남편 '시종'씨나 시동생 '기종'씨 역시 가난한 농
촌의 노총각들로서 정상적인 성욕의 발산과 자연의 순환과정에서 소
외되어 있다는 점에서 불행하기는 마찬가지이다. 이상 폭력의 성찰이
라는 일관된 주제의 지속과 변주를 소설가의 존재론 속에 녹여내고 있
는『힌트는 도련님』은, 그래서, 작가가 구축해온 서사(敍事)의 지형학
이 내포하고 있는 이제까지의 의미를 되묻는 일이 된다.

2. 의미를 지우는 일 : 관념의 모험

　　─정영문, 『어떤 작위의 세계』(문학과지성사, 2011)

　　라차드 브라우티건의 소설『미국의 송어낚시(*Trout Fishing in America*)』
(1967)는 근면 · 성실 · 정직으로 요약되는 벤자민 플랭클린식(式) 아
메리칸 드림의 허구성을 낱낱이 고발한 바 있다. 그것은 이 소설의 영
문판 표지 그림이 샌프란시스코 워싱턴 공원에 서 있는 벤자민 프랭클
린의 동상을 배경으로 하고 있다는 것에서 분명히 드러난다. 사진 속
에서 브라우티건은 한 여자와 함께 매우 시니컬한 표정으로 독자를 정
면에서 응시한다. 그것은 『위대한 게츠비(*The Great Gatsby*)』(1925)의

주인공, 게츠비의 죽음을 기억하는 애도(哀悼)의 한 형식이다. 권태와
죽음의 작가 정영문은,『겨우 존재하는 인간』(1996)으로 등단한 이래
'권태의 상상력'을 극단에서 실험해 온 한국문학사의 드문 예에 속한
다. 과거 이상(李箱)이 전위적으로 실천해보인 바 있는, 권태의 비물질
적 상상력은 정영문에 이르러 비로소 만개(滿開)하여 그 절정의 순간
을 맞이하고 있는 듯하다. 다시금 '권태'란 무엇인가. 그것은 단적으
로 말해 프로테스탄티즘의 윤리와 가장 멀리 있는 것이다. 그것은 나
날의 노동으로부터 비껴서 있음을 말하며, 일종의 정신의 대방기(大放
棄) 상태를 의미한다. 소설의 화자에게 "우울과 절망과 권태는 처해 있
는 상황과는 상관없는, 존재 자체의 어떤 속성 같은 것으로, 그것은 삶
의 뭔가가 아니라 삶 자체의 불가능함에서 비롯"(160쪽)된 것으로,
"우울과 절망과 권태의 능력이야말로 지력의 핵심"(161쪽)이라고 생
각한다. 이런 내게 "삶은 결국 남은 시간을 **어떻게 허비하는지의 문제**
(강조는 인용자)로 귀결"(218쪽)되는 것이다.『어떤 작위의 세계』는 실
제로 작가가, 2010년 대산문화재단의 지원을 받아 한국이라는 삶의
터전에서 벗어나, 샌프란시스코에 머물며 쓴 것으로, "내게는 샌프란
시스코 표류기에 · 더 가깝게 여겨지는 샌프란시스코 체류기"(「머리
말」)이다. 그리고 샌프란시스코는『미국의 송어낚시』의 작가, 리차드
브라우티건이 활동하던 곳이자 소설의 배경이기도 하다. 프로테스탄
티즘의 윤리와 자본주의 정신을 가장 신랄하게 조롱하고 있는『미국
의 송어낚시』의 배경이 되었던 샌프란시스코에서, 정영문의 권태에
관한 또 하나의 '검은 이야기 사슬'이 풀려나오고 있는 것은 그래서 자

연스럽다.[1] 『어떤 작위의 세계』에서 소설의 방법론이자 거의 유일한 구성 원리로 사용되고 있는 것은 '자유 연상(free association)'이다(따라서 소설의 줄거리를 요약하는 것은 불가능할 뿐더러 무의미한 일이기도 하다. 이 글에서는 이러한 자유 연상의 핵심적 사유를 이루는 것, 몇 가지를 파편적으로 지적하는 것으로 그치기로 한다).

한데 젖꼭지에 대한 생각에 빠져 있다가 문득, 맙소사, 혹은 이런, 혹은 어머나, 혹은 제기랄을 의미하는 성스러운 몰리holy moly라는 표현이 떠올랐는데, 그것은 내가 젖꼭지에 대한 생각에 그토록 깊이 빠져 있는 것에 나로서도 약간 놀랐기 때문이었다. 하지만 놀람도 잠시, 성스러운 몰리와 비슷한 표현들이 연이어 떠올랐다. 나는 놀람과 경멸과 분노와 혐오와 좌절을 가볍게 드러내는 영어 표현인 성스러운 모세holy Moses, 성스러운 암소holy cow와, 성스러운 고등어holy mackerel와, 성스러운 연기holy smoke와, 성스러운 쓰레기holy crap와, 성스러운 똥holy shit을 떠올리며 그것들을 하나씩 소리 내어 말해보았다(23~24쪽).

자유 연상의 기법은 정영문 소설이 의존화소(bound motif)보다는 자유화소(free motif)에 의해 지배되는 것과 불가분의 관계에 있다. 자

---

1   샌프란시스코는 한편으로, 68혁명을 전후로 한(『미국의 송어낚시』가 68혁명 당시 대학생들의 경전으로 불리어졌던 것은 주지의 사실이다), 히피문화로 상징되는 '자유와 사랑과 조화와 공동체에 대한 이상'이라는 정치적 열망의 진원지이기도 하다. 스콧 멕켄지가 부른 노래, 「샌프란시스코」('에 가게 되면 꼭 머리에 핀을 꽂아라'라는 제목으로 더 많이 알려진)는 당시의 대표곡이다.

유연상은 말놀이(fun)를 동반하는데, 그것은 의미의 확정을 향한 기표의 순항(順航)에 기여하기보다는 의미의 산종(散種)을 통한 기표의 부유(浮游)를 보여주게 된다. 정영문 소설은 의미의 고정점이 부재한 채 떠도는 말의 세계와 같다. 외부 사건의 전개를 통한 서사(敍事)의 형성을 목표로 하지 않기 때문에 그의 소설은 발화자의 자유로운 상상력의 실현에 전적으로 의존한다. 그리고 사유(思惟)의 대상이자 발화의 기원으로서 세계는 '확장된 내부'로서의 위의(威儀)를 지닌다. 그것은 마치 『잃어버린 시간을 찾아서』에서 대상의 본질을 찾기보다는 대상이 주체에게 촉발하는 '분위기'와 그것의 의미를 집요하게 탐구하는 주인공 '마르셀'의 태도와도 흡사하다. 이는 "내가 작위적인 삶을 산 것은 삶의 그 무엇도 사실적으로 다가오지 않았고, 그에 따라 삶에 진지할 수 없었고, **삶이 어떤 사실들이 아니라 그 사실들에 대한 생각들**(강조는 인용자)에만 관여할 수 있었기 때문"(190쪽)이었다는 고백이나, "사물이든 풍경이든 그것들이 내 안에서 또 다른 기억과 상상 속으로 전이되며 다른 차원에서 생각지 못한 모습으로 나타나 자리를 잡을 때 비로소 나는 그것들에 동화될 수 있었다"(195쪽) 등의 진술에서 분명히 드러난다. 화자인 '나'(아마도 작가 자신과 분리되지 않을)는 5년 전, 옛 애인과 멕시코계인 애인의 남자친구와 함께머물렀던 샌프란시스코의 기억을 떠올린다. 옛 애인과 그의 남자친구는 나의 시선은 아랑곳하지 않고 섹스를 즐긴다. 나와 그녀의 남자친구는 '데킬라를 마시며 선인장을 저격하며' 황량한 시간들을 보낸다. 그들과 함께 나는 로스엔젤레스로 가 할리우드를 둘러보기도 하고, 숙소의 해변가에 적힌 발레리라는 이름에서 폴 발레리의 『해변의 묘지』를 떠올리기도 한다. 나는 "많은 사람들을 행동으로 이어지게 하는 고상하거나 명분 있는 동기들에 의해 내가 움직이는 일이 얼마나 드문지에 잠시 생각"(60쪽)하다가, '궁상(窮狀)'에 대한 어떤 이론을 전개한다. 나에게 궁상이란 "나락으로 떨어지지 않고자 하면서 기어코 떨어지고자 하는 어떤 정신적 분투"이자 "가혹하게 권태롭고 무의미한 이 세계에 맞서기보다는 패배를 받아들이며 백기를 흔들면서 속으로 웃는 것"(65쪽)으로 볼 수 있다. 나는 '카프카'와 '이상'이 그 궁상의 정수(精髓)를 유감없이 보여주었다고 생각한다. 정영문은 이상이 실천해보인 권태의 계승자가 바로 자신이라는 점을 굳이 숨기지 않는다. 권태는 세계의 무의미에 대항하여 능동적 의지의 구현을 목표로 삼지 않고, 의식의 지향성을 주체의 내면으로 거두어들임으로써 일종의 '욕망의 절연(絶緣) 상태'에 머물러 있고자 하는 적극적 정신의 표현이다. '비의지의 의지'[2]를 지향하는 권태의 정신에게, 능동적 의지의 실현을 통해 세계 내에 '어떤' 의미를 확보하려는 주체의 모든 시도는 따라서 무의미하다. 유희의 정신인 권태의 상상력은 세계 내의 존재상을 '의미'의 척도가 아니라 '재미'라는 감각의 즉물성에 따라 구분한다. 그 목록을 일별하는 것은 재미없는 일일 수 있지만 어떤 이에게는 재미있는 일일 수도 있다.

---

2   이와 관련하여 다음과 같은 화자의 진술을 참고할 수 있을 것이다. "아무것도 하고 싶지 않았고, 심혈을 기울여 아무것도 하고 싶지 않았다. 아니, 심혈 같은 것은 기울이고 싶지 않았다. 모든 의지가 잔인하고 가혹하게 느껴졌고, 의지야말로 잔인하고 가혹한 것 같았다"(250쪽).

모든 종류의 소음, 거의 모든 음악, 폭력적인 것, 우울, 전통적인 소설, 시대를 반영하는 소설, 상처와 위안과 치유에 대해 얘기하는 소설, 등장인물의 생각보다 행위가 많은 비중을 차지하는 소설, 거창한 소설, 감동을 주는 소설(그런 소설들에 낯간지러운 찬사를 늘어놓는 평론가들이 얼마나 재미없는지를 이야기하는 것은 약간은 재미있을 수도 있겠지만 사실은 재미없으니 그들이 그렇게 할 수 있는 비결은 평론가로서 소양이 없거나 한 인간으로서 위엄과 자존이 없거나 두 가지 다일 거라는 얘기만 하도록 하자), 성장소설, 심각하기만 한 소설, 자의식의 과잉이 묻어나지 않는 소설, 잠언 풍의 시, 상식적인 것, 뻔한 수작(을 부리는 사람), 구김살이 없는 사람, 묘한 구석이 없는 사람, 권위를 온몸으로 풍기는 사람, 부지런하고 의욕이 넘치는 사람들, 사회에 기여하고자 하는 사람들, 구름에는 관심이 없는 사람들, 단순한 사람들, 말이 많은 사람들, 욕심이 너무 많은 사람들, 유머는 알지 못하고 우스개밖에 모르는 사람들, 뭐라 말할 수 없게 말할 수 없이 재미없는 사람들(이들은 정말 재미없다), 인종적 우월주의자, 예쁜 척하고 새침 떨면서 안 그러는 척하는 여자(세계 어디에나 있기 마련인 이런 여자들은 세계 어디보다도 한국에 많은데, 이들에 대한 조사가 한 번도 이루어진 적이 없어 그 정확한 숫자는 분명치 않지만 남극에 사는 멸종 위기에 처한 어떤 종의 펭귄의 숫자보다도 많은 것은 분명하다), 힘과 남자다움을 자랑하는 남자(한국에는 이런 남자들도 많은데, 그들 가운데는 이미 힘이 잔뜩 들어간 목에 힘을 주어 소리 나게 목을 꺾기도 하며, 일부러 팔자걸음으로 걷는 자들도 있다. 그들은 예쁜 척하고 새침 떨면서 안 그러는 척하는 여자들과 잘 어울리는 한 쌍을 이룰 수도 있다), 보수주의자, 경제적 문제와 같은 것들인데, 그 목록은 끝없이 작성할 수 있을 것이다(그 목록을 끝없이 작성하는 것은 재미있기도 하고 재미없기도 하다). // 그리고 내가 재미있게 생각하는 것들은, 그림자, 구름, 바람, 안개, 어떤 이유로 공중으로 뛰어오르는 세상의 모든 물고기들, 땅 속에 굴을 파고 사는 모든 동물들, 짝짓기 철이 되어 예민해진 동물들, 날씨, 나무들, 주정뱅이(이들은 재미있기도 하고 재미없기도 하다, 어린 개구쟁이들과 어른이 되어서도 개구쟁이 같은 데가 있는 사람들, 욕심이 없는 사람들(이들 가운데는 재미없는 사람들도 많이 있다), 동냥에는 별 관심이 없는 거지들, 꿈이 너무 크지 않은 아이들, 나체주의자, 여자에게 퇴자를 맞거나 퇴자 놓은 기억들, 복수에 대한 어떤 생각들, 말로 하는 놀이, 말하는 것이 거의 없는 시와 소설, 너무 고통스럽지 않은 병, 가난(부유함이 재미있을 수도 있는 많은 것들을 할 수 있게 하지만 그 자체는 재미없는 데 반해 가난은 가난해서 떨 수밖에 없는 궁상으로 인해 재미있을 수도 있다), 잔뜩 게으름 피우기, 자유자재로 말들을 갖고 놀 수 있는 경지에 오르는 것, 근거가 전혀 없거나 상당히 근거 없는 생각들, 아무것도 아닌 뭔가에 대해 혼자만의 이론을 펼치는 것, 혼자서 세상의 이런저런 것들을 조용히 비웃으며 험담하기, 그리고 뭔가에 대해 더 이상 생각할 수 없을 때까지 생각하기와 같은 것들인데, 그 목록은 끝없이 작성할 수 있을 것이다(그 목록을 끝없이 작성하는 것은 재미있다)(94~95쪽).

'나'(=정영문)는 이처럼 호(好)·불호(不好)가 분명하며 단순, 명쾌한 사람이다. 말을 엄한 곳으로 돌리거나 이리저리 둘러대는 법이 없다. 재미없는 것의 목록에 '거의 모든 음악'이 포함된 이유가 궁금해지긴 하지만,[3] 여기에 열거된 것들은 통상 우리에게 '의미'있다고 여겨지는 것들이다. 반대로 화자가 재미있는 것의 목록에 포함시키고 있는 것들은, 우리가 일반적으로 무의미하게 여기는, 보잘것없거나 하찮은 존재들이다. 화자의 분류법에 따르면, 삶의 의미와 진정한 가치를 찾아나서는 고독한 내면의 형식이라는 소설의 고전적 정의에 들어맞는 주류 소설들은 재미없고 그저 '심각하기만 소설'일뿐인데, 문제는 그런 치유와 감동의 소설이 현실에서는 통한다는 데 있다. 화자는 문단권력의 지형도에 대해서도 불만을 숨기지 않는데 이는 자신의 소설이 실제보다 저평가되었다는 자의식과도 무관하지 않은 듯하다. 금욕정신에 투철한 '부지런하고 의욕이 넘치는 사람들'과 자아실현을 통해 '사회에 기여하고자 하는 사람들' 역시 지상의 세계에 의미를 부여하려는 자들로 의미의 반대자이자 유희정신인 권태의 적이다. 옛 애인과 그녀의 남자친구와 헤어지고 샌프란시스코로 돌아온 나는, 벤자민 플랭클린의 동상이 있는 워싱턴공원에 들른다. 그는 이곳에서

---

3   물론 이에 대해서는, 소설의 후반부에 화자의 친절한 부연설명이 있기는 하다. "언젠가부터 음
     악에 거의 감흥을 느끼지 못하게 되었고, 그래서 음악을 멀리하고자 했고, 멀리 할 수 있었던 게
     너무도 이상하게 여겨질 정도로 갑자기 음악이 너무도 가깝게 느껴졌다. 음악에서 위안을 찾을
     수 있는 것처럼 음악을 들었던 적이 있었지만 위안 같은 것은 찾지 못했고, 거의 모든 음악이 너
     무도 따분했고, 아주 불편한 느낌을 주는 어떤 현대음악들만 참을 수 있었는데, 평소 내 의지와
     는 상관없이, 마음을 어루만져주지 않는 음악들에 노출될 때면 거의 언제나 신체적인 고통이 느
     껴졌다. 그것이 무엇인지는 정확히 알 수 없었지만 음악 속에도, 세상의 모든 것 속에 있는 것처
     럼, 사람을 질리게 하는 어떤 요소가 있었다"(225쪽).

리차드 브라우티건을 떠올리며 우연히 만난 미국의 '호보'(hobo, 방랑을 하며 일을 하는 떠돌이) 한 명과 이야기를 나눈다. 『미국의 송어낚시』의 첫 부분에는 워싱턴공원 근처의 교회에서 제공하는 무료급식 장면이 삽입되어 있는데, 교회에서 나눠준 샌드위치 속에는 '시금치잎만 달랑 하나(just a leaf of spinach)' 들어있을 뿐이다. 누구나 열심히 일하면 돈을 벌고 부자가 될 수 있다는 명제에 기반하고 있는 기회의 땅, 미국사회에 드리워진 그늘인 사회적 불평등의 구조는 가난한 자들을 구원하는 데 무관심하거나 무력하다. 『미국의 송어낚시』에서 무료급식 장면 뒤에 이어지고 있는, 송어가 살고 있는 폭포가 이제 화려한 계단으로 변해버렸다는 진술(「Knock on Wood(Part Two)」)은 따라서, 누구에게나 동일하게 주어지는 기회균등(누구나 송어를 낚을 수 있는)이라는 아메리칸드림이 이제는 변질되어 자본주의 사회의 계급 분화가 가속화되고 있다는 점을 상징적으로 암시하고 있다고 볼 수 있다. 사회적 계층의 양극화와 함께 등장하는 정상과 병리의 손쉬운 이분법은, 미국사회의 계급분화에 적극적으로 항의하였던 리차드 브라우티건을 사회적 비정상성의 범주로 분류한 바 있으며, 실제로 그는 정신병원에 수용되어 전기자극치료를 받기도 하였다. 정영문은 미국의 호보에 대한 성찰을 통해 정상과 병리 혹은 의미와 무의미의 인위적 구분법이 얼마나 폭력적인 일인가를 우리에게 되묻는다.

이제 소설의 핵심이자 제목인 '어떤 작위의 세계'가 의미하는 바가 무엇인지를 묻기로 하자.[4] 작가는 소설의 마지막에서 "이 소설이 뜬구

---

4 이와 관련하여 다음 예문을 주의 깊게 살펴볼 필요가 있다. "언젠가부터 그런 식으로, 어떤 순간

름 잡는 것에 관한 뜬구름 잡는 이야기"이며, 소설의 제목으로 '뜬구름'이라는 이름을 붙일 수도 있는데, 그것은 "자연계의 모든 것 중에서도 그 안에 핵심이 없다는 것을 가장 잘 보여주는 것이 뜬구름이기 때문이며, 동시에 생각과 말의 어지러운 장난에 지나지 않는 이 소설이 뜬구름처럼 아무런 핵심이 없는 것이기 때문"(270쪽)이라고 밝혀놓고 있다. 또한 '머리말'에서는, "지극히 사소하고 무용하며 허황된 고찰로서의 글쓰기에 대한 시도, 혹은 재미에 대한 나의 생각, 혹은 사나운 초록색 잠을 자는 무색의 관념들, 혹은 뜬구름 같은 따위"의 부제를 이 소설에 붙일 수도 있을 것이라고 말한 적이 있다. 일단 작위의 세계는 자의식 과잉의 상태를 의미하여, 대상의 의미를 순수직관을 통해 인식하기보다는 관념의 조작을 통해 재구성하는 것을 말하는 것으로 볼 수 있을 듯하다. 작가에게 그것은 '언어로 된 성채'를 구축하는 일이기도 하다. 여기에서 작위(作爲)란 인위적(人爲的)인 것과는 구분되어야 할 것 같다. 그것은 인위적이라는 뜻보다는, 거짓 의미들로 채색된 세계와 존재상들에게서 의미를 탈색시킴으로써 사물의 고유한 리듬과 질감을 복원하려는 시도에 가까운 것으로 이해된다. 그것

을 순수하게 경험하기보다는 그 순간을 글로 표현하기 위해서는 어떻게 처리해야 하는지를 의식하며, 의식과 감정까지 조작하며 보내는 경우가 많았다. …… 하지만 그것들이 나쁘게만 느껴지지는 않았다. 오히려 마음이 편했다. 그 편안함은 내가 **어떤 작위의 세계** 속 한 가운데 있기에 주어지는 것 같았다. …… 완벽한 작위의 세계가 그 숲 너머에서 나를 기다리고 있는 것 같았고, 작위를 통해서만 가 닿을 수 있는, 막연하고 난처하고 혼란스러우며, 부자연스럽고 어둡고 가망이 없지만 그것으로부터 벗어나는 것은 생각조차 할 수 없는 세계가, 깊어지는 뭔가가 있는 것 같았고, 작위로써 완성해갈 수밖에 없는 삶이 내 앞에 가로놓여 있는 것 같았다. 의미와 무의미가, 존재와 비존재가, 우연과 필연의 차이가 사라져 경계가 모호한 그 작위의 세계에서는 모든 것이 맥락이 없었고, 뭔가가 일어나도 그만이고 일어나지 않아도 그만이었다. 그 세계는 이상한 무위의 허구의 세계이기도 했다"(190쪽).

은 의미의 해체이자 탈맥락화 작업으로서, 작위라는 역설적 방법을
통해, 인위적으로 사물들에 부여된 의미를 건어냄으로써 무의미들로
이루어진 어떤 '무위(無爲)의 세계'에 도달하려는 전략으로 보인다. 사
물들은 이제 의미의 강박증으로부터 벗어나서 뜬구름처럼 아무런 '의
미의 핵심'도 지니지 않게 될 것이다. 어떤 작위의 세계를 통해 정영문
은, 궁극적으로는 의미와 무의미의 경계마저 허물어버리려는 관념의
모험을 수행하고 있다.

3. 의미의 방법론 : 긴장적 언어와 분열의 감각

—김선재, 『그녀가 보인다』(문학과지성사, 2011)[5]

소설과 시 작업을 병행하고 있는 김선재는, 자신의 첫 소설집에서
시적(詩的) 상상력을 서사의 추동력의 일부로서 적극 수용하고 있는 듯
하다. 그것이 의미하는 바는, 작가가 시적 상상력의 근간이라 할 수 있
는, '긴장적 언어(tensive language)'의 활용을 하나의 서사의 구성 원리

---

5 분량 관계상, 이 글에서 미처 다루지 못한, 그녀의 가작(佳作)들인 「모텔 제인 오스틴」, 「21세
기 소년」, 「그녀가 보인다」, 「눈사람과 나」, 「어두운 창들의 거리」, 「최선의 방어」(정치적 주제
를 주인공의 '정자무력증'이라는 실존적 지평 위에서 용해시키고 있는, 이 작품은 이 소설집에
실린 여타 단편들에 비해 상대적으로 서사가 뚜렷하고 정치적 상상력이 비교적 직접적으로 구현
되고 있다는 점에서, '김선재적인 것'—내가 보기에, 2000년대 한유주의 소설적 상상력과의 비
교가 반드시 필요해 보이는—과는 가장 멀리 있는 이질적인 작품으로 판단된다)에게는 다음을 기
약하며, 작가에게는 미안함을 마음으로부터 전한다.

로서 채택하고 있다는 말이다. 등단작 「그림자 군도」의 주인공 '여자'
는 서로 본적이 없는 '남자'의 집안일을 해주고 있는 파출부다. 여자는
집안 구석구석에서 남자의 흔적을 발견한다. "여자는, 남자는, 여기에
있었거나 없었지만 여기에, 있다"(280쪽). "그러니까 침묵 사이에 켜켜
이 들어찬 말들의 그림자처럼 보이지 않지만 어제나 여기에 있는 남자
와 여기에 있지만 아무도 모르는 여자가 이 방에, 함께 있었던 것이
다"(300~301쪽). 여자의 임무는 남자가 남겨놓은 흔적들을 재빨리 지
우고, "그림자처럼 머물다 그림자처럼 아무 소리 없이 사라"(288쪽)지
는 것이다. 집에 잘 들어오지 않는 남편 대신에 생계를 책임지고 있는
여자에게 현재 "확실한 것은 자신이 견딜 수 있는 담담과 답답과 갈증
이 한계에 다다랐다는 사실뿐"(298쪽)이다. 처음에 언급했듯이 김선재
는 언어 사용에 대단히 민감한데, 이 작품집에서는 언어의 다층적 차
원에 대한 깊이 있는 통찰과 섬세한 직관을 보여주고 있는 곳이 적지
않게 발견된다. 가령 "수정, 은 사랑, 이나 소용돌이 문양과는 거리가
멀지만 수정될 수밖에 없는 수정, 은 어쩐지 슬프다. 또한 수정, 은 자
신의 의지와는 상관없이 무조건 수정, 되어야 하는 단어이기 때문에
고독하다"(294쪽)는 진술은, 한 단어가 거느리고 있는 다양한 감정의
진폭과 뉘앙스들을 예민하게 포착하고 있는 예일 것이다. 그것은 일종
의 유희 정신으로서 말놀이(fun)라는 성격(예를 들어, "틈, 틈틈이 틈을 생
각했던 건 아니었다. 틈은 어디에도 있었지만 여간해서 보이지 않았다. 틈나는 대
로 틈을 찾아다닐 만큼 틈에 관심이 있던 것도 아니었다"(「고양이가 나타났다」,
247쪽) 식의 문장들)과 함께 언어에 대한 작가의 감정노동의 산물이라는

성격도 갖는다. 이 작품에서, "보이지 않는 것이 보이고, 들리지 않는 말소리가 들릴 때도 있으니까"(301쪽)라는 진술을 매우 중요한 의미를 갖는 것으로 보인다(단적으로 말해 어떤 글이나 책은 단 한 문장으로 요약될 수 있다. 모든 글은 그 한 문장에 대한 부연 설명에 지나지 않는다).[6] 그것은 한마디로 비가시성의 가시성이다. 그런 의미에서 남자와 여자는 서로에게 부재하는 현존이다(마치 그림자 속에는 사물의 실체가 부재하지만 그 부재 속에 사물의 존재를 현시(顯示)하고 있는 것처럼). 혹은 "우리는 어디에나 있지만 누구든 거기에는 없는 사람들"(「모텔 제인 오스틴」, 38쪽)이다. 결말에서 여자는 남자의 공간에서 샤워를 하는데, 이는 자신의 '흔적'을 남기는 행위로서 여자의 삶과 남자와의 관계에서 어떤 미묘한 균열을 예견하고 있다. 그 균열의 순간을, 소설은 **"혼자 있는 나는 누군가가 이 방에 들어서는 순간, 수정된다"**(293쪽, 여자가 남자의 책에서 발견한 메모이다)는 문장으로 표현하고 있다. 「그림자 군도」는 비가시적인 것의 가시적 속성 혹은 '여백의 존재성'을 드러냄으로써, 부재와 현존이라는 존재의 빛과 그림자를 섬세하게 포착하고 있다.

"나는 월요일부터 금요일까지 안나를 사랑했다"(73쪽)는 인상적인 문장으로 시작하고 있는, 「독서의 취향」은 어떤 분열의 감각에 대한 기록이다. 소설에서 다른 인물로 등장하고 있는, '안나'와 '안네'는 사실 동일 인물이거나 아니면 처음부터 둘 다 부재하는 이름이거나, 혹

---

6 우연의 일치겠지만, 김선재 역시 다음과 같이 적고 있는 것은 흥미롭다. "대학 때 선배들을 따라 어두운 방에서 학습하고 토론하던 두껍고 어려운, 그러나 결국 자신에게 한 문장으로 남은 책이었다. 토대가 상부를 구축한다는 거였다. 수없이 많은 단어와 묘사는 모두 한 문장을 위해 존재했다"(「독서의 취향」, 75쪽).

은 그녀들과 나 역시 한 몸일지도 모른다. 우선 그녀들은 이렇게 구분된다. "나가 알기에 시는 그런 것이 아니었지만 안네에게 그건 중요한 게 아니었다. 그녀는 현실을 현실적으로 파악하는 힘이 있었다. 그건 안네가 맡은 역할이었다. 시는 시인이 쓰고 나는 책이나 팔고 나와 살지 않는 안나는 나를 사랑했고 나와 사는 안네는 나를 지상에 단단히 묶었다"(78쪽). 나는 지금 안네와 살고 있지만 함께 살고 있지 않은 안나를 사랑한다. 내가 안나와 함께 꾸는 몽상의 세계는 에로스로 충만해 있지만, 안네와의 생활은 의무로만 채워져 있다. 나는 서적 외판원으로 우연히 들른 어느 집에서 안나를 처음 만나게 된다. 그녀는 적절한 책을 소개하지 못해 쩔쩔매는 나에게 책을 파는 대신 자신의 일기를 읽어달라고 부탁한다. 그녀의 일기를 읽어가며 나는 '평균적 일상성(durchschnittliche Alltaglichkeit)' 속에 은폐된 자신의 '존재(Sein)'와 본래적 자아를 깨닫는다. 그 후로 나는, "안나를 만날 수 없는 주말은 대부분 목덜미에 얼굴을 파묻고 자신의 체취를 맡는 안나를 떠올리며 표정 없는 안네와 마주 앉아 밥을 먹고 텔레비전을 시청했고 밤이 되면 그녀의 몸속에 사정"(95쪽)한다. 세일즈맨인 나에게 "안네는 정신 차리라고 말"(84쪽)한다. 나에게 그때는 "사랑이 삶을 지배하던 시간에서 삶이 사랑을 지배하는 시간으로 뒤바뀌던 순간"(84쪽)으로 기억된다. 라캉의 용어를 빌리자면, "만병통치약처럼 사랑을 맹신하는"(80쪽)' 안나는 나에게, 본원적 욕망의 대상이자 상상계의 기표이며 상상적 동일시를 통해 구축되는 '이자관계(dual relation)'를 표상한다. 반대로 안네는 나에게 상징계의 기표이자 본원적 욕망으로부터의 환유연쇄를 표현한다. 따라서 여기에서 안나와 안네가 실제 인물인지 혹은 그들은 동일 인물인가 / 다른 인물인가 하는 등의 질문들은 별로 중요한 것이 되지 못한다. 그녀들은 실제로 다른 인물이거나 동일 인물의 다른 차원을 지시하거나 표상하는 것일 수도 있으며, 그녀들 자체가 실제 인물이 아니라 나의 무의식을 구성하는 상상계와 상징계의 질서를 각각 표현하고 있다고 볼 수도 있기 때문이다. 이 작품의 결말에서 안나가 살고 있었던 집이 실은 빈집이었음이 밝혀진다. "간결하고 소박하고 견고했던 이 세계가 **실재하지 않는 곳**"(101쪽, 강조는 인용자)이었다는 사실이다. 그렇다면 나와 안나가 나누었던 충만한 합일의 순간들은 실은 나의 상상 속에서 이루어졌던 거짓이 되는 셈이다. 이것은 어떤 의미를 갖는가. 정신분석의 논리적 해명을 따르자면, 상상적 동일시의 이자관계로 표현되는 '상상계(the Imaginary)'는, 애초에 '실재'하는 것이 아니라 주체의 무의식적 욕망이 투영된 허구적 반영물이다. 그것을 라캉은 거울상 단계로 해명한 바 있다. 상상계가 허구적 질서이기 때문에 인간의 욕망은 '상징계(the Symbolic)'로 편입되어 결여로 존재하게 된다. 인간의 욕망은 본원적 욕망으로부터 미끄러져 언어적 표현인 '요구(demand)'의 형태로 응고된다. 이 작품은 현실과 비현실의 경계를 불분명하고 모호한 것으로 만들어 놓는다. 「독서의 취향」은 인간의 분열된 욕망이란 기본적으로 어긋남을 전제로 하고 있으며, 인간의 운명은 비본래적 일상성을 숙명으로 받아들여하는 비극적 존재임을 감각적으로 환기하고 있다. 그것은 나가 안나의 빈집에서 나와서, "웅덩이 속에 처박혀 짓이겨서 있"(102쪽)는 '능소화'의 처참한 모습을 발견하는 시적(詩的) 비전속에 간명하게 구현되고 있다.

「고양이가 나타났다」는 '틈'에 대한 사유로 시작된다(아마 이 작품의
제목을 「틈」으로 했어도 좋았을 것이다). 틈은 '벌어져 사이가 난 자리'로
서, 시간적 의미로도 사용되고 공간적인 의미로도 사용된다. 가령 '숨
돌릴 틈'은 전자에 해당하고 '바위 틈'이나 '문 틈'은 후자에 해당한다.
그리고 틈은 사물에도 사용되고 인간의 몸에 사용되기도 한다. 소설
의 도입부에서, 주인공 '여자'가 무빙워크에서 발견한 '탐스런 엉덩
이' 사이로 벌어진 틈은 여성의 옥문(玉門)을 상징하고 있다. 여자는
할인매장에 한시적으로 전시되는 설치미술 작가인데 어린이극 배우
인 '문(文)'[7]과는 아이를 낙태한 경험이 있다. "문과 여자는 아이로 표
상되었지만 아이라고 불리는 그 표상이 문과 여자를 의미하는 것은 아
니었다"(254쪽)는 서술은, 하나이면서 각각인, 문과 여자와 아이 사이
에 가로놓인 존재론적 심연(深淵)을 표현하고 있다. 수술은 성공적이
었지만 여자는 자신의 몸속에 손가락으로 살아남은 아이의 흔적을 느
낀다. 마트에 임시로 설치된 자신의 작품을 여자는 다음과 같이 평한
다. "하나이면서 여러 개이고 여러 개이면서 언제나 한결같은 자신을,
아니 자신의 기록을 본다. 좀 더 정확하게 말하자면 그것들은 네 개의
공간에 배치된 세 개의 설치물"(248쪽)이다.[8] 그것은 삶의 유기적 연속

---

7 '문(文)'은 '문(門)'으로서 틈이기도 한데, 이 작품에서 서사의 구성 원리로서 동음이의어의 적
   극적인 활용은, "문을 떠올리지 않았지만 문이 다시 문을 열고 여자의 기억 바깥으로 걸어 나왔
   다"(252쪽)는 문장과, 마트 화장실에서 출산을 치르고 있는 어린 소녀를 묘사하고 있는 부분에
   서, "문은 어차피 열린 상태였다"(264쪽)라는 문장에서 분명하게 드러나고 있다.

8 이 문장 뒤에 이어지고 있는 문장인, "그 세 개의 설치물은 각각 단절적인 서사로 이루어진 하나
   의 이야기다. 유기적인 연속성과 완결성은 사람들이 꿈꾸는 바람일 뿐이다. 이곳의 삶이란 불연

성에 대한 확인이자 숙명적 분열과 불연속성의 표현이기도 하다. 설치물 철거작업을 마치고 화장실로 향하던 여자는, "짜낼 대로 짜내서 온몸이 배배 꼬인 튜브치약을 연상시키는"(261쪽) 울음소리를 듣는다. 그것은 "인간의 음역이라기보다 마치 곰이나 소 같은 동물의 음역에 가까운"(262쪽) 비명소리였다. 어린 소녀는 좁은 화장실 칸에서 홀로 출산을 치르고 있었다. 낙태 경험이 있는 여자의 무의식이 소녀에게로 향하는 것은 자연스럽다. 소녀를 어떻게든 도와주고 싶었던 여자는, 그러나, "아 씨발, 그냥 좀 꺼져주면 안 돼?"(266쪽)라는 소녀의 발악에 발길을 돌린다. 여자가 생각하기에 "세상에 남은 것이라고는 자신과 자신의 손가락이 아닌 손가락들과 다리 사이에서 피와 오물을 쏟으며 자신이 아닌 다른 자신을 기다리는 소녀, 와 곧 완전한 소리를 얻을 붉고 어린 손가락들뿐인 것 같"(268쪽)은 느낌을 받는다. 소녀의 출산 장면에 대한 날것 그대로의 묘사는 이 작품이 거두고 있는 분명한 미학적 성취일 것이다. 「고양이가 나타났다」는, 김선재가 동원하고 있는 서사의 원리(이 작품에서는 동음이의어의 적극적인 활용)이자 소설적 방법론이 시적(詩的) 사유에 근간하고 있음을 다시금 확인하게 한다. 앞서 언급한 바 있지만, 그것은 단적으로 말해, 시적 방법론의 토대인 언어의 긴장적 사용, '긴장적 언어'의 활용이다. 이 작품의 핵심적 의미는 '틈'과 '문'으로 수렴되고 있다고 해도 과언이 아니다. 한편으로

속적인 미완의 이야기들로 이어진다는 걸 문은 끝내 이해하지 못했다"(248쪽)와 "세상에 명확한 처음이나 끝은 없으므로 빙글빙글 도는 일이 재미없어지면 그곳이 바로 이야기의 출발이자 끝이었다. 세상에 그것보다 분명한 일은 없었다"(252쪽)에서의 서술은, 일종의 작가적 세계관의 피력이자 예술관의 표현으로 볼 수 있을 것이다.

작가의 소설적 사유의 토대가 되고 있는 것으로 보이는, 불연속적 사고방식, 유기적 인과성의 거부 등은 사실 시적 사유의 특징이기도 하다. 동시대 작가들을 염두에 둔다면, 이 작가가 시적 사유에 근간하여 이루고 있는 소설적 성취는 분명 뚜렷한 지점이 있다. 그러나 지나친 시적 사유의 강조가 이 작가가 지닌 소설가로서의 잠재적 가능성을 미리 제한하고 있는 것은 아닌지 우려를 해본다. 한국문학사의 전개과정에서 확인할 수 있듯이, 서사(敍事)가 시적 상태(詩的 狀態)를 지향할 때, 도달할 수 있는 궁극적인 지점은 냉정히 말해 서사의 붕괴 외에는 없다. 소설가로서 시작(詩作)을 겸업한다는 일은, 우리 시대에서 결코 쉬운 일이 아니며 필연적으로 작가로서의 분열을 경험할 수밖에 없을 것이다. 나는 이 작가가 피할 수 없는, 존재론적 분열 속에서 끝까지 능동적 개방성을 유지할 수 있기를 희망한다. 분열을 견디는 강인한 정신만이 새로운 미학의 성취에 이를 수 있을 것이기 때문이다.

4. 의미의 폭력과 폭력의 의미 : 폭력의 비판을 위하여

　　―한창훈, 『꽃의 나라』(문학동네, 2011)

어떤 형태의 폭력이든 그것은 주체의 자율성을 훼손하는 일이 된다. 가령 일반적인 성장과정에서 부모가 어떤 식이로든 아이를 자신의 의지대로 조작하려고 할 때 아이의 불행은 시작된다. 그것은 누구나 본유(本有)하고 있는 자유의지의 발현을 짓밟는 폭력이 되고 만다. 그러나 인간의 모든 행위에서, 그리고 인간의 삶이 구성하는 세계에서 폭력을 배제하는 일이 가능한 것인가. 폭력은 문명의 외피를 쓰고 순치된 형태로 표현될 뿐이지, 궁극적으로 인간의 실존에서 폭력성을 제거하는 일은 불가능하다고 보는 것은 이에 대한 비관적 견해에 속할 것이다. 가령 대의민주주의에서 선거는 적을 총으로 쏘아죽이는 행위를 세련된 형식으로 드러낼 뿐이다. 그러한 점은 선거과정에서, '사표(死票)'라는 용어의 사용에서 가장 명백히 드러난다. 자연 상태의 인간에게서 폭력을 배제하기란 어려운 것으로 보인다. 그렇다면 인간에게 현실적으로 가능한 일은, '상대적으로 보다 덜' 야만적인 폭력의 가능성을 상상하는 것으로 국한될 것이다. 혹은 인간의 행위 속에 내재된, '은폐된 폭력성'을 적나라하게 드러냄으로써, 폭력에 대한 불감증을 경계하는 것이 필연적 폭력의 가능성을 감소시킬 수 있는 실천의 방법의 하나로 제시될 수 있을 것이다.『예루살렘의 아이히만 : 악의 평범성에 대한 보고서』(1963) 등의 저작을 통한 일련의 작업들을 통해 한나 아렌트는, 인간의 폭력성의 기원들을 탐색하고 직접적으로는 나치의 유대인 학살의 역사를 통해 인간이 인간에게 가하는 폭력의 조건들에 대한 성찰을 시도하고 있다. 라이히가『파시즘의 대중심리』(1933)에서 이미 살펴본 바와 같이, 그 질문의 핵심은 인간은 어떻게 정치적 자유가 아니라 지배와 예속이라는 정치적 부자유의 상태를 자발적으로 욕망하느냐하는 문제의식과도 관련된다. 폭력에 대한 성찰을 보여주는 한국문학사의 사례를 찾는다면, 전상국의「우상의 눈물」(1980)

같은 작품이 대표적이라 할 것이다. 이 작품에서 그는, 사회적 통념으로 존재하는 선악(善惡)의 문제와 함께 자연적 상태의 폭력을 넘어서 존재하는, 합법성으로 위장된 인위적이고 제도적인 폭력이 갖는 잔혹성을 날카롭게 묘파한 바 있다.

　먼저 영화로 풀어 얘기해보자면,『꽃의 나라』의 전반부는「말죽거리잔혹사」(2004)와 겹치고 후반부는「꽃잎」(1996)이나「화려한 휴가」(2007)와 오버랩된다. 문제는 냉정하게 얘기한다면, 전반부에서의 학교를 중심으로 한 제도적 폭력의 문제와 후반부의 ‘5·18 광주항쟁’에서의 정치적 폭력의 문제가 유기적으로 연결되어 있지 않고 겉돈다는 느낌을 준다는 데 있다.『꽃의 나라』는 표면적으로 성장소설의 외형을 지니고 있다. 항구도시에서 중학교를 마친 열일곱의 주인공 ‘나’는 고등학교에 진학하기 위해 대도시(광주)로 유학을 온다. 권위적이고 폭력적인 아버지 밑에서 자란 우리 가족의 소망은 “아버지가 흡연과 음주를 하는 거”(18쪽)였다. 어린 그에게 “밥을 빨리 먹는 버릇이 생긴 것”(17쪽)도, 아버지를 마주해야 하는 밥상머리가 늘 불편했기 때문이었다. 아버지의 그늘에서 벗어날 수 없는, “항구의 고등학교로 가게 되었다면 아마도 나는 지금쯤 죽어버릴 생각을 하고 있을지 몰랐다”(18쪽)고 고백한다. 일반적으로 인간의 개인사(個人史)에서 최초의 폭력을 경험하게 되는 것은 대개 가족이라는 원초적 집단에서이다. ‘가족됨의 비참과 영광’이라는 보편적 문제는 인간으로서 누구나 경험하는 바이며, 그것이 폭력과 결부되어 있을 때는 한 개인의 영혼에 치명적 흔적을 남기기도 한다. 가령 카프카의「아버지에게 드리는 편지」(1919)는 '원초적 장면(primary scene)'으로서 아버지를 존재를 늘 의식할 수밖에 없었던, 작가의 상징적 폭력에 대한 실존적 보고서이다. 낯선 학교에서 또다시 '표길이'를 중심으로 한 아이들의 폭력에 직면하게 된 나는, 절친한 친구이자 싸움꾼인 '인호'가 도시로 올라오자 그에게서 '싸움의 기술'을 전수받는다. 내가 어른이 되고 싶은 건 "누구를 때리고 싶어서가 아니었다. 이제는 맞지 않아도 된다는 게 중요"(54쪽)했다. 학교의 대부분의 교사들이 폭력적이었지만, 유독 '생물교사'만은 나에게 다른 가능성을 암시해준다. 그는 아이들에게 "같은 종족에게 치명적인 상처를 입히는 짓은 동물세계에선 없"(61쪽)으며 "사람만이 먹이나 환경과는 상관없이 같은 종족에게 이런 상처를 남긴다"(62쪽)고 가르친다. 그는 아이들에게 알려준다. "사람이라면 절대 해서는 안 되는 게 있다. 그것은 죽을 때까지 사라지지 않는 상처를 다른 사람에게 주는 것이다"(62쪽). 다소 도덕적으로 추상화되고 있는 느낌이 없진 않지만, 생물교사의 진술에서 이 작품의 주제와 의도는 보다 분명해진다. 성장소설이 의례 동반하기 마련인 사춘기의 성(性)과 사랑은, 내가 지내고 있는 주인집 '벙어리 여자'에 대한 은밀한 욕망과 친구 '정화'에 대한 막연한 갈망으로 표현된다. 어느 날 나는 우연히 주인집 마당에서 목욕을 하고 있는 벙어리 여자의 몸을 훔쳐보게 되는데, 그 후로 나는 그녀의 몸을 상상하며 자위(自慰)를 하곤 한다. 벙어리 여자에 대한 욕망은 정화에 대한 성적 환타지로 바뀌어, "침을 뱉고 담배를 빨던 정화의 입술이 생각"나고 나는 "그 입술과 키스하고 싶"(95쪽)어진다. 정화의 입술을 빼앗으려는 나의 시도는 그러

나, "내 입술은 딱 한 사람만을 위해 있어"(105쪽) "넌 아니야"(106쪽)
라는 말을 차갑게 내뱉는 그녀에게서 단번에 거절당한다. 나는 대통
령이 시해됐다는 소문으로 흉흉한 채 겨울방학을 맞이한다. 『꽃의 나
라』의 2부는 17세 소년의 눈으로 재구성된 광주항쟁의 의미를 새롭
게 조명하고 있다. 동일한 소재의 사건일지라도 지금까지의 시선과는
다른 시점으로의 전환이나 새로운 시각의 차용은 분명한 역사적 의의
를 갖는다. 역사소설의 갱신이 끝없이 이루어지는 것은 이 때문일 것
이다. 우리는 광주항쟁을 소재로 한 예술작품의 예를 적잖이 알고 있
다. 문제는 다양한 '변주' 속에서 어떻게 새로운 '차이'를 획득해내느
냐가 관건이 될 것이다. 즉 그것이 역사적 사건의 상투적 '반복'에 지
나지 않는다면, 그 텍스트는 의미의 '전복'을 통한 새로운 차이를 형성
하는 데 실패하고 만다. 이 작품의 궁극적 의의와 관련하여 광주항쟁
의 전개과정을 되풀이하는 것은 의미가 없으므로, 이 작품이 새로운
의미의 획득에 성공하거나 혹은 실패하고 있는 지점에 대해서 집중하
기로 한다. 우선 광주항쟁의 폭력적 진압과정에 대한 묘사의 핍진성
은 압도적이다. 당시의 현장을 그대로 생생하게 재현해내는 데 이 작
품은 일단 성공하고 있는 것으로 보인다. 그 정치적 폭력의 의미는 나
에게 명확하게 인식되지 않고 이해할 수 없는 어떤 불가해한 것으로
다가온다. 그것은 이 소설이 17세 소년의 미숙한 시점을 차용하고 있
는 것에 일차적으로 기인한다. 광주항쟁의 정치적 폭력은 쿠데타 세
력이 정권을 찬탈하는 과정에서 발생한 것으로 '법정립적 폭력'의 성
격을 갖는다.[9] 거기에 은폐된 의미는, 다시 생물교사의 입을 통해 전해

지는데, 에스키모가 썰매를 끄는 개들을 길들이기 위해 늙고 병든 개를 젊고 튼튼한 개들 사이에 끼워 넣고 그 개만 집중적으로 때리는 이유는 다른 개들에게 '공포심'을 심어주기 위해서라는 것이다. 에스키모들이 어느 때 공포심이 필요한지를 알고 있는 것처럼, 광주항쟁을 폭력으로 진압한 '사령관'은 '공포'와 그것을 만들어내는 '혼란'이 필요했다는 것이다. 나는 쫓겨 가는 시위대의 모습을 보고 "사람들이 개처럼 달려가고 있어요"(205쪽)라고 절규한다. 시위현장에서 바로 옆자리에 서 있던 사람의 죽음을 목격하고, 나는 '죽음의 공포'를 내 실존의 일부로 경험하기 시작한다. "내가 맛본 죽음의 공포는 그 어떤 주먹이나 매질과도 비교가 되지 않았다. 나의 떨림은 저 깊숙한, 맨 처음의 시작점에서 왔다. 죽어버린 생선, 죽어버린 나무, 죽어버린 새, 그리고 죽어 있는 사람. 그 사람의 세계가 정지되고 곧바로 소멸해간다는 것. 그리고 그게 나에게 찾아온다는 것"(228쪽), 그것이 눈앞에서 벌어지고 있는 살육의 현장에서 내가 발견한 사실이었다. 그 와중에 행방이 묘연했던 '영기'(그는 나의 친구이자 '진숙'의 애인이다)가 곳곳에 총상을 입은 채 싸늘한 시신으로 발견된다. 나는 창세기 2장 7절, '여호와 하나님이 흙으로 사람을 지으시고 생기를 그 코에 넣으시니 사람

---

9 벤야민은 「폭력의 비판을 위하여(*Zur Kritik der Gewalt*)」(1921)에서 "법적 약속이 그 근본에 있어 폭력"이라고 말한 바 있다. 벤야민은 이 책에서 법정립적인 '신화적 폭력'과 법파괴적인 '신적 폭력'을 구분하고, "신화적 폭력이 경계를 설정한다면 신적 폭력은 경계가 없고, 신화적 폭력이 죄를 짓게 만들면서 동시에 속죄한다면 신적 폭력은 면죄해준다"고 주장한다. 여기에서 현실의 법질서 자체를 뛰어넘으려는 새로운 차원의 폭력인, '신적 폭력'의 양태가 어떻게 현실적으로 구현될 수 있는지는 구체적으로 제시되지 않는다. 신적 폭력의 이미지는 벤야민이 「역사철학테제(*Über den Begriff der Geschichte*)」(1940)에서 인용하고 있는 폴 클레의 작품, 〈엥겔로스 노부스(Engelus Novous)—새로운 천사〉(1920)의 메시아적 형상과 부분적으로 겹친다.

이 생령이 되니라'라는 문장 뒤에, **"여덟째 날 여호와 하나님께서 이렇게 말씀하셨다. "아우, 씨발. 왜 이렇게 돼버렸지""**(234쪽)라고 적어 넣는다. 메시아의 음성은 살육의 현장에서 들려오지 않는다. 침묵하는 신의 목소리를 대신한 인간의 언어는 그래서, 부재(不在)에 대한 알리바이가 된다. '영원히 우리를 잊지 말아주세요'라는 시민군의 다급한 목소리는, 점점 가까워지는 총성에 천천히 묻혀간다. 나는 비정한 이 도시를 떠나 항구에 다녀오기로 마음먹는다. 『꽃의 나라』에서 내가 마주한 폭력의 세계는 주인공의 어떤 정신적 성장에 기여하지 않는데, 그것은 그가 경험한 악의 세계가 주체의 보편적 믿음과 상식으로는 납득되지 않는 어떤 불가해한 것으로서, 아무런 의미도 지니지 않기 때문이다. 그것은 진리 내용(truth content)을 갖지 않는 어떤 체계가 빈 지대(void zone)를 통해 자신의 보편타당성을 주장하는, 일종의 의미의 폭력이다. 한창훈은 「작가의 말」에서, "나는 '희망'이라는 말을 믿지 않는다. …… 내가 믿는 것은 미움이다. 미움의 힘이다. 우리가 이렇게 앓고 있는 이유는 사랑하지 않아서 생긴 문제보다, 미워할 것을 분명하게 미워하지 않아서 생긴 게 더 많기 때문이다"(273쪽)라고 매우 비관적으로 적고 있는데, 폭력에 저항하는 우리 모두의 실존적 결단과 역사의식의 실천만이 인간적 폭력을 막을 수 있는 유일한 길임을 고통스럽게 확인하게 하고 있다.

5. 의미를 찾아서 : 반(反)성장소설의 계보

—황현진, 『죽을 만큼 아프진 않아』(문학동네, 2011)

황현진의 등단작이기도 한 이 작품은, 한국성장소설의 전통의 하나인 반(反)성장소설의 계보를 잇고 있는 것으로 보인다. 성장소설의 핵심은 주체의 내면의식의 성장과 걸맞는 공동체의 이념의 발견과 직접적으로 관련된다. 그러나 한국사회는 여전히 혹은 현재, 더 심화된 수준에서 성장소설의 이념에 대응할 만한 집단의 이념형을 제시하지 못하고 있는 형편이어서, 성장소설의 주인공들은 타락한 사회윤리에의 무차별적인 순응을 보여주거나, 지배적 질서의 전면적 거부를 내포한 비타협적 정신적 퇴행과 고립된 개인의 내면의 공간으로서 밀실로의 후퇴를 보여준다. 한국문학사에서 전자의 예는 김승옥의 「서울 1964년 겨울」의 인물들에서 볼 수 있으며, 후자의 예는 최인훈의 「광장」의 주인공, '이명준'의 제3국행과 자살에서 볼 수 있다. 성장에서 핵심적 의미를 갖는 것은 '버진 마더(Virgin Mother)'의 획득의 문제이다. 정신분석의 관점에서 보면 '성장'이라는 것은 상징계 질서의 불가피한 수용과 관련된 것이어서 어떤 정신적 성숙의 의미를 갖기 어려운 것이기도 하다.[10] 한편으로 주체의 윤리에 걸맞는 이념형의 발견일지

---

10 에드워드 싸이드는 『말년의 양식에 관하여(*On Late Style—music and literature against the grain*)』(2006)라는 책에서 통상 정신적 성숙으로 표현되는, 생물학적 나이에 조응하는 '시의성(timeliness)'의 획득이라는 관념이 실제로는 허구에 가깝다는 점을, 연대기적으로 작가의 말년에 속하는 음악과 문학작품의 분석을 통해 드러내고자 했다. 그에 따르면 '말년의 양식'이란 "예술적 말년성이 조화와 해결의 징표가 아니라 비타협, 난국, 풀리지 않는 모순을 드러"내는 경우로서, "조화롭지 못하고 평온하지 않은 긴장, 무엇보다 의도적으로 비생산적인 생산력을 수반

라도 그것은 언제나 미완의 형태로 남아 있는 것이기에, 엄밀한 의미에서 '성장'이란 존재하지 않는다.

2000년대 한국의 성장소설에서 『죽을 만큼 아프진 않아』는 '완득이'에 비견될 만한 매력적인 캐릭터, '태만생(太滿生)'을 발견한 것으로 보인다. 먼저 줄거리를 요약하기로 한다. 태만생은 '서울특별시 용산구 한강로 101-9번지'에 살고 있는 공고 3학년생으로, 부모의 갑작스런 도미(渡美) 선언으로 서울에 혼자 남겨진다. 그는 학교 근처에 옥탑방을 얻고 자신만의 세계를 만들어가기 시작한다. 기숙사행을 피하기 위해 태만생은 대학진학이라는 명분을 내세운 것이다. 태만생의 주변인물로는 그가 짝사랑하는 '오선'과 첫경험의 상대자 '유진', 그리고 그의 절친인 '태화'가 등장한다. 태화는 이태원 짝퉁시장에서 일하는 아르바이트생이기도 한데 방학동안 돈이 필요한 만생을 끌어들인다. 그들이 함께 일하게 된 짝퉁가게는 경찰의 단속 때문에 늘 위태롭다. 만생의 집에는 마흔의 남자 작가지망생이 세를 얻게 된다. 만생은 부모를 대신해 집세를 받기 위해 매달 그를 찾아가는데, 세가 밀린 그를 만생은 빡빡하게 대한다. 나는 오선을 조아하지만, 정작 그의 첫경험의 상대가 된 것은 유진이다. 오선과 유진, 태화와 만생은 그의 자취방에 집들이를 왔다가, 오선과 태화가 잠든 사이 만취상태로 우발

하는" 양식을 가리킨다(이러한 싸이드의 생각은 『음악에세이』와 『신음악의 철학』으로 대표되는 일련의 아도르노의 음악적 사유에 많은 부분을 빚지고 있다). 즉 베토벤이나 장 주네의 작품에서 확인할 수 있는 것은, 말년의 양식이 우리가 기대하듯이 결코 화해, 성숙, 평온함 등으로 요약되는 정신적 균형과 조화의 산물이 아니라, 오히려 시대와의 불화와 정서적 긴장상태를 보여주는 비타협적이고 완고한 정신의 표현이라는 것이다.

적인 성관계를 갖게 도니다. 나에게 그날의 기억은 '떠올리기 싫은 기억 중 첫 번째'가 된다. 그 후로 둘은 가끔씩 서로의 몸을 탐하게 된다. 만생은 사장이 외우라고 건네준 차량넘버를 다 기억하지 못해 매장에서 일하는 대신, 경찰단속반의 출현을 감시하는 역할을 맡게 된다. 어느 날 태화는 자신의 단골인 일본인 고객과의 우연한 성적(性的) 조우를 통해 "자신은 여자에게 어떤 성적 욕망도 느끼지 못하는 잠재적 게이가 아닐까, 고민"(148쪽)하게 된다. 성장소설이 통상 다루게 마련인 사춘기의 성(性)의 문제는 만생에게도 중요한 문제이지만, 자신의 성적 정체성에 대해서 근본적으로 고민을 하고 있는 태화에게는 보다 근본적인 물음이 되고 있다. 문제를 해결하기 위해 태화는 의도적으로 오선과 입맞춤을 해보고, 짝퉁시장의 트랜스젠더 '미미 형님'과도 키스를 해보지만 두 사람 모두 태화의 정체성을 확인하는 데 별 도움이 되지는 않는다. 만생은 이태원에서 우연히 오선의 모습을 발견하는데 그녀는, 짝퉁시장의 중국인 큰 손으로 알려진 '판 찡'의 현지가이드 일을 하고 있었음이 밝혀진다. 둘의 야릇한 관계를 상상하는 만생은 그런 오선이 영 맘에 들지 않는다. 오선은 결국 가출해 판 찡을 따라 나선다. 어느 날 만생의 옆집에 살던 할머니가 돌아가셨다고 유진이 전해주는데, 만생은 할머니의 죽음을 혼자 맞이할 수 없어 장례식장에 가지 못한다. "할머니의 죽음이 슬프지 않아서가 아니었다. 할머니의 죽음을 믿을 수가 없기 때문도 아니었다. 내가 할머니의 장례식장에 갈 수 없었던 유일한 이유는, 그 순간 내가 혼자였기 때문이다. 그토록 낯설고, 어리둥절하고, 쓸쓸한 일에 나와 함께 가줄 사람이 없다는 그

또렷한 자각이 나를 할머니의 장례식장으로 가지 못하게 막아섰다"(211쪽)는 고백은, 만생이 독립된 주체로서 세상에서 '홀로 서기'에는 아직 역부족이라는 점을 말해준다. 이 장면에서 만생이 떠올리는 사람이, 믿고 의지할 수 있는 아버지라는 점에서 이러한 사실은 분명해진다. 만생이 짝퉁시장에 힘겹게, '죽을 만큼 아프진 않게' 적응해갈 즈음 갑자기 단속반이 가게에 들이닥친다. 가게에 혼자 남겨져 있던 만생은 당황하고 불현듯 엄습해오는 공포에 그만 기절하고 만다. 응급실에서 깨어난 만생은 미안함에 태화의 얼굴을 쳐다보지 못한다. 응급실에서 티브이를 보고 있던 나는 우연히, "오늘 강릉 앞바다에서 신원을 알 수 없는 시체 두 구가 여행용 가방 안에서 발견되었습니다. …… 시신은 사오십대 전후의 남녀로 경찰은 타살 가능성을 염두에 두고 수사에 착수했지만 자살 가능성 역시 배제할 수 없다고 밝혔습니다. 경찰은 목격자를 수소문하는 한편 시신이 들어 있던 검은 여행용 가방의 출처에 대해 수사를 집중하고 있다고 합니다"(238쪽)하는 뉴스를 듣게 된다. 그런데 소설의 앞부분에서, 만생의 부모가 여행용 가방을 장만하고 그 안에 들어가보기도 하는 장면이 있었던 것으로 보아, 여기 삽입된 뉴스는 이 사건의 주인공이 만생의 부모일지도 모른다는 추측을 가능하게 한다. 나는 강릉행 버스에 오르게 되지만, 그러나 "아버지와 엄마가 미국행 대신 강릉행을 선택했을 까닭이 없었다"(252쪽)고 마음을 다잡는다. 강릉터미널에 도착한 만생은 '카리스마 나이트클럽 전속 트랜스젠더 가수 미미'라는 전단지를 보고, "어서 빨리 미미 형님에게로 달려가서 나의 마르고 거친 입술을 둥글게 내밀고 싶"(258쪽)은 심정이 된다.

　이 소설의 가장 큰 장점은 무엇보다, 간결한 문장으로 인해 쉽고 빠르게 읽힌다는 점이다. 소설은 거의 장거리 문장은 사용하지 않고 있으며, 거의 단문으로만 이루어져 있다. 유머러스한 문체를 통해 이 작품은 진통을 앓고 있는, 우리 시대 십대들의 내면의 풍속도를 너무 무겁지 않게 그려내고 있다. 또한 성적 정체성의 확인이라는 보다 근본적인 질문과 함께 그들의 연애와 사랑의 문제도 큰 무리 없이 형상화하고 있는 것으로 보인다. 한마디로 말해 이 작품은 무난한 성장소설이다. 하지만 이 작품이 여러 가지 잠재적 가능성을 내장하고 있는 젊은 작가의 첫 작품이라는 점에서, 다소 미진해 보이는 부분을 지적하는 일도 필요할 것이다. 먼저 등장인물들의 캐릭터가 충분히 형성되지 않은 것으로 생각된다. 주변인물인 태화의 성 문제가 좀 더 본격적으로 다루어졌으면 하는 아쉬움이 남는다. 태화의 성적 정체성에 대한 고민은 결국 어떤 실마리를 찾지 못한 채 마무리되고 말았다. 그리고 만생의 여자 친구들인 오선과 유진도 단지 만생의 주변 인물로 혹은 그의 리비도의 부착물로 다루어지는 데서 멈출 것이 아니라 보다 개성 있는 독립적 인물로 그려지는 것이 필요하지 않을까 하는 생각이 든다. 오선이나 유진은 그 자체로 다양한 매력의 소유자들로 독립적 개성의 발현 가능성이 충분한 인물들이다. 하지만 작가는 이들의 매력을 충분히 포착하지 못함으로써 주인물 만생에게 부속적인 역할만을 수행하는 인물로 제한해버린 것은 아닌가 하는 의문이 든다. 그리고 보다 적극적인 사건의 진행을 통해 이들의 상호관계가 해명되었으면 좋겠다는 생각이 든다. 두 번 함께 밤을 지내는 것 말고는 이들에게 공통적인 사건은 부여되지 않았다. 결말에서 실종된 것으로 추정되는 부모의 행방을 찾다가 돌연 마음을 접는 장면도 소설적 개연성이 떨어진다. 너무 갑작스럽게 결말을 맺고 있어서 부모의 미국행이 만생에게 갖는 의미가 분명치 않다. 이제 보다 근본적인 문제를 제기할 차례이다. 에두르지 않고 얘기해본다면, 이 작품에서 태만생이 겪는 성장통이 그리 믿음직해보이지 않는다는 사실이다. 다시 말해 주인공 태만생은 '충분히 아파하고 있는가?'. 소설에서 물신(物神)이 지배하는 타락한 이태원의 짝퉁시장에 맞서 만생은 '죽을 만큼 아프진 않다'고 말하고 있지만 그가 경험하고 있는 고난이나 위기의 순간이 충분히 문제적인 것이며, 그는 정직하게 그것들과 맞서고 있는가. 냉정하게 말해 태만생에게 닥쳐온 고난의 순간들은 시간적으로 고작해야 일주일 남짓한 시간들에 불과하며, 갈등을 일으키는 사건들도 상품을 창고에서 빨리 찾아오기 위해 뛰었던 순간, 그리고 경찰단속반이 들이닥쳤을 때 가게에 홀로 갇혔던 순간밖에 없다. 그리고 결정적으로 이 위기의 순간에 태만생은 어떻게 대처했는가. 그는 그에게 임재하고 있는 '기호의 폭력'들에 정직하게 맞서기보다는 황급히 도망가기에 바빴던 것은 아닐까. 그는 홀로 남아 있던 가게에 단속반이 들이닥치자 '기절'로 맞섰다. 이것은 비겁한 짓이다. 태만생은 거기에서 120번으로 SOS를 보내는 것이 아니었다. 그것은 문제를 해결할 수 있는 의지나 능력이 그에게 부재하다는 것을 뜻하는 것이 아닐까. 성숙이라는 것은 타인에 대한 의존심과 적대감을 버리고 오직 자신의 영혼을 믿으며 세계와 싸우는 일이라고 나는 생각한다. 그것은 두려움조차 자신의 일부로서 수용하고 운명을 적극적으로 받아들이는 '초연한 내맡김(Gellasenheit)'이다. 자신의 운명에 대한 적극적 수동성을 통해 인간은 메마름을 견딜 수 있고, 우주의 원리로서 하느님과의 만남에 충실할 수 있게 된다. 한편 소설의 흐름으로 보아, 태만생의 성장은 자본주의 정신이 지배하는 이태원의 짝퉁시장에 순응하는 것으로 끝날 가능성이 크다. 그러나 그것 역시 진정한 성장이 아니다. 체제에의 무차별적인 순응은 결코 정신적 성숙이 아니라 정신의 조로(早老)를 의미할 뿐이다. 「서울 1964년 겨울」에서 '안'과 '나'가 중년사내가 자살한 여관에서 황급히 도망쳐나온 뒤, 우리가 너무 늙어버린 것 같지 않느냐는 질문을 서로에게 던지고 있는 것도 같은 맥락에서 이해할 수 있다. 성장은 결코 정신적 퇴행이나 정신의 조로와는 관련이 없는 것이며, 그것은 분열의 사태들을 완강하게 견디는 정신의 포용력에서 저절로 솟아나는 내면적 힘이다. 태만생이 정말 아직 '죽을 만큼 아프진 않'다면, 좀 더 아파해도 되지 않을까 하는 것이 나의 생각이다.

세계의 위력과 주체의 소멸

웃음의 윤리학을 위한 미학적 정초

1. life is serious, art is lighthearted

아도르노가 적고 있듯이 쉴러는 자신의 비극, 「발렌슈타인(Wallen-
stein)」의 프롤로그를 "삶은 진중하나 예술은 경쾌하다(Ernst ist das
Leben, heiter ist die Kunst)"라는 문장으로 끝맺는다.[1] 쉴러의 격언은
자유롭지 못한 노동의 지루함과 고통에 대한 혐오감의 정당화와 함께
일과 휴식(work and leisure)의 구분이라는 부르조아 이데올로기의 자
산으로 등록되고, 두 영역은 결코 섞일 수 없는 명백히 분리된 공간으
로 언명되기에 이른다. 아도르노는 쉴러의 아포리즘이 문화산업하의
예술이 처한 상황을 이미 예견하고 있다고 본다. 다시 말해 문화산업
의 비호 아래 예술은 이제 비즈니스맨들의 삶의 고단함을 잊게 해주는

---

1   Theodor W. Adorno, Shierry Weber Nicholsen trans., "Is Art Lighthearted?", *Notes
to Literature*, Volume Two, New York : Columbia Uniersity Press, 1992, p.247.

피로회복제 같은 것이 되어 간다는 것이다.[2] 이와 더불어 사회에 대해 지니는 예술작품 고유의 부정성, '긍정적 부정(positive negation)'의 계기는 점차 소멸되고 비극은 더 이상 주도적 양식이 아니게 된다. 가령 현재 가장 잘나가는 코미디프로 중의 하나인 〈개그콘서트〉의 경우, 대부분의 꼭지들은 어떤 사회적 관련성도 상실한 채, 기괴화된 형태의 웃음을 통해 시청자의 뇌수를 관성적으로 자극할 뿐이다. 현재는 폐지된 '도움상회' 같은 코너 정도가 거의 유일하게 웃음의 사회적 성격과 풍자의 명맥을 희미하게 간직하고 있을 뿐이다. 나머지 꼭지들은 대개의 경우, 인신공격성의 소위 까대는 유머, 특히 영혼의 문제와는 아무 상관이 없는 신체적 약점을 감각적 쾌락의 도구로 이용하는 뻔뻔스러움, 말꼬리 잡기식의 집요한 억지 부리기 등이 주요 모티프로 활용된다. 형식이나 스타일의 내용으로부터의 분리가 가장 과격하게 일어나고 있는 것이다. 웃음의 해방적 성격과 전복적 에너지를 확인하기 위해서는 〈개그콘서트〉를 보기보다는, 같은 일요일 낮에 방송되는 〈전국노래자랑〉을 보는 것이 차라리 낫다고 나는 생각한다. 1400여 회를 훨씬 넘겨 장수하고 있는 이 프로그램에서 무대와 관객은 분리되지 않는다. 혹은 무대 공연과는 별도로, 혹은 아무런 상관없

---

2   Ibid., p.248. 아도르노에 따르면, 예술의 쾌락적 요소는 제거될 수 없지만 그럼에도 불구하고 예술에서 '행복에의 기약(a promise of happiness)'은 어디까지나 절망의 표현 속에서만 발견된다. 예술은 선험적으로 현실이 인간 존재에게 부과한 야만적 폭력성에 대한 비판이다. 예술은 진지함과 가벼움 사이에서 진동하며 예술을 구성하는 것은 바로 그 긴장이라고 그는 주장한다(Ibid., pp.248~249). 그의 견해는 이제 진부한 감마저 없지 않지만 아우슈비츠라는, 상처 입은 삶에서 나온 성찰이라는 점에서 그 역사적 진정성은 '한줌의 도덕'으로서 여전히 소중하다. 한편 상품미학에 관한 아도르노의 견해가 지닌 고전적 유효성과는 별도로, 우리는 예술에서 진지함과 가벼움의 관계는 역사적 에피스테메의 변화에 따라 결정된다고 가정해볼 수 있다.

이 관객들은 자신들의 작은 축제를 흥겹게 즐길 뿐이다. 방송 시작에서 끝까지 시종일관 무대의 앞줄에서 덩실덩실 춤을 추어대는 아줌마나 아저씨의 지칠 줄 모르는 신명은 무대 밖의 또 다른 주인공들이다. 무대에 등장하는 우리의 친근한 이웃들은 스스로를 포장하고 꾸미기보다는 일상의 열기가 채 가시지 않은 맨얼굴들을 수줍게 드러낸다. 거기에는 에디오피아에서 간호사로 일하는 청년의 젊음이 있고, 아이를 맡길 데가 없어 포대기에 아이를 들쳐 업고 나와 노래를 부르는 어린 주부의 고단함도 배어 있다. 철없는 소녀들의 바람기가 느껴지기도 하고 외국인 노동자의 고독한 향수가 서글프게 번져 나오기도 한다. 〈전국노래자랑〉과 같이 늙어간 사회자 송해 선생의 익살과 능청스러움도 물론 빼놓을 수 없는 관전 포인트의 하나이다.

이 글은 웃음의 미학적 원리를 규명하거나 그 효과를 밝히는 등의 희극성 자체에 대한 이론적 논의나 그 해명에는 큰 관심을 두지 않는다. 그보다는 90년대 이후, 특히 2000년대 들어서 한국소설에서 희극성, 혹은 유머소설이 왜 주도적 양식의 하나로 부각되었는지, 그 역사적·문화사적 전환의 맥락을 짚어보고 궁극적으로는 그 문학적 의미를 밝히고자 한다. 그리고 웃음에도 윤리가 가능하며 또 필요한 것이라면 문학에서 '웃음의 윤리학'은 어떻게 정초될 수 있는지 그 미학적 근거들은 무엇인지를 해명할 수 있기를 기대한다. 이를 위해서는 불편해 보일지 모르는 몇 가지 우회로들이 필요한데, 첫 번째는 한국소설사에서 풍자라는 문학적 양식을 하나의 스타일로 확립한 채만식의 문학적 여정을 살피는 일이 그 하나이고, 다른 하나는 '근대문학의 종언'이라는 명제에의 동의 여부와 상관없이 분명한 문학적 현상으로 경험되어서 쉽게 거부할 수 없는, 2000년대 이후 두드러진 한국문단의 어떤 지형의 변화와 관련된 것이다.[3]

2. 채만식과 풍자의 여로

풍자(諷刺)란 주체와 관련된 문학적 형식이다. 그것은 주체의 자리와 위치에 관계한다. 보다 정확히 표현하자면 그것은 주체와 대상의 관계에 따라 결정되는 문학적 양식이다. 풍자란 필연적으로 풍자의 대상을 필요로 하기 때문이다. 따라서 풍자란 이상(李箱)의 경우처럼 자기풍자를 제외한다면, 본질적으로 사회적인 것이다. 익히 알듯 사회적 풍자란 한 사회의 개조 가능성에 대한 열망이 미만(彌滿)하거나 적어도 아직 남아 있을 때 가능한 양식이다. 바꾸어 말하면 한 사회의 변혁 가능성이 사라짐에 따라 풍자의 정신도 그만큼 위축된다는 뜻이다. 우리는 풍자작가로서 채만식의 문학적 변모와 관련하여 한 가지 흥미로운 사실을 발견할 수 있다. 채만식은 단편 「세 길로」(1924)로

---

3 한국소설사에서 풍자의 예리한 칼날이 빛을 발했던 영광스러운 순간들을 우리는 기억한다. 지금 그 복된 시간들을 재차 호명하는 일은 분명 의미 있고 필요한 것으로 보인다. 한편으로 그것이 정신의 자위행위에 가까워지는 것은 아닌가 하는 우려(憂慮)를 지우기 어렵다. 이와 같은 관점에서 필자는 풍자가 불가능했던 치욕의 지점들을 반성적으로 고찰해보고자 한다. 그것은 필자에게도 곤혹스러운 일이지만, 풍자의 진정한 가능성은 그것의 불가능성을 사유하는 데서 비로소 시작될 수 있으리라 믿기 때문이다.

등단 이후 리얼리즘에 충실한 작품을 발표하다가 1930년대 중반 이후 풍자소설을 집중적으로 발표한다. 「레디 메이드 인생」(1934), 「치숙」(1938), 「태평천하」(1938) 등이 이 시기의 대표작들이다. 채만식의 풍자는 일제말기를 거치면서 종적을 감추었다가 해방을 기점으로 다시 전면에 등장한다. 해방 이후 풍자소설에 속하는 것으로 「맹순사」(1946), 「미스터 방」(1946), 「논이야기」(1946) 등이 있다. 채만식의 이런 문학적 궤적이 의미하는 바는 무엇인가. 이와 관련하여 한 연구자는 채만식 소설의 자전적 성격의 소장(消長)에 주목하고 이를 도표화한 바 있다.[4] 이에 따르면 채만식 소설의 자전적 수준은 등단 이후 점차 하강곡선을 그리다가, 1939년을 기점으로 최저점을 통과하여 상승곡선을 그리며, 1945년경에 최고점에 도달했다가 이후 다시 하강곡선을 그리는 것으로 파악된다. 이런 분석을 거꾸로 읽는다면 채만식 소설의 자전적 수준은 풍자적 경향의 증감과 대체로 반비례한다고 가정해볼 수 있다. 채만식은 평생 동안 문학의 본령이 사회적 존재자로서 역사의 합목적적 발전에의 기여에 있다고 믿었던 작가였기에, 그의 소설에서 자전적 성격의 증가는 풍자 정신의 소멸과 직결되는 것이기 때문이다. 이런 관점에서 보면 채만식 소설의 풍자적 경향은 등단 이후 점점 증가하다 1939년경을 최고점으로 하여 이후 하강곡선을 그리다 1945년 즈음 최저점을 통과하여 다시 상승곡선을 그리는 것으로 파악할 수 있다. 물론 이는 작품의 세부적 경향들을 모두 포괄할 수 있는 설득력을 지니지는 못하지만 풍자라는 채만식 소설의 특정

---

4   방민호, 『채만식과 조선적 근대문학의 구상』, 소명출판, 2001, 54쪽.

한 경향성을 설명하는 데는 큰 무리가 없어 보인다.

이런 현상을 앞의 논의와 연결 짓는다면 1930년대 중, 후반까지 채만식은 식민지 조선의 변화 가능성과 역사의 정당한 진보에 대한 믿음을 가졌던 것으로 추정해볼 수 있다. 그러다 일제 말기 이후 해방의 감격과 함께 민족국가 건설이라는 정치적 과제가 해방공간의 핵심적 이슈로 떠오르자 그는 역사의 변화에 발맞춰 풍자소설을 다시 창작하게 된다. 그러나 해방 이후 채만식의 풍자는 그리 오래 지속되지는 못한다. 「논 이야기」 같은 작품에 드러나고 있듯이 그는 민족사의 진보에 대한 회의와 무정부주의에 가까운 정치적 허무주의에서 결국 벗어나지 못한다. 잠시 동안 회복된 풍자정신으로부터 이제는 전면적으로 후퇴하여 그 후 채만식은 『옥랑사』(1948년 창작) 류의 강사적(講史的) 서술에 근거한 자연주의적 묘사에 매달리게 된다. 강사적 서술이란 한국사의 역사적 장면들을 연대기적 순서에 따라 문학적 가공 없이 병렬적으로 나열하는 태도를 말한다. 역사소설이란 기본적으로 자료의 선택과 배제라는 작가의 해석적 판단에 토대하는 것이기에, 자연주의적 묘사의 형식이란 서술 주체로서 작가의 정신적 곤궁(困窮)과 정치적 무력감을 표현하는 것이라 하겠다. 채만식의 세대론적 무력감이 가장 극명하게 드러나고 있는 작품이 그의 최후의 유작(遺作)인 『소년은 자란다』(1949년 창작)라는 중편이다. 제목에서 알 수 있듯이 채만식은 자기 세대 안에서는 더 이상 역사의 진보와 희망을 발견할 수 없었다. 그래서 다음 세대인 소년들이 어서 자라주기를, 그래서 그들이 새로운 역사의 주체이자 민족의 등불이 되어주기를 간절히 소망했던 것이다.

　　대략 1939년을 기점으로 하여 일제 말기 채만식은 더 이상 풍자소설을 창작하지 못했다. 일본제국주의라는 분명한 주적이 있었음에도 채만식은 풍자의 양식을 포기했던 것이다. 이는 무엇을 말하는가. 앞서 우리는 풍자라는 문학적 양식은 전적으로 주체의 형식임을 언급한 바 있다. 풍자란 주체의 칼날이 겨누는 비판적 대상을 반드시 전제로 하는 것이다. 부정의 대상이 엄존함에도 풍자의 쇠락이란 결국 어떤 이유에서든 그 주체의 소멸을 의미한다. 채만식이 일제 말기 풍자를 포기한 이후 걸어간 길은 사소설(私小說)이라는, 채만식과는 잘 어울리지 않는 신변잡사의 영역이었다. 그것은 사회적이고 정치적인, 역사적 내용과는 무관한 개인적 일상성의 세계였다. 채만식이 이 때 소설의 내용과 주제를 포기하고 형식적 기교의 문제에 집착하게 된 정황은 「근일(近日)」(1941)이라는 작품에서 비교적 상세하게 다뤄진다. 그는 이를 "내용의 미화를 위해서보다 실상은 많이 문장의 정리와 말의 선택에 몰두하는 탓이고 보니, 완전히 무의미한 장난이다"라고 탄식한다. 일제 말기 그의 사소설은 일본제국주의라는 세계의 위력적 현실 앞에 무릎을 꿇어야 했던, 역사의 진보를 믿었던 한 양심적 작가가 식민지 조선의 삶을 나날의 일상으로 경험해야 했던 생활인으로 전락해 가는 주체의 몰락과 소멸의 과정을 여실히 보여주고 있다. 그것은 곧 풍자정신의 포기를 의미하는 것이었다.

3. 동물 혹은 스노비즘

러시아 출신의 헤겔 철학자 알렉상드르 코제브는 헤겔의 논리를 따라 역사의 종말과 유적(類的) 존재로서 인간의 소멸에 대해 언급한 바 있다.[5] 그의 견해는 자유와 평등의 이념으로 표상되는 서구 민주사회

---

5   Alexandre Kojève, James H. Nichols, Jr. trans., *Introduction to the Reading of Hegel*, Allen Bloom ed., New York : Cornell University Press, 1980, pp.158~162, footnote 6. 그는 서구 민주사회의 확립과 함께 인간은 자연 혹은 소여(所與)들과의 조화 속에서 동물로 남게 된다고 보았다. 헤겔을 따라 그는 인간의 의미를 대상 혹은 세계와 대립하는 주체(the Subject opposed to the Object)로 정의하였다. 인류라는 종의 확정적 소멸은 소여로서 세계의 오류를 부정하는 행동과 사유의 사라짐과 관련된다. 이것은 또한 세계와 자아의 비판적 이해를 뜻하는, 지혜 혹은 철학 자체의 소멸을 의미하기도 한다. 그러나 인간을 행복하게 하는 여가활동, 즉 예술, 사랑, 놀이 등은 영구히 보존된다. 이것은 동물로 돌아간 인간(Man's return to animality)의 감각적 쾌락을 위해 봉사하는 것들이다. 역사의 종말이라는 헤겔적 테마는 맑스에 의해 다음과 같이 소모된다. 「고타강령비판」의 유명한 구절인, "각자는 능력에 따라, 각자에게는 필요에 따라!(eder nach seinen Fähigkeiten, jedem nach seinen Bedürfnissen!)"(맑스, 김재기 편역, 「고타강령비판」, 『마르크스 · 엥겔스 저작선』, 거름, 1995, 240쪽)라는 표현이나 억압적인 사회적 노동의 체계가 철폐된 '자유의 왕국(Realm of freedom)'을 '필요의 왕국(Realm of necessity)'과 대비시키고 있는 『자본론』의 서술이 그것이다(맑스, 김수행 역, 『자본론』 III(하) 제48장, 비봉출판사, 1990, 1010~1011쪽). 여기에서 역사의 종말이라는 테제는 무엇보다 시간적인 것이 아니라 '공간적인' 개념으로 파악되어야 한다. 그것은 자본주의의 외부에 가능한 것이 무엇인가라는 실천적 물음과 직결되는 것이다.
그러나 코제브에게 있어 보다 결정적인 중요성을 갖는 것은 1946년의 첫 번째 각주에 덧붙여진, 1968년 2판의 추가 주석이다. (이 각주는 조영일이 옮긴 가라타니 고진의 『언어와 비극』(도서출판 b, 2004)에 '코제브의 일본주석'이라는 보충주석으로 그 일부가 번역되어 있다. 필자가 저본으로 삼고 있는 영어판에는 이 각주가 소개되어 있지만, 황종연의 지적대로 이 영어판 역시 불어 원판(*Introduction à la lecture de Hegel*, Paris : Gallimard, 1947)의 발췌본이기 때문에 정확한 이해를 위해서는 불어 원판을 직접 참고하는 것이 좋을 듯하다. 코제브의 주석과 관련한 한국문학 쪽의 해석은 황종연의 「문학의 묵시록 이후-가라타니 고진의 「근대문학의 종언을 읽고」,(『현대문학』 2006년 8월호, 205~210쪽)와 조영일의 「비평의 운명-가라타니 고진과 황종연」,(『가라타니 고진과 한국문학』, 도서출판 b, 2008, 76~82쪽)을 참고할 수 있다. 코제브의 주석은 그 자료적 중요성에도 불구하고 한국어 독자들에게는 그 내용의 일부 외에는 정확히 알려진 바가 없어 장황함에도 그 핵심을 여기 그대로 기록해두고 필자의 간단한 견해를 덧붙여두고자 한다.) 헤겔은 나폴레옹의 예나전투에서 이른 바, 역사의 종말을 보았는데 코제브는 1948년의 시점에서 헤겔의 통찰이 전적으로 옳았다고 주장한다. 즉 역사의 종말과 인

의 확립에 기초한 것으로 여전히 논쟁적인 것이지만 이 글에서 주목하
는 것은 그가 정의하는 인간이라는 것의 내용과 그것이 지니는 역사철
학적 의미, 그리고 종언 이후의 세계에 대해 그가 묘사하고 있는 어떤
관점들이다. 그리고 코제브의 역사의 종말이라는 테제는 보다 근원적
인 의미에서는 가라타니 고진의 '근대문학의 종언'이라는 명제와도 직
접적으로 연결된다.[6] 고진이 말하는 '근대문학'의 의미는 사르트르의
"영구혁명 안에 있는 사회의 주체성"으로서 문학의 존재론에 관한 것
이기 때문이다. 코제브는 헤겔의 논리를 따라 인간의 의미를 '대상 혹
은 세계와 대립하는 주체(the Subject opposed to the Object)'로 정의하

간의 동물로의 회귀는 더 이상 미래의 예견이 아니라 '지금-여기'의 역사적 현재로서 도래해 있
다는 것이다. 그것은 바로 대량소비사회로 상징되는 '미국적 생활방식(American way of
life)'이다. 소비에트나 중국은 아직은 가난하지만, 점점 부유해지고 있는 미국으로 비유할 수
있다는 것이다. 미국적 생활방식은 모든 인류성의 미래로서 "영원한 현재"를 표상한다. 이상의
역사의 종말과 관련한 코제브의 테제는 1959년의 일본여행으로 근본적인 변화를 겪게 된다. 그
가 보기에 300여 년간 지속된 일본의 에도시대는 역사의 혁명적 동력이 사라진, 헤겔적 의미의
역사의 종말을 선취하고 경험한 시간들이라는 것이다. 그러나 포스트-히스토리의 일본문명은
미국적 방식과는 정반대의 길을 걷고 있다. 그것은 결코 동물화로 설명될 수 없는 '스노비즘
(snobbery=snobbism)'이라는 독특한 생활양식이다. 일본의 스노비즘은 노(能)의 전통연
희, 다도(茶道), 화도(花道) 등으로 대표되는 귀족적 특권의 형태로 남아 있다. 여전한 정치적,
경제적 불평등에도 불구하고, 일본인들은 역사적 의미에서의 인간적 내용을 전혀 결여하고 있
는, 전적으로 형식적인 가치(totally formalized values)에 따라 살아갈 태세이다. 일본인들
은 모두 원칙적으로는, 사무라이의 전통에 따라 역사적이고 정치적인 의미와는 무관한 공허한
형식주의로서 무상(無償)한 자살을 감행할 수 있는 존재들인 것이다. 코제브는 종국적으로 역
사의 종말 이후 세계는 미국식 동물화가 아니라 일본식 스노비즘의 길을 걷게 될 것으로 전망한
다. 그러나 인간으로 남기 위해 인류는 소여(所與)들과의 조화가 아니라, 세계와 대립하는 존재
로 남아 있어야 한다. 포스트-히스토리의 인간은 순수한 형식으로서의 자신을 내용으로서 파악
된 자신과 타자들에 대립시키기 위해서라도, 내용으로부터 형식을 계속해서 분리시켜야 한다.
그것이 인류가 인간으로 남아있기 위한 유일한 방법이다.

6 박수연은 가라타니 고진의 '근대문학의 종언' 테제가 헤겔과 코제브의 계보를 잇는 것이며, 이는
아즈마 히로키의 논리로 연결된다고 지적한다(박수연, 「한국문학의 난경」, 『실천문학』, 2009
년 봄호, 28쪽).

였다. 여기에서 중요한 것은 그 대립이 사회적이고 정치적인 '내용'을 갖는 역사적 의미를 지닌 것이어야 한다는 점이다. 그리고 이런 주체의 성격의 상실은 곧 인간적인 것의 소멸을 의미한다는 것이다. 가령 아즈마 히로키가 적절하게 비유하고 있듯이, "순수하게 의례적으로 수행되는 할복은 아무리 그 희생자의 시체가 쌓여도 결코 혁명의 원동력은 되지 않는 것이다."[7] 코제브는 역사의 종말 이후 인간의 길을 '동물화'로 표현되는, 소비사회에 토대한 미국적 생활방식과 순수한 형식적 가치에 매달리는 일본식 스노비즘[8]의 두 갈래로 예견한다. 그리고 처음의 의견을 수정하여 최후의 인간은 미국적 라이프스타일의 동물화가 아니라 우월욕망과 철저하게 개인적 취향의 원리에 의해 작동되는 공허한 형식주의로서 일본식 스노비즘에 의해 지배될 것으로 보았다. 여기에서 물론 중요한 것은 코제브의 논리적 정당성을 따지는 일이 아니라 그의 역사철학적 입장이 한국사회와 한국문학을 바라보는 데 어떤 유효한 관점들을 제공하고 있느냐의 문제일 것이다. 앞서 언급한 아즈마 히로키의 경우, 코제브의 논리를 따르면서도 2000년대 일본사회는 스노비즘의 시기를 거쳐 그가 언급한 소위, 데이터베이스적 동물에 토대한 '동물화'의 길을 걷고 있는 것으로 진단한다.[9] 2000년대 후

---

7 아즈마 히로키, 이은미 역, 『동물화하는 포스트모던』, 문학동네, 2007, 119쪽.

8 가령 최근 야구월드컵이라 불리는 WBC야구대회에 출전한 일본대표팀의 명칭은 '사무라이 재팬'이었다. 형식적 원리인 게임의 규칙에 지배되는 스포츠의 일종인 야구경기에 할복자살로 상징되는 사무라이의 비장한 이미지를 덧씌우는 이러한 방식은 그 영향력이 여전한, 일본식 스노비즘 특유의 표현이 아닐까 생각된다.

9 그는 『허구시대의 끝』이나 『전후의 사상공간』 등의 오사와 마사치(大澤眞幸) 저작들을 인용하면서, 일본의 이데올로기적 상황을 1945년에서 1970년까지의 '이상(理想)의 시대'와 1970년부터 1995년까지의 '허구의 시대'로 구분한다. 그리고 1995년 이후 일본의 상황을 저자는 바

반 한국사회는 분명하게 단언하기는 어려운 일이지만 전반적으로 가속화하는 인간의 동물화라는 상황 속에서 스노비즘의 원리가 삶의 지배적인 경향의 하나로 부각되고 있는 것으로 보인다. 이런 문명사적 전환의 흐름 속에서 가장 중요한 장면 중의 하나는 리오타르가 포스트모던의 핵심적 상황으로 규정했던 '거대서사(grand discourse)'의 붕괴일 것이다. 예를 들어 최후의 거대서사로 일컬어지는 사회주의 이념이 붕괴된 1989년의 역사적 충격은 일본에 비해 상대적으로 한국의 경우가 보다 치명적이었던 것으로 판단된다. 일본의 경우, 전후(戰後) 포스트모던의 경향이 장기간에 걸쳐 완만하게 진행된 편이이서 이에 비교적 유연하게 대처할 수 있었다면, 압축적 근대화 과정을 거친 한국사회의 경우 '최소 정의 민주주의(minimal definition of democracy)'의 실현과 그것의 토대인 근대적 이념의 붕괴는 거의 동시적인 것이었기 때문이다.

헤겔과 코제브의 논리를 따라, 심보선·김홍중은 형식적 민주주의의 성립으로 대변되는 87년 체제 이후 발생한 한국사회의 문화변동의 지배적 경향을 가리켜, '탈진정성 체제(post-authenticity regime)'[10]의 부상이라 명명한다. 탈진정성 체제의 핵심은 헤겔이 말한 바, 외부 세계의 힘들과 조화를 이루고 스스로를 동일시하는 존경과 감사의 의식인 '고귀한 의식'과 자기의 본뜻과는 어울리지 않는 부정적인 면만을

로 '동물화'라는 개념으로 파악하고 있는 것이다. 여기에서 '이상의 시대'란 커다란 이야기가 그대로 기능하고 있었던 시대이며, '허구의 시대'란 커다란 이야기가 가짜로서밖에 기능하지 않는 시대를 말한다(같은 책, 129쪽).

10   심보선·김홍중, 「87년 이후 스노비즘의 계보학」, 『문학동네』, 2008년 봄호, 367쪽.

눈여겨보며 세계와 불화하는 '비천한 의식'의 대립 속에서, 자아와 삶의 내면적 준거인 이 '비천한 의식'의 소멸을 의미한다.[11] 그것을 코제브식으로 요약한다면 주어진 세계와 대립하는 주체, 그리고 그 주체의 소멸(인류라는 종의 확정적 소멸)이라는 말로 바꾸어볼 수 있을 것이다. 혹은 성장소설의 문법을 빌어 말한다면 그것은 더이상 진정한 의미의 내면적 성장이 불가능한 시대의 도래이다. 교양을 통한 비천한 의식의 고상한 의식으로의 승화가 이제는 가능하지 않기 때문이다. 두 필자는 87년 민주화 이후 한국사회의 문화적 지형의 변화를 바로 이런 맥락에서 '탈진정성체제'라 명하고 그 균열과 공백 사이로 '스노비즘'이 지배적인 문화적 경향으로 대두되었다고 보고 있다. 가령 최근 젊은 여성작가들에게 주도적인 하위장르의 하나는 '칙릿'이라는 경향성인데 '칙릿'소설의 핵심적인 내용은, 형식의 내용으로부터의 분리, 내용과는 상관없는 스타일의 창안이나 남들과 다른 개인적 취향의 획득이라는 문제로 집약되는 것이다. 그것은 우월욕망처럼, 아무런 사회적 내용을 갖지 않는 스노비즘의 전형적 현상으로 규정될 수 있다.

11　'고귀한 의식'과 '비천한 의식'의 관계는 헤겔, 『정신현상학』 제6장인 "정신"의 제2항, '자기소외된 정신, 교양' 부분에서 언급된다.

4. 세계의 위력과 주체의 소멸

1990년대 이후 한국의 문학장의 변화와 관련하여서도 '탈진정성 체제'라는 틀은 상당히 유효한 것으로 보인다. 특히 2000년대 이후의 한국소설들을 설명하는 관점으로, 타락한 시대에 타락한 방식으로 진정한 가치를 추구하는 양식이라는 골드만의 정의나 내면의 별을 찾아 나서는 고독한 개인의 내면의 형식이라는 루카치식의 소설에 관한 고전적인 정의가 더 이상 설득력을 발휘하지 못하는 것으로 보이기 때문이다. 소설을 정의하는 이와 같은 근대의 명제들은 거칠게 표현하면, 모두 '진정성의 테제'로 수렴된다고 말할 수 있다. 이런 관점에서 보면, 80년대 작가들과 90년대 새로운 미학의 출발을 알렸던 작가들은 표면적 이질성에도 불구하고 그 의식지향성에 있어 내면적 동질성을 지닌다. 80년대 작가들의 대사회적 방향성으로부터 신경숙이나 윤대녕 등 90년대의 대표 작가들은 그 진정성의 기획은 그대로 둔 채 진정성 테제의 방향만을 개인의 내면으로 바꾸어놓은 것에 다름 아니기 때문이다. 따라서 90년대 작가들의 문학적 실험들은 대개는 80년대 문학의 성과와 자장 안에 포섭될 수 있는 의미 자질과 속성들을 공유한다. 이런 맥락에서 90년대 이후 성석제의 소설은 하나의 특이점을 형성한다. 성석제 소설은 채만식의 풍자, 김유정의 해학, 이문구의 방언 등, 한국문학의 유구한 그러나 희소한 전통의 하나인 희극성을 계승하면서도 거대서사 혹은 소위 대타자가 붕괴한 90년대 이후 한국 문학장 내부의 의미론적 폐허를 효과적으로 재구성한 희귀한 예에 속한다. 결론부터 말하자면 성석제는 한국문학이 탈진정성체제에 편입된 이후 '최후의' 풍자작가이다. 그가 왜 '최후의' 작가인지가 문제적이라 할 것이다. 성석제는 자신의 소설에서 의미를 찾으려 하지 말라고 말한다. 맞는 말이다. 성석제 인물들의 일군은 삶의 의미와는 무관한 순수한 유희충동에 몰두하는 인물들이다. 그들은 도박, 바둑, 춤 등 공허한 형식원리에 지배되는 게임이나 놀이에 중독된 사람들이다. 한편으로 그들은 각각의 영역에서 일가를 이룬 고수이거나 내공의 소유자들이기도 하다. 성석제 인물의 또 다른 일군은 지금은 사라진 아둔하고 물색없는 바보형 인물들이다. 이런 인물들을 호명하면서 성석제는 즐겨 전(傳)이나 기(記), 서(書) 등 한국 산문의 전통을 패러디하거나, '천애윤락(天涯淪落)', '본래면목(本來面目)' 등의 한자어나 고문체 문장들을 의도적으로 섞어놓기도 한다. 성석제 소설의 인물들은 어디서 왔으며 그 미학적 형질들은 무엇을 뜻하는가. 먼저 한국산문의 전통과 관련하여 유교적 세계관을 복원하거나 이를 문체적 요소로 적극 활용하는 등의 태도는 일종의 의고주의(擬古主義)로서, 그것은 거대서사를 대신하여 지금은 사문화된 소멸된 가치를 문화적 작위(作爲)를 통해 상상적으로 재구축함으로써 대타자가 붕괴한 의미론적 폐허의 제단에 바치는 '상징적 애도의 형식'을 띠고 있는 것이다.[12] 한편 성석제 소설의 인물들이 속해있는 또 다른 세계인 통속은 그들의 삶에서 더 이상 의미 있는 가치를 찾아낼 수 없는 자들이 벌이는 '위대한 속물'들의 비루한 카니발이다. 그들이 게임이나 놀이 등의 형식적 가치에 몰

12 이 구절은 심보선 · 김홍중의 앞의 글, 376쪽에서 차용한 것이다.

두하면서 나름의 경지에 도달하고자 하는 것은 부정의 계기가 소멸된 가치 부재의 상황을 견디는 실존의 형식인 것이다. 그것은 형식의 내용으로부터의 분리라는 스노비즘의 전형적 사례이지만, 보다 중요한 것은 그것이 작가자신을 포함한 한국사회의 속물화와 '더 이상 풍자가 가능하지 않은 시대'에 대한 자기풍자라는 점일 것이다.[13] 그러나 성석제의 풍자가 의미소들로 다시 환원되지 않은 채 무의미의 영역을 부유하는 것은 풍자의 논리적 준거와 지침들이 이제는 마련될 수 없기 때문이다. 결국 성석제 소설은 삶의 의미연관성을 상실한 90년대 이후 한국사회의 자화상이자 이에 대한 서글픈 자기풍자이다. 따라서 자신의 소설에서 의미를 발견하려 들지 말라는 작가의 말은 틀린 말이기도 하다. 성석제가 결국 한국소설사에서 한 일은 '무의미의 의미'라는 영역을 새롭게 발견하고 그것의 시대적 의미를 자신의 작품에 (무)의식적으로 부여했다는 점이다. 이런 맥락에서 성석제 소설의 인물들과 작가의 (무)의식적 지향성은 '비판적 스놉'[14]이라는 개념으로도 읽

---

13 그것은 아도르노가 베케트의 희곡에 드러난 '웃음의 부조리함에 대한 웃음, 절망에 대한 웃음 (laughter about the absurdity of laughter and laughter about despair)'에서 유머의 부정적 계기를 복원해내는 것과 비슷한 맥락에서 이해될 수 있다. 아도르노는 베케트의 희곡을 분석하면서 현대예술의 특징적 경향으로 예술적 무의미성과 부조리를 지적한다(T. W. Adorno, op. cit., pp.252~253).

14 심보선·김홍중은 앞의 글에서 IMF 이후 분화된 한국사회의 스노비즘의 세 갈래로, 합리적 스놉, 비판적 스놉, 룸펜 스놉이라는 범주를 설정한다. '비판적 스놉'이란 이들의 설명에 따르면, "신자유주의가 강제하는 삶의 스노비즘을 도덕적으로 단죄하는 단순한 태도를 버리고 스노비즘을 공인함으로써 오히려 스노비즘으로부터 벗어나고자하는" 태도를 지닌 사람들로 정의된다. 그들은 현대의 반항적 예술가들, 환멸을 신앙하는 미학주의자들, 유토피아를 믿지 않는 인문주의자들이다. 이에 대한 자세한 설명은 위 글, 378~386쪽을 참조할 것. 나는 이 두 명민한 사회학자가 그들의 새로운 조어인, 정치적 주체로서 '스몹(smob)'의 개념과 그 실천적 가능성에 대해 적극적으로 이론화해주길 기대한다.

을 수 있을 것 같다. 성석제가 우리 시대의 '최후의' 풍자작가라는 것은 주어진 소여들로서 세계의 위력과 주체의 소멸이라는 사태를 자신의 소설을 통해 돌이킬 수 없는 어떤 것으로 만들어 놓고 있기 때문이다. 성석제 이후의 유머작가들에게 풍자가 가능하다면 그것의 칼날은 자기 자신을 겨누는 것 외에는 엄밀한 의미에서 가능하지 않다.[15] 가령 2000년대의 대표적 유머작가인 박민규의 경우, 표면적으로 구사되는 희극성의 미학적 원리들은 현저히 2000년대적이지만 심층적으로 작동되는 그 풍자의 전략은 지극히 80년대적이다. 그것이 80년대를 80년대와는 다른 방식으로 호출하는 것일지라도, 박민규의 소설들은 '진정성의 테제'라는 80년대의 시대정신에서 결코 벗어나지 않기 때문이다. 따라서 박민규의 유머는 성적제에 비해 훨씬 퇴행적인 것이다. 예를 들어 그의 최근작의 하나인 「절」이라는 작품은 사라진 비극적 영웅들인 무협의 고수들을 불러모은다. 이들의 정신을 대표하는 것은 '대의와 명분'이라는 윤리적 모토이다. 그것은 곧 돈과 권력으로 상징되는, 대의와 명분이 사라진 시대에 대한 안티테제로 제출된 것

---

15 지금은 폐간된 『문학·판』 2003년 겨울호에 '희극사회, 희극문화―웃음의 문화 혹은 사회적 모순의 끝자리'라는 제목의 기획특집이 시도된 바 있다. 여기 실린 '기획의 말'에서 볼 수 있듯이 당시 편집진들이 생각한 것은 웃음의 사회적 기능의 회복, 즉 풍자의 칼날을 벼리자는 당위론적 명제로 집약되는 것 같다. 이는 「풍자냐 자살이냐」는 김지하의 유명한 구절을 전면에 내세우고 있는 것에서 충분히 알 수 있다. 그리고 여기 실린 다섯 편의 글도 대체로 체제비판적인 웃음의 저항적 성격과 풍자정신의 회복에 그 초점이 맞추어져 있다. 그러나 우리는 지금 풍자의 예리한 칼날을 잃어버린 지 오래다. 그리고 무디어진 그 칼날을 예리하게 다듬는 일조차 현재는 요원해 보인다. 지금 이 글을 쓰고 있는 2009년의 필자는 더 이상 '풍자'의 기획이 불가능해져버린 현실에 대한 무기력과 한편으로의 냉소, 그리고 그럼에도 불구하고 여전히 미만한 세계의 부조리와 자본의 무한증식이라는 절망적 현실에 태클을 걸지 않으면 안된다는 윤리적 당위 속에서, 그러나 가시적인 실천적 지평은 여전히 자욱한 안개에 휩싸인 채 희미하고 불투명한 시계(視界) 속에서, 이 모순된 감정의 자기분열 속에서 이 글을 쓰고 있다.

이다. 그러나 그 무협의 고수들이 모여서 할 수 있는 일이란 고작해야 적막한 시골 산방에 앉아 수다를 떠는 일뿐이다. 박민규가 이 작품에서 무협소설을 패러디해[16] 윤리적 대립과 긴장을 만들어내는 방식은 상당히 인위적인 것이다. 그리고 그것은 너무나 자연스러운 귀결이기도 하다. 왜냐하면 '삼성'으로 상징되는 자본의 논리에 대항할 수 있는 준거들을 현실에서 발견할 수 없기 때문이다. 박민규의 소설은 그래서 웃기지만 공허하다. 박민규는 알레고리를 통해 풍자의 정신이 한국소설의 유구한 전통임을 입증하고 있지만, 그것은 지금-여기 역사적 현재에 대한 문학적 응전력을 소진한 댓가로 얻어진 것이다. 그것은 한국산문의 전통을 소설의 문체소로 적극 활용하는 성석제의 스노비즘에 비견될 수 있는데, 박민규는 자아와 세계의 대결이라는 소멸된 대립 구도를 지극히 80년대적인 방법으로 가상의 공간에서 복원해낸다는 데 그 변별점이 있는 것이다. 박민규 소설의 메시지가 풍요로운 해석적 가능성을 허용하는 개방적 체계가 아니라 종종 추상적 진술에 머물고 마는 단선적 구조로 닫혀 있다는 점도 이런 맥락에서 이해될 수 있다.

2000년대의 또 다른 유머작가로 박형서의 예를 들 수 있겠다. 박형서는 작품집 『자정의 픽션』의 띠지에 '개콘보다 웃기는 소설'이라는 말을 자신의 문학적 모토로 내걸었다. 물론 이는 출판사의 홍보전략이 반영된 불가피한 측면도 있겠다. 그러나 뒤의 '작가의 말'에서 스

---

16 본격소설의 하위장르로서 무협소설의 전통과 그것의 한국적 전개에 대한 개관은 이진원의 『한국무협소설사』(채륜, 2008)에서 도움을 얻을 수 있다.

스로 밝히고 있듯이 '자정의 픽션'이라는 명명은 고진의 '근대문학의 종언'이라는 명제를 적극적으로 의식화한 결과이다. "내가 생각하는 '자정'이란 가라타니 고진이 그리워하는 '요란했던 근대' 이후의 시간이다. 동시에 서사문학이라는 대가족 안에서 소설이 태동하던, 태아처럼 웅크린 채 자신의 미래에 홀로 자문해보던 근대 이전의 저 먼 '새벽'을 의미하기도 한다."(박형서, 「작가의 말」, 『자정의 픽션』, 문학과지성사, 2006, 281쪽) 요는 『자정의 픽션』이라는 작품집이 '종언' 이후 문학의 존재론에 대한 하나의 답변이 되었으면 좋겠다는 작가로서의 기대감과 이야기형식이 태생적으로 지니고 있었던 재미와 오락이라는 쾌락적 요소를 자신의 소설 속에서 적극적으로 구현하겠다는 다짐이라 하겠다. 유머소설에서 풍자를 포기하고 웃음 그 자체로만 승부를 걸겠다는 태도는 자신의 작품이 '재미와 오락'으로서 독자들의 감각적 쾌락에만 봉사하겠다는 선언에 다름 아닌데, 이는 작가의 미학적 선택이지만 소설에서 풍자가 더 이상 가능하지 않게 된 문화사적 전환과 문학장의 변화를 그대로 반영하고 있는 것이기도 하다. 또한 예술의 쾌락적 요소는 제거될 수 없으며 불가피한 것이기도 하다. 따라서 젊은 작가들의 유머의 경박성을 가리켜 상품미학과 자본주의 체계에의 투항이라고 비난하며 웃음의 저항성을 회복하자는 주장은 단순하고 상투적일뿐더러 어떤 면에서 꼭 정당한 것만도 아니다. 그것은 결코 작가들만의 책임이 아니기 때문이다. 작가란 한 시대의 에피스테의 변화를 가장 예민하게 감지하는 촉수를 지닌 존재들이다. 그렇다고 나는 그들의 문학적 입장을 지지하거나 그 유머의 경박성을 지지하고

자 하는 생각은 추호도 없다. 다만 개별 작가에 대한 가치판단에 앞서 경험적 현실로서 문학적 현상에 대한 사실판단을 소거해서는 안 된다는 점을 덧붙이고 싶을 뿐이다. 혹은 웃음의 사회적 효과와 관련하여 '투항'과 '저항'이라는 양자택일의 선택지 외에 제3의 길은 없는가라는 것이다. 실제 이 작품집에 실린 몇몇 작품들은 개콘보다 더 웃긴다. 가령 「논쟁의 기술」이나 「'사랑손님과 어머니'의 음란성 연구」 같은 작품들은 독자들의 지적 쾌감을 만족시키기에 충분하다. 그것은 박형서가 관념에 의한 지적조작에 능한 작가이기 때문이기도 하다. 박형서 소설을 지배하는 궁극적인 원리는 게임의 원리라는 '형식논리학'이다. 알다시피 형식논리학이라는 것 자체는 논리를 구성하는 진리 '내용'과는 무관한 것이다. 이와 같은 박형서의 형식논리학이 가장 선명하게 드러나고 있으며 그것의 종국적인 귀착지가 어디인지를 분명하게 드러내고 있는 작품이 「논쟁의 기술」이라는 작품이다. 제목으로 선택된 논쟁의 '기술'은 논제의 타당성이나 정당성 등의 '의미'를 묻는 일에는 관심이 없다. 그것은 게임에서의 승리를 위해 차용된 전략적 선택이자 방법으로서 '무상(無償)한' 형식론으로 귀결될 수밖에 없는 운명을 지닌 것이다. 가령 유아기적 소망충족이라는 정신분석의 모티프를 차용하고 있는 「물 속의 아이」 같은 작품에서도 표면적으로 드러난 잔혹성과는 달리 이 작품을 지배하고 있는 것은 아이와 부모 사이의 게임이라는 형식원리이다. 박형서 소설이 순수한 형식주의인 게임의 원리에 의해 지배되는 것 역시 스노비즘의 일종으로 볼 수 있지만, 그것이 성석제의 유머와 구별되는 근본적인 이유는 박형서의 경우 그 '유희충동'이 온전히 독자들의 감각적 쾌락만을 위해서만 봉사한다는 점일 것이다. 박형서 소설은 사회적 노동체계라는 현실원칙과는 엄격히 분리된 채 쾌락원칙만이 지배하는 '감각의 제국'인 것이다. 그것의 의미를 묻지 않는 한 문학의 위기는 돌파될 수 없으며, 소설이 언어적 구성물인 한 개콘보다 더 웃겨보겠다는 그의 야심은 무모한 것으로 보인다.

마지막으로 2000년대의 유머작가로 이기호를 들 수 있겠다. 이기호의 풍자와 관련해 그 방향성에 의심의 눈초리를 품는 사람들도 있지만 나는 이기호의 윤리적·문학적 진정성을 믿는 편이다. 이기호는 착한 소설가이기 때문이다. 그는 곡괭이를 든 소설가처럼 창작을 하나의 육체노동으로 대하는 듯하다. 이기호의 소설의 주제에는 일종의 메타소설이라 할 수 있는 「나쁜 소설」이나 「원주통신」, 「갈팡질팡하다가 내 이럴 줄 알았지」 등에서 볼 수 있듯이, 궁지에 몰린 혹은 위기에 처한 소설(가)의 운명 같은 것이 묵직하게 자리잡고 있다. 여러 평자가 이미 지적했듯이, 이기호는 소설이라는 이야기양식이 처한 위기를, 직접화법의 구술성을 통해 다양하게 실험함으로써, 정면으로 돌파하려는 의지와 용기를 보여준 바 있다. 따라서 그의 소설은 '종언' 이후의 소설(가)에 대한 존재론의 하나일 수 있다. 물론 그것은 박형서의 그것과는 또 다른 태도와 방법을 지닌 것이다. 이기호 소설의 인물들은 대개 주어진 세계와는 다른 윤리를 정립하려는 욕구와 열망을 지녔다는 점에서 박민규와 유사하게 '진정성의 테제'로 수렴되는 경향을 보인다고 할 수 있다. 가령 「간첩이 다녀가셨다」나 「누구나 손쉽게

만들어 먹을 수 있는 가정식 야채볶음 흙」이 제기하는 정치적 주제나
의식지향성은 너무나도 분명해보인다. 이기호식 유머의 성격과 관련
하여 「당신이 잠든 밤에」라는 작품은 매우 중요해 보인다. 이 작품을
이기호판 「고도를 기다리며」라 불러도 무방할 듯싶다. 베케트의 희곡
에서 기다리던 고도가 끝내 등장하지 않는 것처럼, 이 작품에서 자해
공갈을 시도하는 진만과 시봉이 기다리는 고급승용차는 나타나지 않
거나 이들을 지나쳐간다. 그들의 계획은 번번이 실패로 돌아가고 속
절없는 날만 밝는다. 이기호의 유머가 뒤틀린 얼굴을 하고 있는 것은,
그것이 날카로운 풍자가 아니라 '희비극(tragicomedy)'의 경계에서 벌
어지는 아이러니이기 때문이다. 이기호의 인물들을 바라보는 독자의
시선은 조롱과 연민, 웃음과 눈물 사이에서 '갈팡질팡'한다.[17] 이기호
소설에서 우리는 저항이자 투항, 투항이자 저항인 웃음의 두 얼굴을
마주한다. 그것이 투항인 것은 이기호 소설이 분명히 독자의 감각적
쾌락을 위해 봉사한다는 점에서 그렇고 동시에 저항인 것은 그것이 역
시 분명하게도 '정치적으로 올바른' 것이기 때문이다. 앞서 우리는 성
석제라는 최후의 풍자작가 이후 유머는 엄밀한 의미에서 자기풍자 외
에는 가능하지 않다고 언명한 바 있다. 이제 고쳐 말해보자. 성석제 이
후 유머는 '아이러니'의 형식을 취할 수밖에 없다고. 세계의 위력 앞에
소멸된 주체의 얼굴은 일그러진 모습을 하고 있다. 다시금 세계의 위
력과 맞서려는 주체의 노력은 실패가 예정된 것이기에 희극적인 것이
지만 실패가 예정된 것임을 알기에 비극적인 것이다. 그래서 마지막

17 신형철, 「정치적으로 올바른 아담」, 『몰락의 에티카』, 문학동네, 2008, 647쪽.

으로 우리는 다음과 같이 쓸 수 있을지도 모른다. 사랑하라, 희망 없이
…….[18]

코제브는 역사의 종말 이후 인간에게는 예술과 사랑, 놀이와 오락
만이 영원히 남아 동물로 돌아간 인간을 행복하게 할 것이라고 예견하
였고, 그것은 대상과 세계에 대립하는 주체로서 인간이라는 종의 확
정적 소멸과 철학 자체의 소멸을 의미하는 것이라고 앞서 말한 바 있
는데, 그렇다면 우리의 질문은 다시, 주체에게 주어진 대상으로서 세
계에 여전히 '부정(negation)'의 계기가 존재하는지를 묻는 것으로 돌
아가지 않을 수 없다. 또한 그것은 아직도 부정의 계기가 남아 있다면
소멸된 '주체의 기획'이 다시금 어떻게 가능한지를 묻는 것이 되지 않
을 수 없다. 그 질문은 종언 이후의 문학이 어떻게 가능한지, 문학의
윤리학은 어떻게 정초될 수 있는지를 묻는 것과 불가분의 관계에 있
다. 이런 맥락에서 현대 프랑스 지성을 대표하는 인물 중의 하나인 바
디우의 철학적 노력들이 '주체의 복원'이라는 명제로 집약되고 있다
는 점은 결코 놀라운 일이 아니다. 문학의 풍자성을 회복하기 위해서
는 세계의 위력을 넘어서는 주체의 해방적 기획이 이론적으로 그리고
실천적으로 가능해야 한다. 따라서 그것은 문학장 내부에서만의 문제
가 결코 아니며 정치적, 사회적 실천의 문제이기도 하다. 2000년대 들
어 웃음과 관련한 문학적 에피스테메의 지형이 근본적으로 변화해버

---

18 바디우는 윤리는 궁극적으로 허무주의적이라고 말한다. 인간에게 진정으로 도래할 수 있는 유
    일한 것은 죽음이라는 확신이기 때문이다(알랭 바디우, 『윤리학』, 동문선, 2001, 46쪽). 이와
    같은 관점에서, 역사의 실천적 전망이 가시적일 때만이 변혁의 열망 역시 현실적일 수 있다는
    생각은 지극히 통속(通俗)적인 것이다.

렸다고는 하지만, 풍자성의 회복이라는 문제는 궁극적으로는 문학적 생산의 주체로서 작가의 미학적 선택과 결단에 달려있다고 말할 수 있다. 예술에 있어 여전히 부정의 계기가 남아있는 한 그것은 가능하며 필요한 일이기도 하다. 2000년대 젊은 작가들의 문학에서 '웃음의 윤리학'은 타자의 고통이라는 주체의 윤리가 실재와 대면하여 진실의 윤리학을 관통하는 기쁨의 정치학이 될 때 가능한 것으로 보인다.[19]

---

19 신형철은 「우리가 '소설의 윤리'를 말할 때 너무 많이 한 말과 거의 안한 말」이라는 글에서 동시
    대 윤리학의 지평을 스피노자의 기쁨의 윤리학, 레비나스의 타자의 윤리학, 라캉의 진실의 윤리
    학이라는 세 가지 층위로 설명한 바 있다(신형철, 앞의 책, 163~166쪽).

몸의 현상학 혹은 누항(陋巷)의 마리아

1

진정한 작가는 몸에 관해서 말한다. 사이비 작가는 정신을 대변할 뿐이다.[1] 그가 만들어내는 '사유의 슬픈 이미지'는 사물을 정지된 상태로 붙잡아 두려는 그릇된 열망에서 비롯된다. 작가는 구축되는 순간 가뭇없이 사라지는 무력한 몸의 언어에 정신을 기탁하는 불확실성의 모험을 자신의 운명으로 기꺼이 받아들이는 자이다. 작가는 자신의 전의식을 과감히 무장해제하는 실존적 결단과 고독한 실천을 통해 스스로가 말의 주인임을 포기하고, 몸이 들려주는 충실한 언어에 비로소 귀 기울일 수 있게 된다. 그것은 적극적 수동성을 능동적으로 실현하

---

[1] 이와 관련하여 이성복은 다음과 같이 말한 바 있다. "머리의 언어 앞에서 우리의 머리는 감동하지 않는다. 머리는 자기가 알고 있는 것 이상은 결코 알지 못하며, 머리가 그려내는 세계 또한 상투적 인식에서 벗어나지 못한다. 그에 반해 모든 진정한 예술들이 빚어내는 감동은 몸에 의한, 몸의 발견에서 비롯된다"(이성복, 「액자 속의 사내를 찾아서」, 『이성복 문학앨범』, 웅진출판, 1994, 157쪽).

는 자아의 '초연한 내맡김'이다. 시인이자 평론가로서 이미 뚜렷한 개성을 천명(擅名)한 바 있는 작가는 이제 낯선 미지의 영역으로 자신의 몸을 의탁하여, 기성의 언어와 완료된 문장들을 새롭게 실험하고 현재형으로 갱신하고자 한다. 여기 그가 갈무리한 첫 소설집은 스스로를 부단히 열어 놓아두려는 단호한 개방정신의 표현이자 이러한 작가적 고투의 결실이 아닐 수 없다. 작가의 정직한 욕망은 그릇된 열망 너머 작동한다. 이번 창작집을 관류하는 것은 몸에 관한 사유이다. 그것은 몸 혹은 신체를 직접적인 모티프로 삼기도 하고, 몸과 결부된 에너지의 흐름과 리비도의 흔적들을 다루기도 하며, 특별히 여성의 몸과 여성성(모성을 포함한)에 대한 깊은 관심을 표명(「혀를 머금은 혀」, 「꽃을 던지다」, 「수염난 여자 이야기」 등)하기도 한다. 그리고 그것들은 모두 몸을 터전으로 삼거나 매개로 하여 발생한 '어떤' 사건들과 관련된다. 먼저 몸과 관련한 욕망과 성적(性的) 차원이 전경화된 것으로, 「혀를 머금은 혀」(물론 이 작품은 여성성의 탐구와도 불가피한 관련을 맺고 있다), 「여우야, 나는」, 「노바디, Nobody」를 그 대표적 사례로 꼽을 수 있을 듯하다.

2

「혀를 머금은 혀」의 논리적 중핵은 성(性)이 성(聖)을 지시하고 있다는 데 있다. 혹은 성스러운 종교적 아우라가 은밀한 성적(性的) 체험을 감싸고 있는 소설적 상황에 있다. 주인공 '마리아'는 "이제 육십을 막 넘긴", "그러니까", "늙은 여자"이다. 여성으로서의 성적 활력과 육체적 아름다움을 거의 상실한 여자이다. 그녀의 남편은 가출을 일삼다가 지금은 "풍에 걸려 집으로 다시 돌아"와 그녀에게 몸을 기대고 있는 (성적으로도) 무능력한 사내이다. 이는 물론 그녀의 성적 일탈을 부추기고 묵인하기 위한 예비적 장치이다. 우연히 봉사 일을 돕게 된 요양원에서, 그녀는 죽음이 임박한 한 십대 소년('아이')을 만나 돌보게 된다. 그 아이는 '선천성 불치병'을 앓고 있다. 첫 만남에서, 아이는 "그런데 이렇게 예쁜 분이 오실 줄은 몰랐어요"라는 '뜻밖의 대답'을 내놓는다. 아이는 '마리아'를 순수한 심미적 대상으로서, 무엇보다 '여자'로 받아들인다. 그런 아이의 '천진스러운 눈빛'이 마리아도 싫지가 않다. 거리낄 것 없는 아이의 자연스런 스킨십이, 의도치 않게, 그녀의 잠들어 있던 성(性)을 세차게 일으켜 세운다. 자신의 "허벅지 양쪽이 축축하게 젖어 있다. 젖망울은 하늘을 향해 솟아 있었다"는 돌발적 사태에 그녀는 몹시 당황하지 않을 수 없다. 그 당혹감은 자신의 종교적 신념과 정면으로 배치되는 것이기에 더욱 충격적인 것이 아닐 수 없다. 그녀는 종교적 신앙심과 개인적 가치, 육체적 순결과 몸의 욕동 사이의 긴장 속에서 심각하게 갈등하고 회의한다. 욕망의 열기를 차가운 정신으로 잠재우고 그 어두운 그림자를 의식의 표면에서 추방해버리거나, 민망하기 짝이 없으나 몸에서 지금 일어나고 있는 욕망의 우발적 사태들을 겸허히 수용하는, 두 가지 선택지가 그녀 앞에 놓여 있는 것이다. 작품집에서 작가가 일관되게 피력하고 있는 것처럼,

그러나, 욕망이란 어찌할 도리가 없는 것이다. 물론 여기에 일말의 죄의식과 심리적 균열이 배어나지 않을 수는 없다. 의도적으로 거리를 두려는 그녀를 아이는 용납하지 않고, 더더욱 간절히 아이는 그녀를 '원한다'. 죽어버리겠다는 아이의 말에 마리아는 더는 저항하지 않고, "그 혼돈을 사랑하기로 한다". 마리아는 욕망의 수용이 "삶을 용납"하는 길임을 깨닫기 시작한다. 자신의 변화에 대해서도 결국, "그것은 말하자면, 새로 얻은 순결"이라고 새롭게 정의하기 시작한다. '마리아'와 '아이'는 이제 뜨겁게 서로를 끌어안는다. 통념적으로 승인되기 어려운, 소년과 부인의 격정적 사랑이 사건적 개연성과 구성적 엄밀성을 완전하게 구비하고 있다고 말하기는 물론, 어렵다. 그렇다면 그녀가 육체의 순결을 과감히 포기함으로써 얻은 정신의 '순결'은 과연 무엇인가. 당연히 그것은 종교적 차원이나 사회적 도덕 같은 외부의 신념체계로 환원될 수 없는 성질의 것이다. 결론적으로 그것은 엄연한 자기윤리이다. 그녀의 성적 일탈과 정신적 방황은 자기윤리의 정립을 위한 경건하고도 엄숙한 도정(道程)이며, 따라서 이 작품의 핵심적 의미는 '욕망의 자기윤리학'으로 요약될 수 있다. 결말부에서 인용되고 있는, "갓 부화한 새끼들을 제 입속에 넣어 기른다"는 '시크리드'라는 물고기의 비유는 결국 견고한 자기윤리의 탄생을 암시하고 있는 것이다. 그것은 "은밀하고 집요한 자기 안의 어둠"이자 "머금고 살아야 할 눈물"인 것이다. 마지막으로 마리아가 고백소 문 앞에서 갑자기 발걸음을 돌리는 것은, 자기윤리로서 체득한 몸의 언어를 신뢰하겠다는 다짐이자 자신의 과거로서 종교적 신념에 대한 위대한 거절의 선언인 것이다. 욕망의 터전으로서 몸은 개인의 성전(聖殿)이 아닐 수 없다.

「여우야, 나는」에서 '케이'와 그의 아내 '와이'는 엇갈리고 때론 만나기도 하는 각각의 욕망의 회로를 선명하게 보여준다. 표면적으로는 케이의 진술을 중심으로 전개되고 있지만, 서사의 축은 '와이'에게도 거의 균등하게(가령 남편이 좌변기에 남긴 소변 자국의 무신경함과 배려하지 않음에 대해 그녀가 힐책하는 장면 등) 실려 있는 편이다. 둘은 대학시절부터 오랜 연인이었고 지금은 고등학생 자녀를 둔 중년부부이다. 이 작품은 그들의 동년배 세대들에게는 지나치게 익숙하여 진부하기조차 한, 연애의 정석과 낭만적 일탈의 코스를 삽입해 놓고 있다(고백하건대 필자 역시 이 보편적 감성의 구조를 따라 수차례 연애의 '순례'를 감행한 바 있으며, 그 물리적 여로를 따라 출몰하는 정신적 행로들을 속속들이 알고 있는 편이다). 알려진 바와 같이 그것은 춘천행 기차와, 소양호, 청평사 등을 아우르는 몇몇의 인접 기호들로 이루어진 것이다. 그리고 소양호를 가로지르는 왕복 배편의 시간표가 청춘에게는 사활을 거는 사건으로 통했던(막상, 배가 끊겨도 정작, 묵을 만한 마땅한 숙소를 찾기란 결코, 쉽지만은 않았던) 루트이다. 그리고 이후 경춘고속도로의 개설, 보다 직접적으로는 소양호-청평사 구간 육로의 개통으로, 이제는 더 이상 재현이 불가능해지고 아련한 추억으로만 남은, 청춘의 특별했던 어떤 '봉인된 시간'이다. (그 세대를 살았던) '누구라도 그러하듯이' 케이와 와이의 스무 살의 첫 사건 역시, 경춘선을 따라 이어진, 강촌·가평·대성리의 민박집 언저리 어딘가에서 벌어졌던 것이다. 케이는 "여자를 안는 것. 여자를 품는 것", 다시 말해 "'사랑의 짓'을 해보는 것이 욕망의 처음이자 중간, 끝이자 끝장"이라는 생각을 품고 있는, (어떤 면에서는 편협하고 유치하지만 한편으로 진지하게 그 욕망의 순수성을 긍정하고 믿는다는 점에서) '욕망의 철학자'이자 가장으로서 부양의 책무를 불가피하게 짊어지고 있는 평범한 중년 남성이다. 케이는 요즘 "주말 현장에서 집으로 돌아오면 힘겨운 전투 현장에서 살아 돌아온 전사처럼" 녹초가 되어버리는 형편이다. 주말부부로 오래 지내다보면 와이의 몸이 더욱 간절해지곤 하지만, 아내 역시 일상을 꾸리고 아이들 뒷바라지하느라 남편의 욕망을 감당하기가 버겁다. 주말 밤이지만 이내 잠들어버린 와이의 웅크린 등은, "완강한 물음표의 자세"를 고수하고 있다. 케이는 결심한다. 와이와 단둘이 "오월의 사랑이 숨 쉬는 곳~", 거기, '춘천'으로 떠나는 것이다. "맞벌이에다 고3 엄마"이기도 한 와이는 겉으로는 반대하면서도 내심 반기는 눈치다. 못이기는 척 남편의 제안을 따르기로 한다. 그러나, 그 시절 신촌역에서 떠났던 백마여행의 기억을 따라 다시 둘러본 백마에는 '백마'가 더 이상 존재하지 않듯이, 그들이 찾아간 춘천에는 이제 '춘천'이 없다. 춘천의 레스토랑에서 "네 식구 외식비 하고도 남"을 돈을 지불하고 그들은 스테이크를 주문한다. 그들은 고기를 씹는 게 아니라, '추억'을 씹고 있었던 것이다. 특히 케이는 "최근에 옛일을 떠올릴 때 가장 가슴이 뛰고 행복해진다는 것을 알게" 된 터라, 과거가 "케이를 만성적으로 지배하는 신이 되어버린" 형국이다. 과거를 추억하는 일은 현재를 배반하는 사물화의 과정이지만, 과거의 순수했던 욕망의 흐름들과 미세한 파동들을 '지금-여기'의 시간의 진폭에 관여하는 미립자들로 다시 끌어당기는 의미의 재구축이기도 하다. 잃어버린 시간을 찾아서 떠나는 내면의 여행은 역사적 과거의 현재화를 통해 비로소 '되찾은 시간'으로 거듭나게 된다. 케이가 자신의 등에는, "거북의 등딱지처럼 요양원에 계신 어머니와 홀로 된 형수와 조카들, 그리고 두 명의 아들이 올라타 있"다고 인식하면서, "어느 순간 거북껍질이 거북의 일부가 되어버린 것처럼 케이가 아닌 것들이 이미 케이가 되어버린 것"은 아닌지 반문하게 되는 것은, 바로 평균적 일상성에 침윤된 현존재의 '존재' 은폐에 대한 심려(心慮)이다(케이에 비해 상대적으로 와이가 양육이나 자녀교육 등의 현실적 이해관계에 좀 더 민감하게 반응하고 그 의무관계들에 대한 보다 깊은 충실성을 보이고 있는 것은, 존재 은폐와 심려에 대한 그녀의 무관심 때문이 결코 아니라, 사회적 성역할이 그녀에게 강요하는 보수적 여성성 때문이다). 사회적으로 할당된 주체의 자리에는 주체의 이름이 기입되어 있지 않다. 그것은 모두 껍데기에 불과한 것들로 '현존재의 열어밝힘(Erschließen des Daseins)'과는 전혀 무관한 것이다. 케이와 와이는 현존재의 '존재' 개현의 장소로 지상에서 가장 비속하고 타락한 공간인 모텔 방을 택한다. 그곳은 비릿하고 끈적거리는 욕망이 날것 그대로 꿈틀대는 가장 은밀한 개인의 밀실이다. "성(性)=성(聖)"이라는 소설집의 일관된 테마가 여기에서도 분명하게 드러나고 있는 것이다. 가장 세속적인 것에서 성(聖)스러움을 발견하려는 작가의 완강한 태도는, "욕망이여 입을 열어라 그 속에서 / 사랑을 발견하겠다"(「사랑의 변주곡(變奏曲)」)고 선언하는 김수영의 단호함과 다른 것이 아닐 것이다. 끝으로 부부가 성적 쾌감을 극대화하는 장치로 선택한 '바이브레이터 딜도'가 발성하는 고음(高音/高吟)은 호수가 토해내는 웅숭깊은 해빙(解

氷)의 저음(低音/低吟)과 절묘한 화음을 이루면서 교성(嬌聲)을 텍스트 내부로 호출한다. 즉, "호수가 몸을 풀고 있는 소리", "겨우 내내 얼어 있던 몸이 녹을 때 저렇게 커다랗게 우는 소리"는 그들이 몸을 섞으면서 빚어내는 존재의 육성(肉聲)이기도 하다. 표면의 얼음이 녹으면서 호수는 제 존재의 심연(深淵)을 드러낼 것이다. '운석'과 '공룡이 낳은 거대한 알'로 비유되고 있는 '딜도' 또한 존재의 심연을 따라 '텅 빈 충만'의 음역대(音域帶)로 '케이'와 '와이'의 주체를 일신하게 될 것이다. 이제 그들의 '몸' 위로 '존재'가 개현한다.

「노바디, Nobody」는 정년퇴직을 앞둔 한 사내의 '필사의 욕정'에 관한 이야기이다.[2] 물론 남자의 성욕이 전경화되어 있긴 하나 그의 욕정은 성적(性的) 차원만을 지시하지 않는다. 그것은 노년층의 시각에만 한정되지 않고 보다 보편적인 차원에서 공명(共鳴)한다. 정년을 얼마 남기지 않은 시점에서, 노년의 남편과 아내는 제자들이 선물해준 건강검진권 덕에 자의 반 타의 반 함께 병원을 찾는다. 학교 교감인 남자에게 이제까지의 교직 생활은 "시간의 규칙에서 제명당하지 않기 위해 살아온 세월"이었다. 하지만, "때론 온몸을 떨며 기침을 해서 시간들을 게워내야 할 때도 있다. 과거를 게워내야 할 시간, 건강검진의 시간이 돌아온 것"이다. 남자는 건강검진 항목의 하나인 스트레스 심리 테스트를 받으며 인간의 내면과 비밀마저도 장악하려 드는 현대 의학에 거부감을 느낀다. 그러면서도 "X레이가 몸을 관통한다고 한들

---

2   이하 작품의 분석은 졸고, 「필사의 욕정에 관하여」(『웹진문지』, 2012.5.29)를 토대로 수정·보완한 것이다.

몸속에 농축된 권태나 불안, 욕정까지 찍어낼 순 없”다고 믿는다. 그러나 건강 문진표에서 ‘최근에 혼외정사를 나눈 적이 있습니까?’라는 질문에 남자는 당혹감을 감추지 못한다. 얼마 전 우연한 사건이 그에게 심리적 파문(波紋)을 일으킨 때문이다. 새로 부임한 젊은 교장을 접대하는 술자리에서, 교감인 남자는 교장의 비위를 맞추기 위해 원더걸즈의 〈노바디〉를 부를 생각이었다. 남자는 속으로 “‘그래도, 내가 노바디를 부르면 교장도 주임도 다 뻑 갈 걸? 내가 얼마나 젊은 세대들과 공감하고 있는지 알게 되면 ……’”이라며 혼자 의기양양해 하던 차이다. 그러나 교장이 그보다 먼저 선곡한 곡은, “어디서 많이 듣던 곡”, 〈노바디〉였다. 교무주임이 탬버린을 잡고 흔들자 교감은 꼬리를 흔드는 대신 탬버린을 꼬리인 양 엉덩이에 쳐대고, “신이 오른 탬버린은 점점 남자의 꼬리로 변해가는 듯”했다. 노래방 도우미들이 들어오고 그의 파트너는 그가 흔들던 탬버린을 잽싸게 낚아챈다. 남자는 “꼬리곰탕을 위해 꼬리가 잘린 소처럼 묵묵히” 자리로 돌아간다. 술에 취한 그의 기억은 여기까지다. 다음 날 남자는 교무주임에게서 자신이 노래방 복도에서 만난 ‘선영이’라는 여자를 붙들고 주사를 부렸다는 것을 전해 듣는다. 선영이는 그가 가르치던 제자로, 지금은 남편과 이혼한 뒤 노래방 도우미 일로 생계를 유지하고 있는 형편이다. 그와 그녀는 선생과 제자로 만난 이후로 오래 전부터 서로에게 연정을 느끼던 사이였다. 간간이 만났지만 오랫동안 소식을 모른 채 지내오다가 그날 밤 우연히 마주치게 된 것이다. 남자는 그녀에게 연락을 해야 할지 망설인다. 한참을 고민 끝에 그는 용기를 낸다. 함께 젊은 날의 추억을 떠올리며 그들은 행복해한다. 하지만 그도 그녀도 이제, "늙어 있는 것이다". 온몸의 털을 뽑아서라도 그녀를 감싸주고 싶은 남자는, "사실 선영을 안고 싶었다. 진작부터 자러 가고 싶었다". 선영을 안고 나서 모텔에서 나오던 남자는 경찰에게서 성매매 사범으로 취조를 당한다. 집요한 추궁에 남자는 경관 앞에서 〈노바디〉 춤을 추며 노래를 부른다. "우린 이렇게 어항 속에서 즐겁게 놀았을 뿐이라구. 남자는 외치고 싶었다". 경관은 어이없는 표정을 지으며 폭소를 터뜨린다.

이 작품이 보여주고 있는 것은 비단 노년에 이른 삶의 풍경과 성만은 아니다. 「노바디, Nobody」는 사회의 일원으로서 우리가 당면하게 마련인 생의 비루한 표정들을 진지하고 섬세한 삶에 대한 통찰에까지 끌어올림으로써 보편적 시각을 획득한다. 남자는 재단 이사장의 후계자인 선배 아이의 이름을 지어준 적이 있는데, 그 아이가 커서 자신이 교감으로 있는 학교의 교장으로 부임한다. 정년을 코앞에 두고도 남자는 젊은 교장의 비위를 맞추기 위해 술자리를 마련했던 것이다. 남자는 교장 앞에서 스스럼없이 꼬리를 흔들어대는 자신을 발견한다. 이 작품에서 삶에 대한 중요한 비유로 사용되고 있는 것은, 남자의 집 식탁 위에 놓인, 잉어새끼들이 헤엄치고 있는 작은 유리잔이다. 남자는 유리잔을 바라보며, "개네들도 살아간다는 것이 얼마나 답답한가를 잘 알거야. 맑고 투명한 유리잔도 실은 영원한 어둠이라는 걸 알아차릴 것"이라고 혼자 되뇐다. "길동무와 함께 어항 속에서 함께 먹고 함께 배설하고 함께 춤추고 그러다 누군가의 몸을 어항 밖으로 올려보내고. 삶이란 부드럽고 친숙한 슬픔 같은 것인지도 모른다"와 같은 진술들은 그러한 삶의 통찰과 지혜를 표현하고 있다. 선영을 다시금 떠올리며 남자는 말한다. "제 몸이 물 위로 둥둥 떠오를 때까지 필사의 욕정을 다해야겠다는 생각이 들었다. 이 삶이 뚜렷해질 때까지". 노년의 삶에 대한 성찰이 순수한 욕망의 긍정으로 끝을 맺고 있는 것은 의외라 하겠으나, 이는 매우 긍정적이고 건강한 것으로 보인다. 한국의 문학적 전통 속에서 노년이란 평화를 획득하고 인간적 갈등이 제거된 내면 상태로 줄곧 인식되어 왔기 때문이다. 가령 대표적으로 서정주의 시적 여정에서 간명하게 드러나고 있듯이, 체념과 달관의 포즈로 요약되는 그것을 우리는 '성숙'이라는 말로 불러왔다. 그러나 정신분석의 경험에서 알 수 있듯이, 물리적 나이 듦과 병행할 것으로 기대되는 정신적 성숙이란 것은 사실 존재하지 않으며, 인간적 성숙과 물리적 나이는 무관한 것으로 볼 수 있다. 사이드는 '말년의 양식(late style)'을 가리켜, "조화와 해결의 징표가 아니라 비타협, 난국, 풀리지 않는 모순을 드러내는 경우로서 …… 조화롭지 못하고 평온하지 않은 긴장, 무엇보다 의도적으로 비생산적인 생산력을 수반하는 양식"[3]이라 정의한 바 있다. 물론 사이드의 진술은 예술적 표현 양식의 예로서 언급된 것이지만, 통상 정신적 성숙으로 표현되는, 생물학적 나이에 조응하는 '시의성(timeliness)'의 획득이라는 관념이 실제로는 허구에 가깝다는 점을 잘 지적하고 있는 셈이다. 한국의 작가들이 조로(早老)의 경향성을 띠고 있다는 이와 같은 비판적 맥락에서, 이 작품의 신선한 결말과 욕

3　에드워드 사이드, 장호연 역, 『말년의 양식에 관하여―결을 거슬러 올라가는 문학과 예술』, 마티, 2008, 29~30쪽.

망의 순수한 긍정은 그만큼 소중하고 값진 것이 아닐 수 없다. 이상의 진술은 앞서 「여우야, 나는」에서 본 바와 같이, 욕망의 순수성을 복원하고 재의미화하는 과정을 통해 일상적 루틴(routine)의 무의미한 동어반복을 전복한다는 존재론적 위의(威儀)를 갖는다. 따라서 이러한 의도적인 '비생산적인 생산력'을 두고, 무책임한 현실도피로서 과거의 잔영들로의 퇴행 또는 퇴영적 나르시시즘으로 폄하하거나 안일한 속물들의 통속의 드라마로 치부해버리는 것은 전혀 어불성설이 아닐 수 없다. "남자의 몸 속에 음표 하나가 풍덩, 하고 떨어졌다"는 소설의 마지막 문장이 함축하고 있는 것은 다시 말해, 견고한 일상의 인위적 리듬을 깨뜨리고 자연의 본래적 리듬을 회복하려는 존재의 함성이며 몸의 조용한 반란이라 할 것이다. 의식의 차원에서 그것은 몸의 반란이지만 존재의 차원에서는 '혁명'이 아닐 수 없다.

3

　「향나무 베개를 베고 자는 잠」은 지금까지의 분석을 토대로 그 서사적 지평과 의미의 맥락 속에서, 그리고 다소 절망적인 톤으로 채색된 약간은 이질적인 국면들과 함께 조망될 수 있을 것이다. 이 소설은 두 가지 의미론적 층위를 갖는다. 하나는 공적 영역으로서 사회적 자아가 수행하는 직업적 의무의 공간이고 다른 하나는 사적 영역으로서 실존적 자아가 경험하는 사랑과 위반의 공간이다. 두 공간은 한편으로, '과거'의 기억의 지층(地層)에 대한 고고학적 탐사라는 측면과 '현재'의 사건의 두께에 대한 현상학적 탐구라는 측면을 각각 표상하기도 한다. 양 층위는 물론 중첩되거나 불가분하게 맞물려 있으며 이 두 가지 차원이 만남과 헤어짐을 반복함에 따라 그 의미론적 진폭이 발생, 심화, 확장되고 있다. 이 소설의 주제는 이질적 의미의 계열들이 교차하면서 증폭하는, 그 이접(離接)의 지점 어딘가에서 형성된다고 말할 수 있다. '남자'는 고분 발굴 전문가이자 고고학자다. 잠에서 깬 남자는 "쓸쓸하다". 분명히 "눈꺼풀에 누군가 매달려 있다는 것을 알"지만(그것은 아마도 '남자'가 사랑하는 '여자'일 것이다), 오늘 그를 기다리고 있는 것은 "죽은 자들로 가득한" 경주이다. 죽은 이들은 "물리적 성별로 분류"될 뿐, 그들이 "마음속에 품고 있었던 비밀 따위는 봉합"된다고 남자는 생각한다. 마찬가지로 "숨겨둔 애인 따위는 말할 것도 없"는 것이다. 지난 백제고분에서 발굴된 남녀 유골 한 쌍은 더위에 아랑곳하지 않고, "서로를 꼭 껴안고 있었다". 남자는 현재 유부녀를 만나고 있는 중이다. 그가 쥔 여자의 가슴을 "남편도 쥐게 될 거란 생각"을 하면서 말이다. 또한 남자의 몸은 자신의 박물관 전임자가 맡긴 떳떳하지 못한 연애편지함을 받아들었던 장면과 함께 "기억도 나지 않는 옛 애인의 유골상자를 받은 상주 같은 기분"을 또렷이 기억하고 있다. 여기서 몸의 기억은 '남자'의 성적 일탈과 '여자'의 죽음을 추동하는 매개자이자 예비적 암시로서 기능한다.

여자는 남자의 대학 동창생이다. 졸업 후 우연히 다시 만나게 되었고 두 사람은 부적절한 관계를 맺는다. 독신남과 유부녀의 만남은 인식과 관심의 차이에서 필연적으로 발생하는 사소한 말다툼과 사건들로 삐걱거리고 순탄치 않은 과정을 겪는다. 특히 남자는 정주와 탈주의 가능성을 늘 저울질하면서 자신과의 감정에 좀 더 충실하지 못한 여자의 태도와 이기심에 자주 상처를 받는다. 두 사람은 한 달 전 비슷한 이유로 심하게 다툰 후 그리워하지만 아직까지 만남을 미뤄놓은 상태이다. 두 사람은 서로에게 내뱉었던 말들과 행동에 대해 곰곰이 생각해보고 나름대로 해석을 가하며 재회의 (불)가능성을 타진 중이다. 경주 발굴 현장에서 남자가 여자를 위해 향나무 빗을 사고 미소를 짓는 동안, 남자 때문에 심란해진 마음을 달래려 차를 몰고 나선 올림픽대로에서 여자는 불의의 사고로 죽음을 맞이한다. 사랑의 회로에서 작동하는 욕망의 어긋남을 이 작품은 극적인 비극성으로, 얼마간은 다소 건조한 얼굴로 드러내 보이고 묘사하고 있다. 과거의 유물들이 뼈와 흔적들로만 남은 것처럼, 남자는 여자의 몸과 함께 존재의 '향 (香)'으로서(마지막 장면에서 여자의 선물로 준비한 향나무 빗의 향기를 맡고 남자가 짓는 흡족한 표정은, 남자가 갈망하고 도달하고자 하는, 그러나 끝내 가 닿을 수 없었던, 그녀의 존재의 중핵에 대한 '영원한 그리움'을, '실재(the Real)'에의 열망을 상징하고 있다. 여자는 남자에게 이제 나무빗의 향기로만 기억될 것이다. 그리고 '향나무 베개를 베고 자는 잠' 속에서 남자는 꿈결처럼, 간혹 여자를 만나기도 할 것이다) 그녀의 마음과 영혼을 만지고 싶어 한다. 여자와 살을 섞으면서도 남자가 종종 '두려운 낯설음(das Unheimliche)'을 느끼고, 마지막 관계에서는 "처음으로 여자에 대한 살의"까지 경험하게 되는 것은 그녀의 섹스가 마음이 없는 몸짓임을 알기 때문이다. 남자는 몸과 마음이 합일된 상태의 그녀를 원한다. 그것은 마음의 무늬가 빚어낸 뼈, 뼈로 이루어진 마음의 결이다. 따라서 두 사람의 비극적 결말은 엇갈리는 욕망의 회로가 초래한 예정된 파국이기도 하다. 한편으로 남자는, 고분의 육신들을 파헤치면서 "심각하게 옛사람의 죽음을 훼손하는" 소리를 듣는다. 기억의 지층에 대한 탐사가 단지 어떤 정신적 가치에만 관여하는 것이 아니라 기억이 저장되어 있는 물리적 장소로서 신체와 몸의 물질성에 깊이 관계하는 일임이 여기에서 드러난다. 죽음은 영혼의 표상으로서 정신적 활동의 중지이기도 하지만 물리적 실체로서 신체 기관이 수행하는 대사기능의 정지이기도 하다. 죽음은 영혼이 잠시 깃들었던 흔적으로서 핏덩어리와 뼛조각 몇 개만을 파편들로 남긴다. 소설 속 표현을 빌리자면 그것은 "시간의 체위"이다. 시간의 풍화작용이 낳은 몸의 최후진술이다. 고분의 유물들을 바라보면서 남자가 생각하는, "흙"과 "쇠"와 "옷"과 "살"의 상관성은 바로 시간이 남긴 흔적들로서 기억의 지층일 것이다. 이 작품은 기억의 고고학을 통해 과거의 지층들이 현재의 사건들에 관여하는 양태들과 그 영향관계를 기술하고 있다. 그 양태의 유기적 연관성이 얼마나 긴밀하게 조직되었으며 그 영향관계가 얼마나 깊이 있게 조응하고 있는지의 여부가 이 작품의 문학적 완성도를 결정하는 관건이 되고 있다.

4

「꽃을 던지다」는 다음 명제의 한 문장으로 요약될 수 있다. "어머니는 아이를 낳을 수는 있어도 만들 수는 없다".[4] 이 작품이 선연히 떠올리고 환기하게 하는 것은 바로 〈피에타(Pieta)〉(Michelangelo, 1498~1499, 성베드로성당)이다. 피에타는 주지하듯, 십자가에 못 박혀 피 흘리고 쓰러진 예수의 육신(肉身)을 어머니 마리아가, 즉 종교적 의미에서 성모(聖母)가 성인(聖人) 예수를 바라보고 있는 것이 아니라, 단지 순수하게 육친의 어미로서 제 새끼를 잃은 마리아가 아들 예수의 처참한 몸을 무릎에 끌어안고 비통해 하고 있는 장면을 형상화한 것이다. 이 대리석에는 아들 예수를 한없이 애잔하고 참담한 심정으로 말없이 쳐다보고 있는 어머니 마리아의 지울 수 없는 슬픈 얼굴과 함께 피 흘리고 죽어가는 인간 예수의 물리적 신체성이 극명하게 드러나 있다. 미켈란젤로가 유일하게 서명을 남긴 작품이기도 한 이 위대한 걸작은, 이후 육친적 친밀성 속에서 표현된 자애로운 모성(母性)의 보편적 원형(原型)으로서 인류의 무의식에 깊이 각인되었다.

소설은 출산의 장면과 함께 아들의 탄생으로 시작된다. 그것은 '출생-성장-입사-고난-죽음'으로 이어지는 한 인간의 일대기를 순차적으로 다룬다. 그리고 그것은 아들을 지켜보는 어미의 심정으로, 자애로운 모성(母性)의 시선으로 조감된다. '여자'는 여상 출신으로, 남편이 죽은 뒤로는 생계를 꾸리기에도 버거운 여성이다. 소설의 전반부

---

4   이성복, 앞의 글, 156쪽.

는 어미라는 이름으로 온전히 감당해야 했던 아들의 양육과정이 세세하게 묘사되어 있다. 서술자의 진술에 따르자면, "어미와 새끼간의 연구"는 "좀 더 각별한 연구가 필요"한 분야이다. "어미들은 기억 장애를 겪고 있는 게 분명"하기 때문이다. 어미들은 새끼의 성장과정과 대수로울 것 없는 행동들에 스스로를 투사하면서 '과잉동일시' 혹은 '과대망상'의 심리적 기전들을 경험한다. 기억을 과장하거나 왜곡하는 것이다(세 살부터 천자문을 줄줄 외웠다는 둥, 돌떡을 제 손으로 날랐다는 둥, 그런 식의 새빨간 거짓말들 말이다, 이를 통해 어미가 얻는 것은 상상적 동일시를 통한 나르시시즘적 자기만족이다, 이는 정확히 자기애의 구조를 갖는다). 소설에서는 이러한 어미의 과대망상을 '아이'가 여지없이 깨뜨린다. 장래희망을 묻는 어른들의 질문에 아이는 "난 이쑤씨개 같은 사람이 될 거"라고 당당히 선언해버렸기 때문이다. 그래도 여자는 "식사 후에 포만감을 틈타 이 사이에 썩어가는 음식 찌꺼기를 뽑아주는 천사 같은 애가 있"다고 잘난 척하기로, 애써 위안을 삼기로 한다. 게다가 혈액형검사로 친자가 아님이 판명되었음에도, 어미는 새끼를 그대로 제 품에 보듬기로 한다. 여섯 살 무렵, 아이가 실종됐을 때의 황망한 심사를 피력하는 것으로 소설은 전반부를 마무리한다. 후반부는 아들이 입대한 후의 생활을 그리고 있다(여기에는 서해교전이나 천안함피폭 등을 연상시키는 비교적 최근의 정치·군사적 사건이 서사의 결정적 요소로 등장하고 있다). 사이사이, 아이의 초등학교시절, 사소한 도난사건에 억울하게 연루되었던 여자의 참담한 마음이 오버랩 되기도 한다. 여자는 그때 야쿠르트 아줌마로 통했다. 육체노동자이면서 감정노동자이기도 했던(이를 두고 최근 홍순영 시인은, 「조화(造花)를 위한 조화(弔花) ─감정노동자의 사라지는 얼굴을 위하여」(『시인동네』, 2013년 여름호)라고 명명한 바 있다) 그녀는, 스스로의 자괴감 때문에 억울하게도, 상대 애 엄마한테 화도 한번 제대로 내지 못하고 뒤돌아서야 했었다. 그녀는 비로소 "가슴이 아프다는 말이 실제로 물리적으로 아픈 거"라는 사실을 깨닫는다(마음이 아파본 사람은 누구나 경험하는 바이지만, 내면의 '주관적' 상처일지라도 그것은, '객관적' 사태로서 사람의 몸에 통증을 유발하고 '실제로' 아프게 만든다. 여기서 드러나는 분명한 사실의 하나로, 작가의 '몸'에 대한 일관된 관심 또한 확인하지 않을 수 없다). 그날의 일기장에 여자는 "순수한 분노조차 이젠 우리 것이 될 수 없다"고 적는다. '순수한 분노'란 어미로서 자식의 억울함을 변호하는 마땅한 마음일 것이다. 그러나 이어지는 서술어가 최종적으로 말하고 있는 것은, 사실을 사실로서 인식하지 못하고 사실대로 말하지 못하게 만드는, 불평등한 사회구조에 대한 냉정한 인식이자, 그럼에도 불구하고, 억압된 감정의 정당성에 대한 견고한 자기 확인이기도 하다. 그러나 아이에게는 이렇게 마땅히 느껴야 할 감정의 회로가 결여되어 있다. 비유적으로 말해, 아이는 '선천성 비관 결핍증'을 앓고 있는 것이다. 여러 가지로 군 생활이 불편함이 없을 리 없겠지만, 면회 간 엄마를 보고 아이는 실없이 웃기만 한다. 그런 아들이 어미는 몹시 불편하고 불안하다. 어려움이 있어도 일부러 참고 말하지 않는 것인지 모른다고, 염려가 된다. 노파심(老婆心)이다. 어미들의 사랑과 더불어 자식걱정은 끝을 모른다. 노파심이 기우이기를 어미들은 언제나 소망하지만, 이 소설에서 위기를 감지하는 어미의 본능적 촉수는 노파심을 불길한 예감으로 적중시키고 만다. 1200톤 초계함이 침몰한 것이다. "엄마 시 쓰는 데 도움이 될 것 같"다고 건네준 '소라껍데기'가, 아이가 어미에게 마지막으로 남긴 유품이 되고 만다. 여자가 오열 끝에 조용히 울먹이기 시작하자, "소라껍질 속에서 아이가 가만히 여자 곁으로 걸어 나왔다". 이내 "아이의 숨결이 파동을 타고 여자의 몸으로 흘러들어" 간다. 어미는 끝끝내 새끼를 떠나보내지 못 할 것이다. 차갑고 딱딱한 땅이 아니라, 마침내, 제 가슴 속에 묻을 것이다. 이런 영원하고 도저한 사랑을 앞에 두고서, 급작스레 이성복의 「남해금산」을 떠올리는 것은 외람된 일이겠으나, "그 여자 사랑에 나도 돌 속에 들어갔네"라는 행과 "남해금산 푸른 바닷물에 나 혼자 잠기네"라는 행에서 들려오는 목소리의 주인이, 나는 불경스럽게도 시퍼런 바닷물 속에 외롭게 떠 있을, 죽은 아이의 영혼처럼만 느껴진다. 이 작품에서 여실히 표현되고 있는 것처럼, 모성의 체험은 신체적 감각과 고통의 경험을 수반하는 몸의 기억이다. 여기에 덧붙여 모성의 사회학적 의미를 분석하는 것은 한낱 췌언에 지나지 않을 것이다.

「수염난 여자 이야기」는 이 땅의 여성들에게 부여된 사회적 성역할로서 젠더의 의미와 함께, 보다 본질적으로는 몸에 관한 사유를 바탕으로 하고 있는 작품이다. 이는 결정적으로는 남자들의 무능력(이 작품에서 가부장의 권위를 담당하고, 해야 하는 여자의 시아버지, 남편 등은 풍을 맞고 쓰러져 일어나지 못 하고 있다. 이는 한 집안의 주인 기표의 부재로 직결되는 것이며, 형식적 주인 기표로서 여자의 몸이 강제적으로 기능하기 시작하는 것이다)과 관련되어 있다. 미리 결론부터 말하자면, 여자의 몸에 자라기 시

작한 '수염'은 사회적 성역할로서 남성들에게 부여된 의무들을 여성
이 수행함으로써 불가피하게 발생한, 즉 '여성의 남성화'에서 비롯된
상징물이다. 소설의 끝에서 그 수염은 여성의 '음모'로 전치됨으로써
'여자'는 자신의 온전한 여성성을 비로소 부여받는다. '여자'는 가부
장적 전통사회에서 전통적 여성의 역할을 과잉 수행한 인물이다. 그
녀의 몸은 유교적 권위가 지배했던 촌락공동체의 대소사를 빠짐없이
경험한다. 상투적인 표현대로 '인고의 세월'을 견뎠던 것이다. 이 소
설은 그녀의 너덜너덜해진 몸에 바치는 헌사(獻辭)이자 뭇 생명들에
대한 그녀의 무한한 헌신과 노고에 표하는 대자연의 감은의 제의(祭
儀)이다. 여자는 이 작품에서 사실, 모든 생명체들을 제 품에서 보듬고
키워내는 '만신'이다. 구체적으로 "그 여자가 먹이던 존재들은 시부
모, 남편과 남편의 두 여동생과 일곱 명의 자식들과 내 명의 일꾼, 그
리고 한 마리의 어미 소와 송아지, 돼지와 개와 닭들, 염소와 고양이"
외에, "고추와 담배"와 "옥수수"와 "도라지와 더덕"과 "감나무" 들이
다. 일곱 자식을 낳은 여자의 아랫배는 어느새 볼품없이 "쭈글쭈글"해
져 있다. "노파는 깨어 있을 때 사람들과 동물들을 먹였어. 사람들은
먹고 나서 또 먹었으며 또 늙어갔지"라는 구절에서, 무당으로서의 여
자의 역할, 더 나아가서 우주의 모든 생명체를 먹이고 키워내는 대모
신(大母神)으로서의 여자의 존재론적 위상이 분명하게 드러나고 있다.
생명공동체의 유기적 구조 내에서 여자가 담당해야 하는 심리적 표상
은, '둘러봄'이나 '바라봄'에서 멈추는 것이 아니라 '염려(Sorge)'[5]의

<hr>

5 『존재와 시간』의 용법을 따른 그 개념적 정의는 다음과 같다. "우리는 '곁에 있음'을 포함시켜

차원에까지 확장되어야 한다는 당위적 요청으로 이해되어야 한다. 그녀는 언제나 자연의 모든 물상(物像)과 함께 배려하며 있으며, 그들의 곁에서 '자기를 앞질러' 있는 존재라 할 것이다. 이 작품의 화자가 어린 소녀로 설정되어 있는 것은 그 위대한 존재론적 위상을 후속 세대가 계승한다는 의미로도(그것의 현실적 가능성과 젠더적 정당성을 논외로 한다면) 파악할 수 있을 것이다. 그녀는 이제 자신의 임무를 완수하고 "낳고 키우는 대지의 법칙에 한줌의 삶을 기탁"하고자 한다. 그녀가 지금껏 정성스레 키워낸 "자연은 그 여자의 가녀린 몸을 자연의 내장으로 소화할" 것이다. "단단하고 깊숙한 겨울잠을 자고 싶"은 여자는, 이제 "지상에서 하늘로 다시 솟구치지 시작"한 어둠 속 하얀 눈처럼, "자신의 털 속으로 달려가 털 속으로 잠들어버린 여자이야기"로 승화할 것이다. 이 작품은 여성의 몸에 깃든 위대한 자연의 원리를 우주적 차원의 보편적 리듬으로 확장시키고 있다.

현존재의 존재에 대한 보다 완전한 규정을 내릴 수 있다. 현존재의 존재는 "(세계내부적으로 만나게 되는 존재자) '곁에-있음'으로서 '이미-(세계)-안에-'자기를-앞질러-있음'"(마르틴 하이데거, 이기상 역, 『존재와 시간』, 까치, 1998, 262~263쪽)으로서 규정될 수 있다. 우리는 이러한 규정을 용어상 '염려(Sorge)'라고 칭한다. '염려'의 구조에서의 곁에 있음은 도구의 사용을 '배려하며 있음'이다. 타인들과의 함께 있음이 도구와 더불어 동시에 이해되어 있는 한, 타인들과의 '함께 있음'에 대한 '심려'는 '곁에 있음'에 속한다. 타인들이 '곁에 있음'의 양태에서 이해된다는 것은 타인들이 '세계내부적 존재자들'로서 만나진다는 것을 말해준다. '곁에 있음'은 '세계 안에 있음'의 단일적이고 근원적 지평으로서의 안에 있음에 근거해 있다. 이 '안에 있음'의 구조가 방금 염려의 구조로서 파악되었다. 따라서 배려와 심려는 염려의 바탕해서만 가능함이 입증된 셈이다"(이기상 · 구연상, 『『존재와 시간』 용어해설』, 까치, 1998, 214쪽).

5

　「토끼를 죽이는 단 한 가지 방법」(이하「토끼」)과「밤에 새들은 어떤 잠을 자나」(이하「밤에」), 이 두 작품은 유사한 의미의 평면에(몸과 생명의 '가치'를 논한다는 점에서) 위치지울 수 있을 듯하다. 먼저「토끼」는 아버지의 선량한 혹은 야물지 못한 심성 때문에 우연히 토끼를 기르게 되고, 결국 그 토끼를 죽이지는 못한 채, 토끼 새끼들을 얻는 장면으로 끝난다. 이는 몸에 대한 이번 작품집의 사유, 특히 암컷의 몸에 대한 깊은 관심과도 연결될 수 있을 것이다. 이 작품은 '나'의 연애이야기와 아버지가 사온 토끼이야기의 이중구조로 이루어져 있다. 그리고 여자친구가 임신했을지 모른다는 불안감은 토끼의 수태 가능성과 의미층위에서 적절히 조응되고 있다. 아버지가 토끼를 죽이는 방법으로 택한 것은, 어처구니없게도, '질식사'이다. 아버지는 토끼 머리에 검은 비닐을 덮어씌워 동물의 숨을 조용히 멈추게 하고 싶었던 모양이다. 하지만 생명본능을 지닌 토끼가 덮인 비닐 속에서 가만히 있을 리는 만무한 것이다. 아버지의 작전은 실패로 돌아가고, 얼떨결에 토끼가 족을 덤으로 셋이나 얻게 되었다(이는, 나의 동생 '준명'이도 갓 태어난 지 얼마 되지 않는 핏덩이라는 사실과 자연스레 연동된다). 나는 "오늘밤에도 토끼탕을 먹기엔 글렀다는 생각"을 하면서 소설은 끝을 맺는다. 상투적으로 말해, 이 작품은 자연물의 끈질긴 생명력과 무엇으로도 환원될 수 없는 생명의 고귀한 가치를 일깨워주고 있다(전혀 다른 의미론적 층위들을 거느리고는 있지만, 문학사적 맥락에서 이 작품은 이태준의「토끼이야기」

(1941)와 박형서의 「토끼를 기르기 전에 알아두어야 할 것들」(2000)을 분명히 떠올리게 한다. 이 작품들을 함께 묶어서 논의해본다면 흥미로운 지점들이 발견될 수도 있을 듯하다). 「밤에」는 자식의 신체의 일부를 잘라서라도 돈을 챙기려는 무책임하고 철딱서니 없는 어른, 직접적으로는 무능한 아버지의 모습을 그리고 있다. 신체의 일부인 '손가락'을 자해하고 잘라서 아비는 보험금을 타내려고 한다. 이 작품은 손가락이 잘린 아이('나')의 시선으로 처리되고 있어서, 정확한 사건의 전말과 그 의미를 파악하기는 어렵지만, 분명한 것은 아버지가 아이의 손가락을 직접 잘랐다는 사실이다. 아이의 몸(의 일부)은 소재적 차원에서 활용되고 있는 것이지만, 몸 '자체'가 교환가치의 대상이 된다는 자본주의의 비정한 현실을 되새기게 한다는 점에서, 이 작품 역시 몸에 관한 사유를 근간으로 하고 있다고 할 수 있을 것이다. 한편으로 신체의 일부가 잘려나간 이주노동자들의 고달픈 삶도 이 작품에서 부분적으로 언급되고 있다. 이 작품에 드러난 부성은 결코 정상적인 것이라 할 수 없겠지만, 그 부모들을 타락시키는 한편 이주노동자들의 생존 자체를 위협하고 있는 자본주의의 폭력적인 맨얼굴을 직접적으로 현시하고 있다는 점에서, 그 사회학적 의미가 마땅히 부여되어야 할 것이다.

6

지금까지 김용희의 첫 소설집에 대해 거칠게 그 지형도를 작성해 보고 빛나는 의미의 광맥들을 대강이나마 짚어보았다. 소설집을 덮으면서 몇 가지 개인적 의견을 사족으로 덧붙이고자 한다. 먼저 그의 소설이 얼마간 스테레오타입화되어 있는 것은 아닌가 하는 의문이다. 이번 소설집에서 주제적 일관성은 뚜렷하지만 그 형식적 다양성이 풍부하다고 말하기는 어려울 것 같다. 또한 소설에 어김없이 등장하는 한두 가지의 주요한 상징이나 알레고리들 역시 내가 보기에는 없어도 무방한 소도구가 아닌가 하는 생각이 든다. 주제적 차원을 선명히 제시하는 데는 효과적일지 모르나, 그것이 반복적 패턴으로 상투화되는 것은 그리 바람직하지 않을 것이다. 아마도 이는 작가의 의미의 강박 혹은 보다 근원적으로는 도덕적 교훈주의의 세례 속에서 성장한 문화적 배경에 그 연원이 있을지 모른다. 모름지기 작가는 관념적 진술의 재생산이 아니라 스스로의 감각의 논리를 창안해내는 사람이다. 다음으로 작가의 몸에 관한 사유에 뚜렷한 '정치학'이 없다는 점을 지적할 수 있다. 이는 현실정치의 사회적 평면들만을 지시하는 것이 결코 아니다. 정치(성)이란 본원적으로 타자(성)에 대한 사유에서 비롯된다. 애석하게도, 이번 소설집에서 타자(성)에 대한 진지한 성찰을 보기는 드물다. 대부분의 인물들이 자기의 욕망과 윤리에는 충실하지만(때문에 서술자의 자기 독백과 주관적 서술이 두드러지는 편이지만), 나의 일부로서 타자의 수용의 문제는 꽤 생략되고 있는 것은 아닌지 의문스럽다. 이

는 단순히 형식적 장치로서 인칭과 시점의 사용 문제로 제한될 수 없
는 것이다. 나는 김용희 소설이 그 진정한 의미에서, '타자서술'을 도
입해보는 것도 중요한 실험의 하나가 아닐까 생각하고 있다. 그의 문
학적 행정(行程)이 사뭇 궁금하다.

윤이형과 공선옥의 단편 읽기

1. 무채색의 던전에서 살아남기 위하여 —윤이형, 「피의일요일」

대략 1990년대 중반 무렵부터, 그리고 2000년대 이후 보다 뚜렷이 감지되는 한국사회의 문화사적 전환의 핵심을 이루는 것은 '가치(value)'로부터 '취향(taste)'으로의 중심이동이다. 공동으로 추구하거나 해야 하는 가치는 더 이상 존재하지 않으며, 특권적 기표로서 절대적 가치 또한 함께 사라져 버렸다. 어느 누구도 특정한 가치나 신념을 타인에게 강요할 수 없으며 자신의 가치가 다른 이의 그것보다 우월하다고 타당성을 주장할 수 없게 되었다. 타인의 어떠한 공격적인 질문에도 이젠 누구나 아주 간단히 답할 수 있게 되었다. '그것은 나의 취향이다'라고. 취향이라는 말은 물론 개별적 타자성에의 적극적 배려와 관용정신을 포함하고 있는 것이지만 한편으로 그것은 남의 삶에 구체적으로 개입하지 않겠다는 확정적 무관심의 선언이자 적대적 이기주의를 표현하고 있다. 이러한 인식론적 전환과 공통감각의 변화가 2000년대 이후 한국문학의 무의식적 지반에 해당한다고 말하는 것은 크게 틀리지 않을 것이다. 가령 본격문학(순문학)과 대중문학(장르문학)의 구분이 모호해지고 경계가 무디어지는 현상 역시 가치의 등가화라는 이상의 맥락에서 충분히 이해될 수 있는 것이다. 한편 2000년대 한국문학에서 취향으로 상징되는 배타적 개인주의에 덧붙여 고려되어야 하는 사항들은, 신자유주의의 급속한 확산과 보다 직접적으로는 1997년 IMF 사태를 계기로 한국인이 불가피하게 마주하게 된 강퍅한 삶의 조건과 절박한 생존의 욕구, 가속화된 인간의 '동물화(animalization)' 경향이다. 타인들의 세계에 태어났다는 사실 자체가 인간의 원죄라 할 것이지만, 2000년대 이후 한국인들이 새삼스레 목도하게 된 일은 '만인대만인의 투쟁'이라는 전쟁터의 경험이었다. 이제 살아남는다는 것 자체가 지상 최대의 과제이자 궁극적 가치가 되었다.

소설의 제목이면서도 의도적으로 붙여 씀으로써 인물을 지칭하는 고유명사로 쓰인, '피의일요일'[1]은 축자적으로 피로 물든 일요일 정도의 뜻으로 새길 수 있을 듯하다. 일요일은 노동에 지친 몸과 마음을 쉬

---

1 역사적 사건으로서 '피의 일요일(Krovavoye Voskresenye—Bloody Sunday)'에 대한 가장 대표적인 명명은 1905년 1월 22일, 러시아 상트페테르부르크에서 일어난 평화시위를 진압하며 벌인 대학살로, 이는 1905년 러시아혁명 초기 국면의 시작을 알리는 사건이었다. 노동자들은 평화롭게 종교 성상(icon)과 니콜라이 황제의 초상화, 그리고 자신들의 불만과 개혁에의 열망을 담은 탄원서를 들고 지도자 가폰(Georgy Gapon) 신부의 뒤를 따랐으나, 당시 치안경찰 책임자인 니콜라이의 삼촌 블라디미르 대공은 시위대에 발포 명령을 내렸다. 이 유혈사태로 100명 이상이 죽었으며, 차르체제 붕괴의 결정적인 계기가 되었다. 이 작품에서 '피의 일요일'이 직접적으로 지시하고 있는 바는, 시스템에 무모하게 저항하다가 피를 흘리며 죽어가는 '마지막마린'의 참혹한 최후일 것이다.

게 하는 안식일이자 놀이에 바쳐지는 유희의 시간이다. 일과 휴식, 노동과 놀이가 적절한 균형과 조화를 이룰 때 인간은 지속적인 육체적·정신적 건강을 유지하고 충일한 행복감을 향유할 수 있는 것이다. 또한 휴일이 주는 평화와 여유 속에서 인간은 지난 과거를 반성하고 다가올 미래를 설계하는 통합적 시간의식을 형성하게 된다. '피'와 '일요일'이라는 두 단어의 이질적 조합은, 따라서 그러한 유기적인 자연적 평형상태가 급작스레 깨져버린 재난과 파국의 상황을 암시하고 있는 것이다. 이 작품의 주제문이라 할 법한, "찬란하던 그해에, 우리는 모두 이 땅의 자랑스러운 모험가였다. 삶은 그대로 전쟁이었고, 전투는 우리의 일상이었다. 진보와 향상은 우리를 숨 쉬게 하는 이유였고 속도와 경쟁은 우리 삶에 부어지는 윤활유였다"라는 문장은 세 번의 반복 속에서 변주되고 있는데, 이는 동일한 삶의 조건이 무한 반복되고 있으며 출구가 분명치 않다는 절망적인 상황 인식, 그럼에도 현 상황이 적극적으로 타개되지 않으면 안 된다는 절박한 심정과 변화에의 열망 등을 동시에 표현하고 있는 것으로 볼 수 있을 것이다. 주인공이자 화자인 '나'는 '언데드(undead)' 마법사다. '산 죽음'이라는 뜻에서 이미 드러나듯이, 소설 속 상황은 삶이 곧 죽음이거나 삶과 죽음의 자연적 경계가 인위적으로 무너진 상태이다. 이는 실제 현실과 소설 속으로 차용된 게임이라는 가상현실의 차이가 식별불가능해진 정황과도 일맥상통한다.[2] 실체보다 이미지가 더 실제적이라는 진부한 말이

2   작가가 말미에서 밝혀놓고 있듯이, 이 작품은 온라인게임 〈월드 오브 워크래프트〉에서 모티프를 따온 것이다. 동시대 혹은 윤이형보다 조금 앞선 세대 작가 중에도 컴퓨터게임이라는 가상현

아니더라도, 현재 인터넷을 매개로 한 가상공간과 SNS환경은 실제 현실보다 더욱 위력적인 현실 구성 요소라는 존재론적 위상을 획득한 지 오래이다. 뚜렷한 사건의 전개가 부각되어 있지 않은 만큼, 이 작품의 줄거리를 단일한 묶음으로 요약할 수는 없을 듯하다. 서사보다는 충격적 이미지의 병치에 보다 집중하고 있는 작가의 태도는, 세계 내에 단일한 가치와 유기적 전체성이 사라진, 파편화되고 조각난 실체의 이미지와 헐거워진 존재의 그물망을 연상하게 한다. 나는 "내가 살기 위해서는 누군가를 죽여야" 하는 무채색의 "던전"(dungeon, 원래의 사전적 의미는 중세의 성 안에 있던 지하 감옥이었으나, 컴퓨터게임에서 '몬스터들이 사는 소굴'이라는 뜻으로 전이되었다)에서, 피 묻은 들쥐의 살점을 뜯기도 하고 해골의 뼈를 핥기도 한다. 이미 숨이 차오른 상태지만 "그러나 뛰어야 했다. 뛰지 않으면 삶은 점점 힘들어" 진다. 나는 '서버'에 지정

<hr>

실을 창작의 한 요소로 과감하게 도입한 예들을 찾을 수 있다. 다만 이들과의 변별점은 윤이형 소설이 가상공간의 세계를 보다 전면적이고 직접적으로 도입하고 있다는 정도의 차이일 것이다. 같은 1968년생 작가이기도 한, 김영하의 「삼국지라는 이름의 천국」(1997)과 박민규의 「고마워, 과연 너구리야」(2003)를 대표적인 사례로 꼽을 수 있다. 이번 작업 과정에서 윤이형 작가와 서면인터뷰를 진행하였다(2013.9.30~10.1). 「피의일요일」의 집필동기를 묻는 질문에 작가는 다음과 같이 답하였다. 작가의 육성을 그대로 옮겨놓는다. "이 단편은 2000년대 중반쯤에 썼는데 그때 제 주위의 거의 모든 사람들은 온라인게임에 빠져 있었습니다. 저도 마찬가지였고요. 왜 그랬는지는 확실하지 않아요. 삶에서 달리 열정적으로 몰두할 수 있는 것이 없어서였을 수도 있고, 몰두한다 해도 현실에서는 노력한 만큼의 보상을 받을 수 없다는 걸 이미 알고 있기 때문이었는지도 모르겠네요. 저는 온라인게임이라는 가상세계에 매료되었고, 그만큼 사람들이 게임 속 세계를 대하는 여러 가지 방식들에도 흥미를 느끼고 있었습니다. 그 세계는 어떤 사람들에게는 출구 없는 현실세계와 대조되는 즐거운 도피처였고, 다른 사람들에게는 현실의 연장이자 그 자체로 또 다른 생존법칙이 지배하는 더욱 더 삭막한 정글이었습니다. 그 세계가 만약 실존한다면? 전투가 일상이고 죽음이 습관이 되어 참혹한 노동에 시달리는 그 캐릭터들은 대체 무슨 생각을 하며 지낼까? 그 무렵 한국에서의 삶의 조건들이 한층 힘들어지는 것을 보며 망상에 가까운 생각을 했던 것 같고 그 결과물이 이 작품이 되었네요".

된 '캐릭터'로서 '들판 수호자'의 목소리에 따라 '퀘스트' 명령을 수행해야 한다. 퀘스트 수행 중에 몬스터들의 공격으로 죽을 수도 있지만, 치유사의 도움으로 언제든 부활할 수 있다. "짧게 지속되는 죽음"을 반복하면서 나는 언데드의 운명을 받아들인다. 여기에 시스템에 저항하는 필드의 교란자이자 인간 도적인 '마지막마린'이 등장하면서 나에게 진실에의 각성을 촉구하고 나선다. 그는 단호한 어조로 "뒤로 돌아야 해"라고 말한다. "그들에게 우리의 앞모습을 보여주어야 해. 그것만이 이 세계에서 나가는 길"이라고……. 언데드들은 자신의 뒷모습만 볼 수 있을 뿐 머리 앞쪽의 얼굴을 제대로 확인할 수가 없다. 시스템에 맞서는 인간들의 유일한 혁명의 무기는 '기억'이다. "자신이 누구인지 지속적으로 기억하지 못하면 대항하는 것은 불가능"하다. 그러기 위해선 제일 먼저, 뒤돌아서서 자신의 맨얼굴을 정면으로 응시해야만 한다. '마지막마린'은 자신과 함께 대항하기를 원했지만, 나는 붉은 피를 토하면서 무참히 부수어지는 그녀의 모습을 지켜볼 뿐이다. 그녀의 죽음을 확인하는 순간, 나를 기억하고 있는 나의 짝, '아크휘트'의 눈동자에서 나는 마침내 나의 얼굴을 본다. "피에 굶주려 공기를 우둑우둑 씹어대는 언데드의 초록빛 얼굴이 아닌, 흰 얼굴에 갈색 눈동자와 수줍은 듯 붉은 볼을 지닌" 살아있는 인간의 얼굴을 보는 것이다. 상투적인 해석이라 하겠으나, 이 지점에서 나는 시스템에 의해 호명된 수동적 규정성에서 벗어나 존재의 능동적인 본래성을 비로소 회복하는 것이라 하겠다. 이와 같이 견고한 시스템과 연루된 매트릭스를 바라보는 작가의 시선을 고정된 것으로 단정할 수는 없지만,

이 작품은 가상현실이 경험적 삶의 세부들을 대체하게 된 현 문명에 대한 도저한 묵시록이자, 지금-여기의 현재적 즉물성에 깊이 강박된 2000년대 한국인의 암울한 자화상이 아닐 수 없다.

2. 공감의 능력–공선옥, 「상하이에 두고 온 사람들」

　어느 정신과 전문의의 말처럼, 진보의 의미를 사회적 소수자 혹은 인간 개개인의 현실에 깊이 공감할 수 있는 능력이라고 정의한다면, 공선옥은 분명 진보적인 작가일 것이다. 공선옥은 리얼리즘이 폐기처분된 현재 한국의 문학적 상황 속에서, 리얼리즘을 자신의 문학적 모토로 삼고 이를 자신의 삶 속에서 실천하는 거의 유일한 작가에 속한다. 그런 까닭에 공선옥은 종종 작가의 실제 삶과 작품이 분리되지 않는다는 평을 받기도 한다. 그것은 작가로서는 치명적인 약점일 수도 있겠으나, 자연인으로서의 삶과 예술가로서의 삶의 분리와 단절을 드물지 않게 목도하게 되는 한국의 문학적 전통 속에서, 자신의 삶과 예술을 일치시키려는 공선옥의 작가적 고투는 소중한 미덕으로 평가받는 것이 온당할 것이다. 공선옥의 최근작, 「상하이에 두고 온 사람들」은 이상의 작가적 태도를 여실히 보여주는 가운데, 디아스포라적 존재 혹은 사회적 소수자들과 어떻게 만나고 소통할 것인가의 문제, 그리고 보다 보편적인 차원에서, 개개인 안에 내재되어 있는 타인과의

'공감의 능력'에 대해 묻고 있다.

소설 속 화자인, '나'는 희미한 옛사랑의 그림자로부터 벗어나기 위해 / 더듬기 위해 후배가 있는 중국행 비행기에 몸을 싣는다. 상해의 민박집에서 나는 그곳에서 일하고 있는 조선족 여자와 함께 아버지의 흔적을 찾으러 중국에 온 한 노인을 만난다. 조선족 여자는 할아버지 고향이 경상도 안동이라며 같은 성씨인 나에게 친근감을 표시한다. 서울역 노숙자인 노인은 필생의 마지막 숙제를 풀기 위해 어렵게 돈 오십만 원을 모았다. 1936년 자신을 낳고 중국 예난(연안)으로 떠난 뒤 소식을 알 수 없는 부친의 흔적을 찾기 위해 이곳에 온 것이다. 아마도 항일유격대 소속이었을 부친에 대한 기억 때문인지, 노인은 사회주의에 대한 막연한 호감을 갖고 있다. 노인의 입에서 우연히 흘러나온 '사회주의'라는 단어를 혼자 발음해보면서, "오래 전에 헤어진 애인의 이름" 같다고 나는 생각한다. 민박집에서 지내는 1박 2일 동안 나는 그들의 속내를 우연히 엿보게 된다. 여자는 한국에서 돈을 벌기 위해 위장결혼을 했다가 사기를 당하고 한국공항에서 쫓겨난 기억을 가지고 있다. 하지만 지금도 돈을 벌기 위해서라면 수단방법을 가리지 않고 자본주의 한국으로 가고 싶어 애를 태우고 있다. 여자는 나에게 한국으로 돌아가서 자신을 친척으로 초청해 줄 것을 간곡히 청한다. 그러나 나는 그녀의 부탁에 확답을 하지 못한다. 노인은 지금 길동무가 필요하다. 나의 행선지가 항주인 것을 알자 노인은 자신도 덩달아 항주행 표를 끊는다. 나는 이들의 과도한 친절과 지나친 개입이 불편하다. 후배와의 만남은 표면적인 이유일 뿐 중국행을 택한 나의 진짜 목적과 동기는 실연의 상처에서 벗어나기 위함이었기 때문이다. 늪과 같은 옛사랑의 그림자에서 더 이상 허우적거리기가 싫어서였다. 민박집에서 만난 이들은 나에게는 불청객만 같아서 거추장스러운 존재일 뿐이다. 항주행 티켓을 끊고 나는 이들과 헤어지고 싶었지만 뜻대로 되지 않는다. 중국말에 섞여 들려오는 이들의 한국말 때문이다. 모국어가, 냉정하게 돌아서고 싶었던 나의 발목을 잡는다. 그들과 나는, "싸웠다가도 돌아서면 함께 살 수밖에 없는 한식구라도 되는 것처럼 말없이, 그러나 화기애애하게 시내로 가는 버스"를 탄다. 의도치 않게 동행한 '동방명주'의 길목에서 나는 비로소 그들에게서 벗어난다. 나는 노인에게 대놓고 면박을 주면서도 은근히 노인을 챙기는 민박집 여자의 이해할 수 없는 태도에서 '속깊은 여동생'의 모습을 본다.

이산(離散)을 뜻하는 디아스포라(diaspora)는, 보통 모국과 거주국이 달라서 이중적 정체성 속에서 살아가야 하는 재외국민을 말한다. 이 작품에서 한국인 디아스포라는 일차적으로 민박집에서 일하고 있는 조선족 여자로 표상된다. 앞서 말한 것처럼, 여자는 실제로 한국에서 추방된 경험을 갖고 있다. 또한 1936년 연안으로 떠난 노인의 아버지는 아마도 한국인 디아스포라 1세대쯤에 속할 것이다. 따라서 노인의 아버지 찾기, 정체성 찾기는 디아스포라의 기억을 환기하는 일이 된다. 동시에 노숙자로서 노인은 모국에 거주하지만 체제의 바깥에 실존한다는 점에서 디아스포라적 속성을 지닌다. 그들은 모두 제도로서 국가장치에서 추방되고 배제된 자들이다. 디아스포라들은 자신의 이중적 속성 때문에 본국에 대해 양가감정을 갖기 쉽다. 한편으로 이들 디아스포라들에 대한 본국의 자국민들의 태도와 감정 역시 이중적이기 십상이다. 이 작품에서 조선족 여자와 노인에 대한 나의 태도 또한 그러하다. 나는 그들에게서 민족적 동질감을 확인하는 한편으로 막연한 괴리감과 거부감을 느낀다. 디아스포라를 소재로 하는 문학에서 인종적 일체감을 발견하려는 시도는 그 자체로 의미가 있는 일이지만 그것만으로는 분명히 충분치 않다. 즉 필연적으로 발생하게 되는 다양성과 차이를 존중하고 어떻게 수용하느냐의 문제가 보다 중요한 관건이라는 점이다. 이 작품에서 나의 오래전 헤어진 애인은 한국인 디아스포라와 등치될 수 있을 것이다. 나는 헤어진 애인을 아직도 이해할 수 없다. 하지만 여전히 그를 잊지 못하고 있다. 그래서 애인에 대한 나의 감정은 이중적이고 애증의 양가감정이 뒤섞여 있다. '디아스포라'라는 존재는 원래는 하나였다가 분리되어 떨어져나간 오래된 애인과 같다. 나에게 헤어진 애인이 이제는 희미한 옛사랑의 그림자로 남은 것처럼, 디아스포라들에게 민족 공동체의 기억은 희미한 흔적으로만 남아 있는 것이다. 따라서 이 작품에서 옛사랑의 기억을 추억하는 것은 디아스포라의 흔적을 더듬는 일과 같은 의미를 내포하게 된다. 내가 중국에서 사랑의 기억을 환기하듯이, 노인 역시 중국에서 자신의 뿌리이자 존재의 기원인 아버지의 흔적을 찾아 더듬고 있다. 민박집 사람들을 매정하게 뿌리쳤던 내가, 소설의 결말에서 비파 과수원을 지나다 그들을 떠올리고 무심결에 과수원으로 발길을 돌리는 장면은, 헤어진 애인의 기억을 더듬는 일이, 디아스포라적 존재들을 보듬고 포용하는 일이 그만큼 더디고 지난한 과정임을 암시한다. 윤리는 타인의 고통스러운 얼굴을 외면하지 않는 것에서 출발한다. 동시에 그 윤리의 정립과정은, 이 작품에서 드러나고 있듯이, 타자와 나 사이의 차이를 제거함으로써 손쉽게 달성되는 것이 아니라, 그러한 이질성을 충분히 존중하고 포용하는 과정 속에서 힘겹게 성취되는 것이다. 따라서 이 작품은 단지 디아스포라의 문제에만 국한되는 것이 아니라 보다 보편적인 차원에서 타자와의 만남, 타인과의 공감의 문제에 대해 되묻고 있는 것이다.

정직과 관대 혹은 욕망의 자기 윤리학

김애란론

1. 종언 이전과 이후

칸트의 『판단력 비판』은 미의 고유한 영역을 진리와 선의 영역으로부터 분리시킴으로써 근대미학의 출발점을 이루었다. 예술은 이제 자신의 독자적 영역을 획득했으며 미적 자족체로서 자율성을 부여받는다. 칸트가 상상력을 지성적이고 도덕적인 능력을 감성이나 감정과 매개하는 것으로 정의했을 때, 상상력은 더 이상 환상이라는 이름으로 조롱받고 거부당하는 것이 아니라 지성적이고 도덕적인 것보다 더 지성적이고 도덕적인 것이었다. 상상력의 이러한 성격은 근대예술에 이중적 지위를 부여한다. 즉 감각의 영역을 다루면서도 인식론적 기능이나 윤리학과 완전히 결별할 수 없는 난처한 처지에 놓이게 된 것이다. 근대예술의 대표적 형식인 소설은 이 같은 이중적 과제를 가장 적극적으로 수행했다. 가령 "문학은 영구혁명 안에 있는 사회의 주체성”이라는 사르트르의 정의는 바로 정치적 실천행위로서 문학의 사회적 역할을 강조한 것이라 할 수 있다. 한국문학의 예를 들자면, 1960년대 김승옥의 소설을 두고 유종호가 '감수성의 혁명'을 이루었다고 평가한 것에 대해, 최인훈이 '새로운 윤리의 정립'에는 이르지 못했다고 비판한 것 역시 근대소설이 윤리학의 테제로부터 자유롭지 못하다는 점을 반증하는 것이라 하겠다. 따라서 소설의 사회적 기능은 소진되었으며 소설은 이제 재미와 오락거리에 불과한 것으로 전락했다는 가라타니 고진의 주장은 이러한 근대 소설의 전제들이 더 이상 유효하지 않다는 진단에 다름아니다. 이런 의미에서 종언 이후의 문학이 과연 윤리학과 진정으로 결별할 수 있는 것인지, 만약 가능하다면 그럼에도 불구하고 종언 이후의 문학의 존재의의는 무엇인지, 적극적으로 이론화해야 할 시점에 우리는 서 있다.

근대소설의 오랜 전제 중의 하나는 소설은 진실에 대한 탐구이자 진정한 가치를 추구하는 양식이라는 것이다. “소설은 문제적 개인이 본래의 정신적 고향과 삶의 의미를 찾아 길을 나서는 동경과 모험에 가득 찬 자기인식에로의 여정을 형상화하고 있는 형식”이라는 루카치나 “타락한 시대에 타락한 방식으로 진정한 가치를 추구하는 장르”라는 골드만의 정의는 이에 대한 가장 고전적인 견해라 할 수 있다. 이런 맥락에서 사회, 정치적 상상력으로 들끓었던 80년대 소설과 실존적 상상력으로 일상과 개인의 문제에 천착했던 90년대 소설은 소재적 차원의 표면적 이질성과는 달리, 심층적 의미에서는 내면적 동질성을 지닌다고 볼 수 있다. 더 나은 삶과 현재와는 다른 미래의 진정한 가치

를 추구한다는 점에서 그 둘은 동전의 양면과도 같고 근대소설의 전제
로부터 한 치의 벗어남도 없는 것이었다. 80년대 민중소설과 90년대
윤대녕이나 신경숙의 소설 사이에는 어떤 인식론적 단절을 포함하지
않는다. 지난 시절 소설의 주인공들은 모두 '문제적 개인'이며 선험적
인 낭만적 이데아를 바탕으로 한다는 데 공통점이 있다.

2000년대 한국소설은 근대소설의 전제들을 아무 거리낌 없이 무
너뜨리며 밑바닥에서부터 요동치고 있는 듯하다. 소설의 구성과 플
롯을 극단적으로 축소함으로써 의존화소와 자유화소의 구분이라는
전통적인 서사론의 범주를 전복시키고 있는 한유주, 추방된 미적 범
주인 '추(醜)의 미학'을 적극적으로 복원하고 있는 편혜영, 소위 '개
콘보다 더 웃기는' 소설로 '근대문학의 종언'이라는 고진의 테제를
의식적으로 실천하고 있는 박형서, 표면적 다양성과 실험성과는 달
리 근본적으로는 고전적 명제에 충실한 본질주의자이며 문학주의자
인 김중혁, 성석제 이후 유머소설의 계보를 이으며 우리 시대 소설
(가)의 존재론을 직접화법의 구술성을 통해 진지하게 고민하고 있는
이기호 등의 작가들은 2000년대 한국소설의 새로운 징표라 할 수 있
을 것이다.

2. 생이 기적처럼 바뀌는 순간

2000년대 한국현대소설의 지형도를 그리는 데 김애란을 위해서는 좀 다른 자리가 필요해 보인다. 김동식의 지적대로 김애란은 "전통적인 소설의 표정을 지은 채로 소설의 전통적인 문법을 그 내부로부터 허물어뜨리고 있는 작가"로 판단되기 때문이다. 김애란 소설의 주인공들은 결코 비문제적 개인이 아니다. 그들은 어디까지나 '문제적 개인'에 속하는 인물들이다. 김애란 소설의 인물들이 문제를 사유하고 구성하는 방식을 달리한다는 점에서, 김애란은 '문제틀(problematic)'을 새롭게 설정하는 작가라 할 수 있다. 이 글은 김애란 소설이 기존의 소설과는 다른 새로운 윤리학의 지평을 열고 있는 지점이 어디인지 밝히고, 그 윤리학을 가능케 하는 사유의 기원과 조건들을 살피고자 한다.

운동장에 모인 모든 사람들이 일제히 고개를 들어 낙하하는 비행기들의 춤을 바라봤다. 빙글빙글 돌며 수직으로 내려오는 비행기 떼는 마치 하늘에서 쏟아지는 꽃비 같았다. 그리고 그것은 뜻밖에도 꽤 아름다웠다. 형은 멍하니 서서 그 꽃비를 맞고 있었다. 아버지와 나는 어떤 말도 하지 못한 채 그 자리에 서 있었다. 그때 나는 처음으로 형에게 어떤 재능이란 게 정말 있는 것일지도 모른다는 생각을 했다. 나는 정신없이 가슴이 콩닥거렸지만, 그것을 무어라 불러야 할지도, 어떻게 말해야 될지도 모르겠어서, 그날 밤 집으로 돌아온 뒤 홀로 …… 스카이 콩콩을 탔다.[1]

인용문에서 보듯이, 김애란 소설의 새로운 사유의 핵심은 '생의 약동과 우주적 도약'으로 요약될 수 있다. 그것은 비루하고 남루한 삶과 세계가 기적처럼 바뀌는 순간으로서, "무어라 불러야 할지도, 어떻게 말해야 될지도 모르겠"는, "정신없이 가슴이 콩닥거"리는 황홀한 경험이다. 이처럼 김애란 소설에서 초월이란 어떤 순간적 이미지로 주어진다. 그리고 김애란 소설이 보여주는 건강성과 명랑성은 이러한 낯선 사유에 기반한다. '스카이 콩콩'의 실체는 "정신없이 콩콩콩콩콩"거려야 하는 것이고 "자세를 유지하려고 버둥대는 몸짓은 경박하고 우스워 보일 정도"지만, 생이란 바로 그렇게 남루함 속에서 약동의 계기가 주어지는 것이다. 「스카이 콩콩」에서 지상에서 하늘을 향해 튀어오르는 '스카이 콩콩'의 이미지는 바로 생의 우주적 도약이라는 사유를 완벽하게 구현하고 있다. "스카이 콩콩을 타는 나의 운동 안에는 뭐랄까, 어떤 '정신'이 들어 있었다"는 '나'의 진술은 따라서 은유가 아니다. '스카이 콩콩'은 몸이 무거운 자들에게는 어울리지 않는 것이다. 그것은 몸 가벼운 자만이 누릴 수 있는 지상의 복락인 것이다. 그렇다면 '스카이 콩콩'을 거부하는 혹은 거기에 사뿐히 몸을 실을 수 없는 사람들은 어째서 몸이 무거운 것인가. 그것은 말할 것도 없이 지상의 중력 때문이다. 여기에서 지상의 중력을 '도덕'이란 말로 바꿔보면 어떨까. 세계를 지탱하는 그 중력은 분명 지상의 도덕이다. 그것은 '사유의 슬픈 이미지'이고 니체가 『도덕의 계보』에서 말한 바로 그 지긋지긋한 도덕

---

1   김애란, 「스카이 콩콩」, 『달려라, 아비』, 창작과비평사, 2005, 83쪽. 이하 본문의 인용문은 작
     품명과 쪽수만 밝히기로 한다.

이다. 김애란 소설의 사유의 주요한 원천을 이루는 것의 하나는 니체로 보인다. 김애란 소설에는 이처럼 어떤 '비약'의 순간이 있다. 그것은 서사의 원리를 뛰어넘는 시적 사유에 기반하고 있다. 「사랑의 인사」에서 네스호의 괴물, 네시의 모습이 TV를 통해 방영되는 장면을 보자.

> 나는 네시의 흔적이라고 주장되는 이 미터가량의 물보라를 한참 동안 쳐다봤다. 그러자 한 가지 확신이 들었다. 나는 고백받은 사람처럼 갑자기 부끄러워졌다. 그러니까 그는…… 나를 만나러 온 것이다. 자신의 모습이 텔레비전을 통해 전국에 방송될 것이라는 것을 알고, 내게 인사를 하러 온 것이다. 별 목적은 없다. 다만 한 번의 인사, 사랑의 인사를 하러 온 것이다. '내가 여기 있다고. 내가 여기 있었다고. 하지만 이건 우리끼리의 비밀이고 나는 다시 사라질 거라고……'(「사랑의 인사」, 144쪽).

주인공인 '나'는 TV를 보고 네시가 자신에게 "사랑의 인사"를 하러 왔다고 상상한다. 터무니없는 논리적 비약이다. 이런 장면은 흡사 백석의 시 「나와 나타샤와 흰 당나귀」의 한 구절을 연상케 한다. "가난한 내가 아름다운 나타샤를 사랑해서 오늘밤은 푹푹 눈이 나린다…… 눈은 푹푹 나리고 아름다운 나타샤는 나를 사랑하고 어데서 흰 당나귀도 오늘밤이 좋아서 응앙응앙 울을 것이다". 사실 '나는 나타샤를 사랑한다', '오늘밤 눈이 내린다', '흰 당나귀가 오늘밤이 좋아서 운다'라는 문장들 사이에는 아무런 논리적 연관이 없다. 그러나 시적 사유는 상식적 인과관계를 뛰어넘는 시적 논리를 창출한다. 이는 주체와 객체 사이의 거리를 지우고 주관의 심리작용을 대상에 투사시키는 일종의 상상적 동일시이다. 그것은 기본적으로 '유비적(analogic)' 세계관에 기초해 있으며 비인격체에게도 인격을 부여하는 행위라 할 수 있다. 따라서 「스카이 콩콩」에서 만취한 아버지가 무생물인 가로등에게 "너는, 나무가 되려는 것이냐?"고 따져물으며 인격을 부여하는 장면은 자연스럽다.

비가 오고 바람이 불었다. 사사롭거나, 잊어선 안 될 일들이 지나갔다. 장마 후, 집 앞 가로등의 온몸에 열꽃처럼 녹물이 들었다. 만취된 아버지는 가로등을 걷어차며 소리쳤다. "너는, 나무가 되려는 것이냐?"(「스카이 콩콩」, 76쪽).

가로등의 '나무-되기'는 고정된 존재의 근원과 뿌리를 확인하려는 전통적인 존재론의 사유에서는 불가능하다. 그것은 '있음(being)'의 존재론에서 '생성(becoming)'의 존재론으로 전환될 때 가능하다. 김애란 소설의 '생의 약동과 우주적 도약'이라는 낯선 사유는 이 같은 생성의 존재론을 기원으로 촉발된다고 할 수 있을 것이다. 김애란 소설의 생성의 존재론은 출생에 대한 질문에서도 살필 수 있다. 사람의 출생은 태초의 완벽한 모성으로부터 이탈하는 분리의 경험이다. 인간의 태어남은 근원적인 결여로 주어지고 실존적 결여감은 무엇으로도 채워지지 않는다. 타자의 세계에 태어남 자체가 어긋남이고 일종의 원죄의식을 형성한다. 그러나 김애란 소설에서 출생의 순간은 생의 환희와 열락으로 가득 찬 순간으로 묘사된다. 따라서 태어남은 결여가 아니라 기쁨이자 희열의 자리이다. 탄생이라는 실존적 경험이 결여로 주어지는 이상, 소설은 낭만적 이데아에 기초한 '진정성의 서사'에서 결코 벗어날 수 없다. 지난 시절의 소설들이 그러했듯 결여는 반드시 채워져야 하고 선험적으로 상실된 고향은 회복되어야 하기 때문이다. "아버지의 거대한 성기에서 나온 불꽃들이 민들레씨처럼 밤하늘로 퍼져나갔을 때. 아버지의 반짝이는 씨앗들이 고독한 우주로 멀리멀리 방사(放赦)되었을 때. "바로 그때 네가 태어난 거다""(「누가 해변에서 함부로 불꽃놀이를 하는가」)에서 보듯이, 다소 희화화된 성적 모티프는 김애란 소설 특유의 우주적 상상력을 매개로 발산된다. 출생이 고통과 결여가 아닌 기쁨과 환희로 인식될 때, 생을 불꽃놀이로 바꾸는 김애란 소설의 경쾌한 우주적 상상력은 유감없이 발휘되는 것이다. 낮꿈처럼 흩날리던 투명한 비눗방울이 파랗게 퍼져나갈 때 바로 그때 '나'가 태어났듯이, 그것은 "오래전 우리들의 짧은 입맞춤이 그랬던 것처럼, 당신이 믿지 않는 일들이 가까운 입술 위에서 일어나던" 순간이자 생의 경이에 대한 경험이다.

3. 욕망의 윤리학은 어떻게 정립되는가

그렇다면 김애란의 '생의 약동과 우주적 도약'이라는 낯선 사유는 어디에서 기원하고 있으며 어떻게 가능한 것인가. 그것은 김애란 소설이 이전 시대의 소설과는 다른 윤리학의 지평을 보여주는 데서 기인한다. 다음 장면은 김애란 소설의 윤리학이 지난 소설의 도덕적 사유와 대비되는 지점을 명확하게 보여준다.

> (a) 어머니는 택시요금 할증이 다 풀릴 즈음이 되어서야 들어왔다. 나는 딸의 잠을 깨우지 않으려, 불도 못 켜고 조심스레 옷을 벗는 어머니를 상상했지만, (b) 어머니는 발로 나를 툭툭 차며 외쳤다. "야! 자냐?" 나는 이불 밖으로 고개를 내밀며 말했다. "미쳤어? 택시기사가 무슨 음주운전이야?" 어머니는 아무 말 없이 상긋 웃더니 이불 위로 이내 고꾸라졌다. 어머니는 말아쥔 주먹처럼 몸을 아주 작게 모았다. (a) 나는 어머니에게 이불을 덮어줄까 하다가 그냥 그대로 놔두었다. (b) 얼마 후 어머니는 추웠는지, 스스로 이불 안으로 기어들어왔다(「달려라, 아비」, 27쪽, 강조는 인용자).

인용문에서 (a)는 상징계로서 사회적 도덕의 체계, 지난 시절의 소설의 인물들이 지니는 휴머니즘에 기반한 동정과 연민의 윤리학을 압축적으로 보여준다. 반면에 (b)는 경박해 보이지만 자기 욕망에 충실한 김애란 소설의 새로운 윤리학을 여실히 드러내고 있다. (a)의 윤리학에 기초한 인물들은 몸이 무거울 수밖에 없다. 사회적으로 부과된 도덕이란 억압의 체계에 다름 아니기 때문이다. 한편 (b)의 윤리학에 기초한 인물들은 비루하고 남루하다. 한마디로 폼 안 나는 짓만 한다. 그러나 그들은 타자의 시선을 별로 개의치 않으며 자기 욕망으로부터 발원한 것이 아니라면 가짜 윤리에 불과한 것이라는 점을 잘 알고 있기에 그들의 몸은 한없이 가벼울 수 있다. 상징계의 도덕이라는 지상의 중력에서 벗어날 수 있는 자만이 우주적 도약을 실행할 수 있다. 생이란 이렇게 가벼워질 수도 있는 것이다. 자기 욕망에 솔직한, 치졸한 인물의 모습은 「스카이 콩콩」의 아버지에게서도 발견할 수 있다. 추운 겨울날 가출한 아들의 귀갓길을 걱정하던 아버지는 집 앞의 가로등을 수리하기로 작정한다. "그런데 아버지는 그 위로 올라간 지 일분도 되지 않아 가로등도 고치지 않고, 땅으로 내려와버렸다. 아버지는 발을 구르며 "생각보다 손이 너무 시리다"고 말한 뒤 쑥스러운 듯 후닥닥 집으로 들어가버렸다. 행여 형이 미끄러질까 그렇게 걱정한 빙판길에서도 아버지는 잘 뛰었다". 지난 소설 속의 아버지들은 결코 이렇게 경박하거나 우스꽝스럽게 묘사된 적이 없었다. 우리 사회의 주역으로서, 한 가족의 가장으로서 주어진 책임과 의무를 다하느라 아버지들의 어깨는 항상 맥없이 늘어져 있었다. 그러나 김애란 소설에서 아버지는 집 나간 자식보다는 '생각보다 너무 시린' 자기 손이 더 걱정이다. 추위를 피하기 위해서는 한겨울 미끄러운 빙판길도 마다하지 않는다. 이런 인물들이 보여주는 '자기 욕망의 윤리학'은 우리 소설에서 낯익은 것이 아니다.

정신분석의 기본개념에서 욕망은 결여로 정의된다. 그러나 김애란 소설에서 욕망은 결여가 아니라 생성의 기원을 이룬다. 보통 게임의 규칙은 금기와 위반의 원리로 조직된다. 규칙을 잘 준수하는 사람이 승자가 되고 규칙을 어기는 사람은 패자가 된다. 즉 부정의 원리가 작동한다. 가령 부정변증법이 종국적으로 변증법의 순환을 벗어나지 못하는 것처럼, 금기와 배제의 규칙은 부정의 원리로부터 벗어날 수 없다. 욕망은 결여라는 부정의 원리에서 벗어나기 위해서는 욕망이 새로운 생성의 원천일 수 있다는 긍정의 원리가 필요하다. 그래야 "더 이상 욕망이 없는 사람"이 패자가 되는 낯선 게임의 문법이 가능하다. 그래서 다음과 같은 장면은 김애란 소설에서 대단히 중요한 대목이 아닐 수 없다.

더위 때문에 흔한 우스갯소리조차 하지 않는 나의 눈치를 보고 있던 그는 갑자기 내게 게임을 하자고 했다. 종목은 '무엇무엇 했으면 좋겠다' 놀이. 내가 그게 뭐냐고 묻자, 그는 그냥 하고 싶은 걸 얘기하면 되는 거라고 말했다. 아니, 할 수 없는 것을 이야기해도 된다고. 지쳐 있던 내가 그러자고 하자 그는 갑자기 신이 나서 말했다. "더이상 욕망이 없는 사람이 지는 거다?" 그는 우선 담뱃값이 안 올랐으면 좋겠다고 말했다. 나는 하루 용돈이 이만원이었으면 좋겠다고 말했다. …… 나는 가슴이 커졌으면 좋겠다고 말했다. 그는 아버지가 정신 차렸으면 좋겠다고 말했다. …… 그는 엄마에게 애인이 있었으면 좋겠다고 말했다. …… 나는 누군가 나에게 괜찮냐고 물어보지 않았으면 좋겠다

고 말했다. …… 그는 미용실에서 샴푸만 한두 시간쯤 받아봤으면 좋
겠다고 말했다. …… 나는 평생 집세나 받아먹으며 살 수 있었으면 좋
겠다고 말했다(「영원한 화자」, 133~134쪽).

인용에서 언급되고 있는 욕망은 권력의 의지나 지배에의 '욕망
(pouvoir)'이 아니라 순수 욕망의 긍정, '역능(puissance)'에 대한 열망
이다. 욕망이란 결여가 아니라 새로운 생성의 원천일 수 있기 때문에
인물의 내면에는 생의 긍정과 명랑성이 슬픔이나 멜랑콜리를 대신한
다. 이제 욕망이 있는 사람이 지는 것이 아니라 "더이상 욕망이 없는
사람이 지는" 것이다. 이와 같은 낯선 게임의 원리는 김애란 소설의 사
유의 핵심인 '생의 약동과 우주적 도약'이라는 명제와 직접적으로 연
결된다. 역능이란 자기 욕망과 윤리에 대한 긍정이고 욕망이 새로운
생성의 원리인 한에서 생의 우주적 약동이 가능하기 때문이다.

　김애란은 자기 욕망에 충실한 인물들의 비루함과 무의식을 낱낱이
보여주기 때문에 그녀의 소설에서 선/악의 이분법적 도식이 깨지는
것은 어찌 보면 자연스럽다. 정신분석은 '너는 이러이러한 인간에 불
과해'라는 식의 규정적 진술을 거부한다. 어떤 인간도 단정적인 한두
가지 명제 안에 가두어 둘 수 없는 법이다. 이처럼 김애란 소설에서 선
과 악의 경계는 모호해진다. 전적으로 선의지로만 포장된 인물도 없
으며 용납할 수 없는 절대 악을 표상하는 인물도 없다. 김애란 소설의
인물들이 어떤 윤리적 중립성, '중용'의 덕을 체화하고 있는 것은 바로
이 때문이다. 그러나 중용은 기계적 의미의 평균성을 의미하는 것이

결코 아니다. 중용이란 극단을 경험한 자에게만 내리는 신의 축복이다. 중용의 미덕을 알고 있는 김애란 소설의 인물들은 결코 오버하거나 자신의 감정을 과장하지 않는다. 무책임하게 자신을 버리고 외국에서 죽은 남편에게도 아내는 "죽은 아버지에 대한 원망도, 무엇도 없는 목소리로 "잘 썩고 있을까?""(「달려라, 아비」)라고 무심한 듯 말을 흐릴 뿐이다. 다음 인용은 김애란 소설의 윤리학이 기존의 선/악의 이분법적 도식을 무너뜨리고 있다는 점을 분명히 보여준다.

> 조금 전, 복권을 한 뭉치 훔친, 가슴 안에 묵직한 절망을 쟁여안은 사내는, 아무도 가까이 가지 않는, 머리가 박살난 채 팬티가 보이며 다리를 벌리고 있는 여고생에게 점점 가까이 다가가고 있었다. 나는 긴장하며 파란 야구모자 청년의 모습을 지켜보았다. 청년은 사람들 틈을 비집고 여고생 앞으로 다가가 허리를 수그렸다. 그런 뒤 그는 가슴 위로 뒤집어져 올라간 여고생의 치마를 다소곳이 내려주었다(「나는 편의점에 간다」(이하 「편의점」), 56쪽).

편의점에서 물건을 훔친 한 소녀가 도망치다가 차에 치인다. 그러나 주변 사람들은 "가슴 위로 뒤집어져 올라간 여고생의 치마"를 내려주지 않는다. '남의 물건을 훔치지 말라'는 상징계의 도덕을 위반한 비도덕적인 인물이라 할 수 있는 청년이 소녀의 치마를 "다소곳이 내려"준다. 청년은 사회적 금기를 위반했지만 인간에 대한 예의를 다하는 윤리적 모습을 보여준다. 그는 도덕적 인간은 아니지만 윤리적인 사람이라 할 수 있다. 이 지점에서 사회적 도덕체계의 선/악의 이분법은 허망하게 무너지고 만다.

니체가 "동정이나 연민은 노예의 도덕이다"라고 말한 까닭은 타인에게 의존하는 사람은 결코 자기윤리를 마련할 수 없기 때문이다. 「달려라, 아비」에서 "어머니가 내게 물려준 가장 큰 유산은 자신을 연민하지 않는 법이었다. 어머니는 내게 미안해하지도, 나를 가여워하지도 않았다"는 서술은 이런 맥락에서 이해할 수 있다. 어머니는 딸이 타자의 도덕이 아니라 자기 윤리를 정립할 수 있기를 바란다. 이처럼 김애란 소설의 인물들은 한결 같이 상징계의 '도덕'을 거부하거나 외부의 시선에 개의치 않는 견고한 자기 '윤리'를 지닌 사람들이라는 공통점을 지닌다. 그렇다면 자기 윤리는 어떻게 정립되는가. 그것은 정직과 관대의 윤리학으로부터 움터오른다. 김애란 소설의 인물들은 대부분 자기 욕망에 솔직하고, 그래서 타자의 욕망이나 이기심도 인정할 수 있는 것이다. 자기 욕망에 정직할 수 있어야 스스로에게 관대할 수 있으며 타자에게도 관대할 수 있다. 정직과 관대라는 기율은 전혀 새로운 것이 아니다. 그런 의미에서 김애란 소설이 보여주는 윤리적 지평은 하나의 '오래된 미래'이다.

김애란 소설의 주요 모티프의 하나는 '상처 지우기' 혹은 '상처 없이 소설쓰기'일 것이다. 앞서 말한 정직과 관대의 윤리는 김애란 소설이 '상처 지우기'에 대한 기존의 '문제틀'을 새롭게 설정할 수 있도록 해주는 힘의 원천이다. '상처 지우기'는 어떻게 가능한 것인가. 그것은 무엇보다 자기의 무의식을 가감 없이 드러내는 일과 관계된다. 무의식은 기본적으로 의존심과 적대감이라는 양가감정으로 구성된다. 어느 한쪽만을 말하는 것 혹은 감정의 과장은 진실과 멀어질 수 있다. 김애란 소설의 인물들은 가급적 의존심과 적대감을 축소하려 노력하는 인물들이다. 김애란 소설은 이런 측면에서 '감정의 경제학'에 기반하고 있다고 할 수 있다. 마치 '당신을 '정말' 사랑합니다' 보다 '당신을 사랑합니다'라는 말이 더 깊은 울림을 지닐 수 있는 것처럼. 무의식의 양가감정을 가감 없이 드러내는 것은 앞서 언급한 '중용'의 정신과 관계된다. 김애란 소설이 어떤 내면적 성숙함을 포함하고 있다는 것은 이런 의미에서이다. 자기 상처에 대한 양가감정을 동시에 드러내는 일은 속된 말로 '용서를 한 것도 아니고, 안 한 것도 아닌' 윤리적 중립성(neutrality)으로 표현된다. 즉 「달려라, 아비」에서 가족을 버린 아버지를 머릿속에서 계속 달리게 한 '나'가 보여주는, "결국 용서할 수 없어 상상한 것이 아닐까"라는 적대감과 "내가 아버지를 상상했던 십수년 내내, 쉬지 않고 달리는 동안 늘 눈이 아프고 부셨을 것이다"라는 연민은 양립 불가능한 두 개의 감정이 아니라 공존하는 하나의 진실인 것이다. 이에 반해 「사랑의 인사」는 상처로부터 비교적 자유롭지 못하다. 인간의 자아 형성과정은 언제나 합리화(rationalization)를 요구한다. 그 합리화가 어떤 수준에서 이루어지느냐에 따라 상처로부터의 거리를 측정할 수 있다. 놀이공원에 어린 자식을 버린 무정한 아버지에 대해 "나는 버림받았다는 사실"을 인정하지 않고 "아빠가 사라졌다"는 말을 떠올린다. "그렇지 않고서야 이렇게, 이런 곳에, 이런 식으로 나를 버릴 리 없다"고 생각하지 않고서야 상처를 받아들일 수 없다. 그러나 「사랑의 인사」에서 합리화가 상처 지우기에 성공하지 못했다는 것은, "수조 안의 물고기들이 일제히 입을 열었다 닫았다 하며, '아빠, 아빠, 아빠, 아빠'하고 있었다. 물고기의 입에서 튀어나온 '아빠'들이 수천개의 공깃방울이 되어 보글보글 올라왔다"는 퇴영적 이미지로 주인공의 내면이 묘사되는 것에서 드러난다. 「사랑의 인사」는 「달려라, 아비」에 비해 의존심과 적대감을 있는 그대로 드러내지 못하고 퇴행한 작품으로 평가할 수 있다.

4. 한없이 어긋나는 나를 찾아서

2000년대 젊은 작가들에게 정신분석은 하나의 공통된 인식소로 자리잡은 듯하다. 정신분석의 대상인 무의식은 억압된 것들의 침전물들로 이루어져 있다. 그것은 의식에서 '사소하고 하찮고 잊혀졌고 지나간 것들'이라고 생각되지만 실은 의식에서 추방되고 억압된 것들이다. 김애란 역시 다른 작가들처럼 정신분석을 그녀의 소설의 주요한 화두로 삼고 있다. 「그녀가 잠 못 드는 이유가 있다」(이하 「그녀」)와 「영원한 화자」는 자유연상과 무의식의 흐름들을 기초로 한 소설들이다. 두 소설의 가장 중요한 모티프는 '나는 누구인가'라는 질문이다. 다음 인용문의 문장구조에서 앞선 문장들이 모두 '나'를 수식하고 있다는 점에서 이는 분명히 드러난다.

나는 '도에 관심 있는 사람'에게 잡혔을 때 대꾸 않고 지나가는 사람인가 웃으면서 사양하는 사람인가, 나는 지구에 외계인이 살고 있다고 생각하는 사람인가 그렇지 않은 사람인가, 나는 콩이 들어간 밥을 좋아하는 사람인가 그렇지 않은 사람인가에 대한 대답의 목록들을 이미 가지고 있던 나에게 이제 막 출발하려고 하는 열차는 그냥 보내야 하는 대상이었다(「영원한 화자」, 119쪽, 강조는 인용자).

그러면 나는 어떤 사람인가. "나는 내가 어떤 인간인가를 알기 위해 내 이름을 부르면 대답하는 사람, 그러나 그것이 내 이름인 것이 이상하여 자꾸만 당신의 이름을 불러보는 사람"이며 "나는 나에게서 당신만큼 멀리 떨어져 있으니 내가 아무리 나라고 해도 나를 상상해야만 하는 사람"이다. 이처럼 김애란 소설에서 정체성에 대한 질문은 의식의 투명한 자기 동일성보다는 나의 '타자성'을 전제로 한 물음이다. 나라는 존재는 "사진처럼 언제나 조금씩 잘린 모습"을 하고 있으며 한없이 어긋나는 근본적 이질성으로 경험된다. 이 지점에서, 우리에게는 내 마음대로 되지 않는 무의식의 존재를 인정할 수 있는 용기가 필요하다는 정신분석의 가르침을 상기해볼 필요가 있다. 「그녀」에서 "하지만 누군가 '14번 자세에서 온천에 대해 집중적으로 생각하면 잠이 잘 옵니다'라고 말해주었을 경우, 그녀는 온천에 대한 안 좋은 기억이 떠올라 또 잠 못 이뤘다"는 진술은 내 안의 타자로서 자유연상과 무의식의 연쇄작용에 대한 직접적인 언급이다. 무의식은 주로 분노나 수치심 등 의식에서 수용할 수 없어 추방된 감정이나 기억들과 관련된다. 그것은 억압된 것들의 귀환으로서, 이처럼 자기 안의 어두운 심연을 들여다보는 것은 스스로에게 정직하지 않으면 어려운 일이다. 김애란의 무의식에 대한 통찰은 앞서 말한 정직과 관대의 윤리와 관련이 깊다. 자기에게 정직한 자만이 있는 그대로의 자신과 대면할 수 있으며, 이는 또한 스스로에게 관대해질 수 있는 방법이기도 하다. 「영원한 화자」를 좀 더 살펴보자.

> 나는 지식을 자랑하는 사람을 싫어하지만 누군가 내 방에 와 '책이 많으시네요'라고 한마디 해주면 기뻐하는 사람이다. 나는 농담을 좋아하지만 재치 있는 사람을 보면 적의를 품는 사람. 나는 때론 돈 만원 때문에 우울해지는 사람이며, 현금지급기 앞에서 항상 뒷사람을 의식하는 사람이다. 어쩌면 '나는 사려 깊은 사람'이라는 식으로도 나를 말할 수 있을지 모른다. 나는 따뜻한 사람이지만, 당신보다 당신의 절망을 경청하고 있는 나의 예의 바름을 더 사랑하고 있다는 점에서 무례한 사람이다. 나는 오만한 사람을 미워하지만 겸손한 사람은 의심하는 사람이다(「영원한 화자」, 117쪽).

인용문은 자신의 위선과 이중성에 대한 고백이자 까발림이다. 나는 "따뜻한 사람"이지만 "무례한 사람"이기도 하다. 이런 자기폭로는 "내가 가장 잘 보이고 싶은 사람은 결국 나라는 것을 알고 있는 사람이다"나 "나는 당신을 사랑하는 사람, 그러나 그 사랑이 '나는'으로 시작되는 사람이 하고 있는"에서 볼 수 있듯, 사랑의 근원이 결국 자기애라는 인간의 이기적 본성과 한계에 대한 진솔한 시인으로부터 나온다. 우리가 진실에 가까워지려면 박애주의자들의 기저에 있는 공격성을 보아야 한다는 라캉의 충고는 이런 의미에서 진실이다. 정신분석은 'A=B이다'라는 규정적 진술을 거부한다. 나는 언제나 '아직 잔뜩 남겨진' 잉여의 존재이다. 이런 의미에서 「그녀」와 「영원한 화자」의 궁극적인 주제는 다른 무엇이 아니라 '정직'이다.

　「그녀」의 소재가 된 불면증은 누구나 한 번쯤은 겪어보는 유쾌하지 않은 경험이다. 하지만 평범한 일상의 사건들에 평범하지 않은 의미를 부여하는 것은 김애란 소설의 특별한 능력이다. 이는 대단히 예민하고 섬세한 작가의 관찰력으로부터 기인하는 것으로 보인다. 김애란의 소설적 새로움은 소재의 신선함이 아니라 대상에 천착하여 '오래 들여다보는 일'과 관련된다. 김애란이 뛰어난 관찰력의 소유자라는 점은 「그녀」에서 여성의 화장과정에 대한 세밀한 묘사만으로도 충분히 짐작할 수 있다. 김애란 소설을 읽다보면 '그래, 맞아!'라고 자신도 모르게 맞장구를 치는 순간이 적지 않은데, 이는 그녀의 소설에 누구나 한 번쯤 해봤을 법하지만 이제껏 누구도 드러내어 말한 적 없는 생각이나 경험들이 풍부하게 묘사되고 있기 때문이다. 가령 이런 경험들이다. 해마다 명절 연휴 때면 가방에 읽을 책 한두 권을 준비하지만 평생 읽는 경우는 거의 없다. 그러나 명절이 다시 돌아오면 이상하게도 잘 읽지도 않는 책들을 또다시 가방에 집어넣게 된다. 김애란 소설을 따오자면, "모든 문제집의 첫장만을 풀어봤다거나, 뜻을 알면서도 국어사전에서 '음부'나 '성교'라는 단어를 찾아봤을 사람들"에 당신도 속하지 않는가.

5. 존재의 비본래성, '지금 여기'의 도덕을 넘어

「편의점」과 「노크하지 않는 집」은 자본주의의 평균적 일상성에 대한 소설이다. "편의점에 갈 때마다 어떤 안심이 드는 건, 물건이 아니라 일상을 구매한다는 생각 때문"이라는 고백은 이에 대한 직접적인 전언이다. 「노크하지 않는 집」은 이에 대한 섬뜩한 묘사를 동반하고 있지만 통상 등단작에서 발견되는 작위성과 도식성 때문에, 여기에서는 보다 풍요로운 표현을 얻고 있는 「편의점」을 중심으로 보기로 하자.

소설의 서두에서 이 명민한 소설가는 "2003년 서울 사람들에게 습관이란 구원만큼 중요한 문제가 되었다"는 문화사적 전환을 놓치지 않고 있는데, 이 작품은 특히 '편의점'이라는 익명성의 공간이 갖는 사회, 문화사적 의미에 대한 비판적 탐구의 보고서이다. 자본주의 체제의 상품으로서의 존재방식을, 루카치는 사물화라 불렀고 마르크스는 사용가치와 교환가치의 전도 현상으로 파악하였다. 자본주의체계는 "나는 집에 화장지가 있지만 화장지가 언제 떨어질지 모르므로 화장지를 산다. 나는 집에 밥이 없지만 밥은 언제나 해먹어야 되는 것이므로 참치캔을 산다. 나는 참치캔을 샀으니 밥을 해먹을 것이고, 밥을 해먹으면 입가심을 하고 싶을 것이므로 요구르트를 산다"에서처럼 끊임없이 소비를 자극하는 잉여욕망의 체계이다. 또한 "큐마트에 다니면서 내가 한 가장 큰 착각은 푸른 조끼의 청년과 사적인 말을 하지 않으므로 내 사생활이 전혀 드러나지 않을 것이라고 생각한 데 있었다"는 서술은 익명성이 보장되는 자본주의체계가 실은 사생활의 영역이 낱낱이 드러나는 '노출'과 '감시'의 체계임을 암시한다.

이 작품의 해석에는 존재의 본래성과 비본래성이라는 하이데거의 존재론이 보다 유효한 척도로 쓰일 수 있을 듯하다. "어쩌면 그도 나처럼 편의점이 없으면 존재하지 않는 사람일지도 모른다"는 생각은 "나는 고유한 자기의 의미에서 존재하지 않고 오히려 '그들'의 방식으로 존재한다"(하이데거, 『존재와 시간』)는 하이데거의 사유와 많이 닮아 있다. 하이데거의 설명에 따르면, 공공성은 모든 것을 어둡게 만들어버리며 그렇게 가려진 것을 잘 알려진 것으로, '모두에게 접근 가능한' 것으로 내준다. 이는 편의점이라는 익명성의 공간이 갖는 성격과 잘 들어맞는다. "비디오방에서 서로를 안았던 어린 연인을 퇴학시킨 선생은 컵라면을 사먹고, 아이를 지우게 한 남자는 목이 말라 맥주를 사러 왔고, 아직도 아버지께 꾸중 듣는 백수청년은 오늘도 담배가 떨어졌을 것이다. 그리하여 아무 일도 일어나지 않은 것에 대한 이 기록은 마침내 시시해진다"는 소설의 서술은, 현존재의 일상성에서는 대개의 일들이 우리가 '아무것도 아니었어'라고 말할 수 있는 것에 의해 일어난다는 하이데거의 진단과 정확히 일치한다. 다음 소설의 결말은 이 작품의 주제를 집약적으로 압축하고 있다.

그러나 이 모든 것을 아무도 알지 못한다. 그 거대한 관대가 하도 낯설어 나는 어디를 봐야 할지 몰라 서성이고 있다. 당신이 만약 편의점에 간다면 주위를 잘 살펴라. 당신 옆의 한 여자가 편의점에서 물을 살 때, 그것은 약을 먹기 위함이며, 당신 뒤의 남자가 편의점에서 면도

날을 살 때, 그것은 손을 긋기 위함이며, 당신 앞의 소년이 휴지를 살 때, 그것은 병든 노모의 밑을 닦기 위함인지도 모른다는 것을. 당신은 이따금 상기해도 좋고 아니래도 좋다. 큐마트, 세븐 일레븐, 패밀리마트는 모른다. 편의점의 관심은 내가 아니라 물이다, 휴지다, 면도날이다. 그리하여 나는 편의점에 간다. 많게는 하루에 몇 번, 적게는 일주일에 한 번 정도 나는 편의점에 간다. 그리고 이상하게도 그사이, 내겐 반드시 무언가 필요해진다(「편의점」, 57쪽).

"거대한 관대"란 자본주의 체제의 익명성이라는 도덕률을 뜻한다. 그러나 익명성이란 상처나 사랑 같은 개인적 삶의 다양한 면모들에 대해서는 실제로는 무관심하다는 점에서, "거대한 관대"라는 표현은 반어이자 역설이다. 작가는 '지금 여기'의 도덕에 대해 이의 제기를 하고 있는 셈이다. 김애란이 일관되게 상징계의 도덕을 넘어 자기 윤리를 정립하려는 인물들의 욕망에 주목하는 작가라는 점에서, 그녀가 앞으로 자본주의 체계의 잉여욕망과는 다른 사회적 욕망의 체계를 발견하기를 나는 진심으로 고대한다. "나는 나도 모르게 그 순간 엘에이의 한 인촌을 습격한 흑인과 닮아 있다. 편의점에 가는 나는 한국에 살고 있는 한국인이면서 흑인이다"라는 사회적 소수자로서의 정체성에 대한 발언은 그녀의 소설이 개인의 윤리를 넘어서 하나의 정치적 무의식의 발견에 이를지도 모른다는 기대를 갖게 한다. 최근 그녀의 소설적 관심이 사회적 상상력으로 이동하고 있다는 점은 그래서 주목할 만하다. 굳이 '발견'이라는 단어를 반복해서 쓰는 이유는 김애란 소설은 미리 주어진 어떤 선험적 지평도 없다는 점에서 기존 소설들과 다르기 때문이다. 그런 의미에서 김애란 소설은 하나의 초월적 경험론이다. 김애란, 그녀가 정직과 관대에 기초한 욕망의 자기윤리학을 넘어서 우리 사회와 공동체의 새로운 윤리학의 지평을 열어주기를 나는 기대한다. 하지만 여전히 경쾌하고 발랄한 명랑소녀, 그대로인 채로…….

지금 시점에서 종언 이후 문학의 존재의의에 대해 구체적 수준에서 이론화하기란 어려운 일이다. 그러나 소설이 앞으로도 상품형식으로서 자신의 존재가치를 스스로 증명해야 할 운명에 처해 있는 것만은 분명하다. 또한 '근대문학의 종언'이라는 테제에의 동의 여부와 상관없이 작가들은 앞으로도 소설을 쓸 것이고 독자들은 또 읽을 것이다. 여전히 진지한 작가들은 자신의 문학적 책무를 다하려 할 것이고, 한편으로는 동시대의 일본 소설처럼 가볍고 재미있는 소설들이 분명 대세를 이룰 것이다. 다만 최소한 다음과 같은 사실에 우리는 동의할 수 있을 것이다. 즉 재미와 오락으로서의 문학은 결국 지금 여기의 체계에 대해서 질문하는 법이 없다는 것이다. 굳이 "대중기만으로서의 예술"이라는 아도르노의 테제를 빌리지 않더라도 그것은 소극적이든 적극적이든 지금 여기의 체제와 질서에 대한 체념적 수락을 의미한다. 문학은 늘 바깥의 사유다. 지금 여기의 바깥에 대한 탐색을 그칠 때 문학은 그 스스로의 운명을 재촉하고 말 것이다.